本书是《文学经典与影视艺术精品的创造机制》
（编号：CUC18JC03）课题成果之一

从名著到电影
——中国现代文学经典作品的当代电影改编版研究

FROM MASTERPIECES TO FILMS:
A STUDY OF CONTEMPORARY FILM ADAPTATION OF CHINESE MODERN LITERARY CLASSICS

张一玮 著

中国广播影视出版社

图书在版编目（CIP）数据

从名著到电影 ：中国现代文学经典作品的当代电影改编版研究 / 张一玮著. -- 北京 ：中国广播影视出版社，2021.1
ISBN 978-7-5043-8518-5

Ⅰ. ①从… Ⅱ. ①张… Ⅲ. ①中国文学－现代文学－电影改编－研究 Ⅳ. ①I206.6

中国版本图书馆CIP数据核字(2020)第202106号

从名著到电影
——中国现代文学经典作品的当代电影改编版研究

张一玮 著

责任编辑 房 远
装帧设计 智达设计
责任校对 龚 晨

出版发行 中国广播影视出版社
电　　话 010－86093580　010－86093583
社　　址 北京市西城区真武庙二条9号
邮　　编 100045
网　　址 www.crtp.com.cn
电子信箱 crtp8@sina.com

经　　销 全国各地新华书店
印　　刷 河北鑫兆源印刷有限公司

开　　本 710毫米×1000毫米 1/16
字　　数 300（千）字
印　　张 21.75
版　　次 2021年1月第1版　2021年1月第1次印刷

书　　号 ISBN 978－7－5043－8518－5
定　　价 68.00元

名著改编的跨媒介批评

张 晶

庚子年的秋天还是来了，来得殊为不易。从春节开始，全国都处于抗击新冠疫情的艰难时刻，学校里的学生都隔离在家中，校园里是空寂的。现在好了，国内疫情在全国上下的努力之下，得到了有效的控制，抗疫斗争取得了关键性的胜利。新学期伊始，同学们又返回了阔别已久的校园，又是一片生机勃勃。北京的秋光非常明丽，学院楼旁边的小湖，在秋阳下泛着粼粼的波光。校园里又充满了笑语和读书声。我不由地感慨，无论有多少艰难困苦，有党的坚强领导，有中国人民百折不挠的奋斗精神，我们终究都会战胜那些危难的！

张一玮博士的这部著作，没有因为疫情的困扰而搁置，恰恰是以其厚重的学术积淀和独立的思考向度，呈现出独特的风貌。一玮和我共事多年，从他近年来的成果中可以感受到他不断提升的学术造诣。一玮从电影研究切入文艺批评，在《文艺研究》这样的权威刊物上连续发表了好几篇大块文章，取得了令人瞩目的成就。他的研究也就初步形成了自己的特色，在传媒大学的文艺学和艺术学研究中，是颇有开拓的。一玮的博士阶段是文艺学专业，在传媒大学的身份也是文艺学的教师和研究者。他对当代电影的关注，是带着文艺学的背景的。正因如此，他在文学和电影的关系层面上有着自己独特的关注和见识。

文学经典作品的电影改编，向来是文艺批评界所关心的问题。放眼当代文艺学的版图，也可发现此问题的特殊位置。在本体论的意义上，改编问题关乎文学和电影两种艺术形式的边界，可借以反观文学的本质，亦可检验文学名著内在价值的恒久性。在创作论方面，改编是跨越不同艺术形式的再创造活动，是文学作品生命力的延展。不同时代的作家精英于创造过程中的风云舒卷、推敲斟酌，改编创作组的集思广益、群策群力，当今文艺工业化发展中团队化的电影作品创造实践，三种创作主体之间跨越时空与文类的关联，诠释着改编实践中的鼎足之势。它们虽趣舍万殊，其情理却皆在文艺原理之内。小说之文字与影片之图像，文笔之书写与镜头之框取，即在这一系列创造的过程中转换。在审美接受的维度上，文学经典作品虽为不朽之盛事，但其作用于当今大众精神世界，产生广泛影响的过程，仍需现代媒体的加持。面对经典改编之作，普通电影观众无论“知情”与否，都将参与原作影响力扩展的过程。

一玮的这部著作，是我主持的中国传媒大学科研项目“文学经典与影视艺术的创造机制”的主要研究成果。书中分析了鲁迅、老舍、沈从文、巴金、张爱玲等知名作家文学代表作的影视改编版，与原作相对照，进行了富有创造力的解读和阐释。有时还加入对改编剧本的分析，不同于一般研究者只重视原作与改编版之间二元关系的工作方法。书中内容多有理论归纳与审美感悟的交融，是一部值得一读的批评著作。更为可贵的是，作者没有固守经典作品的所谓权威性，更没有被知名导演的名声所左右，而是在论述的过程中“披文入情”，兼容作品自身文本、创作历程、接受史等方面的材料，因此时有新颖之论。如果说文学经典的电影改编是借另一种媒介形式实现“传承与批评”，那么对于电影改编的分析也是有关“跨媒介接受与批评”的批评。此种批评的出发点与要义，是深入经典作品的文本以评估其价值，而非追逐经典作家或知名改编者的声名与荣耀。T. S. 艾略特曾说：“诚实的批评和敏感的鉴赏，并不注意诗人，而注意诗。”我以为，这本书中的名著改编版分析，不但是诚实和敏感的批评与鉴赏，也是专注和创新力孕育的成果。

文学经典的电影改编，是一篇作不完的大文章，也是文艺批评的特殊领域。一玮已经有了不俗的成绩，当然不会停下自己的研究步履，他会不断升华。这也是我所瞩望于他的。

以此作为一玮所嘱的小序，诸君察之！

2020 年 9 月 18 日于京华秋光明媚之中

前言

当我们提及某些作品是“文学经典”的时候，通常是在谈论那些文学史上具有特殊地位，具有长久的魅力和无尽阐释价值的作品。文学经典在艺术水准和语言创造力等方面已得到学术界的普遍认可，也在读者群体中获得了广泛的知名度。文学经典的知名度与“可译性”共同形成了它们以跨媒介改编方式适应不同时代大众化要求的可能性。在这个意义上，“文学经典”和“文学名著”往往指代着同一批作品。在中国现代文学史上，鲁迅、茅盾、巴金、老舍、曹禺、沈从文、郁达夫、张爱玲、张天翼、李劼人、艾芜等人的代表作中，那些致力于彰显民族文化精神、突破传统的窠臼、进行个性化的文学书写的作品，经受住了历史和读者的检验，成为现代文学史上的典范文本。中国现代文学名著不但是中国现代文学史的重要遗产，而且因中国现代社会与文化变迁的剧烈性和特殊性，成为不可替代的社会文化见证，也因此受到电影改编者的青睐。现代文学名著的电影改编版中，有相当一部分作品已经成为“电影艺术精品”。在当代文艺批评界，“精品”是对那些反映时代文化精神，且经过特定时期普遍的艺术评价与社会检验而得到广泛认可的作品的最高评价。相对于“经典”，文艺精品的内涵并不天然地包含自身的历史流变和接受史的维度。习近平总书记指出：“精品之所以‘精’，就在于其思想精深、艺术精湛、制作精良。”① 虽然并非所有当代电影精品都来自经典文学作品的改编，但完全可以说：经典文学作品的创新性和精湛的艺术水准，已经为其改编版中精品个案的生产奠定了坚实的基础。

跨越时代和媒介的差异改编文学名著，是文化遗产继承的一种形式，也是新的艺术创新实践。文学原作与电影作品之外，为摄制电影而创作的“电影文学剧本”，是比电影分镜头剧本更贴近文学形式的文本，也是文学作品面向影片转换生成的一种“中间形式”，同样可被纳入本书的分析范围。此外，当

① 习近平：《在文艺工作座谈会上的讲话》，载中共中央宣传部《习近平总书记在文艺工作座谈会上的重要讲话学习读本》，学习出版社，2015，第11页。

代商业语境下的某部电影改编版与其文学原作之间，或者某部电影与其衍生的“电影小说”之间，不但具有某一方“参与生产”另一方的关系，而且两者在共存中还可产生更为丰富的交互性。这种交互性得到当代发达的媒介手段强化后，能够与文学原作、电影改编版一起进入大众消费领域。在这个过程中，被消费的不仅是文学原作和电影文本，原作、改编版及相关衍生文本三者之间的关系也是消费的对象。需要说明的是，哈琴和奥弗林的著作《改编理论》中译本里频繁出现的“改编本”一词，在中文语境中易被理解为“改编活动形成的产品的物质形态”，与偏重于“改编作品——原作”之间文本关联性及改编文本的多重可能性的“改编版”一词存在不同的意义指向性。① 本书统一使用“改编版”指代与文学原作相对应的电影改编作品，在词义上强调其文本性，兼顾其与原作之间的对照和转换关系。

经典文学作品与其电影改编版之间，存在着声誉和主体性的差异。相对于文学原作，那些当代改编版影片是“新作”，其价值有待受众、批评者和社会文化领域的进一步确认。经典的巨大声誉，以及电影工作者的创造力，使文学作品的电影改编版有机会“后来者居上”。正如文学名著的价值是在文学接受史过程中被建构起来的那样，它们的改编版也将在时间的推移中获得成为艺术精品的契机。这是中国现代文学经典走向当代化和大众化过程的一部分，也是当代电影工业发展的一部分。

按照程季华《中国电影发展史》的论述，中国新文学作品初次改编为电影的个案是茅盾的短篇小说《春蚕》。“《春蚕》的改编和摄制，是中国新文艺作品搬上银幕的第一次尝试，引起了文艺界和广大读者、观众的热切重视和普遍注意。……《春蚕》的改编是忠实于原著的，而又按照电影艺术的要求，发展了原著。”② 这部影片被认为是左翼文学借助电影扩大影响力的代表个案。与本书核心论题有别，改编版《春蚕》与小说原著的创作年代非常接近，且小

① 琳达·哈琴（Linda Hutcheon）、西沃恩·奥弗林（Siobhan O’ Flynn）：《改编理论》，任传霞译，清华大学出版社，2019。

② 程季华主编《中国电影发展史》第一卷，中国电影出版社，1963，第208—210页。

说《春蚕》当时尚未完成经典化。20世纪50年代至60年代，中国内地的电影改编往往需要配合社会主流意识形态，名著改编版不同程度地凸显了社会革命和阶级斗争的相关主题。电影史研究者胡菊彬认为："……新中国成立后，我们社会生活发生了翻天覆地的变化，党和政府的各项方针、政策需要及时地传达到人民群众中去，历次政治运动的展开也需要借助于各种各样的舆论工具的鼓动、宣传，社会主义革命和建设的大好形势也需要让尽可能多的群众了解，以进一步激发他们参与社会主义革命和建设的热情，而电影正好可以在所有这些方面发挥其特殊而巨大的作用。"① 时间流转到20世纪80年代时，中国影坛上集中出现了一批文学名著电影改编版，实则以"名著代读"的功能迎合了那个时代的大众需求。由于"文革"刚刚结束，民众需要更多的文化产品以满足精神需求，于是那些历经时代考验的文学名著就成为电影创作者的重要选择之一。在80年代，电影改编需要以大众化的姿态满足人民群众的文化需要，同时借助电影的文化影响力恢复之前被割裂和忽视的文化传统。"文艺为人民服务，文艺为社会主义服务"的方针，推动了包括电影在内的文艺形式走向多样化。同时，80年代大部分电影厂也倾向于主动选取具有地方文化特色的现代文学经典作品进行电影改编，以推出符合社会主义文化生产目标和时代要求的电影精品。电影编剧和导演作为"作者"的主体意识也得到增强，并逐步从那些知名现代作家对文学作品意义的决定性中解脱出来，展示更多的艺术个性和创造力。

20世纪80年代对于中国现代文学名著的改编，形成了以下的成果：凌子风导演的《骆驼祥子》(1982) 改编自老舍同名长篇小说，《边城》(1984) 改编自沈从文的同名中篇小说，《春桃》(1988) 改编自许地山的同名短篇小说；徐晓星等执导的《月牙儿》(1986) 改编自老舍的同名短篇小说；田壮壮导演的《鼓书艺人》(1987) 改编自老舍的同名长篇小说；谢飞、乌兰导演的《湘女萧萧》(1986) 改编自沈从文的短篇小说《萧萧》；谢铁骊执导的《包氏父子》(1983) 改编自张天翼的同名短篇小说；于本正导演的《漂泊奇遇》(1983) 改

① 胡菊彬：《新中国电影意识形态史：1949—1976》，中国广播电视出版社，1995，第15—16页。

编自艾芜的小说集《南行记》；孙道临1984年执导并主演的《雷雨》，改编自曹禺同名戏剧；于本正执导的《日出》(1985) 改编自曹禺的同名话剧；阙文导演的《寒夜》(1984) 改编自巴金同名小说。80年代中期之前的现代文学名著改编，一方面是经典代读的手段，另一方面还带有“为作者正名”的目的。那些在“文革”期间遭遇不公正评价的作家及其作品，以“大众化”和“通俗化”文本的面目恢复名誉，获得了应有的地位。尤其是80年代初期，电影是一种特殊的“拨乱反正”和“文化再启蒙”的手段。这是一个具有过渡性的时代，现代文学名著的电影改编已不再像“十七年”时期那样受到文化政策的根本性影响，现代文学名著也在历史的流转和积淀中开始显露出文化启蒙、社会和历史认知、文化消费及娱乐等多元文化价值。更为重要的是，当时的中国社会，不但迫切地需要多样化的文化产品以满足广大群众的需求，而且亟待以电影为代表的、具有广泛影响力的现代媒介形式，以重建审美共通感的手段协调社会文化观念，推动面向四个现代化的群体文化认同。中国现代文学名著正是合乎这种文化需要的典范作品。

对于电影而言，20世纪90年代电影发展状况中的过渡性是80年代电影文化的发展、深化和扩展，现代文学经典作品的改编版也将在市场语境下面临更为多样化的审视与评价。90年代开始，随着中国内地社会加快走向市场经济，中国的电影生产，乃至文学作品的电影改编实践，也更为频繁地得到商业资本的推动。市场推动力使文学作品的通俗化改编成为电影市场化探索的实践方式。90年代至新千年之后，文学经典作品的影视剧改编已在本质上确立了商业化的维度。这种趋势开始动摇20世纪50年代至80年代占据主导地位的“尊重原著”的创作原则。同一时期，电影厂所代表的中国内地电影制作体制，也在逐步发生根本性的变化，商业资本主导下的电影制作活动推动文学经典改编走向以推动大众消费为目标的多样化面貌，在改编策略和叙事方式等方面体现出新的特点。

90年代的中国现代文学名著改编实践也形成了一批影片，但因为电视媒介的冲击，这些作品在公映时的社会影响力显然不如那些80年代完成的改编版。1990 年，周力执导了艾芜小说集《南行记》的新改编版本。1991 年，凌子风执导了李劼人长篇小说《死水微澜》改编的电影《狂》。1992 年，王好为执导老舍长篇小说《离婚》改编的同名电影。1995 年，谢铁骊导演《金秋桂花迟》，其故事框架源自郁达夫的小说《春风沉醉的夜晚》和《迟桂花》之间的嫁接。1995 年，陈逸飞导演《人约黄昏》，原作是徐訏的长篇小说《鬼恋》。1996 年，黄蜀芹导演的影片《村妓》，由沈从文短篇小说《丈夫》改编而成。1998 年，秦志钰导演的影片《北京人》，改编自曹禺同名话剧。以上大部分作品代表了在商业背景下接受并呈现文学经典的可能性。关锦鹏导演的《红玫瑰与白玫瑰》、张华勋导演的《铸剑》，则是代表电影跨地区合作的成果。新千年之后，中国电影工业已具备了发展跨国商业影片的视野和能力。张艺谋的商业巨片《满城尽带黄金甲》融合了曹禺《雷雨》的情节架构与人物关系，可在跨地区及全球化背景下得到解读。由个人创作者主导的动画影片方面，鲁迅《朝花夕拾》中的散文《阿长与〈山海经〉》一文被改编为动画作品。动画影片的影响力虽不及名著改编的商业巨片，但也体现出全球化语境下跨文化传播的可能性。

时至今日，当代小说作家的名声与导演的知名度之间越来越频繁地形成联合，双方在版权法规的框架之内完成了跨媒介的合作。现代小说家那种单枪匹马就能进行的文学创作活动，在编剧工作中更可能被分散给一个专业的团队完成。这个过程必然要借助与此相应的新机制，并在文本中造成相应的美学效果。那些不同时期的改编版本之间也可形成彼此的呼应，分别在文学—电影的互动史占据一席之地。基于以上情况，如今很难仅以“电影的文学性”或“电影与文学的一般互文性”来解释文学名著及其电影改编版本之间的关系。从改编的性质上说，电影改编版固然是“创造性的背叛”，也是在全新语境中对现代文学原作的再生产，且其中包含了再创造者对原作的理解与评价。而从改编版作为文化产品的接受情况来看，当代观众的首要接受对象是电影，而不是文学原作。文学经典作品的当代阅读活动，也可反过来被其影视改编版的放映与接受活动所推动。

本书以一部分中国现代文学经典作品的电影改编版作为主要研究对象，尝试以文本分析的思路研讨改编版的表意脉络、框架调整和跨媒介转换状况，以此进行一种审美的研究。选取中国现代文学经典作品的原因是它们的创作年代与改编为电影的年代之间多相隔半个世纪以上，它们既在这段时间完成了经典化的过程，也因时间的积淀和社会文化语境的变迁衍生出文本操演与转化的多种可能。20世纪初至40年代创作完成的现代文学作品，经历了1949年后新中国时期的文化变迁和“理解的历史”，其文学价值与社会价值得到充分确认，并以各种形式进入宏观或个体化的历史叙述。它们是文学史的内容，也是与文学密切相关的文化记忆的一部分。

研究方式与路径方面，本书以电影改编版文本为问题的源起之点，以文学理论中与本论题有关的内容为辅助，在文学原著和电影改编版本（含电影剧本）的差异性基础上展开文本分析。这个研讨方案并非聚焦于影片创作的过程，而是以影片完成版的文本为着眼点，侧重分析不同改编版本的人物设置、情节构成、叙述方式和表意策略中透露的改编路径，以及媒介转换中的一些影响因素。这种方案在当代文学的电影改编研究中并不少见，它时常需要在文学和电影作品的文本层次分析基础上添加感悟式的评价。由于改编实践的丰富性和从文学至影片之间较大的媒介转换跨度，改编研究的开放性也形成了另外的可能。本书还尝试在如上的研究方案中添加叙事分析和文化研究的内容，以应对文本跨媒介转换过程中的表意问题。全书主要从以下几个方面展开分析：第一，电影改编版与原著（及电影剧本）的多层面对照，以凸显转换的程度、方式和美学诉求；第二，电影作为独立的媒介形式，文学作品的电影改编版如何在原著的基础上表达其创造力；第三，电影改编造成的表意变化，并诉诸小说与电影之间的媒介转换，以及不同文化语境之间对话的可能性。在针对改编中差异较大的不同版本的分析中，本书拟使用原著、影片、剧本之间的对照表格进行信息的汇总，作为个案分析的辅助手段。

本书研究的范围是20世纪80年代至21世纪初的中国内地影坛，聚焦于现代文学名家文学代表作品的当代电影改编版本。这些作品中占据核心位置的是鲁迅、茅盾、老舍、曹禺、沈从文、张爱玲等人代表作的电影改编版。本书研讨的文本不包括以下篇章：鲁迅改写自志怪小说的《铸剑》的电影改编版、郭沫若历史剧《蔡文姬》的电影改编版、茅盾小说《春蚕》和《蚀》改编的电视电影、柔石小说《为奴隶的母亲》改编的电视电影、老舍小说《不成问题的问题》的电视电影改编版。此外，现代文学作家创作于1949年后的知名作品，如戏剧《茶馆》和《龙须沟》、小说《色·诫》等作品的电影改编版，也不在讨论之列。

本书主要章节结构如下：

第一章简述现代文学经典的当代电影改编，分析本书涉及的改编问题及其语境和方法，具体包括电影改编的本质、策略和方式问题，以及与此对应的改编分析框架和评价方式，还涉及电影与文学之间彼此影响的关系。

第二章探讨鲁迅作品的当代电影改编版，包括小说《阿Q正传》《药》《伤逝》和叙事散文《阿长与〈山海经〉》。这部分的核心是鲁迅小说的现实主义与现代主义元素转换为影片的可能性、现实性及其限度。其中在20世纪80年代，鲁迅小说作品及其改编作品的接受语境与国家、民族、历史的宏大叙事密切相关，代表着对具有寓言性的中短篇现实主义小说的电影改编尝试。而2015年完成的影片《阿长与〈山海经〉》以地方文化和童年记忆的动画式叙述替代家国叙事与寓言性，也是一部值得关注的作品。

第三章的主要内容是茅盾的长篇小说《子夜》的改编，目的是透过这篇现实主义小说名作，审视那些具有史诗性的长篇小说的电影改编问题。这类作品对读者认识历史规律和社会发展趋势具有启发性，这种认识价值在改编中有时会与大众审美价值形成彼此的干扰，并不主动迎合观影活动的文化消费目的。

第四章主要分析老舍小说的当代改编文本，包括长篇小说《骆驼祥子》《鼓书艺人》《离婚》和短篇小说《月牙儿》。这些现实主义文学作品多以旧时代北京市民视角书写社会历史与个体命运沉浮，它们的电影改编版体现出不同于《子夜》史诗性小说的特点。在这些小说中，个体的感受和命运并未与重大历史事件形成共振，而是以卑微、琐碎和渺小的面貌召唤出人道主义情怀，其美学特质上的悲剧性植根于市民面对历史变迁或社会排挤的无力与挣扎。这些作品聚焦于个体情感的丰富性与个体遭遇的多样性描绘，并不强调自身的社会认知价值。它们的电影改编版致力于显示这些小说建立在地方文化基础上的大众消费价值。

第五章探讨沈从文中篇小说《边城》、短篇小说《萧萧》和《丈夫》等作品的改编方式问题，侧重研讨沈从文代表作中那些弱化情节性的中短篇小说的电影改编文本。沈从文书写湘西的小说具有乌托邦意味，以湘西的地方性作为现代都市的对应物。这些作品的改编版倾向于营造静止的乡土空间，此种策略对应了20世纪80年代至90年代电影文化语境的变迁。特别是电影商业属性的增强和跨地区电影合作的出现，使这些影片的文化象征意味得到了强化。

第六章具体分析张爱玲中篇小说《红玫瑰和白玫瑰》的当代改编。作为中国现代文学史上最具影响力的女作家之一，张爱玲赋予其作品独特的女性生命体验。这一点也成为《红玫瑰和白玫瑰》的电影改编版在大众化和商业化语境中的一个叙述难点。这部作品的电影改编实践，指向现代女作家中篇小说的电影改编与商业文化相结合的问题。《红玫瑰和白玫瑰》也是20世纪90年代商业电影跨地区合作进入新阶段之初的代表作品，在中国当代电影中具有标志意义。

第七章探讨曹禺戏剧作品的改编，具体文本包括《雷雨》《日出》《原野》《北京人》。与小说相比，戏剧在场景、角色设置、语言表达、表演策略等方面更有利于电影的改编，但电影与戏剧在媒介和叙事方式上的差异性依然为改编提供了巨大的创造空间。《雷雨》《原野》的不同改编版本之间的差异性，是分析曹禺作品电影改编的一个重要着眼点。这些不同文本之间的差异性，诠释了社会历史背景、商业文化语境之于文学名作改编的影响力。

本书正文最后一部分内容是结论，旨在对现代文学名著的当代电影改编问题进行小结。出于不同的目的进行的改编实践，决定了其中的艺术精品将如何走向大众，并接受市场、社会和艺术标准的审视与评价。

目录
CONTENTS

第一章

中国现代文学经典作品的当代电影改编问题述略

中国现代文学经典作品的当代改编问题，与改编本质、主体、策略、不同媒介形式提供的改编运作空间、文学与电影的历史性联系等论题密切相关。它们共同形成了文学名著电影改编研究的问题域，与中国当代电影不同发展阶段的改编目的、文化语境和受众需求相结合。文学研究领域中的文学作品存在方式与叙事问题，艺术学领域中的艺术机制问题，文学、艺术学和传播学领域共有的互文性问题，语言学和传播学交叉领域中的跨媒介翻译问题等，则构成了研讨经典作品电影改编问题的理论空间。

一、文学作品电影改编的本质、机制、主体及方式

（一）改编的本质与电影改编机制

改编（adaptation）在英语中原有“适应”之意，指代改变一件事物使其适应新的条件与用途的行动或过程。中文语境中的“改编”，一方面包含某一文本的自身改造，侧重“改变”和“调整”之意，另一方面涉及跨越文类或媒介形式以生成新文本的过程，同样有适应之意。两者都意味着改编是一种再生产。以文学作品的改编而论，这种改造的核心是通过文学文本的调整以适应

新的文学文体形式或其他媒介形式。琳达·哈琴和西沃恩·奥弗林从三方面描述了跨媒介语境下的改编本质问题："对已知的其他作品或作品们的公认的转换""富有创造性和解释性的挪用、挽救行为""对被改编作品的一次扩展的互文性的参与"。[①] 卡尔科–马塞尔和克莱尔的定义则是基于艺术学的视角，集中说明电影与文学之间的互相转换：

> 改编，就是把一部文学作品搬上银幕或是把一部电影重新编纂成文学作品。这意味着两者之间存在着"延迟修复"关系和"不同的合作"关系。……借助于在原著中有但却没有保存下来的一些内容，这完全可以说是一个创作的过程。从那时起，在他们的这种改编的行为中，各种被世人接受的见解与历史的真实性融合起来了。[②]

他们的论述都为思考文学作品的电影改编提供了启发。

20 世纪 90 年代中国电影研究者曾提出一个简单且通俗的改编定义："电影改编是指运用电影思维、遵循电影艺术的规律和特点，将他种文艺形式的作品再创作为电影剧作的艺术现象。"[③] 文学作品改编为电影的过程，本质上是跨越文学与电影两种媒介，对原作进行的改造、转写和文化适应的综合过程。这个过程中，改编者需要拣选原作中能够被转换的部分，充分考虑目标形式的不同可能性，在此过程中克服文学和电影媒介形式的差异性。如韦勒克所说："我们都意识到了把小说或者戏剧改编成电影的麻烦和问题，但是这也证明文学的建构和技巧是能够被转移到非语言的媒介的。"[④] 当代学者庞红

① 琳达·哈琴（Linda Hutcheon）、西沃恩·奥弗林（Siobhan O' Flynn）：《改编理论》，任传霞译，清华大学出版社，2019，第 7 页。

② 莫尼克·卡尔科–马塞尔、让娜–玛丽·克莱尔：《电影与文学改编》，刘芳译，文化艺术出版社，2005，第 1 页。

③ 刘金镛、宋家庚编著《电影艺术与电影文学》，山东文艺出版社，1990，第 226 页。

④ 勒内·韦勒克：《文体学、诗学与批评》，载勒内·韦勒克：《辨异：续〈批评的诸种概念〉》，刘象愚、杨德友译，上海人民出版社，2015，第 298 页。

梅承接哈琴和奥弗林的定义，把从小说到电影的改编界定为“物质世界的转换”“协同合作的产物”“互文本的重写”和“对社会文化语境的回应和注释”。[①]章颜分析小说改编的本质时论述道：“改编是对作为源小说的文本的一系列复杂操作，如节选、扩充或删除等。……源文本是稠密的信息网络，改编电影文本则可以从一系列的语言线索中选择、放大、忽视、颠覆或变形。”[②]这个描述同样以文本的转换为中心，立足于语言学式的观念。从“跨媒介”的角度看，描述改编过程的本质可仿照翻译的本质论述。从“转写”的角度来看，它又是故事的复述或再叙述，以此在一个特定的生产机制中形成不同文本之间的互涉关系。因此，本章描述文学作品的电影改编的本质，立足于以下四个方面：

第一，从媒介角度来看，文学的电影改编是跨越不同媒介形式过程中的文本转换、位移与再创造；

第二，从叙述的角度来看，它是以另一种媒介形式出现的重写或重述，其目的可立足于致敬、完善、扩展影响和发展等不同方面；

第三，从与改编相关的不同文本来看，改编是使原作、电影剧本和改编版之间生成互文性关联的过程；

第四，从艺术机制的角度来看，它是一个通过电影生产机制得以完成的“跨媒介适应”过程。

“跨媒介的转换、位移与再创造”的表述参考了瓦尔特·本雅明《论语言本身和人的语言》一文提及的翻译本质论。以文学至电影必须历经整体性的文本转换和符号转换而论，本雅明的翻译理论确实可以为继续思考改编问题提供方法指导。按照本雅明的论述，翻译是在“可译性”的基础上，“通过持续的转换由一种语言向另一种语言移位”。[③]如果祛除本雅明语言观和翻译观的

① 庞红梅：《论文学与电影》，人民日报出版社，2016，第 35—72 页。

② 章颜：《文学与电影改编研究》，社会科学文献出版社，2018，第 12 页。

③ 本雅明：《论语言本身和人的语言》，载陈永国、马海良编：《本雅明文选》，中国社会科学出版社，1999，第 285 页。

宗教学语境，它可直接用于理解文学的电影改编问题。文学的电影改编是两种各有特征的媒介文本及媒介形式之间的交流过程，充满各种龃龉、对话和妥协。另外，改编的过程往往凸显了原作及改编本身作为“被转译的文本”和“转译实践”的不可译性。明确了原作的可译性和不可译性，改编才真正得以进行。

国外电影研究者的观点中，并不缺乏以翻译描述改编本质的声音。巴赞认为：“如果把忠实于文学原著，理解为必然消极地顺从一种相异的美学原则，那也是错误的。小说自然有其特有的表现手段，它的原材料是语言，而不是画面。……正由于存在着这种美学结构的差异，……它要求编导者具有更丰富的独创性与想象力。……和逐字直译毫无价值，而过于自由的转译似乎也不足取的道理一样，好的改编应达到形神兼备地再现原著的精髓。”① 这是巴赞以跨语言的翻译与跨媒介的改编进行类比后完成的描述，刻板地重视于原作是有损于改编的，“忠实于原文”和“自由创造”之间须保持一定的张力。克拉考尔则直接使用“翻译”一词把握电影改编包含的转换过程：“罗伯特·布莱松根据贝那诺斯的同名小说改编的影片《一个乡村牧师的日记》说明了把某些宗教经验和精神状态翻译成电影语言的可能性。”② 在一个更宽泛的意义上，巴奈特论述道：“所有形式的理解、解释、重复、阐发及评论只要包括重述皆为翻译——是所有形式的符码转换。从一个学科的意义、术语、范式转变为另一个，从语言学符号转化为非语言学符号。”③ 这个有关翻译本质的论述，启发本文进一步将改编与翻译相结合展开思考。④

① 巴赞：《非纯电影辩——为改编辩护》，载陈犀禾主编《电影改编理论问题》，中国电影出版社，1988，第259页。

② 克拉考尔：《电影的本性》，邵牧君译，江苏教育出版社，2006，第325页。

③ Eve Bannet, *Postcultural Theory: Critical Theory after the Marxist Paradigm*（London: MacMillan, 1993）, p.164.

④ 夏衍曾引述“电影改编类似于翻译”的观点，但他认为这种观点“不一定完全正确”：“有人把改编譬作翻译，说这不过从小说、戏剧或诗歌的语言，翻译成为电影的语言，只是形式上的改变，是一个纯技巧性的问题，他们考虑的只不过是什么地方要删减，什么地方要增加，怎样使它适合电影的长度等等。这种看法对不对呢？我以为只对一半，或者还不到一半。我以为改编不单是技巧问题，而最根本的还是一个改编者的世界观的问题。这个问题，似乎过去注意得很不够。”夏衍：《漫谈改编》，载夏衍：《电影论文集》，中国电影出版社，1963，第231页。

在重写或再叙述方面，本雅明的论文《讲故事的人》也能提供论述的支撑。本雅明认为欧洲传统的讲故事的艺术中，对于故事的复述既是故事传承的过程，也是故事经由再创造被丰富化的过程。① 莫·贝加认为，改编是“要从另一种媒介（例如一部小说、一个短篇故事或一个剧本）取得素材的电影创作……”② 在这种过于简单的观点表达中，也隐藏着改编是一种创造性的“再叙述”的意思。从改编效果来看，文学的电影改编是一种借助电影机制完成的再叙述，它开始于对原作的接受活动，结束于再叙述导致的精神交流，代表了对文学作品进行理解和阐释的可能性。这不同程度上实现了改编者的创造性，使原作在跨媒介流传中得以形成另外的“版本”。在这个过程中，原作的内容以不同的文本形式得以延续和敞开。尤其是那些尊重原著精神且表达自身创造力的“译本”，使接受者得以越过原作的形式而接近原作的艺术世界。如本雅明所说：“在译文中，原作的生命力获得了最新的、继续更新的和最完整的展开。”③

转译和再叙述中必然形成原作与改编版的互文性关系，这也是改编问题中最基本的关系。它既可用以认识改编版，也可用以认识改编的实践过程。克里斯蒂娃在吸收巴赫金的理论后阐述了互文性的概念，她认为：互文性（intertextuality）意味着“每一个词语（文本）都是词语与词语（文本与文本）的交汇；在那里，至少有一个他语词（他文本）在交汇处被读出。”④ 而且，“任何文本的建构都是引言的镶嵌组合；任何文本都是对其他文本的吸收与转化”⑤。热拉尔·热奈特进一步将这一概念扩展为“跨文本性”，这种论述提供的方法可对分析如上个案中的互文现象提供帮助。热奈特的跨文本性包括五

① 本雅明：《论语言本身和人的语言》，载陈永国、马海良编《本雅明文选》，中国社会科学出版社，1999，第308页。

② 莫·贝加：《论改编》，载陈犀禾主编《电影改编理论问题》，中国电影出版社，1988，第317页。

③ 本雅明：《翻译者的任务》，载陈永国、马海良编：《本雅明文选》，中国社会科学出版社，1999，第293页。

④ 克里斯蒂娃：《符号学：语义分析探索集》，史忠义等译，复旦大学出版社，2015，第87页。

⑤ 克里斯蒂娃：《符号学：语义分析探索集》，史忠义等译，复旦大学出版社，2015，第87页。

种类型：其一，狭义的互文性（引语、典故、模仿、抄袭等）；其二，副文本性（作品序跋、插图等）；其三，元文本性（文本与谈论此文本的另一文本之间的评论关系）；其四，承文本性（简单或间接改造某一文本而形成的派生文本与原文本之间的攀附关系）；其五，广义文本性，即文本的题材性质（组成文学领域各种类型的等级体系）。①

同时，在不同媒介形式中完成的"再叙述"也关联到"适应"的问题。如前文所述，英语文化语境下的"改编"一词，原本就有"适应"之意。生物学意义上的"适应"，指"一个物种与其环境相适合的过程，它是自然选择作用于生物代际遗传变化的结果"②。心理学意义上的"适应"（adjustment）指"人和其他动物在其不同需求之间，或在他们的需求与环境障碍之间维持平衡的行为过程"③。以此为参照，文学作品电影改编过程中的"适应"同时意味着"跨媒介适应"和更宽泛意义上的"文化适应"。改编作为一个创作的实践过程，需要克服因媒介转换造成的形式、表现及传达效果方面的不平衡，以实现文化传播的目的。宽泛意义上的"文化适应"则可涵盖那些跨越不同民族和国家文化疆界的创造性改编活动，而经典文学作品的电影改编还需应对原作的文学评价、文学史地位与电影改编中常见的各种通俗化策略及其效果之间的差异。

结合现代翻译学的常见观念，改编同样可被视为一种具有系统性的"叛逆性的创造"。本书探讨的改编作为跨越艺术门类的"再创造"的个案，多以叙事文学作品作为电影创造的构架来源。通过电影的媒介手段和运作机制，这种创造活动最终得以完成。克莱·派克对此论述道：

当一部文学作品被转变为电影，它不仅仅是通过摄影机、剪辑、表

① 热拉尔·热奈特：《热奈特论文集》，史忠义译，百花文艺出版社，2001，第69—80页。

② "Adaptation," Encyclopedia Britannica, accessed May 10, 2010, https://www.britannica.com/science/adaptation-biology-and-physiology.

③ "Adjustment," Encyclopedia Britannica，accessed May 10, 2010, https：//www.britannica.com/science/adjustment-psychology.

> 演、布景和音乐把原作进行对应的变形，而且是根据独特的电影法则和惯例、文化的表意元素以及根据制片人和导演的理解作相对应的转化。当叙事原文一成为银幕剧作的时候，许多原来的意义就可能已经丧失，文字原作的某些成分又被浓缩，最后它们用一种新的媒介在一种不同的形式中和通过一种不同的影像过程被重新体现出来。①

这段话描述了原作是如何借助电影生产机制完成转换的：在特定电影工业和电影文化制度语境下，电影改编具体显现为电影改编版的立意、筹备、文本准备、摄制等一系列生产过程，其意义和功能在映演活动和观众接受实践中得到具体化。它同时也意味着跨越媒介的文学改编必须置于一个改编活动及其意义实现过程构成的体系或机制中进行探讨。

以今天的视角来看，电影改编是围绕电影文本的生产活动来看，电影改编及其意义实现的一般机制主要包括以下几个方面：剧本创作机制、影片摄制机制、影片映演机制、心理接受机制和评价机制。剧本创作机制始于电影作品故事层面的最初创意活动，以承载故事的电影剧本的形成作为阶段性目标。此阶段中的剧本是为了生产电影艺术作品而准备的带有文学性的文本，其修改和调整的过程是剧本自身面向影片摄制机制的整体要求而做出的变通与协商。影片摄制机制的目标是通过更为明确的专业分工与团队协作，创作出与电影剧本相应的电影艺术作品。在具体的电影摄制过程中，影片摄制机制可与剧本创作机制形成交叠的运作。影片的后期制作中，影片文本各层面的形式、结构、内容、组合方式及其整体效果依然可能不断被改动与调整，因此影片文本与文学原作之间的关联性和异同之点也将出现变化，并可能形成不同的电影作品版本。影片映演机制是文学作品改编版意义生成的中间结构，它涵盖了特定电影改编版本以何种面貌和方式展现给受众的过程，影片放映渠道和技术条件也可能影响到电影改编版意义生成的

① 克莱·派克：《电影和文学》，载陈犀禾主编《电影改编理论问题》，中国电影出版社，1988，第160—161页。

效果。如所有电影作品一样，文学作品的电影改编版及其放映活动需经历文化审查和监督机制的管控，这将不同程度影响从剧本创作到影院放映一整套过程中的不同环节。放映与否、在何时放映、在何种范围内放映、在何种平台放映、放映影片的哪一版本（因电影文化机制的作用而可能形成不同电影版本，如完整版、删减版、修复版等），均可能影响影片改编版意义与文化影响力的生成。心理接受机制能够概括受众个体或群体的期待视野、感知方式、观影经验等在接受过程中参与改编版影片意义生成的一般过程。如果说影片的映演活动为改编效果的检验提供了现实性，观众群体和个体的接受活动则形成了对影片理解的多样性。这种理解的可能性及其接受效应，将与对原作的理解和接受之间形成对话。评价机制是开展改编版影片评价的各方面因素与结构的总和，它的运作使观影群体（批评者、电影组织和机构、政府部门等）以特定标准和手段对改编版影片进行价值判断成为可能。以大众为主体的电影评价往往建立在群体接受体验和情感判断的基础上，其标准以视听感悟性为中心，较重视改编版的文化消费功能。电影研究者的评价多数是学术化和理论化的，由于评价者群体较重视文学经典的典范价值和不同艺术门类各自的创造力，因此评价标准以艺术性为核心。各级电影奖项的背景和评价主体存在差别，但评价多以艺术性和专业性为轴心进行评价。随着全球化背景下跨国和跨地区电影的兴起、电影网站和网络自媒体的发展，不同方式、层面的电影评价机制中，对文学作品电影改编版的评价形式、维度、标准等方面将发生深远的变化。尤其当电影票房越来越成为判断电影商业化成就的指标，它推广了新的电影改编效果的评价标准，并推动改编者在剧本策划阶段之前就预先考虑经济成效，进而以符合预期的方式进行后续改编工作。

在以上的电影改编机制中，改编活动将直接密切关联如下的作品文本形式：文学原作文本（及其不同的文学版本）、电影剧本文本（创作大纲、文学剧本、导演分镜头剧本等通常创作于电影摄制之前的文本）、电影作品文本（及其不同的电影版本，如导演剪辑版、译制配音版、删减版和片花等）、附带文学性的电影作品附属文本（如电影完成台本、电影的剧情简介等）等。它们当中除去文学原作文本之外，都可以视作电影的文学改编实践所产生的广义的文本产品。这个完整的实践过程中占据核心位置的无疑是“原作文本—剧本文本—电影作品文本”的轴心。

本书探讨的核心是中国现代文学经典作品的电影改编问题，并尝试思考电影改编版作品中精品创造的可能性。作为一个思考的框架，现将文学作品与其电影改编版中围绕精品生成问题而出现的文本内容进行组合，并表述为下图（图 1–1）。这个图示主要试图描述“文学原作—电影改编版中的精品之作”之间的文本关系，同时对思考“文学原作—作为文学作品的电影剧本—电影改编版”之间的关系也有一定启发性。

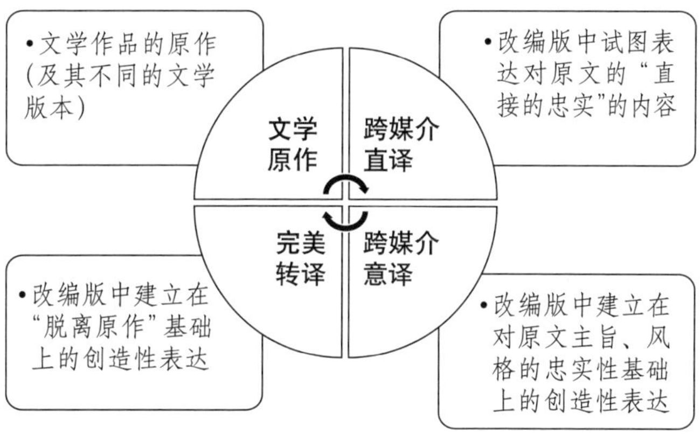

图 1–1　文学原作与其跨媒介精品改编版中不同“译文”之间的关联

图 1–1 中被十字线分隔的四项内容中，“文学原作”首先指在文学史意义上或在某一时代的传媒领域中得到确认的作品内容版本，它是这部作品作为文学符号集合体的总称；其次指文学作品在不同历史时期因各种原因而发生变动的不同版本。版本之间的差别可能源自作者根据现实需要进行的改动，也可能出于特殊的客观原因造成的文本增减，它们都包含了跨媒介转译中具有“可译性”和“不可译性”的内容。前者如曹禺对《雷雨》和《日出》戏剧剧本的改动，这在 1949 年后形成了新的作品版本；后者如老舍《四世同堂》小

说因其中部分原稿丢失，形成了不完整的发表版本，直到丢失的小说内容重新从英文稿译出。电影改编通常依据公认的作品内容版本进行创作，但也可能受到不同版本的综合影响。用以描述改编问题的“跨媒介直译”，并非意指文学原作在另一种媒介形式中形成的完整的“逐字直译本”，而指在跨媒介转译中依照较直接（或刻板）的方式进行转换而形成的电影内容，以及作者本人的真实形象（如作家照片或肖像画）等致力于表达“真实性”或“作家与作品的历史关联”的内容。这些内容因囿于原作文本的规定性而显现出有限度的创造力。改编问题领域中的“跨媒介意译”，指代建立在对原文意图、风格的忠实性基础上进行的电影化改编内容。与“跨媒介直译”相比，它的创造力主要体现在利用与原作相关或相似的其他材料进行的创造性表达之上。“跨媒介意译”利用的文本可包括原作作者的其他文学作品、原作涉及的历史本事和典故、可与原作中某个符号或文本片段相替换的内容等，它们以隐喻或转喻的方式与原作的内容发生关联，形成转移和替换。从逻辑上说，跨媒介意译还可能包含改编者出于创新目的而进行的有意误读。需要注意的是，电影剧本已经对“跨媒介直译”及“跨媒介意译”进行了具有影响力的方案规划和文字准备，它为后两者的电影化表达奠定了重要的基础。“完美转译”并非指代现实中难以企及的理想改编版内容，而是脱离原作及那些与原作相关、相似的文本和材料，由改编者创造的改编版内容。它属于试图切合原作的精神实质（而非原文的词句）从而进行创造的产物，在内容和意义上均不依赖于原作文本的设计。它仿佛是原作中被长久遗失的内容，得到重新获取和整合后显现在另一种媒介形式的文本之中。电影改编版中“完美转译”的内容，自身似乎从未经历并克服原作到改编版的“跨媒介”转换过程，它只是超越了这个转换中“译文与原文相对应”的过程，带着它自身的创造性光辉使原作得到发展、增益或扬弃。在某种意义上，它是改编版文本中决定着其自身能否成为电影精品的一个重要的内在条件。文学经典作品的电影改编版中，“完美转译”恰好与原作中那些基于文学经典作品自身特质而“不可译”的内容相对。“完美转译”是原作之经典性在另一种媒介领域中的新起点，它的生命力有时源于电影剧本中富有创造力的段落之内，有时出自影片摄制过程中导演、编剧、摄影师、演员、剪辑师等创作者的灵光乍现与现实执行力。它昭示着电影改编版的创造力与自主性，从艺术性的层面上使改编版不再从属于原作。“完美转译”可以被熟悉原作的电影观众所把握和评价，其艺术性质和功能的分析则有赖研究者的判断与诠释。

（二）改编主体与改编方式

与一般的文学形式不同，电影更多显现为一门集体协作的艺术形式。文学作品改编为电影作品的过程中，究竟谁是“改编者”？改编版成片字幕上显示的演职员列表中，署名负责剧本创作（或署名为“改编”）的人员通常是“少数派”。以电影作为具有综合性的艺术形式的维度审视，剧本创作者是那些把文学原作的核心方面“图示化”的主体角色，他们为影片故事构架、叙事策略和美学特质的建构奠定了基础。在文学名著改编电影的过程中，剧作者担任的跨媒介叙事者角色要求他同时熟悉两种媒介的特征与运作方式。电影评论家鲁思在民国时期曾这样评价担任改编者的条件：“只有富于‘文学修养’的，而同时又熟悉电影之特殊性的人，才够资格。”[①] 所谓“电影的特殊性”在当时即指代导演手法、摄影技术、剪辑技术等方面。剧本（电影文学剧本）连接了文学原作的文本和在摄制过程中被电影化的过程。而在不同的时代和电影工业语境下，无论改编主体是集编导一体且具有决定性的个体“电影作者”，或商业影片背景下展开分工协作的编导团队，抑或是导演与参与编剧创作的现代文学名著原作者（如曹禺）的跨代际组合，他们对于改编实践的策略与方式都具有根本性的影响。演员、摄影师、场景设计师、剪辑师等，则是改编作品实现其意义过程中的创造性参与者。

改编者的主体性体现在改编的思路和创造力之中，但最关键的问题是改编者对原作的态度。这并非意味着改编者必须忠实于原作，而是能够在原作的基础上展开创造性的劳动。导演、改编者凌子风也说：“我要忠实于原作，但是原作的精神是要通过我个人的理解和风格来实现的。说我完全不忠实原

① 鲁思：《究竟谁该改编电影剧本》，《上海影坛》1943 年第 1 期。

作我不承认，我想我基本上是忠实原著的。但是我觉得不仅要忠实于原作，也要忠实于我自己。有时候创作中就是有一种欲望，想这么拍，不想那么拍。”[①] 这种自主性创作的姿态，是改编者主体性的凸显，他试图以自身的观念、风格和生命经验对原作进行阐释和再创造。如布鲁斯东所说：“一位电影工作者……是另外一位有自己的意志的作家，而且是一位不折不扣的作家。”[②] 哈琴和奥弗林也认为：“一部被改编作品的故事及其异类世界的创造性变换，不仅服从于体裁和媒介需求……而且服从于改编者的气质与才华——以及他或她的个人互文性，以过滤被改编材料。”[③] 尽管所谓“尊重原作”一度曾被奉为圭臬，但电影本身在当代文化生产中的自主性和独立性，则让执行这个原则变得并不简单。无论倾向于“尊重原著精神”的20世纪80年代文学改编影片，还是越来越倾向于“再创造”和“再结构”的21世纪的文学改编影片，原作的改编者都试图将文学文本纳入电影生产的机制，由改编主体根据电影的需要来考虑“可译性”和“译法”。但如前文所述，所谓“忠实转换”不可能是原作内容的完全“直译”，这是“可译性”这一问题在创作过程中的现实境况。本雅明曾在《翻译者的任务》一文中说：“翻译者的任务包括发现趋向目标语言的特殊意念，这种意念在那种语言中生产原文的共鸣。”[④] 对于文学的电影改编者而言，改编即是通过转译生成“目标语言”的过程。改编者须创造性地设计文学原作转译为电影的方案，艺术精品生产的可能性就寄寓在其中。

如同理解“跨媒介转译”时必须考虑电影与文学的差异那样，理解改编者展开实践的可能性则首先需要考虑电影与文学的共性。由于文学和电影同属于时间艺术，电影的综合性又可提供在其文本中进行文字表达的可能性，这

① 葛菲：《凌子风导演访谈录》，《北京电影学院学报》1992年第1期。

② 布鲁斯东：《小说的界限和电影的界限》，载陈犀禾主编《电影改编理论问题》，中国电影出版社，1988，第212页。

③ 琳达·哈琴（Linda Hutcheon）、西沃恩·奥弗林（Siobhan O’Flynn）：《改编理论》，任传霞译，清华大学出版社，2019，第58页。

④ 本雅明：《翻译者的任务》，载陈永国、马海良编《本雅明文选》，中国社会科学出版社，1999，第298页。

使文学形象的电影转化具有可能性。[①] 电影与文学之间的互相借鉴，也验证了这些共性的存在。如特定文学作品的叙述策略和文本形式可能受到电影镜头和剪辑手法的影响，电影作品也可能吸收某种文学形式进行叙述与表达。前者如仿照电影镜头语言展开叙事的小说作品，或以电影剧照作为封面和插页的文学出版物。后者如影片中充满文学色彩的字幕或旁白。这些内容将在本章第二节进行展开。

具体的文学文本是否具有改编为电影的可能性，还关联到选择标准的问题。在改编文本的选取方面，不同的时代有不同的目标和需求，因而标准也存在差异。夏衍认为，改编者选择适合改编的文学作品需要考虑以下条件：其一，“要有好的思想内容，作品对广大观众有教育意义”；其二，“电影不同于小说、诗歌、散文，要有比较完整紧凑的情节，要有一个比较完整的故事，即有矛盾、有斗争、有结局”；其三，“要有几个（至少一个）性格鲜明、有个性特征的人物”。[②] 这些条件是“十七年”时期电影改编实践形成的选择标准，与电影改编的社会功能及意识形态功能密切相关。20 世纪 90 年代末，商业语境中的改编者则需充分考虑电影改编版作为商品的价值，原作知名度和影响力、改编版营造的观影效果、改编版故事层面与商业目标的契合度、跨地区 / 跨国发行的可能性、改编版面对文化审查机制的“安全性”等方面构成了新的选择标准。

在面对改编对象时的改编策略方面，夏衍认为改编神话、民间传说和野史作品的时候，改编者应充分发挥创作的自由，而改编经典作家的作品时，尊重的态度应体现为对原作主题思想和独特风格的忠实：

> 假如要改编的原著是经典著作，如托尔斯泰、高尔基、鲁迅这些巨匠大师们的著作，那么我想，改编者无论如何总得力求忠实于原著，即使是情节的增删、改作，也不该越出以至损伤原作的主题思想和他们的

① 汪流：《中国的电影改编》，中国广播电视出版社，1995，第 10 页。

② 夏衍：《对改编问题答客问》，《电影创作》1963 年第 6 期。

独特风格。但，假如要改编的原作是神话、民间传说和所谓的“稗官野史”，那么我想，改编者在这方面就可以有更大的增删和改作的自由。①

由于主流意识形态和文化机制已经确认了托尔斯泰、高尔基、鲁迅等知名作家的文学史评价及代表作的价值，因此忠实于这些作家原作的精神和风格，首先是服务于电影作为意识形态手段的必然需要。以夏衍的观点，改编主体应“从无产阶级立场，用马克思列宁主义和毛泽东思想的观点，通过阶级分析，为着对亿万观众进行爱国主义、社会主义、共产主义教育而改编剧本。”② 这种“十七年”语境下提出的针对改编者的要求，虽然难以涵盖90年代后商业文化语境中的所有电影改编现象，但它为新中国成立之初电影改编者主体性的确立做出了关键论述。同样基于以上的观念，夏衍也表达了面对中国现代文学经典作品的态度，他认为：“每一个改编者都可以有自己的风格，但要力求尊重原作者的风格，鲁迅的风格是谨严的、冷隽的；巴金就更热情、浪漫主义一点；老舍又比较幽默，改编鲁迅的作品要尊重原作者的质朴的特点。”③ 风格属于修辞学范畴，它关联着表达的方式与效果。夏衍的论述意味着名著改编者的主体性与创造力应指向特定的电影表达方式和效果。

如果说夏衍的观点致力于说明如何遵从经典作品原作以进行符合现实要求的改编，哈罗德·布鲁姆的论述则对理解经典文学作品电影改编过程中的叛逆性提供了启发。布鲁姆认为，在文学史的脉络中，晚近出现的诗人总是生活在前辈杰出诗人的阴影当中。前辈诗人已经得到历史承认的经典作品给后辈诗人造成了巨大的心理焦虑，而后者为了对抗这种传统并凸显自身创造力，通常会对前辈的作品进行各种调用和处理，具体策略可包括修正、刻意的误读、创造性的攫取和占有。“所谓诗人中的强者，就是以坚忍不拔的毅力向威

① 夏衍：《杂谈改编》，载夏衍：《电影论文集》，中国电影出版社，1963，第222页。

② 夏衍：《漫谈改编》，载夏衍：《电影论文集》，中国电影出版社，1963，第232页。

③ 夏衍：《对改编问题答客问——在改编训练班的讲话》，载夏衍：《电影论文集》，中国电影出版社，1963，第262—263页。

名显赫的前代巨擘进行至死不休的挑战的诗坛主将们。天赋较逊者把前人理想化，而具有较丰富想象力者则取前人之所有为己用。”[①] 这种情况也存在在跨媒介展开文学改编的作者们身上。他们当中试图凸显自身创造力的人，会对原作进行“创造性的背叛”。与布鲁姆式的“创造性背叛”相比，苏联电影改编研究者波高热娃的“创造性改编”论述是一种折中式的表达。她概括了成功改编高尔基作品的案例，认为：

> 从事改编的剧作家的第一项任务并不在于探索文学所带有的电影特点（虽然也要考虑到它们），而在于能够重新理解艺术形象，并通过新的、视觉的、具体的形式把它再现出来。剧作家并不是创作全新的，而只是对银幕来说才是新的作品，他既要保持原著的涵义、形象、灵魂，又不能破坏他所改编的原作主人公所处的那一历史的、具体的环境，那种社会的和心理的制约条件。应当像一个真正的作者那样自由地、充满灵感地进行创作。[②]

这种阐述的标准是电影相对于文学原作的改动程度和以电影形式转换原作过程中“表达原作精神”的程度，带有苏联时期现实主义文艺观的烙印，但我们依然可以把这种创造过程视为对原作的“超越”或某种程度的“背叛”。这些论题在当代商业文化语境下必将经受现实的锤炼。改编者与原作之间的博弈和协商，也将在更为多样化的背景下继续下去。以此审视 90 年代以后的现代文学经典改编可知，电影改编者试图以各种方式表达自身的创新力，而且越来越致力于实现经典改编电影的商业价值。文学原作在电影媒介框架下的移植、组合、改写、拼贴，是具体的运作手段，在商业语境下的改编中得到

① 哈罗德·布鲁姆：《影响的焦虑——一种诗歌理论》，徐文博译，江苏教育出版社，2005，第 5 页。

② 波高热娃：《文学作品的改编》，载陈犀禾主编《电影改编理论问题》，中国电影出版社，第 291 页。

了普及。尽管原著文本的经典性已然树立基于历史评价和大众口碑的权威性，但改编版的创新性也理应给予合理的评估。文学经典的电影改编版作品试图建立的“文本纪念碑”不单是为了维系或依赖原著的经典性，同样是为了彰显改编活动作为创造性劳动本身的意义与价值。

关于改编方式与策略的类别，曾有理论家提供了基于不同标准和逻辑的分类框架。这些论述既提供对改编对象的选择标准，也表达了对改编方式的不同理解，具体化为改编策略与技术的分类。克拉考尔曾根据不同的改编对象，将改编区分为“电影化的改编”和“非电影化的改编”。前者指改编那些“内容上不越出电影的表现范围的小说”[①]，特点是“文学手段和电影手段之间的相同之处往往能消弭各自的世界之间的不同”[②]。后者指改编“那些用普鲁斯特的方式构成一个非电影所能掌握的世界的小说”[③]，其特点是为了忠实于原作而采取舞台纪录片式的手法，并未充分发挥电影独特的表现方式。克莱·派克曾论及三种改编方式：第一种是严格地把文本转变成电影语言；第二种是“保持原作叙事结构的核心，但对它进行了明显的重新阐释，或者在某种情况下进行了重新结构”；第三种是“把原著完全看作一种原始素材，看作一种诱因”。[④] 以今日的眼光审视，第一种改编代表一种“忠实改编”的乌托邦，是文学相对于电影占有优势的年代的“完美化”设想；第二种以电影的手段去转换文学作品的结构，并在此过程中使原作和改编版形成始终存在的张力；第三种意味着特定文学作品的整体性和主体性在改编中从属于电影，成为“为了电影的目的”而被运用的材料。

前文提及夏衍的改编观从社会主义文艺面向工农兵的前提着眼，在改编观念和方式上侧重强调情节的完整性、曲折性、戏剧性。他的改编策略中有关如何处理原著情节的建议，具有深远的影响。20 世纪 80 年代，汪流在夏

① 克拉考尔：《电影的本性》，邵牧君译，江苏教育出版社，2006，第 322 页。

② 克拉考尔：《电影的本性》，邵牧君译，江苏教育出版社，2006，第 322 页。

③ 克拉考尔：《电影的本性》，邵牧君译，江苏教育出版社，2006，第 325 页。

④ 克莱·派克：《电影和文学》，载陈犀禾主编《电影改编理论问题》，第 164—165 页。

衍电影改编论述的基础上，提出电影改编须破除“戏剧式电影”的单一性，探索多样化的改编方式，使之与原作、观众的需求和电影自身的发展方向相协调。[①] 这种观念扩展了夏衍的论述，为 80 年代改编经典作品思路的开放创造了条件。具体的改编方法上，汪流在《电影编剧学》中提出了改编过程中六种处理原作的方法：移植、节选、浓缩、取意、变通取义、复合。[②] “移植”面对那些与电影文本故事容量相近的中篇小说，对其人物和情节进行挪移。“节选”指选取长篇小说中适于电影化的部分，进行改造。“浓缩”用于处理那些不便从中节选段落的长篇作品，集中于主题进行删繁就简。“取意”是接受原作的启发，在保留原作人物和情景的前提下重新构思、整合与再创造。“变通取义”系将外国作品本国化，致力于创作具有独特风格的新作，而无须忠实于原作思想的改编方式。[③] 这是建立在中国式的篇章修辞策略基础上的分类，并为不同作品文本之间的组合、某一部文学作品内容的提取与转换等方面预留了空间。虽然此类理论尚未充分考虑到电影作为商品的特殊性和基于此种特征的改编方式，但已经为中国电影改编的分类研究打开了一条可行的路径。[④] 当代改编研究者的研究更多地受到当代西方文艺理论的影响，其表述方式中融合了意识形态的综合思考。如当代学者庞红梅认为，文学作品的改编策略根据故事的空间感和社会场域可分为“观照的置换”和“故事的旅行”。前者的内涵是：

> 创作者立足于当下的时空，对原文本进行筛选、重读、加工、选择性地植入创作者所在社会文化语境的影响，并进行意识形态上的置换，对特定的目标观众行使文化传播和意识形态渗透的功能，这可以被认为

① 汪流：《电影改编理论需要突破》，《电影艺术》1983 年第 10 期。

② 汪流：《电影编剧学（修订版）》，中国传媒大学出版社，2009，第 269—271 页。

③ 汪流：《电影编剧学（修订版）》，中国传媒大学出版社，2009，第 269—271 页。

④ 研究者刘明银的具体改编方法分类方案是：平行移植、扩充、合并、节选、浓缩、借势、造境、跨国界改编。这种分类方案也有一定的参考价值。刘明银：《改编：从文学到影像的审美转换》，中国电影出版社，2008，第 181—183 页。

> 是一种对小说文本的审美“观照”。这种改编虽然不可避免地会产生差异，但与文本源或原创的关系清晰可见。①

后者指代：

> 创作者为了使作品能够更好地为当下语境所接受，将小说文本的时空进行挪移，主动地更改小说与电影的时空差距，使故事发生时空“旅行”。……文本在一个更接近现实的空间和社会领域中传播意识形态。②

这种论述进一步超越了“改编技法”的层面，将改编问题置于文本操演和意识形态的背景下，作为一种同时关联艺术文本内与外两方面的综合文化现象。

以上论述或框架在分析具体的当代作品过程中，有时仍会与批评界惯用的“忠实的改编”和“不忠实的改编”这种划分标准发生关联。“忠实”或“不忠实”的分类还可具体化为“忠实于原作的内容 / 框架”或“忠实于原作的意图 / 精神”。这个二元模式的优势在于，它同时具有宏观和微观的维度：既可以从整体上把握影片与原作的关系，也能够衡量影片文本中一些情节段落与文学原作的对应关系。它的局限在于对改编问题的把握和解析缺乏更细致的操作方法与空间，且容易流于“只有整体上忠实于文学原作的改编才是好的改编”这种单一的价值判断。对本书而言，这种改编观念的优势一面固然有指导价值，其局限的一面也不会在当代造成太大的困扰。20 世纪 80 年代至 90 年代的改编批评者基于文学价值的优越地位和特殊文化语境强调的“忠实改编”，有其特殊的语境。由于文学作品特别是经典作品的价值依然得到重视，绝大部分电影编导倾向于进行全局意义上的“忠实改编”，且能够得以改编为电影的多数现代文学作品的文学史地位已较为稳固，因此研讨这部分作品的改编问题多倾向于考虑“文学原作以何种方式转换为影片”或“电影以何种方

① 庞红梅：《论文学与电影》，人民日报出版社，2016，第 76 页。

② 庞红梅：《论文学与电影》，人民日报出版社，2016，第 78—79 页。

式与文学原作相对应”，而无须过多考虑“不忠实的改编”“只保留原作框架的改编”或“以文学作品作为电影的一般材料”等情况。

从改编版的接受状况上来看，另一系列的关键问题是：改编版的受众是否阅读过文学原作并形成了一定的知识、理解和态度？这些因素又在改编版接受过程中产生何种期待和需求？改编者的改编策略是否需要考虑这种差异性？这些问题将关系到改编版最终以何种方式得到接受并发生影响。哈琴和奥弗林区分了“已知”（knowing）和“未知”（unknowing）的改编版观众（或译作“知情阅听人”和“不知情阅听人”），他们认为：

> 如果我们不知道我们实际上体验的是一部改编本或者如果我们不熟悉它改编的特定作品，我们只是像体验任何其他作品一样体验这次改编。然而，作为一部改编本来体验它，如我们所见，我们需要承认它是这样的，并且知道它的被改编文本，这样允许后者随着我们正在体验的在我们的记忆中振荡。在这个过程中，我们毫无疑问在改编作品中用来自被改编文本的信息填补了任何空白。的确，当从讲述模式的松散扩展迁移到展示模式的表演时间和空间的局限时，改编者就依赖这个能力去填补空白。有时他们过于依赖，因而产生的改编作品没有参考和预备知识就毫无意义。改编本如向凭借自身力量成功，必须同时为已知和未知的观众服务。①

这段论述包含了改编者的意图和可能的工作方案，也包括这种改编在受众那里产生的结果。电影观众本身观赏改编版之时，因“知情”与否而填补文本空白的方式产生的差异性，深刻影响着改编版的接受体验和意义的生成。这既是对改编版观众的区分，也可从改编方式和目的的角度补充有关改编本质的认识。对于阅读量较大、知名度更高的文学经典的电影改编而言，“是否

① 琳达·哈琴（Linda Hutcheon），西沃恩·奥弗林（Siobhan O’ Flynn）：《改编理论》，任传霞译，清华大学出版社，2019，第 82 页。

了解原作”所造成的接受差异，有可能更为多样化。改编者对于受众知情与否的预判，也将影响到改编过程中的技术处理和创造性表达。

电影改编的可能性，就取决于原作中可供改编的方面，以及它们所对应的电影媒介手段。依照题材和类型划分，那些已完成经典化的现代文学作品存在着各种可被转译的内容。哈琴和奥弗林认为，一般意义上的故事有三个易于进行跨媒介改编的方面：主题、人物和“故事的独立单位”(事序结构)。[①]这三方面通常正是改编者考量思考改编实践的着眼点。现代小说的叙事纯以文字形式在线性时间中展开，诉诸读者的阅读行为、感受与想象力，对于心理世界的描绘尤其细致、精深。福斯特认为小说的特点是“作家可以大谈人物性格，可以深入到人物的内心世界，让读者听到人物的内心独白，他还能接触到人物的冥思苦想，甚至进入他们的潜意识领域。”[②] 如小说中的人物肖像描写，可在改编中通过镜头设置、演员表演、服装设计等手段转换为电影中的人物描绘。小说中的人物对话情境可转译为以“正反打”镜头所呈现的对话段落，对话内容也可进入场景设计里人物的话语行动之中。小说中的场景与风景描写可转译为与特定风格的配乐相对位的全景、远景镜头或镜头系列。小说中的心理描写可转译为闪回、叠印和画外音等电影叙事形式，但这并非电影最擅长的内容。小说中的转述和间接引语段落，也能够借助闪回、画外音、字幕等形式得到转译。如上文所说，这些分别呈现在小说和电影媒介形式中的内容显然无法形成一一对应的关系，增益、取舍和创造取决于创作机制本身的运作与结果。

在不同类别的小说方面，长篇小说多数精于整体布局，动辄以数十万字的规模描绘时代的画卷，个性鲜明的人物聚散于矛盾集中的场景，探索历史、社会或精神世界的丰富性和多样性。这种丰富性与多样性是长篇小说的优势，但在改编过程中就转而成为一种难度。与此相比，短篇小说的电影改编更为

① 琳达·哈琴 (Linda Hutcheon)，西沃恩·奥弗林 (Siobhan O’ Flynn)：《改编理论》，任传霞译，清华大学出版社，2019，第 7—8 页。

② 福斯特：《小说面面观》，苏炳文译，花城出版社，1984，第 74 页。

常见。知名作家短篇小说的电影改编者，往往使用聚合式的手法，以一部作品为核心，萃取和集成其他作品中的角色和故事，在情节主要内容之上添加支脉和细节，从而扩展电影文本的内容。德斯蒙德和霍克斯曾总结出改编短篇小说的三种策略：集中策略、交织策略和出发点策略。集中策略是“保留了短篇小说中的大部分叙事元素，将这些元素集中在电影的开场、中间或结尾处，将新的元素添加到电影其他地方”。[①] 交织策略是“保留了短篇小说中的大部分叙事元素，将这些元素分散在电影中（尽管未必按照他们的原始顺序），将新创造的元素，或对小说的扩展，交织进已经存在的元素中”。[②] 出发点策略是“削减掉短篇小说中的大部分叙事元素，保留情节的前提、人物名字，或者只是标题，以这些元素作为出发点，拓展为一个新的故事”。[③] 现代文学作品中，那些情节性强的作品和弱化情节的作品，在改编策略和因此形成的风格方面，往往具有较大的区别。

戏剧改编电影的难度略低于小说，毕竟戏剧艺术与电影都建立在以视觉化形式为中心的表意手段的基础上，而且戏剧的演出文本与电影故事片的叙事都较依赖演员的身体行动与话语行动。戏剧作品电影化改编创作的基础资料可涵盖剧本文本（dramatic text）和表演文本（performance text）。前者涵盖戏剧剧本、演出台本、导演阐述、布景和灯光设计方案等多方面的内容，后者主要指代与戏剧文本相对的表演文本，是前者在舞台实践中的具体操演。[④] 戏剧文本中的人物介绍往往比小说中的人物描写更为具体，为电影人物的外在塑造方式进行了初步设定（包括人物外貌、性格、衣着、行为特征等方面）。剧本文本中的场景说明，有时也能够融入电影场景的设计。与剧本文本

① 德斯蒙德（Desmond，J.M.）、霍克斯（Hawks，P.）：《改编的艺术：从文学到电影》，李升升译，世界图书出版有限公司北京分公司，2015，第 179 页。

② 德斯蒙德（Desmond，J.M.）、霍克斯（Hawks，P.）：《改编的艺术：从文学到电影》，李升升译，世界图书出版有限公司北京分公司，2015，第 179 页。

③ 德斯蒙德（Desmond，J.M.）、霍克斯（Hawks，P.）：《改编的艺术：从文学到电影》，李升升译，世界图书出版有限公司北京分公司，2015，第 179 页。

④ 谷容林：《戏剧符号学视域下的剧本世界》，中央编译出版社，2019，第 28—29 页。

相比，表演文本提供了直接的示范。如果说剧本文本中的人物对话与电影中的人物对话之间需要通过电影演员表演和镜头语言进行跨度较大的转译，那么戏剧的舞台文本与电影作品中的对话之间的转译难度就相对更低。尽管戏剧演员和电影演员的演绎方式分别对应着舞台空间的需要和银幕表现的需要，在表情和行动的策略与再现方式上存在着基于不同艺术形式的差异，同时影片中的场面调度和剪辑手法也带来了差异性，但总体来看在改编中的“可译性”更强。

在如上改编理论的参照下，20 世纪 80 年代以来国内学术界对中国现代文学名著的电影改编问题展开了有价值的思考。研究者利用包括符号学、叙述学、传播学等理论对改编问题和个案进行研讨，形成了一些有启发性和理论探索价值的论著。按照岳凯华教授的研究，中国影视文学改编研究成果的类别有五种：一是改编观念、方法与类别的研究，二是电影文本与文学作品风格特征的横向比较，三是中国影视改编通史或“断代史”的系统研究，四是文学作品影视改编技巧的个案研究，五是中国电影导演改编个性特质的研究。[①] 这些不同方面和维度的研究各自形成了丰富的成果，在理论和方法的建树方面各擅胜场。

较早的有关中国电影改编问题的研究论著中，除前文提及的夏衍电影创作论集为本书写作提供指导意义之外，海外华人学者周蕾的《原初的激情——视觉、性欲、民族志与中国当代电影》也包含着一些思路上的启示。[②] 周蕾的研究始于现代文学史研究领域中著名的“幻灯片事件”，她认为其中鲁迅《〈呐喊〉自序》和《藤野先生》两篇文章中提及的这一事件体现了“受压抑的视觉性”，从而在中国现代文学的原初论域里设置了包括电影在内的现代媒介问题的位置。作者对“第五代”电影代表作中的改编作品及其跨文化翻译状况的研究，可作为当代电影改编问题研究的参考资料。

① 岳凯华：《百年中国影视文学改编研究书目引论》，知识产权出版社，2019，第 369—371 页。

② 周蕾：《原初的激情——视觉、性欲、民族志与中国当代电影》，孙绍谊译，远流出版社，1995。

近年的改编理论著述中，对本书的写作思路具有启发性的专著有：庞红梅《论文学与电影》、章颜《文学与电影改编研究》、马军英《媒介变化与叙事转换：以陈凯歌电影改编为例》[①]、周仲谋《消费文化语境下的中国电影改编》[②]等。庞红梅的著作梳理了改编的内涵、性质、功能和改编研究的历史状况，运用新的改编分析模式分析了全球化时代的经典文学作品改编案例。章颜的著作扩展了对改编功能的认识，认为文学的电影改编包含文学批评、经典传承和跨文化对话等方面的性质。个案方面，作者还分析了以电影改编为主题的自反性电影文本（如《改编剧本》），作为对思考改编本质问题的支撑。马军英的著作运用符号学家彼得斯的理论对陈凯歌的早期艺术影片进行文本分析。作者试图离开文学叙事学方法的单一性，利用符号学和叙事学的理论资源，以电影文本的体态运用与表演为中心进行研究。在一个被合理简化的彼得斯电影分节方案中，作者认为影片文本可划分成三个层面：故事层面、叙述层面和载体层面。[③]这是一个具有可操作性的影片分析模型。周仲谋的著作重视研讨消费主义及其价值取向对当代电影改编方式和效果的影响力，围绕很多代表性的案例进行了令人信服的个案研究。

但也有一些当代改编论著存在遗憾之处，其中出现频率较高的问题有如下几个：其一，只讨论情节和人物设计方面的改编，忽视从文学到电影的艺术形式、媒介手段、叙事方式等方面的系统性转换。研究后者需要更具可操作性和有效性的文本解读方法。其二，淡化改编创作所处时代语境和文化背景对改编文本的影响力，并未有意识地区分“十七年”“80 年代”“90 年代”等不同时期电影制作语境的异同。其三，通常并不选择从原作与改编版的整体篇章和叙述方式转换入手，展开比较细致的对照分析和研讨。其四，在改编版个案分析中淡化电影文学剧本作为中间文本的参考价值。本书的写作试

① 马军英：《媒介变化与叙事转换：以陈凯歌电影改编为例》，上海世界图书出版公司，2011。

② 周仲谋：《消费文化语境下的中国电影改编》，中国社会科学出版社，2015。

③ 马军英：《媒介变化与叙事转换：以陈凯歌电影改编为例》，上海世界图书出版公司，2011，第 20—22 页。

图避免以上问题，以在个案研究中获取一些关于文学经典改编的心得。

二、艺术理论视野下电影与文学的差异及相互影响

作为跨媒介转译的电影改编，代表电影与文学两种艺术形式之间展开交流的可能性。有关这种交流关系的思考，一方面建立在文学与电影性质的差异与共同点之上，另一方面需要从电影史与文学史的交汇入手。文学作品之于电影机制的价值、电影作品之于文学机制的影响力、电影机制与文学机制的交互作用，都处于这个讨论领域之内。

（一）电影与文学的差异

尽管文学和电影都曾在特定时代对另一方产生过重大的影响，但有关它们之间关联性的思考依然需要从两者的差异入手。作为艺术形式的文学，其基础是书写—阅读的能力及其作品，以及长期历史运作和实践形成的文化形式。雷蒙德·威廉斯认为："literature（文学）、art（艺术）、aesthetic（美学的）、creative（具创意的）与imaginative（具想象力的）所交织的现代复杂意涵，表示出社会、文化史的一项重大变化。"[①] 王先霈主编的《文学理论批评术语汇释》则给文学以如下描述——"在传统的和较为普遍的意义上，文学，或者诗歌、戏剧、小说等被视为'文学'的作品，是被诸如模仿、虚构、想象性、创造性等属性来定义的。"[②] 文学艺术的表现力建立在语言文字的意义系统与表达方式当中，它的意义依赖语言的通道进行表达，与受众的感知、经验和想象相交汇，引起读者再创造的多种可能。与文学对照，电影作为一个艺术理论概念，多指代以视觉暂留原理和摄影术为基础，以蒙太奇为基本叙述方式的现代艺术形式。电影能够通过影像通道和声音通道进行复合性的意义表达，建立以角色的行动为中心的表意系统。由于这个原因，电影可以用视听手段

① 雷蒙德·威廉斯：《关键词：文化与社会的词汇》，刘建基译，生活·读书·新知三联书店，2005，第274页。

② 王先霈、王又平主编《文学理论批评术语汇释》，高等教育出版社，2006，第185页。

调动观众“情景交融”的体验，也可以借助自身叙述方式中那些与文学的心理描写相对应的“等价物”呈现心理世界，但确实不易表现如同文学作品那种不断召唤感受能力和想象力的无尽韵味。

对于电影本身的研讨，通常都会涉及如下要点以界定电影艺术：第一，以摄影术为基础的艺术形式，这使电影有别于普通的幻灯片和传统的皮影戏；第二，对电影的接受建立在视觉暂留原理的基础上，这使电影有别于普通的绘画艺术和舞台戏剧艺术；第三，电影最初使用的材料和媒介中包括了摄影机、感光胶片、放映机、银幕、电影院等，这使电影有别于其后产生的电视艺术形式。在这些阐释思路的指导下，解释电影的本质还需要更为细致的分类叙述，以说明电影生产过程相对于文学创作的独特性。

从创作角度来看，现代文学作品通常是由单一作者创作完成的，而大部分电影作品在本质上则是团队工作的结晶。所谓“电影作者”是一种带有隐喻性的说法，多用以描述集编剧和导演于一身的主创者。一般的文学创作并不需要数量巨大的资本投入，而当代电影则多数是直接受益于投资和制片计划的作品。而且，资本运作的规律必然要求电影的生产大体上遵循一个制作计划或进度表，而且团队的分工合作也更多地需要社会契约、协议或合同的介入。而文学即便在当代商业语境下，仍旧可以相当程度上保持个体独立写作的自由方式。

与文学相比，电影（尤其是早期电影）诉诸视觉的特征使它在接受方式上有别于诉诸想象力的文学作品。布鲁斯东曾提及对小说和电影之间差异的看法：“人们可以是通过肉眼的视觉来看，也可以是通过头脑的想象来看。而视觉形象所造成的视像与思想形象所造成的概念两者间的差异，就反映了小说和电影这两种手段之间最根本的差异。”[①] 俄罗斯形式主义文艺理论家鲍里斯·艾亨鲍姆认为，与文学作品的读者相比，电影观众“被置于与阅读过程在相当程度上呈相反状态的、崭新的感知条件下。读者运动方向是从印刷文字，到主题的可视形象，观众则朝着相反的方向：从主题、从动态镜头的

① 布鲁斯东：《从小说到电影》，高骏千译，中国电影出版社，1981，第1—2页。

对照关系开始运动，到对它们的理解，再到为其命名……”① 文学作品的接受过程中，读者可在很多方面展开自我调控。例如读者可以断断续续地完成对一本小说的阅读，也可以反复阅读同一本诗集中的某篇作品，这些都取决于读者个人的兴趣、习惯和需要。因而，阅读文学作品的时间、速度和进度都是读者能够掌控的。但在录像机和电影光碟普及之前，电影院里上映的电影作品却通常采用从头至尾连续放映的展演方式，普通的观众个体对这个放映过程缺乏控制力，在接受影片的过程中受到更多的限制。这一点与网络时代可随时重新观看的影视剧并不相同，更迥异于文学作品。尤其是需要完成商业目标的电影，它们占据了当代电影作品的多数。一方面电影必须更加紧密地呼应观众的需求，以通俗化的策略赢得观众的注意力。另一方面，电影必须使用比较通俗流畅的结构，以迎合观众群体教育水平的平均线。与此同时，观众对电影的感受和评价也更多地受到周边其他观众以及大众传媒的影响，因而某个观众的欣赏和接受活动先在地具有“群体感知”的背景和特点。

电影的表现力和表现方式都有别于文学。电影镜头对景物和人物行动的描述是非常直观的，它利用场景、面孔和身体等具象化的影像来进行表达，要求人不断发展其视觉和听觉的感受能力，却并不必然要求观众想象力的即时参与。在这个意义上，如果说文学的表现力在于利用语言呈现现实，那么电影就是利用“幻觉”再造现实。与擅长呈现心理活动的现代小说不同，电影所使用的技法在相当长的发展历程中并不能充分地表达人的内心活动和思想，多数情况下只能以类比、联想的方式进行提示。虽然这一点随着电影技术和技巧的发展已经逐步有所改善，但毕竟无法像现代小说作品那样展示细致入微的心灵世界。在这个问题上，电影无法在心理描写方面替代文学，文学也无法在视觉表现力方面替代电影。如同克拉考尔在《电影的本性》里指出的，电影擅长表达被摄影机所把握的“物质的连续”，而文学的世界主要是“一种

① 艾亨鲍姆：《文学与电影》，转引自雅各布·卢特：《小说与电影中的叙事》，徐强译，北京大学出版社，2011，第7页。

精神的连续”。[①] 如果一部当代电影试图在局部使用文学式的叙事方式来替代电影独特的镜头和视听语言，这种做法可能伤害到电影的表现力。此外，拍摄电影过程中的摄影机，仅仅通过机位和景别的设定，加上一定的镜头运动，就能干预和影响观众的感受与认知。这对于作品意义的生成具有重大影响力，可视作电影叙事手段中不可替代的内容。当代电影研究者陈芳认为：“……电影不同于小说，影视文本在视觉表现方面的长处，可以直观展示视觉文本聚焦的视觉感知，并将感知主体与现实中的摄影机镜头等同起来。这种便利在改编的过程中往往体现为某些叙述手法与电影表现手法的对应关系。”[②]

电影近百年来的发展史本身是一个与都市、现代社会以及文化的发展关系密切的问题，这一点也不同于拥有更为漫长发展史的文学。电影所包含的技术背景是与现代科技密不可分的，这些科技的发展不断推进电影艺术的进步，制约或决定着某一时期的电影能够运用的叙述方式和美学特质，而文学作品叙述手段因受到现代科技进步的影响而被改变的程度远远不及电影那样剧烈。在网络文学兴起之前，科技发展多数情况下只能改变文学作品的存在状态和存在方式，但很难彻底改变文学表情达意的叙事手段。

有关电影与文学的差异，特别需要说明的几个问题是：第一，作为综合艺术的当代电影虽然与文学存在共性，但它并不具备真正的“文学性”，因为文学本质上是利用严格意义上的“语言”和“文字”来塑造形象、讲述故事和抒发情感的。20 世纪 80 年代中国学术界曾出现有关“电影的文学性”的研讨，这个理论命题在当前显然已失去了突出的理论价值。第二，电影与现代商业及文化工业之间的联系是必然的，电影作品多数情况下首先是商品，其次才是艺术作品，而现代文学作品并不必然与文化工业密切相关。第三，电影的类别划分，如爱情片、警匪片、黑帮片、武打片等类别，首先是依照电影的

① 克拉考尔：《电影的本性》，邵牧君译，江苏教育出版社，2006，第 319 页。

② 陈芳：《聚焦研究：多重叙事媒介中的聚焦呈现》，中国社会科学出版社，2017，第 111 页。

主题、物质条件以及影片在观众群体中造成的感知与理解方式来做出的，这种划分方式包含不同于文学作品主题划分之处——它必须首先经历市场检验才能获得真正的承认。

（二）文学对电影的影响

20 世纪 20 年代，以苏联电影为代表的影片，开始致力于诗意氛围的营造。这种被称作“诗电影”的影片很好地诠释了当时苏联电影与文学之间的关联。苏联著名导演谢尔盖·爱森斯坦的创作谈《并非冷漠的大自然》一书中充满了有关文学、建筑、音乐等接受经验的表述。它们被纳入了导演的创作构思，而其中文学所占据的地位是不容忽视的。如爱森斯坦引用俄罗斯诗人普希金的作品《鲁斯兰和柳德米拉》和《波尔塔瓦》说明“黄金分割法”在各种艺术形式中的存在。在谈论知名电影《战舰波将金号》（*Battleship Potemkin*，1925）时，爱森斯坦还利用英国戏剧家莎士比亚的戏剧作品《哈姆雷特》和《裘力斯·恺撒》来说明“脱离常态”的剧情能够引起电影激情的勃发，而电影所承载的情感发生剧烈起伏的段落中，爱森斯坦又列举法国小说家左拉的作品，以其说明营造场面所需的结构规律。爱森斯坦的创作谈如同一位深受欧美小说影响的俄罗斯读者的经验谈，诉说着欧洲文学传统的深远影响力。他的电影创作谈中具体出现了如下作家及其作品：俄罗斯小说家果戈理、列夫·托尔斯泰、列斯科夫、陀思妥耶夫斯基、马雅可夫斯基、布宁，美国诗人沃尔特·惠特曼，奥地利小说家斯蒂芬·茨威格，英国剧作家本·琼森、马洛、韦伯斯特等。在一些学识渊博、文学素养深厚的当代电影导演那里，类似的情况同样存在。如法国新浪潮电影导演戈达尔的知名作品《阿尔法城》（*Alphaville, a strange adventure of Lemmy Caution*，1965）的剧情混合了英国作家乔治·奥威尔的反乌托邦小说《1984》、伊恩·弗莱明的通俗间谍小说以及美国通俗侦探小说的情节套路，体现出电影作品在结构和主题上的集成性。[①] 影片《法外之徒》（*Band of Outsiders*，1964）则试图致敬卡夫卡、兰波等知名作家。

① 焦雄屏：《法国电影新浪潮》上册，江苏教育出版社，2005，第 127 页。

从电影借助文学蓝本制作深入人心的作品这一维度来看，现实主义电影有能力将文学作品的现实性发扬光大。“二战”结束后，意大利的文艺界兴起了一股小说和电影的新浪潮。“新现实主义小说”深刻地影响了“新现实主义电影”的创作。它们的共同背景是“二战”过程中，意大利法西斯主义者利用电影欺骗民众，制造意大利已经成为发达国家的幻觉。“新现实主义电影”就是要在新现实主义文学的基础上破除法西斯主义制造的幻觉，使观众了解到真实的意大利的现状与社会问题。《偷自行车的人》(*The Bicycle Thieves*，1948）和《罗马十一时》(*Rome 11: 00*，1952）的主题是意大利的失业问题，《风烛泪》(*Umberto D.*，1952）关注了退休老人的生活困境，《擦鞋童》(*Shoeshine*，1946）将目光投向了街头儿童的遭遇，而《大地在波动》(*The Earth Trembles*，1948）的主题则是意大利南部渔民的生产劳动问题，它们都凸显了当时意大利真实存在的社会矛盾和社会问题，具有现实主义文学式的穿透力。新现实主义电影的这种主题、倾向以及呈现现实的方式源于欧洲 19 世纪崛起的现实主义文学和自然主义文学，因此与司汤达、巴尔扎克、福楼拜和左拉所代表的文学传统密不可分。现实主义文学强调写实性和典型性，自然主义强调“纯客观”以及描写现实的残酷性，这与新现实主义电影倡导到街头去寻找电影素材、同情小人物、直言不讳地表现社会问题，以及使用非职业演员等倾向是如出一辙的。在社会价值方面，这些电影也具有突出的时代性和进步意义。它们像真正的现实主义文学那样，能够破除资本主义制造的幻觉，让人性复归于丰富和多样化。从意大利新现实主义文艺的角度来看，新现实主义电影和新现实主义文学中的优秀作品都具有这样的社会价值。

在现代商业文化兴起的背景下，文学与电影的关系呈现出两种可能：其一是文学以规避电影的姿态维护自身的规定性；其二是文学发展为专为影视剧而写作的“影视文学”。从商业文化语境中文学和电影的关系来看，叙事文学（如小说和戏剧）已走向了后一种可能性。文学越来越倾向于成为庞大的影视文化产业的一个生产环节。从电影作为商品的特征来看，改编一部已接受受众和市场检验的文学作品，意味着这部电影在制作完成之前就开始吸引观众了。迅猛发展的网络文学，是这方面的代表。由文学作品改编而成的电影对文学原作进行的改动可能包含有凸显电影风格追求的目的，也可以诉诸票房收益。尤其是在当代中国商业电影崛起的背景下，电影越来越显现为吸纳包括文学在内的语言文字艺术的艺术形式。如姜文执导的影片中《阳光灿烂的日子》(1994) 改编自王朔的小说《动物凶猛》，《鬼子来了》(2000) 改编自尤凤伟的小说《生存》，《太阳照样升起》(2007) 改编自叶弥的小说《天鹅绒》，《让子弹飞》(2010) 改编自马识途的小说《夜谭十记》。这些文学作品的取材、故事框架和人物刻画奠定了电影创作的基础，也为电影再创作预留了空间。在经典作品的改编方面，冯小刚的影片《夜宴》(2006) 使用了莎士比亚的悲剧代表作《哈姆雷特》的故事架构，而张艺谋的影片《满城尽带黄金甲》(2006) 也利用《雷雨》的人物关系来编织故事。与此相应，更为小众化的当代电影同样离不开对文学故事、人物、场景、叙事方式的运用，如王家卫的电影《花样年华》(2000) 吸收了香港意识流小说家刘以鬯《对倒》作品中的部分故事框架，《东邪西毒》(1994) 则部分利用了金庸武侠小说《射雕英雄传》中的人物关系。这几部从经典文学作品改编而成的电影作品，是文学与电影之间关系格局的注脚。

编剧工作也集中体现了文学对电影的影响力。在电影艺术的早期发展历程中，电影导演常集编剧、制片、导演等职责于一身，承担了综合的创造力。而后，随着故事长片的发展，出于制片效率和商业方面的考虑，电影创作者将目光转向了文学史和庞大的文学作品资源。同时，也有文学作家深度参与了电影的筹划和制作。那些深入人心的文学作品被改编为电影之后，能够更为迅速地实现电影的商业和社会价值，一些有志于追求个人风格塑造的编剧和导演更借助改编和再创造的机会展示其独特的创造性。中国现代文学的历史上并不缺少作家参与电影创作的个案，一部分现当代作家以电影编剧的身份进入了中国电影史，如夏衍、洪深、张爱玲、朱天文、李碧华、刘震云、刘恒等人。张爱玲是中国电影史名片《太太万岁》(1947) 和《南北一家亲》

(1962) 的编剧，这两部电影曾在不同的时代引起沪港两地的观影热潮。朱天文是侯孝贤导演的合作者，曾撰写了侯孝贤执导的《风柜来的人》(1983)、《冬冬的假期》(1984)、《童年往事》(1985)、《恋恋风尘》(1986)、《尼罗河女儿》(1987) 等影片的剧本，其中一部分剧本是她在自己的小说原作基础上改写的。同样的情况在 20 世纪 80 年代的内地影坛也屡见不鲜。80 年代的电影名作如《人生》(1984)、《老井》(1986)、《人到中年》(1982) 等，就是分别由小说原作者路遥、郑义、谌容担任编剧的。这些作家承担了将他们自己的作品改编成电影剧本的工作，其创造性劳动推动了属于他们自己的小说作品向中国电影精品的转变。现代文学作家曹禺和沈从文，也以不同的方式参与了他们自己作品《日出》和《边城》的电影改编版创作。

从世界范围来看，还有一些作家以导演的身份进入了电影史。法国新浪潮电影兴起的时代，法国作家当中出现了一部分有兴趣执导电影的作家，如玛格丽特·杜拉斯、阿兰·罗伯-格里耶、埃里克·侯麦等人。尤其是擅长将文学作品改编为电影的法国导演阿伦·雷乃，其创作经历与创造性带动了多位帮助他创作剧本的作家转而成为电影导演，并创造出具有时代标志性的经典作品。这些作家对电影的兴趣代表了那个时代的法国文学界人士对电影创作的参与性，也代表了文学界和电影界之间的深度沟通。此外，哈罗德·品特、三岛由纪夫、李沧东也是这方面的标志性作家。这些作家兼有导演和编剧的身份，借此将他们自己的作品改编成为电影，并使其成为电影史的一部分，这表明了文学创作者和导演同作为“作者”的密切联系。

(三) 电影对文学的影响

自 1896 年现代电影诞生之后，电影不仅产生了巨大的社会文化效应，而且对包括文学在内的其他艺术形式也产生了不容忽视的影响。这种影响力是理解改编问题的另一个参照维度。从现代电影的功能特征来看，它对经典文学作品的吸收和运用代表了对文化遗产的诠释、传承和推广。

电影对文学的影响首先表现在对文学作品存在方式的影响上。近代和现代的文学作品主要以印刷媒介为载体，辅助以口头传播，形成了风格各异、形态多样的文学文本。而电影的诞生和发展逐步吸引了公众的注意力，使文学在公共生活领域中的地位进一步下降了。从两者各自的历史演进来看，文学和电影曾经先后占据了社会公共生活的中心，成为万众瞩目的艺术形式，两者地位的更替代表了现代文化的演进与变迁。文学和电影最初的相遇并不十分和谐。一部分欧洲现代文学家对摄影术以及电影一直保持着警惕和怀疑的态度，他们大多认为摄影术改变了包括文学在内的传统艺术与欣赏者的关系，可能威胁到文学的生存和与文学密切相关的感知方式。与此同时，被改编为电影的文学作品在存在形态上发生了质变，从以文字作品变成影像作品，这有可能使一部分文学形式从属于电影。随着电影技术和产业的成熟，电影逐步取代了文学在公共领域中的位置，并一度成为探讨公共生活问题的主要艺术形式，直至这一位置再被新兴的电视媒体所取代。

电影还对文学接受与消费产生了影响。一方面，电影的发展令更为多样化的观众能接触到由文学作品改编而成的电影作品，这些电影化了的故事因此产生了更为普遍化的影响力。现代大众越来越倾向于先接受文学作品的电影改编版，借助电影了解文学作品。另一方面，电影的发展培养出与它相对应的新的感知方式，这种崇尚猎奇、节奏感和视听感受力的感知方式逐步取代了传统文学注重想象和心灵体验的接受方式。从电影的接受群体来看，电影观众的数量比文学读者的数量更加巨大，审美趣味和观赏习惯也更加多样化。电影的受众在电影诞生后相当长的时间里代表了最为宽泛意义上的大众消费者，他们囊括了各个社会阶层的人士，并不局限于特定教育水平、经济收入和文化观念的人群，因而他们的兴趣和品味比文学读者更容易受到包括电影在内的现代传播媒介的影响和塑造。正由于这个原因，民族化的文学作品往往能够借助电影改编版走向世界，形成更为广泛的影响。如中国传统文学作品《西游记》和《木兰辞》曾分别由日本和美国电影界改编，并产生了较大的商业和文化效应，增加了中国文学在域外的影响力。欧洲文学作品如斯蒂芬·茨威格的《一个陌生女人的来信》和陀思妥耶夫斯基的《白痴》也曾被中国、日本等国的导演改编为本国电影。除此之外，还有一些文学经典作品多次被改编为电影，形成文学史和电影史双料经典作品的个案，如《简·爱》《傲慢与偏见》《安娜·卡列尼娜》《浮士德》《弗兰肯斯坦》等。尽管小说改编为电影之后必然造成文学作品承载的艺术价值的“耗损”，但电影的确实会增强文学原作的文化影响力。在这个背景下，电影对文学的影响力越来越明确地体现在经济的维度上。电影与电视剧一起为当代文学的通俗化潮流提供了不容忽视的推动力。

除了电影的文学改编这一问题之外，电影作为文化产品的消费并不是单一的。当代电影的消费除了能够拉动文学的消费之外，还可能引发对电视节目、网络游戏、电子产品和日用品等文化或物质产品的消费。换言之，电影的消费活动引发的美感和文化效应是更为多样化的。

电影还对文学创作产生了影响。电影的兴起使一批文学创作者开始主动地进入电影文化工业，并自觉地为银幕而策划、构思和写作，甚至加入电影制作的过程中。而那些并未进入电影工业的当代通俗文学作者，也逐渐开始将其作品能够被改编为影视剧视为创作的指针和评价标准。那些当代知名作家的名字开始与电影产业以及资本的运作发生关联，成为其文坛地位的支撑。而从大众文化的角度来看，具有广泛影响力的电影作品还可能成为被大众文化任意拼装的文本。当代影迷往往会从对电影的迷恋与热爱出发，用随笔、诗歌、戏剧或其他文学形式对他们喜爱的电影进行戏仿、致敬和重写。这同样能够成为一种由大众所创作的文学形式，并借助网络传播的力量形成广泛的影响。在此情况下，电影以及对电影的迷恋变成了文学写作的推动力。另外，一部影响力巨大的电影还可能启发一批作家创作具有类似题材的畅销小说。如间谍小说被改编为电影和电视剧并形成一股文艺流行趋势，这会反过来推动更多的作家加入创作间谍小说的行列。这种现象不仅包含了文学自身的发展问题，也包含着电影巨大的市场效应对文学的吸引。

在电影史与文学史的关系方面，有的电影工作者也会由于承担电影编剧的工作而获得在文学史上的一席之地。波兰导演基耶斯洛夫斯基因编剧并执导《机遇之歌》(*Blind Chance*，1987)、《两生花》(*The Double Life of Veronique*,

1991)、《蓝》(*Three Colors: Blue*，1993)、《白》(*Three Colors: White*，1994)、《红》(*Three Colors: Red*，1994) 等影片而成为世界级电影导演。这些作品的剧本同时具有突出的文学价值，它们对于人性问题的探讨、呈现和思考不亚于相当一部分当代文学史佳作。《机遇之歌》对分叉时间和人生可能性的探索，正是借助电影人完成的文学剧本搭建了从剧本的文字到影像的桥梁，再对包括文学作家在内的观众产生了广泛的文化影响。相似的例子还有前文提及的法国导演埃里克·侯麦，他保持着一个创作习惯：把所有电影剧本先写成小说的形式，然后再拍摄电影。这些看似是为拍摄电影而准备的文字同样丰富了法国文学史。另外，电影对文学叙事方式以及其他创作技巧也具有一定的启发性。文学的叙述技巧深刻影响了电影叙事方式的发展，而电影独特的叙事方式又反过来激发出文学创作的多种可能性。如同张爱玲小说的读者不会忽略她作品中特殊的"镜头感"，张爱玲小说的这种特质很大程度上源于作者对电影的特殊兴趣和丰富的观影经验。

三、文学经典的电影改编版的分析方式与框架

与一般文学作品的电影改编机制相比，作为特例的经典文学作品的电影改编机制具有一些独特之处。它们集中表现在剧本创作机制、影片摄制机制、心理接受机制和评价机制方面：

剧本创作机制方面，文学经典电影改编的创作主体不但包括电影编剧、导演和其他电影策划人员，有时还包括文学经典作品的原作者(如曹禺、沈从文等作家)。这比当代文学家参与电影剧本创作的情况要更为稀缺。改编创作的主要内容包括拣选文学作品、评估改编的可能性与现实性、根据电影生产需要完成并修改剧本等方面。文学经典的剧本创作多数采取整体上尊重原作的态度，以遵循原作或遵照原作家意愿的方式完成，同时包含一系列创造性的人物或情节的增减(如《子夜》剧本的删减和《伤逝》剧本的增添)、移位(如《月牙儿》剧本中次要人物功能的转移)与再组织(如《金秋桂花迟》剧本

对同一作家不同作品的重新组合），或局部的意义指向性的调整（如《日出》电影剧本结尾的设计）。这一点在20世纪80年代的文学经典改编中最为常见。架空或半架空式的电影改编中，剧本会对原作进行系统性的调换和再填充。剧本创作机制的运作方式与成效，取决于建立在特定时代电影工业状况（电影技术、经济、市场等因素构成的体制）基础上的电影创作观念、手段及其蕴含的艺术创造力。

影片摄制机制方面，文学经典的电影改编需要以电影媒介手段跨越原作的文学规定性，但那些令人印象深刻的改编又并非简单的"原作的视听化"，而是具有超越性的跨媒介转译。原作、电影剧本与电影之间的媒介差异是改编的关键之点，文学经典改编电影的主创者必须充分考虑三者之间的关系，形成不同程度的协商。电影改编版的超越性不仅意味着超越了文学原作，而且往往也超越了剧本的人物、情节与意义框架，以及此前已完成的电影改编版（如《南行记》对《漂泊奇遇》的规避与超越尝试）。其超越性可具体表现在情节的电影化整合（如《原野》影片中的回忆段落）、原作地方文化特色的电影化显现（如《边城》《南行记》影片中的节庆日场景）、电影化风格与个性的铸炼（如《湘女萧萧》影片中富于隐喻性的影像）等方面。影片摄制机制受到电影文化制度（电影制片制度、审查制度等相关法律法规）、习惯、传统的制约程度，大于剧本创作机制中受到的制约。由于特定的经典文学作家与作品是某一时代国家—民族文化意识形态体系的组成部分（如鲁迅及其作品），电影改编版的意义会被提升至较高层面进行审视。影片摄制机制无疑同时还需要依赖电影拍摄、后期制作团队的分工合作与整体创造力。如改编版的表演问题是文学经典电影化转化过程中另一个重要的实践环节。它可包括电影文本中的演员气质、表演风格的独特性，以及与原著的匹配关系。20世纪90年代中后期电影的跨地区、跨国商业化运作，深刻影响了影片摄制机制中经典改编的方式与各层面的美学特征。

影片的心理接受机制方面，文学经典的电影改编版生成意义和扩展影响力的过程，均需借助观众群体和个体的接受活动方能实现。电影改编版可能成为经典原著代读的方式，可能催生阅读和重读原作的心理动力（或催生原著的再版和消费化包装活动），也可能在公共领域中引发进一步的公开讨论与学术论辩。在此机制中，经典作品原著、影片文本、个体的电影接受与社会群体的电影接受之间，也更容易形成多样化的审美关系：猎奇、验证、替代、交流、逃避等。

影片的评价机制方面，经典文学作品的电影改编版，往往更有机会得到广大观众、电影理论研究者和批评者、各级电影奖项的普遍关注。本书论及的 20 世纪 80 年代文学经典电影改编版，多有获得“金鸡奖”“百花奖”等荣誉的作品，《湘女萧萧》等影片更获得了国际电影节的奖项。随着 80 年代至 90 年代中国电影走向全球化的进程，国外及港澳台地区不同层面的电影评价机制与标准，将与原有的评价标准发生深入的对话与互通。另外，电影网站和网络自媒体的先后兴起，也改变着评价机制的格局。

在以上的机制中，有关文学经典的改编问题的研究至少涉及以下几个关键的讨论领域：其一，原作的叙事和风格研究；其二，原作的篇章研究；其三，有关电影与文学的媒介研究，特别是跨媒介问题；其四，电影/电影文学创作研究；其五，叙事学和修辞研究；其六，面对电影改编版的表演研究；其七，原作和改编版的受众研究。

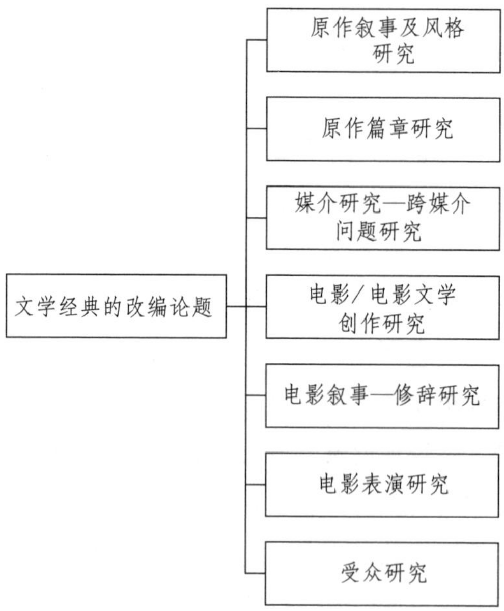

图 1–2 经典文学作品改编研究涉及的主要研究论题

以上这些方面的论题也通用于经典文学作品改编版个案的研讨。基于这样的研究框架，本书的研究方案是立足于经典文学作品改编个案的叙事分析，对经典文学原作和电影改编文本（包括电影文学剧本和影片文本）的不同形式进行符号学意义上的分析，并展开如下几个关键的维度：

> 第一，文学经典作品电影改编版的审美结构分析和叙事方式分析，这个维度立足于改编版作为电影的主导性，以故事、叙述方式和文本层面为分析侧重；
>
> 第二，对影片所转译的文学经典原作的篇章、结构等方面的分析和阐述，它形成了原作与改编版对照研究的更多可能性；
>
> 第三，文学经典作品改编的语境及其效果分析。

第一个维度可涵盖电影作为文本的不同方面，尤其是电影所独有并呈现在不同电影文本中的故事、叙述方式和修辞方式的总和。研究者在这个维度上主要进行基于电影叙事和叙事结构的美学分析，作为分析对象的文学经典作品的电影改编版在这一维度上与一般影片并无差别。在电影理论的发展史上，已有很多有关这种层次和结构的划分方案。温斯顿对影片文本的审美结构划分方案包括情节、内在逻辑、风格、音乐、视觉逻辑等方面。① 而电影赖以完成其叙事性、呈现其审美价值的“语法”则包括镜头长度、摄影机距离、摄影机角度、摄影机运动、构图、照明等方面。② 其中，电影文本基本的构成单位——镜头及其组合方式决定着叙事的方式与风格的呈现。远景、全景、中景、近景、特写、大特写等不同景别，平视、俯视、仰拍等镜头拍摄角度，摄影机运动方式等方面，分别在电影叙述中发挥着作用。马尔丹在《电影语言》一书中认为，摄影机移动之于电影叙事的表现力主要有以下几个方面：

---

① D. G. 温斯顿：《作为文学的电影剧本》，周传基译，中国电影出版社，1983，第10—12页。

② D. G. 温斯顿：《作为文学的电影剧本》，周传基译，中国电影出版社，1983，第6—7页。

跟随处于运动中的人或物；

使静物产生运动的幻觉；

描绘具有单义或单一戏剧内容的空间或剧情；

确定两个戏剧元素的空间联系；

突出在以后的剧情中将起重要作用的人或物的戏剧性；

表现一个活动着的人物的主观视点；

表现人物的紧张心情。

这些作用可归结为描述性、戏剧性和节奏性的作用。①

以电影叙事学的思路划分，电影的叙事要素包括视角、叙述时间、心理画面和认知聚焦等方面。视角关联到角色认知经验的有限性，及其在影片中的意义，它代表“影片人物所见与观众所见存在差别”或“影片人物的叙述与观众所见存在差别”②。叙述时间包括“被叙述的事件的时间性和叙述行为本身的时间性”。③ 它们的差异性可以解释电影叙事对现实情节的再塑造，以及审美经验的多样性。心理画面代表电影对目光的表现，包括电影对人的头脑中的想象、回忆、幻觉的表现等。④ 以镜头所展现的观察者位置及其认知内容的范围进行划分，电影叙事中的认知聚焦方案可仿照文学叙事学的类别划分为内认知聚焦、外认知聚焦和观众认知聚焦。⑤ 影像之间组合的法则与实践，以及与这种实践相匹配的声音的方面，均可纳入蒙太奇实践的整体性之中予以把握，以此形成电影文本的整体性。如苏联

---

① 马塞尔·马尔丹：《电影语言》，中国电影出版社，1980，第28—30页。

② 安德烈·戈德罗、弗朗索瓦·若斯特：《什么是电影叙事学》，刘云舟译，商务印书馆，2005，第59—60页。

③ 安德烈·戈德罗、弗朗索瓦·若斯特：《什么是电影叙事学》，刘云舟译，商务印书馆，2005，第139页。

④ 安德烈·戈德罗、弗朗索瓦·若斯特：《什么是电影叙事学》，刘云舟译，商务印书馆，2005，第188页。

⑤ 安德烈·戈德罗、弗朗索瓦·若斯特：《什么是电影叙事学》，刘云舟译，商务印书馆，2005，第191—198页。

电影理论家日丹认为:“现代电影中的影像，是由各种表现手段（构图、角度、景、光、色等）构成的完整的综合体，而它又是与话语、言语、声音，又是与蒙太奇这类‘非造型的’剧作手段处于密切的相互制约的统一之中。”[①] 声音是另一个与影像紧密联系的叙事层面，它一般包括源于剧中角色的对话和独白、源于剧中人之外的画外音解说的声音、配乐、音效等。全知式的画外音叙述者具有引导叙事意义生成的作用，而由某位角色充当的画外音叙事者则往往体现较为独特的视角和风格。有的影片还擅长利用字幕或进行影像层面的叙述。字幕的文字通常具有稳定性，是电影叙事的重要手段。

弗朗西斯·瓦努瓦曾以“阅读”一词概括电影分析的过程，认为“阅读影片”包括感知以下方面的内容：

> 书面语言（片头字幕、字幕板、片内字幕、信函片段、日记等）；
>
> 口头语言（对白），包括其超切分方面（语调、重音、强度等）；
>
> 示意动作（表情、动作、哑剧）；
>
> 画面的内容（布景、人物的外貌等）、景别（特写镜头、全景镜头）、运动（人物在画面中的运动、运动摄影、各种组合）以及画面的连接（硬剪辑、交替蒙太奇、平行蒙太奇等）；
>
> 声音：声响和音乐，以及这些元素之间、这些元素与叙事各衔接点之间的关系。[②]

以上诸方面是一种文本分层前提下的美学分析，这是文学作品电影改编版分析的一种参照。这些内容、层面或要素构成了故事讲述与意义表达的可能性。在此基础上，还需要考虑因影片本身作为一种“艺术档案”的存在方式变化而引起的文本变化。如影片删减版和修复版相对原版影片形成的不同内容和叙述，将进一步影响到影片意义本身。

---

① 日丹:《影片的美学》，于培才译，中国电影出版社，1992，第 208 页。

② 瓦努瓦:《书面叙事·电影叙事》，王文融译，北京大学出版社，2012，第 29—30 页。

第二个维度中，面对电影对文学原作的内容、结构和叙事方式的转译，研究者的分析可利用叙述学和媒介理论中的理论资源。有关情节、人物、主题、场景等内容的汇总和估量，可利用第一章第一节矩阵图形（图 1–1）提供的分析框架，对改编版中的不同内容进行分类、汇总和评价，考察并评价电影精品生产的可能性。

通过融合原作—影片的篇章分析与叙事学思路，改编问题的研究能够更好地面向改编机制的构建，为名著改编版的创造和阐释提供帮助。法国电影研究者瓦努瓦曾尝试解析小说与影片的人物描述方式，形成了如下的对照表格（表 1–1）。这个表格的内容和思路同样可以参与解释文学名著中人物的电影改编策略、方式与效果：

表 1–1　书面叙事与电影叙事内容的对照①

人物	书面叙事	电影叙事
姓名和 / 或名称	专有名词、代词、名词	专有名词（讲出的）。可能有片内字幕或画外音带来的信息
是 各种信息	肖像和描写：词汇场、形容词 对话：人物的言辞、关于人物的言辞	影像：演员的外貌、服装、布景、道具等 对白：人物的话、其他人物关于他的话
演变	词汇场的变化 动词。时间标记。肖像和形成反差的描写	时间标记。演员外貌的变化（化妆）、服装、地点状况的变化（影像）
做 行动	动词和副词 词语的连贯、描写性叙述	拍摄的行动 = 剪辑、节奏

围绕具体的改编问题，玛丽–特蕾莎·茹尔诺认为：“改编活动中的传统

① 瓦努瓦：《书面叙事·电影叙事》，王文融译，北京大学出版社，2012，第 113 页。

提问法是以描述和分析地点和时间的修改、人物或者时间结构的移位为目标的。语言学和叙述学为它提供了一种更为确定的理论形式，使它能够集中研究写作以及由每一种表达方式所产生的能指程式。”[①] 这段论述在方法上提示研究者以语言学和叙述学提供的方法对文本形式的跨媒介转换展开分析，在逻辑上沟通了第一、第二两个维度。卡尔科-马塞尔和克莱尔的论述援引了改编本质论中的翻译议题，并以篇章中词汇的转译透视改编文本的意义传达：“我们可以把改编的问题看作翻译问题的一方面，它使我们更好地理解语言以何种方式传递对事实的分析。为了确定一些翻译用词，两种‘世界观’在电影改编领域里相互对峙，在这个领域里，形象也像一个多棱镜般发挥它的作用，有时反映意义的正确性，有时也反映出了意义的非正确性。”[②] 具体到文学作品的电影改编问题上，意义的表达因媒介手段和叙述形态的变化而发生了变形。

如上文所论，电影改编问题的核心是故事讲述内容与方式的媒介转译。因此，对改编文本进行研究，实际上是对不同的文本形式进行对照阅读和解析。如以《南行记》的改编为例，艾芜这部小说集的两个电影改编版《漂泊奇遇》（于本正导演）和《南行记》（周力导演），在故事框架和材料的来源方面各有侧重。《漂泊奇遇》主要利用《山峡中》和《松岭上》两篇的情节组建影片文本的故事层面，《南行记》主要吸收《人生哲学的一课》《在茅草地》《洋官与鸡》等文本中的故事，又移植和扩充了《山峡中》的两个次要人物，形成新的故事线索。

作为经典文学作品电影改编版中最明确无误地传达其故事来源的内容，影片推出片名的段落，是同时关联到原作和电影文本的叙述内容，也是改编版证实自身“出自名著”的一种手段。对作品名称、作品出版物、作家名字、作家头衔等信息的视觉化呈现，既标明了改编版的文本来源，也在叙事

① 玛丽-特蕾莎·茹尔诺：《电影词汇》，中国电影出版社，2006，第4页。

② 莫尼克·卡尔科-马塞尔、让娜-玛丽·克莱尔：《电影与文学改编》，刘芳译，文化艺术出版社，2005，第6—7页。

形式上标出了电影的边界。如周力版《南行记》的开场设置了原作者艾芜本人题写的片名，再切换为对原作与改编版关联的说明（“根据艾芜同名小说改编”）。这种说明性的叙事元素使影片开场的片段呈现出某种书籍式的面目（图 1–3 和图 1–4）。影片《狂》推出片名字幕的同时，原作者和原作的名字也同时浮现。这是显现影片与原作及原作者名字彼此关联的视觉图像，一方面标记了电影叙事的起点，另一方面诠释了影片故事的文学来源（图 1–5）。在影片《春桃》的片头，凌子风导演的名字作为兼具展示与诠释功能的符码出现。影片的导演、改编者、片名题写者的身份与电影片名、原作者说明并置在一起，整体呈现为叠印在古都形象之上的中国书法艺术形式（图 1–6）。这是影片叙事的开端，同时标明了电影改编在“民族性”和“地方性”维度上的“忠实”。

图 1–3　电影《南行记》片名
（图像来源：1905 电影网）

图 1–4 电影《南行记》后续字幕说明

图 1–5　电影《狂》片名及字幕
（图像来源：优酷网）

图 1–6　电影《春桃》片名及字幕

巴金同名小说改编的影片《寒夜》，片名字幕的图像之后切换为巴金语录的字幕，再切换为以巴金肖像伴随演职员表的展示的系列字幕。这是影片开场设计形成的“影片—文学原作者”的互文性表达。巴金语录（“这是光明的呼声，它会把白昼给我们唤醒。漫漫的长夜逼近它的终点了。”）源自巴金写于桂林的散文《长夜》，在此作为《寒夜》电影改编版的“卷首语”（图 1–7）。原作者的文字和肖像是原作者对电影故事“所有权”的提示，也暗示着电影改编版“忠实性”的形式表达（图 1–8）。原作者的语言以文字的视觉形象赋予影片源自作者权威的光晕，并在影片叙述的起点位置建立原作、改编版和读者 / 观众之间的“阅读契约”。类似的作者形象，在影片《金秋桂花迟》的开场部分也出现过。①

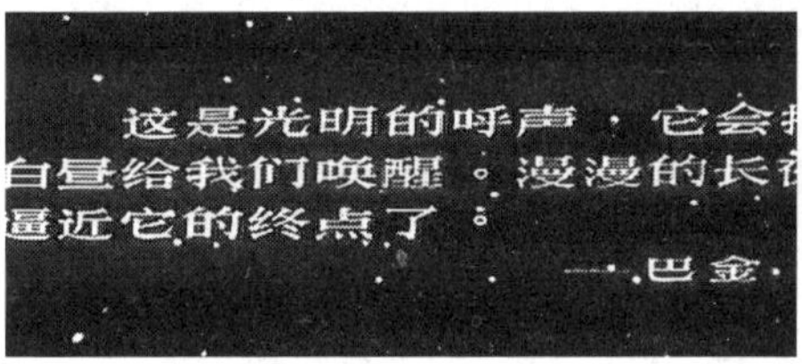

图 1–7　电影《寒夜》片头字幕
（图像来源：优酷网）

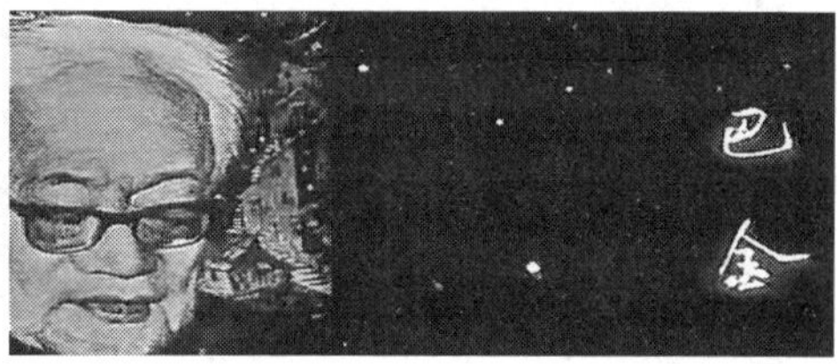

图 1–8　《寒夜》字幕及背景

影片《包氏父子》的片头更为明确地加入了一个细致的说明性段落。镜头由一个书架的全景推至书架中张天翼著作的特写（图 1–9 至图 1–10），再转接《儿童文学》杂志赠予张天翼的漫画（图 1–11），以此提示他作为现代小说家和儿童文学作家的身份。以上两个镜头之后，切换 20 世纪 80 年代影片创作过程中张天翼接受采访的近景资料镜头（图 1–12），镜头拉开成谢铁骊访问张天翼的双人中景镜头（图 1–13）。后续转换为采访笔记被放置在桌面上的动作和情境（图 1–14），再推出影片片名（图 1–15）。对应片名之前这些图像的解说词是：“张天翼同志是现代著名作家，也是儿童文学家。他的作品深受读者的欢迎。北京电影制片厂的导演谢铁骊同志，为了将他的作品搬上银幕，

① 影片《金秋桂花迟》的片头解说词配合字幕，以郁达夫的纪念雕塑作为影片叙事的开端。影片开场字幕的内容是：“郁达夫是我国新文学史上的著名作家。一八九六年十二月生于浙江省富阳县。一九四五年八月二十九日，在印尼苏门答腊被日本帝国主义宪兵杀害，年仅四十九岁。”随后切换为片名叠印在盛开的桂花上的影像，是为影片的开场。这种设计方式的意义指向郁达夫的历史地位和生卒年月，使作品一开始便具有纪念郁达夫的意义。在电影文学剧本中，片头厂标形象切换毛泽东主席签发的烈士证书形象，再切换至郁达夫肖像镜头，并匹配字幕“纪念郁达夫殉难五十周年，诞辰一百周年”。郁达夫、谢铁骊：《金秋桂花迟》，《电影创作》1995 年第 3 期。

多次访问了张天翼同志，努力了解原作的精神和时代背景。”这个段落实现了纪录片式的叙事功能，同时介绍了作家、作品和改编的缘起。在这些镜头的铺垫下，《包氏父子》片名后切换的故事场景（图 1–16），恰如自张天翼文学作品中流溢出的影像，以电影化的方式呈现着文学原作的文字向影片转换的结果。以上的案例均表明：原作者、原作图书、原作者与改编版主创者的形象，在改编版影片中主要以其转喻性发挥叙事功能。

图 1–9　电影《包氏父子》片头书房镜头

图 1–10　张天翼作品特写镜头

图 1–11　电影片头漫画镜头

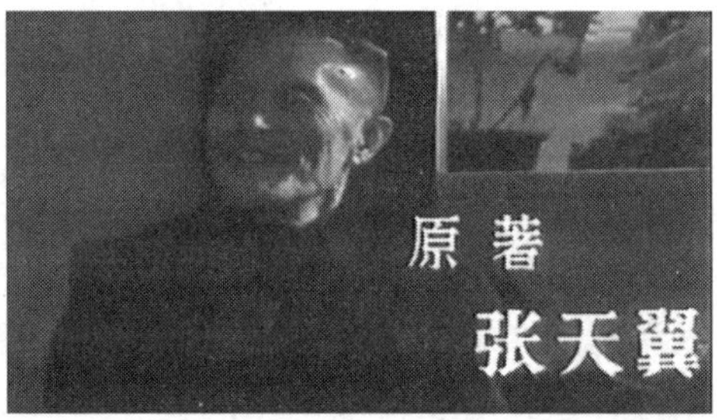

图 1–12　作者张天翼接受采访的镜头

图 1–13 《包氏父子》导演谢铁骊采访张天翼的双人镜头

图 1–14　导演笔记本特写镜头

图 1–15　电影《包氏父子》片名镜头

图 1–16　电影《包氏父子》开场镜头

（图像来源：优酷网）

以本书对热奈特的互文性概念的理解，《包氏父子》中出现的张天翼小说出版物镜头与影片本身之间形成了狭义的互文性，《边城》的画外音解说词与影片中沈从文资料镜头形成“元文本性”的表达，《春桃》片头由凌子风导演书写的影片字幕与文学原作之间存有“承文本性”的表达。这种互文关系的分析为第二个维度的研究提供了帮助。

第三个维度里，电影改编版的语境可分为历史语境和当代语境，其意义的生成与接受效果受制于观众所处的语境、个体经验和文本参与情况等条件。① 除前文提及的“已知的观众”与“未知的观众”之间的差别外，时代的语境也深刻地影响了改编版的接受。本书主要探讨的个案均源自 1949 年之前创作并于 20 世纪 80 年代后保持文学经典地位的中国现代文学名作。这意味着 80 年代及其后，文学原作的经典性和影响力将参与构成电影观众的期待视野，同时在文化变迁的语境下接受观影实践的检验。20 世纪 40 年代末至 80 年代的时间跨度形成了作品经典化进程中必要的积淀时间，也形成了理解的不同可能性。“十七年”时期的现代文学作品电影改编是新中国电影工业的重要成果，《祝福》（桑弧导演，1956）、《早春二月》（谢铁骊导演，1963）、《林家铺子》（水华导演，1959）等影片的改编方式深刻影响了之后的经典文学作

① 乔治·J. E. 格雷西亚：《文本性理论》，汪信砚、李志译，人民出版社，2009，第 50 页。格雷西亚称文本的两种基本语境为“历史（historical）语境”和“当代（contemporary）语境”。

品改编创作。这些作品在20世纪50年代至70年代政治意识形态和阶级话语的情景中获得其意义，又在80年代作为文化反思的文本得到了重新解读。80年代改革开放背景下的文学名著改编则匹配了社会文化多样化和多元化的要求，在融合大众化和教育功能等方面表达了综合性的创造力，其意义的生成也与时代语境紧密相关。在接受过程中，文学原作的经典性和精英价值重新得到承认，并以改编版诉诸大众化的策略，使更广泛的受众了解并在通俗文化领域中接纳了这些源于现代文学史的馈赠。在《子夜》这种特殊的个案中，原作故事的某些方面还可能与80年代的整体社会语境之间存有不协调之处，这将导致电影改编版接受和评价的复杂性。90年代后的商业文化语境又要求文学名著的电影改编创作进一步匹配大众文化消费的需求，并开始与商业资本融合。这些不同时期的改编创作语境，在改编版中多有表现，是进行改编研究过程中必须予以考虑和分析的内容。在新千年后的电影改编实践中，电影作为商品的性质是一个决定性的条件。为了达到其商业目的，电影需要面对和适应各种现实文化条件的限制，包括来自观众兴趣、法律法规、社会道德规范等方面的种种条件。如现代文学原作中不合乎被改编的年代现实条件限制的内容，多数会进行合乎现实的改造。这是商业文化语境下改编活动不可或缺的一部分。全球化时代的电影，将在更为广阔的跨地区、跨国语境下得到接受与解读。

第二章

鲁迅作品的当代电影改编版研究

1956年，为了纪念鲁迅逝世20周年，小说《祝福》被夏衍改编为电影，这也是新中国成立初期改编鲁迅作品的首次尝试。影片刻下了深刻的时代烙印，致力于凸显阶级斗争的语境和新中国电影工业的意识形态诉求。夏衍曾这样描述改编《祝福》的心得：

> 《祝福》是鲁迅先生的名著，已经是举世皆知的经典著作，这部影片要在纪念鲁迅先生逝世二十周年的日子上映，所以我接受这一改编工作就把它看作是一件严肃的政治任务。在改编工作中我力求做到的是：一、忠实于原著的主题思想；二、力求保存原作的谨严、朴质、外冷峻而内炽热的风格；三、由于原作小说的读者主要是知识分子而电影观众却是更广泛的劳动群众，因此，除严格遵守上述原则之外，为了使没有读过原作的，以及对鲁迅先生的作品及作品中所写的时代背景、地理环境、人情风俗等等缺乏理解的观众易于接受，还得做一些通俗化的工作……[①]

这番话表明鲁迅作品改编的政治目标和社会功能指向，同时从另一个角

① 夏衍：《杂谈改编》，载夏衍《电影论文集》，中国电影出版社，1963，第222—223页。

度表述了鲁迅作品改编的难度，以及通俗化改编的必要性。在 20 世纪 80 年代，改编鲁迅作品的意义除了纪念鲁迅精神之外，还是创作者作为知识分子的社会历史思考的结晶。李欧梵认为，改编鲁迅作品的最大难度在于“鲁迅小说的写作技巧早已超越五四以降的写实主义传统，而更带有现代主义的色彩，如心理描写、象征或表现主义的意象、语言中的嘲讽等，是一般写实电影的成规无法驾驭的，用写实的方法循规蹈矩地拍必会失败”[①]。他对新中国成立后改编自鲁迅作品的影片如《祝福》《阿 Q 正传》等，并没有给予很高的评价，原因是它们只能以通俗化的现实主义方式进行叙述，因而无法呈现鲁迅作品的象征性和基于知识分子视角的反讽性。这种立足于精英文学观和作为民族魂的鲁迅形象之上的论点具有较大启发性，却未必能概括鲁迅作品改编版意义、功能及当代接受语境变化造成的多种可能性。

一、《阿 Q 正传》的电影改编版

中篇小说《阿 Q 正传》是鲁迅的小说代表作，创作于 1921 年末至 1922 年初，最初发表于《晨报副刊》，后收入小说集《呐喊》。小说问世后，先后出现了四个《阿 Q 正传》的电影改编剧本，其中两个拍成了影片。第一个名为《阿 Q》，又名《女人与面包》，由王乔南编剧。[②] 第二个与小说同名的电影改编剧本由许炎、徐迟编剧，影片由袁仰安导演，关山、姜桦、苏秦等主演。影片由“长城”和“新新”两家香港影片公司联合出品，1958 年公映。[③] 第三个电影剧本由刘建国、刘水长、张梦瑞编剧。1981 年，为纪念鲁迅诞辰一百

① 李欧梵：《不必然的对等》，人民文学出版社，2017，第 159 页。

② 鲁海：《〈阿 Q 正传〉的电影剧本》，《图书馆杂志》1986 年第 3 期。

③ 现有文字资料表明，袁仰安版《阿 Q 正传》使用了画外音旁白的叙述策略参与叙事，旁白的声音来自香港演员鲍方。影片剧情主干沿用原作。导演袁仰安曾这样阐述影片主旨：“阿 Q 这个角色，不能过分丑化而成为愚昧无知或劣根性的代表。他应当要能得到观众的同情，而同时又要是能令人悚然知所警惕的一个榜样。”袁仰安《阿 Q 正传——从小说到电影》（1957 年），转引自香港电影资料馆：《香港影片大全》第四卷（一九五三——一九五九），香港电影资料馆，2003，第 254 页。

周年，上海电影制片厂摄制了影片《阿 Q 正传》，由岑范导演。[①] 影片的剧本由陈白尘改编完成，此即第四个《阿 Q 正传》改编版本。本节围绕陈白尘改编的电影剧本、岑范导演的电影作品和鲁迅的小说原作之间的异同展开分析。陈白尘是中国现代戏剧史上最知名的讽刺作家之一，其戏剧代表作《升官图》是讽刺官僚政治的杰出作品。这种讽刺性与鲁迅原著中的国民性批判意味融合在一起，再借助电影的影像，部分地通俗化了。作为这种通俗化的一个结果，原作的寓言性和象征价值有所削弱。

（一）改编版的开场设计与声音叙述策略

影片开场显现的字幕是“1921 年冬”（图 2–1），这个有关时代的提示文字叠印在北京前门箭楼的影像上。随后影片转到鲁迅故居院落的外景镜头（图 2–2），再切换为由演员饰演的鲁迅在居室内写作的全景，由画外音独白

图 2–1 电影《阿 Q 正传》开场镜头

图 2–2 电影《阿 Q 正传》开场鲁迅住宅镜头

（图像来源：优酷网）

把小说原文引子部分的文字加以呈现。影片再以这种源于“作者”的声音引出银幕上的阿 Q 形象。作为一位已经大师化了的人物，鲁迅出现在这部 20 世纪 80 年代电影中的整体形象是非常严肃的。蹙眉和吸烟的造型勾勒出辛勤写作的鲁迅，且鲁迅画外音旁白的配音演员是具有浓厚知识分子气质的知名演员孙道临，小说开场的部分因此给人以正式且严肃的格调。这个开场设计展现了 80 年代重视“忠实改编”的一类影片文本的形式特征，首先建立了基于模仿的狭义互文性（电影演员模仿作家、电影场景模仿作家故居）。影片中的作者形象（作者照片、作者肖像画、作者题字、作者纪录片影像、演员饰演的作

① 彭小苓等编选：《阿 Q 70 年》，北京十月文艺出版社，1993，第 546—548 页。

者等）直接指涉创造原文的作家作为历史人物的严肃性，再以影像中作家的写作行为关联原作的典范性，为这部经典名作的创制事件笼罩上权威性的光环。由此，“伟大作家之杰出作品的写作”成为一个关键性的历史事件，它的重要意义延伸出电影改编版的“合法性”。国家、民族、时代等宏大的主题，也因此从影片创作者的严肃意图出发，在影片开场部分的叙事中展开了一个具有寓言性的意义框架。

图 2–3　电影《阿 Q 正传》开场，鲁迅居室内景镜头

图 2–4　电影《阿 Q 正传》开场，鲁迅写作镜头

（图像来源：优酷网）

按照艾伯拉姆斯的解释，寓言（allegory）既可指代一种文体，又可概括一种叙事技巧。在寓言中，“作者通过构造人物、情节，有时还包括场景的描写，构成完整的‘字面’意义，即第一层意义，同时借此表现另一层相关的意义。”[①] 这种定义和描述也比较符合相当一部分中国寓言的特点。欧洲文学史上的道德寓言、醒世寓言、劝谕性故事等文学类别可归入寓言的概念，相当一部分谚语同样有寓言的性质。中国古代散文传统中也随处可见以各种方式关联道德主题、生存策略和行为准则的寓言故事。寓言的双重意义要求在叙述上建立一个判断机制：通过对故事中角色的言行及其后果的评判，凸显和诠释一种道德或行为法则。《阿 Q 正传》原作开篇的寓言框架，是通过特殊叙述策略颠覆史传文体的叙述方式、对阿 Q 其人进行预先描述和评价而得以确立的，小说语言的非直观性能够为读者在阅读体验中区别嬉笑怒骂的叙述人与“哀其不幸”的作家鲁迅创造了可能。但在影片开场部分，由于观众受到视

① M. H. 艾伯拉姆斯：《文学术语词典（第七版）》，吴松江等编译，北京大学出版社，2009，第 11 页。

听形象的直观吸引，孙道临的声音与鲁迅的形象形成了对位匹配，这造成被读者所认可的作家鲁迅本人形象与《阿 Q 正传》的叙事人形象的混淆，并进一步造成作为作家的鲁迅及其作品在文学史上一以贯之的“严肃”形象与小说《阿 Q 正传》的谐谑性表象之间的反差。对于并不十分熟悉鲁迅小说作品的观众而言，影片这种叙事策略可能造成电影创作者的主要意图（“纪念鲁迅诞辰”）与电影本身的大众性文化特征之间的矛盾。小说叙述上带有特定叙事目的的谐谑性和反讽性，在转换为电影的过程中难以被普通的电影观众理解为“别有深意”的喜剧性。于是，一个严肃且正在进行创作的鲁迅形象拆解了小说叙述人那种谐谑性口吻造成的叙事织体。小说叙述中“作者—叙述人—小说人物”的多重关系，让位给“电影中的原作者形象兼叙述人—小说人物”的单一关系表达，这导致影片其后的叙述也需依赖于画外音的解说，才能维系阿 Q 言行中的寓言性意义。

影片整体叙述的推进中，镜头的组接整合呈现出鲁迅故居和鲁迅写作空间的影像明晰性，同时体现了蒙太奇手法以影像片段构建整体性并诉诸影片意义构建的工作原理。对照电影、电影剧本和作家传记材料可知，电影剧本最初把鲁迅写作的场景设置在北京鼓楼八道湾胡同的鲁迅故居。电影版以两个镜头呈现了鲁迅写作活动的环境：第一个镜头是夜晚的鲁迅住所院落，西侧的房间透出灯光；第二个镜头是鲁迅在卧室中写作。外景院落镜头和内景卧室镜头中的鲁迅住所，都是位于北京阜成门内大街宫门口的鲁迅故居。在真实的历史中，鲁迅搬入此处的时间是 1924 年，《阿 Q 正传》的写作时间则是 1921 年。另外，鲁迅在阜成门故居中进行写作的地方，那是一间由正房向北接出的屋子，民间俗称“老虎尾巴”，并非那个向南开窗并透出灯光的房间。这种情况的出现，固然是由于当时鼓楼八道湾胡同的故居已不适合电影拍摄，而在阜成门故居中拍摄又必须考虑如何更好地呈现场景，因此跨越了空间和历史的逻辑进行了镜头的组接与字幕的说明。究竟是否需要在这种语境下尽可能贴近历史的原初真实性，在艺术作品的创造中是一个尚可讨论的话题。但它明白无误地揭示了，蒙太奇是如何将碎片和“非真”影像转化为文本的整体性与艺术真实性的，这一点也体现出寓言式的特征——文学中的寓言也往往是碎片化、零散和虚构的，它服务于叙述中意义的整体性和说理效果的真切性。

对比电影剧本的内容可知，演员饰演的作家鲁迅形象在剧本中的出现频次高于电影成片。在电影文学剧本的设计中，开场的鲁迅故居场景与片名浮现的段落之间还有一个情节——阿桂听说赵老太爷的公子中了秀才，于是在酒店里宣称自己也姓赵，且比秀才辈分还高。但他去赵太爷家道喜的时候却被羞辱，又受到众人嘲笑，随后运用“精神胜利法”完成了自我安慰。这部分的结尾处，剧本原本设计的剧情是以鲁迅吸烟时喷吐的烟雾完成场景和情节的转换，并由对鲁迅后续写作行为的展示引出电影片名。这种设计使剧本的第一部分依照小说中原有的样式展开叙述，强化了作家鲁迅对于阿Q故事的主导性。这种情况在剧本中表现为开场部分阿Q的行动和名字的呈现皆与画外音形成匹配关系。

> ……阿Q心情平静了，背着墙撑起身子，一边自言自语起来：“现代的世界太不成话！儿子打老子！……”
>
> 阿Q迈开脚步了，怒气也渐渐消除了。
>
> 再走几步，阿Q已得意洋洋地唱起《小孤孀上坟》，向咸亨酒店走去。
>
> 一阵烟雾遮没了阿Q。
>
> 鲁迅在室内徘徊，喷着烟。
>
> [画外音]从此以后，再没有人提起阿Q的氏族来，所以我终于不知道他究竟姓什么。
>
> 鲁迅又转过身。
>
> [画外音]第二个难处，是我不知道阿Q的名字该怎么写。
>
> 有人在叫唤：“阿Q！”“阿Q！”“阿Q！”
>
> 阿Q得意地东奔西跑答应着各方面的叫唤。

[画外音]人们都叫他阿Q，阿Q。我曾仔细想过，是桂花的“桂”字呢，还是富贵的“贵”呢？我也不清楚。

鲁迅的笔迹：“桂”字和“贵”字。

一支毛笔把“桂”字涂去了。

毛笔又将“贵”字涂去。毛笔又写下英文“Quei”。……

[画外音]……我没有办法，只好用洋文了。按照英国流行的拼法，写成Quei。又按英国习惯，用第一个字母，缩写成Q了。

毛笔又涂去uei三个字母，在Q前添上“阿”字。

……

稿纸上现出鲁迅的笔迹：“闲话休说，言归正传”。一支笔又将前面的六个字涂去。

[画外音]只取出“正传”两个字来，作为名目，便叫做《阿Q正传》。

“阿Q”和“正传”四个字飞跳起来，自行排列成鲁迅亲笔所书的篇名来。①

电影删去了这个对原作亦步亦趋的段落，以剧中人的行动延续叙事，在处理方式上显得更加精炼。鲁迅的叙述引出电影片名的段落被删掉了，以“作者的言说”和“作者的书写”为中心的情节设置也进行了削减。与此同时，画外音解说所塑造的“鲁迅的声音”则延续着作家与原文在影片中的存在。画外音的解说在影片中多次出现，其内容原样复制了鲁迅原著中的文字。画外音的出现，填补了社会和人物背景的空白，但更重要的价值是替故事发展进行铺垫，并对影片在接受中可能生成的意义进行引导和限制。小说中基于阿Q精神世界的那种叙事推动力，被画外音这种电影中常见的手法所替代。在这个意义上，影片确实试图在影片中设置一个致力于解剖并批判国民性的作者角色。但鲁迅式的国民性批判，与一贯显现在笔墨和印刷媒介写作的修辞

① 陈白尘编剧《阿Q正传》，载夏衍、陈白尘等编剧《电影剧作集——根据鲁迅小说改编》，中国电影出版社，1981，第158—160页。

手段密切相关，“转译”为电影形式后的效果并不明确。从整体性来看，画外音在这部作品中原本的功能是确保鲁迅式的国民性审视与思考能够得以延续，并获得观众的承认。但以批判之犀利和作品象征层面之丰富性见长的鲁迅作品，很难借助口语化旁白的讲述来帮助普通观众理解作品。

（二）角色与场景的再设计及其语境

角色的改编方面，电影剧本中的主人公依然名为“阿Q”，影片赋予阿Q一个更为正式的名字——赵阿桂。这个改写的理由是小说原作中的人名“阿Q”是诉诸读者阅读的，而电影对白及旁白中的“阿桂”比“阿Q”更符合口语表达便利性与流畅性的要求。《阿Q正传》几乎承袭了原著中所有的人物。整体上看，原著中阿Q人性的表现与生活态度中的合理性及不合理性彼此纠缠的面貌并未显示。唐弢曾这样评价阿Q：“阿Q性格的某些特征是中国一般封建农村里普通农民所没有的。既瞧不起城里人，又瞧不起乡下人；从自尊自大到自轻自贱，又从自轻自贱到自尊自大，这是半封建半殖民地社会这样典型环境里典型的性格。”[①]从效果上来看，电影实际上强调了阿Q言行中滑稽的一面，国民性批判的意味并没有得到有效的发挥。换言之，鲁迅在原著中表达的对旧时代中国人群体的强烈反讽意味，在电影中虽有涉及，但其在影片中的意义生成和输出并不稳定。

另外还吸纳了鲁迅其他作品中的人物。酒店店主在白板上记下阿Q赊欠的酒钱，这个场景参照了另外一部小说《孔乙己》里的情节。电影里对白举人的情节进行的扩充，吸收了包括小说《药》中的相关内容，设定白举人即为《药》中人物夏四奶奶的兄长。在《阿Q正传》的情节脉络中，白举人的告官导致了他的侄子被杀。他不允许在他家做工的阿Q在外传言自己害了亲侄子，强迫他只能说侄子是乱党，被处死是咎由自取。此外，电影角色中出现了小说《风波》中的航船七斤、《明天》中的蓝皮阿五和老拱、《药》中的红眼睛阿义等人。在原作故事的基础上，这种设计形成了有利于影片叙述的扩展性。影片提升了看守土谷祠的老人的戏份，让他承担了阿Q的帮助者角色。也正

① 唐弢主编《中国现代文学史》第一册，人民文学出版社，1979，第113页。

是通过他与阿Q之间的关系，影片为原著中的未庄社群增加了一抹人情味。老人曾替阿Q出钱充当地保的酒钱，也多次劝诫他谨言慎行。在影片中阿Q梦境的段落中，他革命成功后试图善待老人。影片同时提升了原著中地保的戏份，使他成为一个戏剧意义上的“报信人”。在电影添加的阿Q贩卖布料和衣物的情节中，他售货所得的收益同样被地保吞没。

电影场景的设计方面，电影剧本对原著进行了调整。原著中阿Q参与赌钱的集市场景，采用了留白式的写法，这个段落在电影剧本中被设计成一个完全写实意义上的骗局。坐庄者的同伙故意制造混乱，夺走了阿Q在赌局上赢得的钱。这个设计改写了原著里原本以简略的、留有充分空白的策略写出的部分，失去了后者营造出的感知领域中似幻似真的意味。而电影里这种被“落实”了的场景和情节，是致力于通俗化的改编过程必然会付出的代价，也是媒介形式转换过程中的必然结果。另一个关键场景是刑场，剧本设计阿Q在酒店讲述目睹革命党人被杀情况的场面时，在其中插入了一个意在补叙的回忆段落：

> 城里丁字街头，两个衣服前后都有大白圆圈的兵举着火把，照得破匾上“古轩亭口”四个暗淡的金字微微发光，也照出大白圆圈的号衣上暗红色的镶边。自然，也照见三面街上都有三三两两鬼影似的人在徘徊张望，其中就有阿Q，也张着嘴似在寻找什么。忽然从黑暗里奔出更多的人群，把阿Q挤到街边。
>
> 阿Q踮起脚来看，但前面几层的人也在踮起脚看，只听石板路上一阵脚步声响，一眨眼，已经拥过一大簇人，奔向丁字街头。而街两边的人忽然合成一堆，潮一般涌过去，和另两条街上的人汇成一个半圆，阿Q又被挤在这半圆的外围。这半圆中每个人都张着嘴，瞪着眼，毫无表情。
>
> 阿Q和外围的人都伸长了脖子，这时只见人们头上闪过一道光。立刻，人们轰叫一声，都向后溃退，半圆又散开了。[①]

① 陈白尘编剧《阿Q正传》，载夏衍、陈白尘等编剧《电影剧作集——根据鲁迅小说改编》，中国电影出版社，1981，第193页。

剧本中这段内容与小说原作的空缺之处对应，凸显了阿Q是鲁迅笔下麻木不仁的看客中的一员。电影则重点呈现阿Q在城里目睹行刑的情景。首先是阿Q跑向街角，躲在那里偷看刑场的镜头。后续的全景镜头中，古轩亭口跪着一位正气凛然的革命党人，他身后不远处是两名高举屠刀的刽子手。随后切换清朝官员下达行刑命令的镜头，再转为一名刽子手提刀走向革命党人的场面。剧本的设计原本承接原作，意图呈现庸众对革命的不理解，以此强化阿Q这个人物的代表性。电影版则去掉了有关刑场周边围观者的呈现（这极易引发有关“如何评价群众”之类问题的联想），侧重表达阿Q的城中见闻和他个人对革命的不理解。为了视觉上的效果，电影中刽子手高举屠刀的动作被设计为中国传统戏剧舞台上的样式。

与此对应的场景是枪毙阿Q一场，原著对此书写的核心是看客的冷漠，但电影并未对此加以表现。酒店里的酒客们对阿Q之死也有不同态度，没有像原著中的看客那样单纯将他当成可消遣的谈资。影片中的小D说：“阿桂哥是个英雄。”电影表明，尽管鲁镇上的这些人无法理解阿桂的生与死，但他们的想法并非铁板一块。这个设计未能承袭原著的国民批判意味，而是进行了新语境下的转换。此种设计方式表明，鲁迅作品中最精髓的“国民性批判”部分，在这两个场景中被淡化或过滤掉了。

图2–5　电影《阿Q正传》，阿Q在城中（图像来源：优酷网）

图2–6　电影《阿Q正传》刑场场景

影片还创造性地设置了阿Q做梦的场景。农民式落后的反抗意识，使他的梦境充斥着个人需求的满足，尤其是快意恩仇式的报复。这个梦境补充了原著中阿Q的内心世界。一方面是小说改编为电影必然经历的大众化改造；

另一方面电影要表达内心活动，往往要将原著中的心理活动归集并充分视觉化。这个做梦的段落很有戏剧《升官图》式的梦幻色彩，集中呈现了陈白尘讽刺喜剧的格调。在这个段落中，改编变成了两位现代文学作家手笔之间的“嫁接”。

出于时代背景下的文化需要，公映的电影文本对人物语言进行了调整。比如小说中写阿 Q 调戏小尼姑，设计了两句话。其中一句是“秃儿！快回去，和尚等着你”，另一句是“和尚动得，我动不得”。陈白尘的电影剧本中原样复制了这两句话，但摄制完成的影片中改为“快回去，有人等着你”和“别人能动，我动不得”。这种改动极有可能是 20 世纪 80 年代中国电影机制下，意识形态和现实需求作用于影片制作过程的结果。这种改动虽然确保了电影不会突然被卷入宗教话题，但也弱化了原作中围绕阿 Q 的言行展开的谐谑与批判意味。

时代语境制约了影片“忠实”呈现小说原著精神的可能性。在 80 年代中国电影承担起满足人民群众精神需求的目标下，很难同时兼顾精英知识分子式的大众批判。如果承担第二个任务，就意味着电影要引导大众去审视大众自身的“劣根性”，更可推演到对民族性的反思。而这个任务显然是那个年代的某一部中国电影很难同时承担的。从 80 年代的社会文化与意识形态语境来看，鲁迅小说中国民性批判的内容也不太可能作为重点在影片中进行展示。

如果考察鲁迅本人对改编的态度，本节的话题更加耐人寻味。鲁迅本人曾就《阿 Q 正传》舞台剧改编工作发表过自己的态度。他曾于 1930 年 10 月 13 日致信给王乔南，信中说道：“我的意见，以为《阿 Q 正传》，实无改编剧本的要素，因为一上演台，将只剩了滑稽，而我之作此篇，实不以滑稽或哀怜为目的，其中情景，恐中国此刻的‘明星’是无法表现的。……”① 夏衍后来也表示：“……至少是我，还没有改编‘阿 Q 正传’的功力和勇气。这件工作，我觉得十分不易。鲁迅先生在日看了两个改编的话剧剧本之后，曾亲自

① 鲁迅：《致王乔南》，载鲁迅：《鲁迅全集：编年版》第 6 卷，人民文学出版社，2014，第 431 页。

和我说过，‘阿Q正传’不宜与改编剧本。我的体会，也认为要在舞台或者银幕上表现阿Q的真实性格而不流于庸俗和‘滑稽’，是十分不容易的。”[①]1934年，田汉以鲁迅小说为基础创作了话剧《阿Q正传》，并赠给鲁迅剧本的第一幕。鲁迅阅后的意见是：“现在回忆起来，只记得那编排，将《呐喊》中的另外的人物也插进去，以显示未庄或鲁镇的全貌的方法，是很好的。”[②] 这个正面意见，可以有助于理解电影《阿Q正传》和《药》，它们在原作的基础上都加入了其他鲁迅小说的人物、情节或场景。不过这部在技术上可称为优秀电影的作品，依然难以承担关于“无声的中国”的寓言价值。这部作品的反讽性很难以影片的形式充分表达，同样的情况也存在于试图表现原作中“哀其不幸”和“怒其不争”的过程当中，阿Q的精神特征只会被呈现为个体的精神弱点而非群体的精神特质或“劣根性”。但考虑到80年代特定的文化语境，改编者能够改编名著为通俗大众文本，变深刻的民族寓言为故事化的情节剧，引起观众的兴趣和思考，其实已为文学经典的传承作出了贡献。

二、《药》的电影改编版

小说《药》完成于1919年4月，发表于1919年5月的《新青年》杂志，是一部着眼于晚清时代普通民众身体病痛与精神症结的作品。这篇作品在叙述中展开了青年的身心健康、中国家庭的存续和希望、中国社会的变革与出路等问题，形成理解小说和电影改编版的基础。它的电影改编版由长春电影制片厂1981年出品，肖尹宪、吕绍连编剧，吕绍连导演。影片显现出被抒情化的革命叙事模式冲淡的寓言性，图解鲁迅原作思想内涵的意图也造成影片叙事上的策略性调整。

（一）开场字幕和“书写”场景的功能设计

影片开场字幕有三个主要内容：其一，在片名《药》下方同时浮现的字幕

① 夏衍：《写电影剧本的几个问题》，中国电影出版社，1959，第83页。

② 鲁迅：《答〈戏〉周刊编者信》，载鲁迅：《且介亭杂文集》，人民文学出版社，2006。

（“根据鲁迅同名小说改编”）引导出影片演职员表字幕，文字的背景是一个仰拍摇镜头中乌云密布的天空。其二，于鲁迅的肖像照片之下，以文字“纪念鲁迅先生诞辰一百周年”的字样（图 2–7），预设了影片的意识形态和文化指向，并试图表明影片是鲁迅作品精神的延续。随后字幕淡出，镜头从鲁迅肖像的特写缓推至眼部大特写（图 2–8）。其三，由鲁迅肖像的眼部大特写转接江南水乡的远景（图 2–9），再在这一背景上叠加文字说明（图 2–10），并配以严肃的男声解说音：

> 在清朝末期的辛亥年前后，在“风雨如磐暗故园”的年代里，曾经发生过这样的事情。鲁迅先生怀着激动的心情，写下了这个发人深省的故事……

图 2–7　电影《药》片头鲁迅肖像及字幕

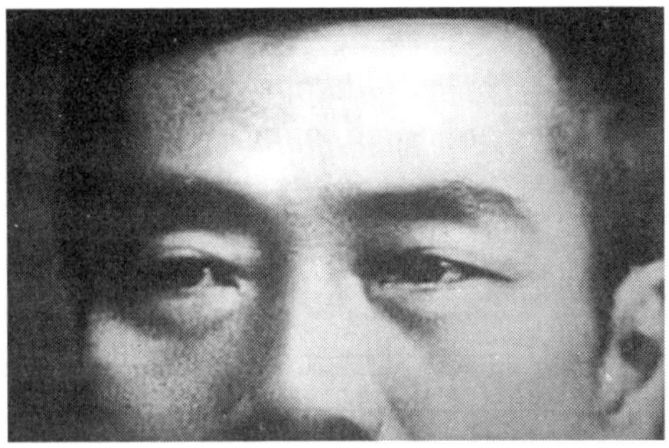

图 2–8　电影《药》片头鲁迅肖像大特写

图 2–9　电影《药》片头南方水乡全景

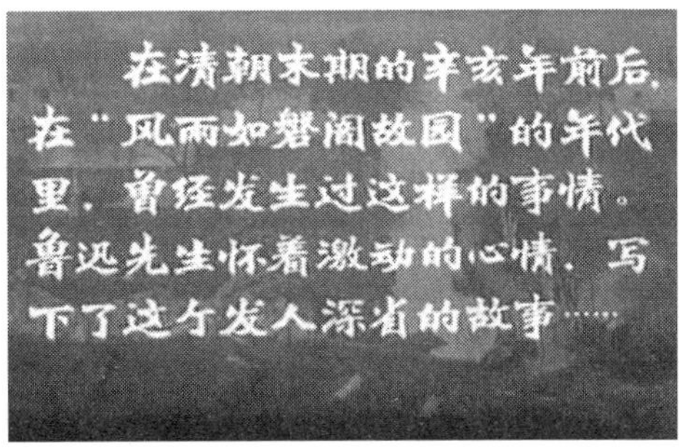

图 2–10　电影《药》开场字幕

（图像来源：优酷网）

小说并不长于精准描绘历史的变迁，而长于描述特定语境下可能发生的事情，并以此"勘探"存在的可能性。与大众的群体精神生活联系更为紧密的电影媒介，难以承担小说的这一特征。与那些"未加注解"的电影影像相比，字幕加朗诵的叙述方式是直接且确切的，它们使观众对影片的理解被一个预先设定且较为稳定的意义结构所框定。这样不但有利于达成影片的社会教育功能，而且使影片在思想倾向性上处于"安全"的状况。这个提示性的文字还预设了影片的"经典代读"价值，而且添加了具有引导性的阐释："辛亥革命""发人深省""怀着激动的心情"等语，将一个杰出作家的作品纳入了宏观历史规律性的表述。从几个镜头的组合转换及对应文字和声音的内在关联来看，自然风景是革命主题叙事系统中的象征物，鲁迅的肖像和"纪念鲁迅"的字幕指向作品试图对原作者表达的敬意。眼部特写对应的"观察""注视"等含义，衍生出"原文作者"对作品意义的宰制性。后续字幕里侧重营造知名作家权威性的第三人称叙事内容，又凸显了作为叙事手段的字幕 / 文字对影像的控制权。这个段落的意义可概括为：本片是反映鲁迅思想并以此向其致敬的"忠实改编"作品。这种凸显原作者或文学原作形象，以画外音诠释"主题思想"的叙事方式，延续了 20 世纪 50 年代影片式的开场设计。

1956 年，夏衍改编的电影剧本《祝福》和《林家铺子》当中，开场部分的叙述方式就显露出类似的"导读"功能。这是一种富有解释性的音画对照段落，展现了明确的意识形态导向性与规定性。字幕与画外音将引导电影的意义走向明晰化和稳定化，在影片叙事的发端之点设置了"旧中国""新中国"之间的对照。如《祝福》的电影剧本在片头和开场部分设置鲁迅肖像、鲁迅名言的视觉化呈现之后，还设计了这样的画外音内容：

> （旁白）（低沉但苍劲的调子）"对今天的青年人来说，这已经是很早很早以前的事了，大约四十多年以前，辛亥革命前后，在浙东的一个偏僻的山村里……"[①]

① 夏衍编剧：《祝福》，载夏衍：《夏衍电影剧作集》，中国电影出版社，1985，第 175 页。

剧本的结尾同样以画外音作结：

> (旁白) 祥林嫂，一个勤谨、善良的女人，经受了数不清的苦难和凌辱之后，倒下了，死了。(稍停) 这是四十多年前的事情，对，这是过去了的时代的事情。应该庆幸的，是这样的时代，终于过去了，终于一去不复返了。
>
> ——音乐转为壮劲有力。①

《林家铺子》的剧本也安排了这样的片头和开场设计，主要是剧情的提要和判断，并没有作者肖像：

> (旁白或字幕) 这个故事发生在一九三一年，离开现在已经是将近三十年的事了。这是中国人民苦难最深重的时代。帝国主义、封建势力、买办资产阶级这三座大山重压在中国人民的头上。劳动人民处在水深火热之中。作为剥削阶级的工商业者，在当时也不能掌握自己的命运。这是一个人吃人的社会。作家描写了一幕大鱼吃小鱼，小鱼吃虾米的社会情景。②

如以图像理论进行分析，电影开场段落通常包括以下几种视觉信息：造型讯息、肖像讯息、语言学信息。造型讯息建立在造型符号基础上，包括载体、边框、取景、颜色、画面构成、颜色、画质等方面。③ 肖像信息建立在肖像符号基础上，包括可辨认的形象符号和这些符号的暗指内容。④ 语言学信息主要建立在文字符号的基础之上，是“词语的图像”。⑤ 上述影片中，《林家铺子》的片头以语言学信息为主，《祝福》和《药》的开场综合了造型信息、

① 夏衍编剧：《祝福》，载夏衍：《夏衍电影剧作集》，中国电影出版社，1985，第 210 页。

② 夏衍编剧：《林家铺子》，载夏衍：《夏衍电影剧作集》，中国电影出版社，1985，第 213 页。

③ 玛蒂娜·乔丽：《图像分析》，怀宇译，天津人民出版社，2012，第 98—113 页。

④ 玛蒂娜·乔丽：《图像分析》，怀宇译，天津人民出版社，2012，第 113—118 页。

⑤ 玛蒂娜·乔丽：《图像分析》，怀宇译，天津人民出版社，2012，第 118—124 页。

肖像信息和语言学信息。

《药》开场部分革命党人临刑前的游街场面，是“十七年”时期中国电影中革命者就义场景设计中常见的模式。原作从反面写起并诉诸品味、经验和想象的策略，在电影这种视听媒介中，让位给直观的呈现，为夏瑜的言行和就义进行铺垫。电影设计了双线结构，小说原著中作为暗线的夏家故事被提升为主线，以便充实影片的故事内容与情节变化，而华家这一线索的重要性有所降低。夏瑜的行刺、在监狱中写下绝笔、慷慨就义的场面，均比照此前新中国电影中描绘革命英雄的方式进行铺陈。在监狱场景中，影片在配乐方面以一个豪迈的男声引导出夏瑜写出绝笔诗的镜头：

不惜千金买宝刀，貂裘换酒也堪豪。
一腔热血勤珍重，洒去犹能化碧涛。

这首名为《对酒》的绝句，是旧民主主义革命者秋瑾的名作。鲁迅这篇小说与秋瑾的事迹关联密切，小说暗线的主人公夏瑜的名字，恰好与“秋瑾”形成对仗的关联。鲁迅在小说里融入了秋瑾参与革命的本事，这是电影创作者在理解鲁迅原作的基础上进行的内容填充，以此服务于明确的历史指向性。虽然在电影叙述过程中，夏瑜书写《对酒》的镜头出现在歌唱《对酒》的声音响起之后，《对酒》的文本作为由鲁迅的转述和秋瑾的写作完成的“原文”却在电影中被设定了优先权。夏瑜的书写召唤出电影之外由秋瑾的事迹和鲁迅的写作构成的历史性陈述。在《药》这部电影中，现实主义的反映论使主干情节与镜头围绕诠释原文、思想和时代生成其意义。影片在此处利用秋瑾的诗参与叙述的过程，同时关联到生成象征意义的可能性。“碧血”化作“碧涛”，实为忠义之士舍生忘死行为的历史价值所在。但在《药》的故事中，这个理想化的设想却被庸众所违背，本该化作历史之“碧涛”的热血，转作了巫术观念下“医疗”运作的材料——“药”。革命党人救国救民的制度之“药”，在此退化为“吃人”语境下的巫术之“药”，形成一个包含讽喻性的转换。以这样的方式，电影的历史寓言性在诠释“原文”的过程中得以确立和维系。与此密切关联的是刑场就义的段落，夏瑜再次于判决书背面写下了革命党的政治宣言——“驱逐鞑虏，恢复中华”。这在意识形态上对应着新中国影片和历史叙述对孙中山及旧民主主义革命的认同。同样摄制于新时期的传记影片《孙中山》和《非常大总统》，可以与《药》形成对照。[①] 电影使鲁迅原作中“反封建”的倾向性（如“天下是我们大家的”）具体化为旧民主主义时期的政治表述，这将造成影片难以超越其创作的年代，进入当代语境下电影经典化的过程之中。而电影改编版在叙事中采用了如下策略来实现这些不同层面的意义：影片不但把小说原作的情节转换为视觉性的内容，而且将与原文具有互文性的诗文口号及其书写过程也直接转换为视觉图像。

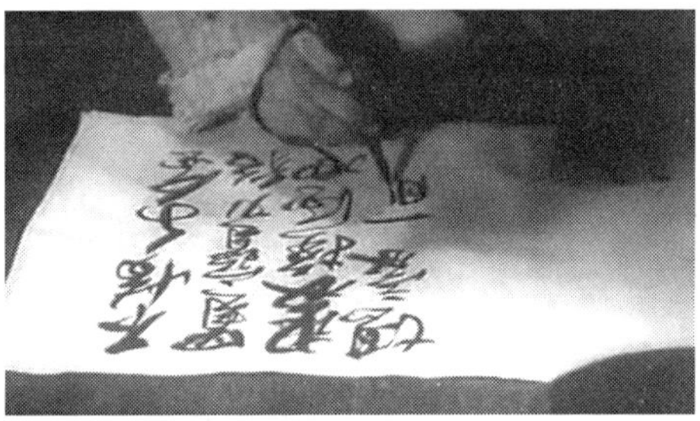

图 2–11 电影《药》中，夏瑜书写诗句的镜头

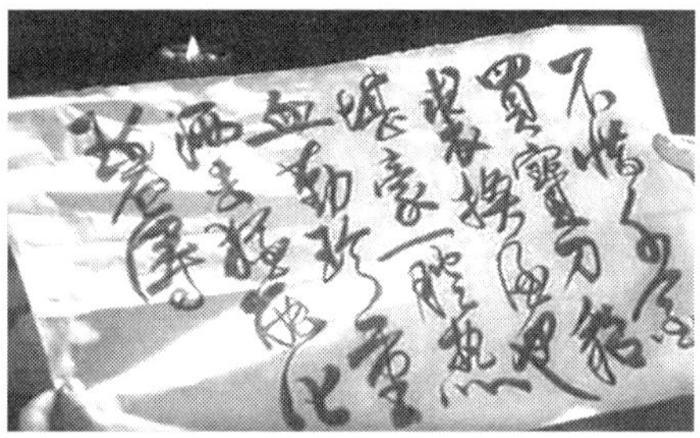

图 2–12 电影《药》中，夏瑜所写诗句的特写

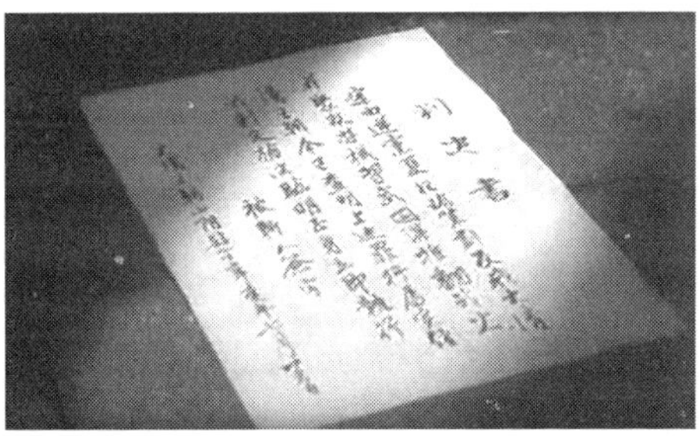

图 2–13 电影《药》中，夏瑜的判决书

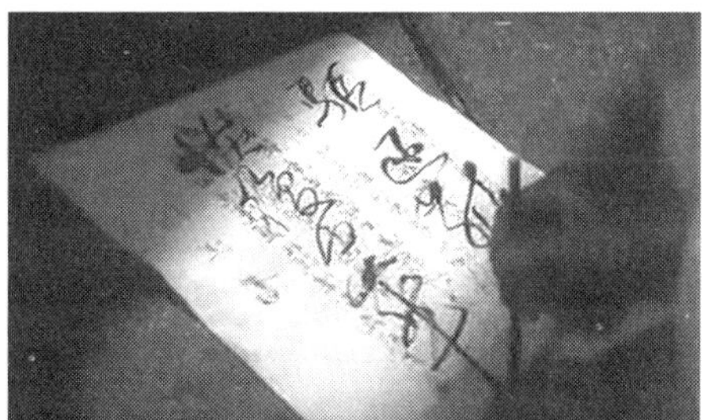

图 2–14 电影《药》中，夏瑜在判决书背面书写绝笔的镜头

（图像来源：优酷网）

① 《孙中山》由丁荫楠导演，珠江电影制片厂摄制，1986 年公映；《非常大总统》由孙道临导演，上海电影制片厂摄制，1986 年公映。

(二)影片情节设计中的策略

单独考察完成于1979年的电影文学剧本，其中还可以发现另两个整合小说《狂人日记》中叙事元素的段落：

> 夏四奶奶扔下手中正补的衣衫，从桌边站起来："怎么才回来？"
>
> 夏瑜兴奋地放下书："我跟三爷谈兴正浓，不觉忘了时辰。娘，您等急了吧？"
>
> "哪有那么多话说，还是跟着你三爷。"夏四奶奶说着，揭开了扣在桌上的几个碗，露出来留着的饭菜。
>
> 夏瑜笑笑，坐下便吃起来，道："这才开个头呐！盘古开天地，上下五千年，有多少事得理清楚、论明白啊！"
>
> 夏四奶奶嗔怪地斜睨了儿子一眼："看把你能的！你是进士呀还是翰林呐？这祖祖辈辈的事儿，谁能闹清楚？"
>
> 夏瑜庄重地说："娘，要说也很简单，两个字：吃人！"①

以上的段落在成片中改为夏瑜回答说"在学堂里办点事"，然后展开母亲期盼夏瑜早点娶妻的对话。毕竟，以"吃人"描述中国古代历史的发展，只是鲁迅在文学革命年代社会批判性的集中表达。这种融入鲁迅理念表达的台词，未必合乎20世纪80年代中国电影观众的趣味，也同电影试图实现的社会功能存在抵触。这种于人物台词中吸收作者观念的手法，与后来华老栓所做的白日梦里有关小栓生活的想象形成了对照。花白胡子问老栓："是用原配的蟋蟀做药引子的么？"② 这是挪用吸收自《〈呐喊〉自序》的一个细节。影片把夏家和华家的线索交织在一起。这个交织的起点设计在刚开场的段落中。华小栓挑水时发病昏倒，夏瑜赶去帮小栓挑水。这个段落呈现了夏

① 肖尹宪、吕绍连编剧《药》，载夏衍、陈白尘等编剧《电影剧作集——根据鲁迅小说改编》，中国电影出版社，1981，第124页。

② 肖尹宪、吕绍连编剧《药》，载夏衍、陈白尘等编剧《电影剧作集——根据鲁迅小说改编》，中国电影出版社，1981，第145页。

瑜的同情心，又以戏剧性的动作关联了两家人的叙事线索。相比原著，电影最大限度添加和扩展了夏家的情节内容。在小说中华家的故事主要以隐喻的方式（借助“药”这一象征物）与国家民族问题相连，形成了文学作品中的寓言性。而电影中夏家情节的强调就使国家民族的主题显现在叙事的表层结构之中了。如母子相处的夜晚场景中，夏瑜面对正在灯下缝补衣服的母亲，忆起他与其他革命党人密谋刺杀巡抚的计划。随后他借口外出散步，预备去行刺巡抚，却故意把外套留在家中。其后走出房门的夏瑜，又在院落中对着屋内的母亲叩头以示告别。这三处设计是儿子对母亲之爱的表达，也是对行刺结果的预估导致的行动。前一个行为还关联到后续监狱场景的人物关系与逻辑——以影片故事的情理推断，由于外套是具有一定价值的衣物，带到牢狱之中并不足以表现阿义眼中夏瑜的“穷困”。这个设计是建立在理解原著人物设定基础上的“意译”。强化了情感的表达。遗憾的是，虽然情节铺垫的设计合乎情理，但官员夜行和行刺行动的整体设计却缺乏合理性。

在影片开始部分两个彼此对照的段落中，上述有关夏家的叙述与华家形成了平行关系。夏瑜的母亲，和小栓的母亲，分别面对其子表达了母亲之爱。这构成双线情节中核心的情感动力，也把她们的母爱作为等价的情感加以描述，同时以家国情感的无法互通而营造悲剧感。夏四奶奶与夏瑜的爱是双向的，但夏瑜为了反清计划搁置了对母亲的爱。华母与小栓的母子之情则由于小栓身患疾病，主要侧重叙述母亲对儿子的爱。夏志清曾这样评价小说《药》：

> 这两个青年之死，情形虽个别不同（一个是为理想而牺牲的烈士，一个是因无知愚昧的牺牲品），可是对他们的母亲说来，他们怎样死去是不重要的。做母亲的丢了儿子，感觉到的只是一种难以名之的悲伤，一种在中国封建社会生活中不但要接受，而且还要忘怀的悲伤。这两位青年死后，葬在相距不远的地方。一个寒冷的早上，这两位

母亲到坟上去哭儿子时，碰在一起；他们所感到的痛苦，可说是完全相同的。[①]

原作中两位母亲等价的爱和高度相似的痛苦，在电影的叙事中具体化为两家人线索的彼此对照。影片接近结尾的情节中，华老栓夫妇重新开始按照旧方给小栓服用中药。但小栓病势沉重，药石无灵。五少爷闻讯后建议他们夫妇再去找人血馒头，因为他从康大叔处听说又要处决革命党。华家显然又一次试图购买人血馒头，这意味着他们在求医的过程中再次走入歧途。华母流着眼泪说："药喂过了，偏方也吃了，会好的。"她情绪上的绝望为小栓之死进行了铺垫。这个段落与夏四奶奶试图见到儿子却处处受阻的情节一起，进行了有关民众苦难的叙述。两位母亲的悲痛使两条叙事线索又一次彼此发生应和。总体上看，电影中两位母亲，或两个家庭的生活及情感上的交织与互动，相比鲁迅原作中在结尾处才安排的坟地相遇场景，更符合大众观赏的需要。影片的这种设计在情感上扩展了原著中母子之爱的容量，将原作的白描式写法转换为细节较为丰富的电影叙述手段。此类走向大众性的叙述的代价是牺牲了一部分与寓言性相关的意义深度。

《药》中的庸众的形象源于不同的鲁迅小说，影片试图围绕这些人物的群像展开批判和讽刺。电影开场后，路边看客以冷漠的言语对革命党人做出了如下描述：他"没有辫子"，是"奸党叛贼"，他们"数典忘祖"。同时描述辫子是"效忠皇上的见证"。五少爷曾对康大叔说："如今这年月，人血不是有的是吗？如果再不开杀戒，皇上能坐稳龙庭吗？"刑场附近的看客对话内容，同样吸纳了其他鲁迅小说的情节元素："前年未庄那个是枪毙，那可没意思。"这是对小说《阿 Q 正传》中行刑场面的指涉。其他看客用以描述夏瑜的语言则包括"不怕死""亡命之徒"等。作为对原著的改写，影片设计了夏瑜的革命党同伴混在围观人群中并为夏瑜流泪的场面。这个革命党人的在场，实际上稀释了"看客群体"的不合理性，代表着"群众的良心"。

① 夏志清：《中国现代小说史》，浙江人民出版社，2016，第 41—42 页。

在茶馆中，电影又为那些冷漠的看客设计了一段具有讽刺性的情节。花白胡子对华老栓介绍说，自己有一个祖传偏方可以治疗大病，又煞有介事地拿出一张写有偏方的纸。但一位刚来的茶客则直接说：“我妈说弄点人血，人血馒头能治小栓的病。”此时，电影的特写镜头展现花白胡子偷偷收回了那张写着偏方的纸。而老栓的回应则是，他已经拜托了驼背五少爷去请康大叔帮忙置办人血馒头。这个设计取消了“祖传秘方”刻意营造的意义深度，也比较符合原著的情境与人物设定。

影片以康大叔引出夏母恳求他帮助的段落，再转入监狱场景和一个脸谱化的狱卒阿义。如同原作中侧面描写的内容一样，夏瑜试图引导阿义理解反清活动的意义：“大清的天下本是我们大家的。”这随即招惹了阿义对他的殴打，随后影片转到阿义和康大叔私吞夏四奶奶送到监狱的酒菜的场景。他们的对话同样是庸众式的。康大叔的观念表现在他的话语当中，他说人血馒头代表“皇恩浩荡”。在他的观念中，夏瑜之死是皇帝的旨意，而他的血给小栓吃，正是皇上恩典的表现。影片以康大叔在茶馆中谈论的段落引出门前经过的夏三爷。在康大叔的叙述中，夏三爷出首告官，得了赏钱。电影的情节中，夏三爷随后从几个小孩手中买下一只麻雀当众放生，引来旁观者的赞许，但他的出卖行径和在街头呵斥夏四奶奶的场面，使善人之名成为一个巨大的讽刺。

电影手法的运用方面，影片中有两个令人印象深刻的段落。其一是刑场就义的场面。迟来的夏四奶奶没能送给儿子临刑前最后一餐饮食，无助地摔倒在街头。她携来的饭菜和杯碟被看客们践踏，随后倾盆大雨从天而落。这个场景的程式化意味很浓厚，对应了中国观众的群体心理。其二是小栓去世的情境，先是由内室切换到茶馆客厅，通过一组面孔镜头分别呈现茶客们的大笑表情，再用摇镜头以略显变形的影像格调展示不同茶客们的面容，最后停止于老栓充满迷惘神情的面孔上。在摇镜头中，茶客们夸张的面部影像匹配了他们之前说过的具有标志性的话语（“偏方治大病”“保证好使”“包好包好”“药到病除”）。这个镜头能够带动观众的反思和同情。随着华母的哭喊声和老栓的表情从迷茫转向惊惧，这个可能带有突出的表现意味的镜头瞬间被收束和转变为具有直接的现实指涉性的镜头。

在以上两个镜头的运用中，电影《药》呈现为一个被扩充和细节化的小说故事。小说中人物的白描手法让位给电影的直观呈现和充分通俗化的故事脉络。这种通俗化的手段祛除了源自鲁迅的现代知识分子赋予原作的那种锐气，在20世纪80年代直指电影的观众接受心理，构建出一个有关旧民主主义革命的故事。它对时代变迁中的中国底层社会庸众及其蒙昧性的描绘，成为一种发人深省的电影景观。但与小说中含蓄的同情相比，影片把对小栓一家的同情提升至显著的位置，并在这个问题上与鲁迅的风格保持着谨慎的距离。

影片以父母之爱的合理性为剧情中的情感线索，再令这种合理性与蒙昧的精神状况相结合，产生了悲剧式的效果。电影组合了两个母亲在各自家中膜拜菩萨的场面，这两个为孩子祈福的日常生活仪式从观念上把她们的情感联结了起来。相同的民间信仰和共通的母爱，使作品中的她们结为共同体，却又彼此陌异。而且，华母的爱与蒙昧无知紧密联系在一起，夏母的爱表现为对夏瑜革命行为的全然不理解。她们的儿子之间的彼此“相害”，是这种共同体自身矛盾性的证明。为了深化这种意义，电影设计了三个含义直白的梦境段落，以实现面向大众的叙述目的。梦境一是夏瑜入狱后，夏母在家中梦见与其团聚，但家庭生活的温馨场景随即被官兵的抓捕打断。这个梦境段落中，夏瑜的言行与此前他离开母亲去行刺的设计颇为相似，母子分离的场景是母子之爱与革命者志向之间矛盾性的展开。影片利用了电影影像营造幻觉场景，作为夏母愿望的表达。这个梦境的影响力延续至夏瑜被处决后的情节中，夏四奶奶在街头的白日梦的恍惚中见到了夏瑜，实则是她误认了夏瑜的革命党同伴。后者试图照顾她的零售生意，电影以此表达他与夏瑜的志同道合。梦境二是人血馒头交易完成后，影片中出现华老栓的白日梦。他幻想着小栓病愈后操持生意、成婚和生子的场面。这代表一个普通人的生活想象。梦境三源于影片中病危的华小栓的精神世界，他于死亡之前的恍惚中梦到身体康复后与父母乘船游历水乡。这个梦与华老栓的白日梦形成应和的关系。

这些梦境对人物心理世界的展示扩充了电影的影像空间。以上所有白日梦都源于影片中并无罪责的人物，他们都不需要为夏瑜的死承担责任，但其思想上的蒙昧使夏瑜的牺牲成为徒劳。这一点集中表现在影片结尾处坟场的场景中，两个母亲的彼此审视和对话遵循了鲁迅小说原本的设计。夏四奶奶把坟头上的花环解释为灵魂显灵，她寄托于神鬼之上的生活意愿，在这个情境中得到了呈现。影片的叙事终止于坟头上花环的特写镜头。影片的选择没有止步于对原著结尾情境的再现。再现原著的内容是——乌鸦并不如夏四奶奶所期盼的那样，这流露出鲁迅作品中具有戏剧性的讽刺。而镜头终止于坟头上的花朵，是一个比较符合当时观众情感需要的设计。它借助于之前夏瑜革命伙伴的形象，延续了从封建时代至新时代的历史认知。

（三）小说原作及影片的表意结构

除以上有关“可译性”的内容之外，鲁迅这篇作品中的“不可译性”也需要进行进一步的研讨和分析。在鲁迅的文学作品中，“药物”和“医疗”是意味深长的叙事主题。《明天》中单四嫂子为宝儿治病而“买药”，《〈呐喊〉自序》中回忆起少年时期为父亲买药的日子等，都是有关这两个叙事主题的情节。小说《药》就是集中表达这两个主题并形成广泛影响的首要作品。“药物”与“医疗”在小说中对人物形象的建构、情节的发展具有重要意义，而且营造出作品的多重叙事价值。①

小说《药》的表层情节核心是一个求医的故事。许慎《说文解字》这样阐释“药”字——“治病草，从草药声，以勺切。”在中国古代文化背景下，药物的本意指治病救人的草木，可以疗救疾病、医治伤痛，然而小说中的“药”却显现为“无用和无效之药”。正是在这种功能的消除中，“药”获得了独特的含义，成为统摄全篇的象征物。“药”作为叙事的核心，以丰富的内涵引导情节，推动了全文的运转。“药”之叙事含义的多重性，在这篇小说中通过不同的“焦点人物”得以表现。

故事中的“焦点人物”，即是“根据其视点来表现叙述情境与事件的人

① 本段至本节表格之间的文字内容由王智宏撰写初稿，张一玮修改调整后定稿。

物”。[①] 这部小说的各个部分中均以焦点人物的视野、感受和叙述对药物和医疗主题进行了展现。《药》这篇小说可分为四部分：第一部分叙述了华老栓半夜去刑场为儿子“买药”，第二部分叙述了华老栓夫妇“制药”及华小栓“吃药”的过程，第三部分展示了以康大叔为代表的茶馆众人对“药引”——夏瑜的谈论，第四部分交代了夏四奶奶和华大妈在清明时节为各自儿子扫墓的情境。在第一、第二部分中，焦点人物为华老栓。对他们一家而言，“药”承担着其治病的自然功能，寄寓着疗救的希望。在中国漫长的封建时代，由于缺乏自然、科学、生物等知识，人们对无法治愈的疾病往往会进行一种虚幻的解释，寄希望于祈祷或膜拜神灵。“人血馒头”混杂着浓厚的巫术思维，指向民众观念中蒙昧无知的一面。小说中，“人血馒头”是旧时代传说中可以治愈“痨病”的偏方。从旧时代的观念来看，因为“痨病”的典型病征是咳嗽和咯血，因此同样需要以血进行补偿。口耳相传形成的群体印象强化了它的“疗效”。康大叔说“这样的人血馒头，什么痨病都包好”，华大妈烧制馒头后对小栓说：“吃下去罢，——病便好了。”“睡一会罢，——便好了。”[②] 他们对蒙昧观念的深信源自封建时代愚民教育造成的知识匮乏。

在第三部分，焦点人物是康大叔及其他茶客。夏瑜的牺牲是为了社会革命，寻找救国救民的“良药”。他的死亡是一次具有象征性的献祭。而康大叔和茶客们却无法理解这种源于新思想的政治观念，转而将谈论的焦点聚集在夏瑜的血和身体的物质性内容之上。由于“药”是以革命者夏瑜的鲜血制成，且在庸众的对话和叙述中被祛除了政治象征性，因而这种对于疾病而言毫无用处的“药”，便在其治疗功能的缺失之处显现出寓言性。医疗方案的选择是社会文化的一个窗口，透露出社会变革的必要。以夏瑜为代表的革命者想要依靠自己的呐喊，依靠自己的鲜血去医治社会，但这种“革命者的精神”与“群氓的精神”之间难以互通，构成了清末革命党人以及旧式革命本身的悲剧。

---

① 杰拉德·普林斯：《叙述学词典》，乔国强等译，上海译文出版社，2016，第 75 页。

② 本节内容中，小说《药》原作文字均引自鲁迅：《药》，载鲁迅：《鲁迅全集：编年版》第 1 册，人民文学出版社，2014，第 659—668 页。

小说第四部分的焦点人物为夏四奶奶和华大妈。通过有关二者的叙事可知，药物在两个层面上蕴含了叙事的价值。蒙昧之“药”无法治病，而“救国之良方”则无人理解。前者是无用的药物，后者是不被接受的“药物”。至此，“药”的含义发生了进一步的转换，它是庸众愚昧无知的精神状况的一面镜子，同时在物质层面上与死亡密切关联。小说通过几次人物视点的变更，完成了“药”之含义的多重转换，即“自然含义—政治含义—社会含义”，“救治性命的药物—医治社会苦难的良方—民族痼疾的象征”。

“药”的叙事功能是多方面和多层次的。它首先显现为一种物质化的形象。它参与了故事中人物和情节之间的交换和流通，并在这个过程中实现它的叙事功能。华老栓拿着辛苦积攒的一包洋钱在半夜去到刑场，与刽子手交换了一个还滴着血的“鲜红的馒头”。“人血馒头”的物质性被小说叙述语言表述成不同的面貌：

> 那人一只大手，向他摊着；一只手却撮着一个鲜红的馒头，那红的还是一点一点的往下滴。
>
> ……老栓便把一个碧绿的包，一个红红白白的破灯笼，一同塞在灶里；一阵红黑的火焰过去时，店屋里散满了一种奇怪的香味。
>
> 十分小心的拗开了，焦皮里面窜出一道白气，白气散了，是两半个白面的馒头。
>
> 驼背五少爷：“好香！你们吃什么点心呀？”
>
> 康大叔说：“包好，包好！这样的趁热吃下。这样的人血馒头，什么痨病都包好！”
>
> 花白胡子说：“原来你家小栓碰到了这样的好运气了。这病自然一定全好。”

但对华老栓和众人而言，不论这味“药”到底有没有用，它都具有不可替代的疗救功能。寻找或购买的过程也被塑造成治疗的一部分。从“买药”到

“吃药”的整个过程，他显得相当谨慎。“烹制”完成后，华大妈在里屋的中间放好一条凳，并拿碟子将药盛起来，轻轻喊小栓吃药，这个过程的郑重性便体现了“药”的地位之重要，并引起不同的感受。

> （华老栓）他的精神，现在只在一个包上，仿佛抱着一个十世单传的婴儿，别的事情，都已置之度外了。他现在要将这包里的新的生命，移植到他家里，收获许多幸福。
>
> （华大妈）他的女人，从灶下急急走出，睁着眼睛，嘴唇有些发抖。
>
> （华小栓）他的旁边，一面立着他的父亲，一面立着他的母亲，两人的眼光，都仿佛要在他身上注进什么又要取出什么似的。

“药”本身需要服用，通过饮食行为收入体内以发挥作用。人对“药”的效用的期待也形成这样一种感受，如同“从他身上注进又要取出什么似的”。“药”本身不是外在于人的生命的存在，小说中的人物对“药”的需求、想象和期待，刻印在作品中所有庸众的精神世界里。这是一种社会群体状况的揭示，“药”作为一种精神性存在的意义在小说中得到了寓言式的展现，指向革命和启蒙的文化主题。而电影改编版的叙述策略借助演员的表演技术、镜头的运动与组合进行构建。

夏瑜的血被制成药物，这可视作鲁迅在《狂人日记》中关注的“吃人”问题的转写。夏瑜不但被剥夺了生命，而且其遗体辗转被庸众“吃掉”了。鲜血原本是生命存在的转喻，且在革命叙事中成为仁人志士改天换地的意志力与正当性的提示。但在小说当中，鲜血的象征价值被“人血馒头”的特殊应用手段所祛除，成为众人心中珍贵、稀有、可资运用操控的物品。为国家和民族寻找良药的夏瑜，不但献出了宝贵的生命，更被炮制成为具有巫术意义的“药”。这意味着他致力于拯救的民众，无法理解和接纳他所从事的革命活动的初衷。在这个意义上，夏瑜在牢狱中说阿义“可怜”，又何尝不是在说他“无可救药”。通过医药的叙述，鲁迅式的“受压迫而不自知”的庸众形象就此显现。《药》的原作讲述的是华老栓为儿子寻医问药的过程，也以暗线讲述了夏瑜为社会“寻医问药”的过程。在电影中从监狱到刑场的情节演进里，阿义式的庸众同时作为封建主义帮凶的本质直接展现为殴打折辱的行为。镜头中夏瑜伤痕累累的面孔、施暴者的殴击和语言羞辱，是电影呈现阶级暴力的直接手段，人的面孔图像也被塑造为阶级关系和革命者行动的画布。

对鲁迅而言，通过小说形式呈现出来的文本《药》，亦是医治民族痼疾的精神良药。“在某种程度上，不少叙事作品也往往成为作者自身思想、情感、心路历程的自觉或不自觉的表白。作者往往借助作品中的叙述者、人物、事件等实现与读者的交流，乃至于与自身思想的交流，达到相互间错综复杂的隐含对话。”① 当“药”作为核心形象出现在小说中时，它被赋予了特殊的叙事意义。作者的目的是要通过这种病态的描写，向世人揭出痛苦，以引起疗救的注意。他想要呼吁众人彻底打破精神的枷锁，摆脱愚昧、落后和无知，真正理解、同情和支持革命，实现民族的革新和自强。而在电影中，影片开场部分的字幕已然导引出影片试图表达的核心意义：黑暗的时代已然成为过去，借助鲁迅作品及其电影改编版可以获取认识与评价历史的机会。

鲁迅在《〈呐喊〉自序》中提到，他原计划攻读医科，以此挽救国民之肉体，推动“维新的信仰”。但仙台医学院中的“幻灯片事件”发生以后，目睹过同胞精神上的麻木，他才惊觉：

> 这一学年没有完毕，我已经到了东京了，因为从那一回以后，我便觉得医学并非一件要紧事，凡是愚弱的国民，即使体格如何健全，如何茁壮，也只能做毫无意义的示众的材料和看客，病死多少是不必以为不幸的。所以我们的第一要著，是在改变他们的精神，而善于改变精神的是，我那时以为当然要推文艺，于是想提倡文艺运动了。②

① 谭君强：《叙事学研究：多重视角》，中国社会科学出版社，2018，第 123 页。

② 鲁迅：《〈呐喊〉自序》，载鲁迅：《鲁迅全集：编年版》第 2 册，人民文学出版社，2014，第 313 页。

这种观念可以概括鲁迅作品中不止一次出现的“药”和“医疗”的主题：《明天》中单四嫂子为宝儿治病而“买药”，《父亲的病》中我一直为父亲寻找各种奇怪的药，《狂人日记》中我的病症和为我“诊病”的何先生，甚至阿Q头上不知何时生出的癞疮疤之类，都与“药物”和“医疗”发生关联，又通向文学文本中的寓言性。鲁迅独特的言说方式使“药”参与构建了鲁迅式的“民族寓言”。

詹明信认为：“所有第三世界的文本均带有寓言性和特殊性：我们应该把这些文本当作民族寓言来阅读，特别是当它们的形式是从占主导地位的西方表达形式的机制——例如小说——上发展起来的。”[①] 他还将弗洛伊德主义融入了对这种寓言的分析，认为第三世界知识分子永远是政治的知识分子。“第三世界的文本，甚至那些看起来好像是关于个人和力比多趋力的文本，总是以民族寓言的形式来投射一种政治：关于个人命运的故事包含着第三世界的大众文化和社会受到冲击的寓言。”[②] 因为总体性的历史是不可以被再现的，而历史又必须以文本的方式为我们所接近，意识形态和历史是语言符号组合的基础，所以詹姆逊提出了“政治无意识”，巧妙地将“缺场”的历史完全隐藏于文本的深处，把寓言的触角伸向政治。因此一切对历史的书写，其实都是对当下的思考，文学文本不是对历史的简单复刻，在其表象的背后，还有一种历史的复议性。在鲁迅的作品中，《狂人日记》中主人公幻想症式的精神疾病导致了生活中的痛苦与焦灼。他整日感到有人要谋杀他，这表面上是一种精神疾病，实则是“康复的尝试、重建的过程”。[③] 狂人所患的“精神疾病”为我们揭开了理想化现实的真相——隐藏在表面之下的庸众的无知和蒙昧。鲁迅通过“药物寓言”的形式让我们看清了真实的现实世界。詹明

---

① 詹明信：《晚期资本主义的文化逻辑》，张旭东编，陈清侨等译，生活·读书·新知三联书店，1997，第523页。

② 詹明信：《晚期资本主义的文化逻辑》，张旭东编，陈清侨等译，生活·读书·新知三联书店，1997，第523页。

③ 詹明信：《晚期资本主义的文化逻辑》，张旭东编，陈清侨等译，生活·读书·新知三联书店，1997，第524页。

信认为，鲁迅作品进行的文化生产以及对政治、文化的解释是一种“政治医药”[①]，各类蒙昧的思想不仅是历史沉淀的糟粕象征，更是民族机体上的痼疾。作者急于为民族寻求一剂重生的良药，其笔下屡次提到“药物”和“医疗”即是包含寓言性的主题。

鲁迅以“民族寓言”的形式投射了一种政治现状：关于个人“寻医问药”的故事实际是整个中国命运的故事。他用简洁的语言描述出了中国普通百姓的生活面貌，他们被麻木的心灵和被禁锢的精神都表现在他们执着的“寻医问药”过程中。而鲁迅想要为民族“寻药”，以此来拯救愚弱的国民灵魂。这种寓言是有意识的政治寓言，且其寓意始终在场。而最终在小说的结尾，“医疗上的吃人主义、家庭背叛和政治倒退最终在贫民墓地上相遇”[②]。鲁迅将其对现实的思考和批判寄寓在了“药物”和“医疗”的叙事主题中，通过寓言性在绝望中开辟出希望。如夏志清所说：“鲁迅在这篇小说中尝试建立一个复杂的意义结构。两个青年的姓氏（‘华夏’为中国的雅称），就代表了中国希望和绝望的两面，‘华’饮血后仍然活不了，正象征了封建传统的死亡。”[③]

电影进行的几处局部改写，消除了鲁迅当年一部分作品对中医和中药的误解。但从整个作品来看，影片虽在医药问题和情节线索中设置了具有隐喻性的内容，但仍然无法表现鲁迅原作中的那种有关中国的整体性象征的意味。这主要是由于鲁迅小说象征色彩的厚重与电影媒介形式本身局限性的结果。尝试汇总原著与影片的表意结构，可得到以下两个表格：

① 詹明信：《晚期资本主义的文化逻辑》，张旭东编，陈清侨等译，生活·读书·新知三联书店，1997，第528页。

② 詹明信：《晚期资本主义的文化逻辑》，张旭东编，陈清侨等译，生活·读书·新知三联书店，1997，第528页。

③ 夏志清：《中国现代小说史》，浙江人民出版社，2016，第42页。

表 2–1　小说原著《药》的表意结构①

叙事脉络	核心人物	行动—表意	代表形象	空间	制度与文化	意义结构
治病的故事	华老栓、华大妈、小栓	买药、治病	人血馒头	刑场	迷信、巫术式的	封建迷信戕害病人
庸众的故事	花白胡子、康大叔	围观、议论	–	茶馆	封建秩序	封建文化戕害民众
牺牲的故事	夏瑜	行刺、就义	花环	刑场、坟场	革命、巫术的	封建制度残害革命者

表 2–2　电影《药》的表意结构

叙事脉络	核心人物	行动—表意	代表形象	空间	制度与文化	意义结构
治病的故事	华老栓、华大妈、小栓	买药、治病、期盼	金钱、人血馒头	茶馆、街道	迷信、巫术式的	封建迷信戕害病人
牺牲的故事	夏瑜	行刺、书写、就义	夏瑜的面孔、歌曲《对酒》、文字	监狱、刑场、坟场	反封建制度的、追求民主的	封建制度残害革命者
庸众的故事	花白胡子、康大叔、五少爷、阿义等	围观、议论、谋划	茶馆中众人的面孔造型	茶馆、刑场	封建秩序	封建文化禁锢民众精神
母亲的故事	华大妈、夏四奶奶	煎药、送饭、上坟	坟与花环	家宅、街道、刑场	家庭伦理、父权制	母爱、以爱的形式出现的蒙昧

与《阿 Q 正传》《伤逝》和《祝福》等影片一样，《药》在同样基于社会教育目的改编中，丧失了整体上的象征性。这是从鲁迅的小说到大众化的电影过程中必然付出的代价，作品中的象征性被零散化地转换为镜头和镜头组合中的隐喻意味，指向一种大众的感性认识，如“阿 Q 精神的可笑性”“华家和

① 《药》电影剧本情节、人物设置和表意与影片相比差别不大，故此处仅开列原作和影片表格。——作者注

夏家遭遇令人怜悯”等。而在这个过程中，电影对个体层面的喜剧性、悲剧性的呈现替代了原作对民族悲剧性的关注，从而将鲁迅文学作品原本的启蒙维度转换为大众文化时代的社会教育方面。

三、《伤逝》的电影改编版

鲁迅的小说《伤逝》创作于1925年，它是鲁迅小说集中唯一可以称作爱情小说的作品。两位主人公涓生与子君的情感关系建立于20世纪初中国处于文化和政治变革的时代之中，他们在追求婚恋自主的社会思潮影响下结合并共同生活，但经济的不自主、失业的窘迫最终导致家庭生活的瓦解。小说深刻揭示了社会解放是婚恋自由的前提，并把这个观念融入了主人公第一人称视角的回忆、自白和反思当中。小说的电影改编版公映于1981年，是为了纪念鲁迅百年诞辰摄制。影片由张瑶均、张磊编剧，水华导演，林盈、王心刚主演。本节的讨论对象是《伤逝》的电影版、电影文学剧本版和小说原作。①

（一）剧本设计的创新性

小说《伤逝》的叙事构架为先以知识分子的忏悔叙述引导对往事的追忆，其后以具有标志性的春夏秋冬四季变化，对应涓生和子君之间情感的变化，描绘出一个爱情故事的社会悲剧底色。所有的叙事内容最终归于知识分子个体对社会历史和自身命运的思考，讲述了他们在时代变迁中自我发展的艰辛历程。电影剧本的策略并不聚焦于小说中涓生的叙述视角与声音，而是试图依照现实主义影片的历史、社会、心理三方面的丰富性进行组织，把涓生的个人心路历程与辛亥革命后北京城市社会生活的状况相结合，具体体现在叙事内容和人物心理世界的丰富性上。为了补充原著中没有的时代语境，《伤逝》的电影剧本借助一系列镜头段落和画外音的组合设计，描述了涓生和子君婚恋故事的时代背景与社会状况，并试图增强特定情节转折中的视觉表现力。

① 张瑶均、张磊编剧《伤逝》，载夏衍、陈白尘等编剧《电影剧作集——根据鲁迅小说改编》，中国电影出版社，1981，第42—107页。

剧本以一份内蕴丰富的情节段落描述了五四运动前后涓生的心路历程，并在其中设计了以下场景：

> 1. 辛亥革命发生之后，正就读于师范学校的涓生与同学满怀希望地在街道游行和庆祝，并闯入城隍庙毁坏神像，但旁观的群众普遍显露出冷漠和疑虑的神情；
> 2. 涓生与一位从军的同学分别，同窗好友各奔东西；
> 3. 涓生进入外国语学校刻苦读书，计划沿着严复的道路，向中国引进西方的科技与文化；
> 4. 长江上行驶着列强的军舰，袁世凯复辟，民众的苦难在继续；
> 5. 来到北京的涓生受到《新青年》杂志的影响；
> 6. 涓生参加了五四运动的街头抗议；
> 7. 中央公园中的青年在争论着如何救国的道路与观点，涓生认同苏俄社会主义道路。

在剧本的设计中，如上每个段落都配合着涓生的画外音独白，音画之间形成了彼此接续和诠释的关系，密切扣连。作为整体，这些段落形成一名知识分子人生道路的概述，也明确地阐述了晚晴至民国时期历史发展的脉络。进入外语学校读书，与后续倡导走苏俄社会主义道路的情节设计相应，也匹配了后续翻译陀思妥耶夫斯基《穷人》小说的情节设计。这些情节的组合与衔接构成剧本故事的文化结构——涓生社会观念的最初的起点是学习和模仿西方，并以西方文化提供的知识和价值推动现代化，而《新青年》传播的社会主义革命思想则是他后来认同的革命道路。于是他对社会和家庭的想象与感受所构成的心路历程，就是这种道路选择之后探索经历的一部分，以独白式的语言构成剧本设计的声音叙事内容。改编者试图建立一条婚恋线索之外的叙事明线，以扩展故事的社会内涵，但这易于造成涓生形象的自我矛盾性。原著中他与子君最初的关系形成了启蒙故事的叙述模式，此后被启蒙者（女性）

在观念和行动力方面超越了启蒙者（男性），却最终遭到后者的排斥和抛弃。这种矛盾性的表达未必合乎通俗化改编的期待效果，普通观众也很难在观影过程中协调社会革命道路的正当性与知识分子婚恋故事的悲剧性。

另一段对原著的创新是涓生在通俗读书馆读书的场景。剧本在其中建构起一个蒙太奇段落的整体设想。这段想象包含荒原、城市街道、交易所、大学、政治黑幕、盗窃者、绿林豪杰等不同形象。它们是具有浪漫气质的标志形象，代表涓生追求人生意义过程中的“心理现实”。剧本结尾处设计了最后两个想象的段落，与涓生的独白和心态变化关联在一起。第一个段落由子君的葬仪开始，随后引出守旧派和压迫者的系列形象。这个蒙太奇段落铺垫出作品悲剧性的社会缘由：

> 迷蒙的虚空中，不断显现出巨大畸形的形象——子君的父亲、叔父的债主般的凶恶的目光，宛如烈日般的严威。局长少爷、擦雪花膏的小东西、老拔贡……他们的面孔上流露出鄙夷的狞笑。还有一些陌生嘴脸，挂着猥亵的探索的神情。[①]

这个段落之后，另一个想象（或回忆）段落缓解了第一个段落造成的晦暗气氛。

> 昏暗中，涓生眼前恍惚地重现——
>
> 漫天风雪里，一辆辆汽车在大街上驰过。车里闪动着金帽檐，车边上挂着那身背扎红绸板刀的兵。街口，一个兵狠狠地踢扑倒在地的冻死的人。戴金边眼镜的那个老同学，脸上露出自得的笑纹。
>
> 洪轩眼睛里显现出坚定不移的信念，质朴地微笑着。
>
> 更锣声渐近。幻象消逝。

① 张瑶均、张磊编剧《伤逝》，载夏衍、陈白尘等编剧《电影剧作集——根据鲁迅小说改编》，中国电影出版社，1981，第106页。

一抹微光映射到涓生额上，他凝视前方，充满痛苦和希冀，自语：“新的生路在哪里？在哪里？我怎么迈出第一步去？”

更锣声沉重有力。[①]

电影剧本情节中未能进入影片的内容有以下几处：第一，子君与其叔父发生矛盾的段落；第二，涓生闯入子君叔父家的段落；第三，子君离家出走的段落；第四，有关涓生在教育部的同事哈贵同的段落；第五，涓生与好友荃星交流的段落，其中借两人的谈话对另一部鲁迅小说《幸福的家庭》进行了致敬；第六，子君与刘润华、陈碧如等同学交流的段落；第七，涓生的朋友余洪轩投身大革命，最终慷慨就义的情节；第八，涓生与同窗好友中飞黄腾达者相遇的情节。

剧本设计了涓生和子君同居后两次共同出行的场景，以他们的游历展现城市社会，同时把涓生的声音与这种社会景象交织起来。第一次出行是在北海，剧本写道：

从白塔上俯瞰下去，金鳌玉蝀桥上行人熙来攘往。两个拖辫子的遗老，端着鸟笼，款步走去。洋车夫气喘吁吁地拉着肥胖的贵人，乞儿紧跟在后面奔跑，帮着推车上桥，伸出肮脏的小手乞求施舍，却遭到贵人斥责。桥西侧摆着一个挂摊，蓝色的围屏布上有三个醒目的白字：“易经卦”。旁边，一个衣不蔽体、蓬头垢面的老头跪在地下，嘴里喃喃不清地诉说着，面前摆着一纸“地状”。

涓生的声音：“下面是狭窄的囚笼，下面是弱者的世界。”[②]

北海场景的表意由四个方面构成，其中可以见到改编者改编思路的意义

① 张瑶均、张磊编剧《伤逝》，载夏衍、陈白尘等编剧《电影剧作集——根据鲁迅小说改编》，中国电影出版社，1981，第106—107页。

② 张瑶均、张磊编剧《伤逝》，载夏衍、陈白尘等编剧《电影剧作集——根据鲁迅小说改编》，中国电影出版社，1981，第64页。

指向性：遗老的形象指向守旧，乞儿和贵人的对应组成“社会差异”的表达，卜卦摊位关联到“命运”，摆地状的老者表达“不公”。这是旧时代社会现实的集中呈现，与其关联的涓生的画外音，体现他对底层民众的同情。第二次出行目的地是隆福寺，其场景依旧包括丰富的面貌：出售日用品的摊贩、卖艺者、卖唱者、乞讨者，再引出阿随和茶座上的局长少爷，后者将在其后涓生失去工作的情节里起到关键作用。通过这些场景的设计，北洋时期的城市形象（庙宇、公园、街道等）拓展了原作中较为单一的空间背景，为摄影机在室外空间的运动和调度创造出多种可能。

（二）改编版及其叙述方式

作为影片与原作关联性的通用视觉标记，影片推出的片头字幕分为两部分：其一是“根据鲁迅先生同名小说摄制”，其二是片名及副标题“伤逝——涓生的手记”（图 2–15）。“根据”这一句采用竖排宋体字，“伤逝——涓生的手记”为鲁迅笔迹的复现，字体为行书。这些文字的颜色设定为白色，浮现在雨夜的黑暗底色之上。与之相比，电影剧本设计了一个动态的片名推出方式，先后出现如下影像：第一，《鲁迅全集》；第二，初版《彷徨》的封面；第三，书页翻到《伤逝——涓生的手记》。[①] 这个在书籍形象上融合了语言学信息和造型信息的段落，被影片改成叠加在黑夜景象之上的语言学信息（不同字体的图像），影片以此与原著形成狭义的互文本关联。

图 2–15　电影《伤逝》片名和字幕（图像来源：优酷视频）

剧本中涓生在会馆中回顾人生道路的系列场景，在影片中被缩编成一个十分简单的画外音独白段落——涓生站在会馆住所门口，望着院内的景象陷

① 张瑶均、张磊编剧：《伤逝》，收入夏衍、陈白尘等编剧：《电影剧作集——根据鲁迅小说改编》，中国电影出版社，1981，第 45 页。

入沉思，画外音独白响起："辛亥革命废除了帝制，人们也激昂兴奋过。民国，只不过换了块招牌，光明闪现了一瞬，黑暗又笼罩了一切。五四运动使我得到复生，我们读书，我们争论。风暴过去了，路在哪儿？我的生命就这样暗暗消逝。……"这段话是电影相比原著增加的部分，它指向历史本身发展过程中知识分子的感伤格调，且并未执着于展现社会历史的重大事件，也并未明确提示涓生走上了社会主义革命的道路，或个人对这些事件的判断和情感反应。这种处理方法解决了剧本的设计可能导致的电影摄制难度与预算增加的问题。它把历史事件对个人的影响转化为新思潮对个人的影响，且直指涓生和子君的婚恋问题。这种设计与原文的格调和侧重更为符合，但失去了利用电影手段营造更丰富的电影空间的可能性。

电影史研究者钟大丰认为，影片《伤逝》在吸收国外电影中新表现手法的同时，丰富了中国电影的民族化风格。他提出，电影在两方面添加了原著中没有的内容：第一，鲁迅原著中并未专门述及旧时代的社会面貌，而影片利用一个逛庙会的段落，展示了一个20世纪初北京底层市民社会的面貌；第二，到城郊放生阿随的段落中，冬季的自然环境构成了人物心境的外在化。[①] 这是"真实再现典型环境中的典型人物"的文艺创作原则影响下的改编手段。这两个段落以外，剧本里仍有一些新情节未能在电影中呈现。但从情节整体来看，影片在叙事方面重新确立了原著的知识分子个体叙述对于电影的主导地位，删除了剧本中大多数"偏离"了涓生视角的段落。

电影相对于剧本也有新增的再创造和再处理。具有代表性的场景有两个：其一是集市，其二是街头。电影中的庙会集市由剧本中的两个集市合并而成，集中展现剧本设定的社会画卷和叙事线索。涓生在书摊购书的情节铺垫了失业情节之后尝试翻译陀思妥耶夫斯基作品的可能性。阿随在庙会的出现，使它成为涓生婚姻生活的见证和记忆的重要维系物。街头场景是影片展现创新性的段落，以涓生的视角观察军阀乘汽车出行，其手下士兵驱赶殴打百姓的场面。这一段落的批判性不局限于百姓与军阀的权力差异，而是另外设计了

① 钟大丰、舒晓鸥：《中国电影史》，中国广播电视出版社，1995，第156—157页。

一对外国人夫妇牵狗出行的场面。在这个场面中，原本面对民众耀武扬威的军阀车队，转而刻意为外国人让行。这个段落勾勒出权力的等级关系：以帝国主义势力为后台的军阀，剥夺和压制民众的出行权利。其后引出涓生在夜间奋笔疾书，写下一篇名为《洋狗、大帅和国人》的文章，批判军阀势力的奴才本质。电影试图把涓生放在当代人所理解的旧时代进行具体化和丰富化，以其参与构成北洋时期北京的社会图景。显然，此处改动并不符合被原作所框定的涓生的软弱性格。影片以这种带有自我矛盾的方式，将涓生个人生活领域中的晦暗和颓败，与社会领域中的反军阀倾向结合在一起。

从电影叙事的视觉性层面审视，写作这篇批判文章的镜头和翻译陀思妥耶夫斯基小说的镜头形成了描述知识分子文化生产工作的内容，与此前涓生和子君观看易卜生《玩偶之家》的段落彼此呼应。它们是被电影所转换（改编原文）、吸收（引入与原文无关但符合电影剧情的文学作品）和创造（源于改编者的全新创作）的文学文本，以视觉化的方式嵌入了电影的整体性。庙会上购得的《穷人》小说英译本、翻译完毕装订妥当的《穷人》中译本手稿、奋笔疾书《洋狗、大帅与国人》的镜头，构成涓生思想变化的线索。他从同情底层民众的人道主义者变为社会不公的激烈批判者，从致力于文学翻译活动的知识分子过渡成更具自主创造力的知识分子。但作为通俗化改编的作品，这种文人思想的进步与日常生活中因过于强调自我而破灭的婚恋理想之间存有矛盾之处。此外，陀思妥耶夫斯基的《穷人》是一部现实主义小说，以书信体形式叙述底层人物的苦难和控诉，是 19 世纪中期俄罗斯社会背景下的人道主义力作。涓生的翻译活动的目的是面向中文读者介绍国外文学，其翻译文本的选定是在人生价值的探寻中觅得的情感对应物。杰符什金的善良、舍己为人和面对爱情的怯懦，在翻译中有可能投射涓生的心灵世界，成为其人道主义精神走向理想化的极致表达。需要他人帮助和解救的瓦莲卡也可寄托涓生原本对子君的理想化想象。以这种思路分析，影片文本中存在着一些寓言式的因素。影片提及的文学作品的寓言性（《玩偶之家》《穷人》），街头景象中的国家寓言性（军阀与洋人的关系），与涓生和子君的婚恋故事彼此交叠。

图 2-16　电影《伤逝》中涓生与子君观看《玩偶之家》的场景

图 2-17　涓生在庙会购得《穷人》英译本的场景

图 2-18　涓生读书的场景

图 2-19　涓生完成的《穷人》中译本

图 2-20　涓生在街头目睹军阀出行时欺压百姓的情景

图 2-21　涓生写下《洋狗、大帅与国人》文章的镜头

（图像来源：腾讯视频）

人物设计方面，影片在人物形象的建构方面注重写实性，让涓生和子君的形象更加具体而细致，这种面貌更适合 20 世纪 80 年代大众的接受心理与观赏需要。涓生是一个软弱的启蒙者，他在现实中的决断性远远逊色于精神上、思想追求上的合理性。这种软弱性是特定历史时期的必然产物，是小资产阶级知识分子共通的性格特征，他们的零余者气质为真正的社会革新者登上历史舞台进行了铺垫。与此相应，原著中勇敢果断的子君，恰好构成对涓生软弱一面的补充。从小说的意义结构上看，子君是涓生的另一个自我，她的人物设定包含着涓生人格中被排除和压制的部分。影片像小说那样，把叙事重点完全放在涓生的身上，由男性的视角对子君、自我和社会现实进行描述与判断。子君的面貌、个性与经历，借助电影视觉形象的呈现向所有大众敞开。但其形象并未超越原著框架的范围，这种过于忠实的转译不利于充分发挥电影叙事的优势。

电影版的画外音独白，与原著的叙述人大体重合，画外音的声音就是电影主人公涓生的声音。涓生的人物形象主要由他的声音所贯穿，在影片中形成了如同小说原作中的那种统摄故事、心理，同时又具有象征意味的情感线索。这奠定了电影在声音领域中对小说的忠实性。与此同时，涓生的画外音设计吸收了原著的文学化表述方式，这种明显的“文艺腔”彰显了知识分子式的审美趣味，与普通城乡居民观众的观赏趣味拉开了一定的距离。从整体上来看，画外音传神地呈现了人物心理的变化，并以此与原著发生关联。电影开场部分涓生的画外音就以忏悔的格调展开对过往生活的回忆。这段独白把小说开场与结尾处的人物独白组接在一起，起到了强化角色情绪的作用。那段被挪移至开场的文字是：“我愿意真有所谓鬼魂，真有所谓地狱，那么，即使在孽风怒吼中，我也当寻觅子君，当面说出我的悔恨和悲哀，祈求她的饶恕……”① 此类原文中知识分子风格的语言直接转换为电影画外音，虽显得不够通俗，但符合人物的设定，也匹配了80年代知识分子精神复苏的时代趋势。

① 鲁迅：《伤逝》，载鲁迅《鲁迅全集：编年版》第 3 卷（1925 年），人民文学出版社，2014，第 71 页。

画外音如同一个契约，它既是当时主创者尊重原著精神的体现，也使阅读过原著的观众明确获取了“忠实改编”的印象。

在情感关系建立的段落中，电影增加了两人一起在北京大学观看《傀儡之家》戏剧的情境。《傀儡之家》即挪威戏剧家易卜生的名作《玩偶之家》。五四运动时期，这部戏剧起到了思想启蒙的作用，激发了很多有志青年脱离封建家庭去探索人生的新路。《伤逝》的故事与《傀儡之家》原本意义之间存在的反差性，使影片也表明脱离了社会革新的婚姻自主与女性自由，都是虚幻的镜花水月。

镜头的设计和运用方面，电影在以画外音呈现涓生心理活动的同时，多配合使用中全景人物镜头过渡至面部特写的推镜头，或者切换至手部特写，以此使心理活动在动作上得到外化表达。这种方式是改编的忠实性和电影叙事手段的特殊性相互妥协的结果。鲁迅小说擅长以白描呈现动作，以心理描写刻画知识分子心态，对风景的抒情性描写并不多见。影片则以春季和冬季的风景镜头，与人物关系的发展变化组合在一起，增强了对人物情感关系发展的多维度叙述，这是电影的媒介优势的体现。涓生和子君确定情感关系后，在春天的风景中漫步的段落，极易使观众联想起60年代中国影片《早春二月》的相似场景。① 春日的风景在影片中以此衬托恋爱中男女轻松的心态，是他们缔结爱情关系的见证。自然风光与电影松散的、意识流式的叙事方式相结合，以视觉性的内容营造了这部20世纪80年代影片中的诗意。另外，影片还利用较独特的光影效果塑造出男女主人公的居住环境和氛围，与人物关系和情感的变迁相匹配。这种基于写实性的诗意在电影特有的形式之中，与小说基于文学修辞术的叙事形成了呼应。

在鲁迅创作小说原作的年代，这个悲剧故事侧重揭示小资产阶级知识分子的弱点，提示了脱离社会革命的“婚恋自由”缺乏基础，也就不具备真正的现实可能性。而在经历了“文革”之后的80年代，由于大众群体的趣味

① 影片《早春二月》由谢铁骊导演，孙道临、谢芳、上官云珠主演，北京电影制片厂1963年出品。

图 2–22　电影《伤逝》中，子君面对涓生缠绕丝线的镜头

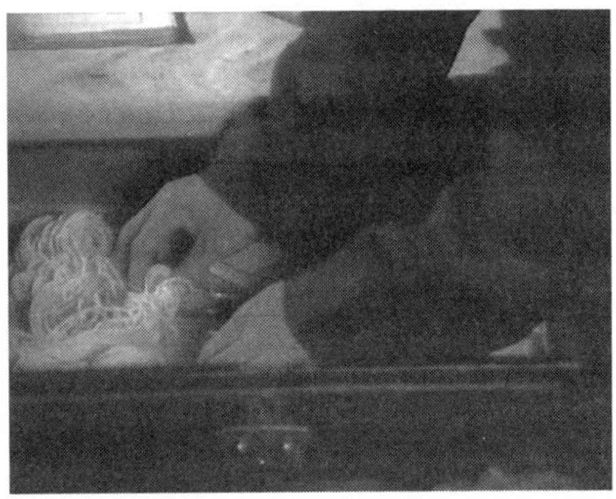

图 2–23　涓生在子君离开后发现了抽屉中的丝线

（图像来源：腾讯视频）

和需求，这个故事在客观效果上再次确认了个性的自由和婚恋的自主权。电影的一个经典场景是两人在缠绕毛线的过程中，完成了情感关系的书写。涓生对子君的表白转接了风景中两人漫步的情境，这代表情感关系的确立和延续。与这个缠绕毛线的情节相对应，两人情感关系的最终瓦解也由另一个缠绕毛线的情节所承载。这个与80年代中国市民生活关联紧密的日常生活情境，也散发着特殊的诗意特征。它关联了“丝线”这个日常意象和人的情感关系（情思），并可使这种日常经验与历史、文化经验交融在一起。丝线、编织物、编织者往往是中国古代诗文与民间故事中具有特殊情感表现力的形象，这条线索在电影《伤逝》中得以延续。在这种基于民族文化感受的内容之外，观众也能够由涓生的忏悔和自白中获取另一种个体生活的经验——涓生所说的“我要写下我的悔恨和悲哀”召唤观众带入自身对情感生活的某种认知经验。剧本中涓生与荃星对谈时提及的《幸福的家庭》原本指向鲁迅的同名小说，电影删去了这个设计，但把小说中购置柴火的情节融入了涓生的家庭生活场景。

对于电影《伤逝》的当代电影史评价，并不需要时时拘泥于“影片是否尊重了小说原作”。改编版的评估核心，依然是如何在电影的形式和特点中完成故事的讲述和意义的表达。这部电影的缺憾是有目共睹的，它的相当一部分内容太过重视复原原著，采用了“非电影化改编”的方式。在今天的大众影视文化语境下来看，这部作品并未充分显现电影自身的主体性和优势。但置于20世纪80年代的语境下，在文学相对于影视仍保留自身的自主性并依旧在众多文艺形式中占据重要地位的背景下，水华导演所说的改编原则——“既要忠实于原著的思想内容，又要忠实于原著的艺术风格”是能够在这部影片中得到体现并被受众接受的。汇总原著、电影剧本与影片的表意结构，可得到以下系列表格，作为理解改编问题的参照（表2–3、表2–4、表2–5）：

表2–3 《伤逝》小说原著的表意结构

叙事脉络	核心人物	行动—表意	代表形象	空间	制度与文化	意义结构
恋爱的故事	涓生、子君	读书、讨论—思想交流	破屋、书籍	会馆	包办婚姻	冲破旧伦理，寻求婚恋自主
婚姻的故事	涓生、子君	购物、游历、家务劳动—现实生活	居室陈设	吉兆胡同居所、图书馆等	不均衡的家庭分工	陷入世俗生活的烦恼
知识分子的故事	涓生	写作—谋生	独白的涓生	政府部门工作空间	官僚制度	自我反思、忏悔、谋求出路

表2–4 《伤逝》电影剧本的表意结构

叙事脉络	核心人物	行动—表意	代表形象	空间	制度与文化	意义结构
恋爱的故事	涓生、子君	读书、讨论—思想交流	舞台上的娜拉、春天的风景	剧场、会馆、庙会、春天的风景	包办婚姻	冲破旧伦理，寻求婚恋自主

续表

叙事脉络	核心人物	行动—表意	代表形象	空间	制度与文化	意义结构
婚姻的故事	涓生、子君	购物、游历、家务劳动—社会现实生活与家庭生活	居室陈设	吉兆胡同居所、图书馆等	不均衡的家庭分工	经济不自主，陷入世俗生活的烦恼
知识分子的故事	涓生、荃星	求学经历、对世俗的拒斥、同学的交往、涓生的写作	独白的涓生、街道景象	政府工作空间、自我想象的空间	官僚制度	自我反思、忏悔、社会批判
革命者的故事	余洪轩	到武昌参加斗争	–	街道	社会革命	旧社会戕害革命者

表 2–5 《伤逝》影片的表意结构

叙事脉络	核心人物	行动—表意	代表形象	空间	制度与文化	意义结构
恋爱的故事	涓生、子君	读书、讨论、编织、漫步—思想交流与恋爱的甜蜜	丝线	会馆、庙会、春天的风景	包办婚姻	冲破旧伦理，寻求婚恋自主
婚姻的故事	涓生、子君	购物、家务劳动—现实生活	居室陈设	吉兆胡同居所、图书馆、涓生想象子君死亡的场景等	不均衡的家庭分工	经济不自主，陷入世俗生活的烦恼
知识分子的故事	涓生	见证、思考和写作—人生探索	涓生的面孔、军阀与洋狗	政府工作空间、自我想象的空间、街道	官僚制度、不平等的社会秩序	自我反思、忏悔、社会批判

写于20世纪初的小说《伤逝》的文学价值侧重于知识分子意识的凸显与表达，而20世纪80年代电影艺术价值的视线不得不考虑到80年代大众的精神需求，其目的中包括影片对“文学启蒙”精神的承袭与变通。这部80年代电影改编名著的目的，不是“五四”意义上那种思想启蒙，而是从80年代中国的社会需要入手，离开此前以阶级斗争为纲、文学首先服务于政治的那种倾向，试图彰显文艺作品（尤其是文学经典作品）价值的“再启蒙”过程。因此，尽管这部影片在主题和叙事方式上带有浓厚的“知识分子电影”色彩，但其寓言性已开始消褪，向80年代的中国大众敞开怀抱。

四、《阿长与〈山海经〉》的动画电影改编版

《阿长与〈山海经〉》是鲁迅散文集《朝花夕拾》中的一篇，创作于1926年。《朝花夕拾》凸显了鲁迅笔下的地方文化经验，其语境是随着现代化的推进和现代城市的兴盛，中国人与乡土文化之间的关联性受到了前所未有的挑战。文学作品中书写的人与故乡之关系的变化，是现代作家乡土情结与现代文化思考的结晶。在这篇文字中，鲁迅回忆了童年时期翻看《山海经》并获得阅读乐趣的往事。散文侧重描写的人物是鲁迅童年时代周家的长工形象，作品中以“阿长”为名。相对于本部分此前提及的鲁迅小说作品，这篇散文并未致力于文学象征或寓言层面的开掘和构建，其文学魅力集中于童年记忆弥散出的特殊情趣。

《阿长与〈山海经〉》的动画改编版完成于2015年，由王星晨编剧并导演，片长13分钟。整部动画作品采用水墨画风格，构建了一个带有童话色彩的影像世界。影片导演王星晨毕业于北京电影学院，后赴日本攻读硕士学位。他在创作意图和创作经过的自述中说，改编的目的之一是赋予影片文化传播的功能，让包括日本观众在内的国外受众了解鲁迅及其作品。[①] 从形式上看，动画影片是电影的分支类型，它以电影原理组织造型艺术的形象。20世纪50

① 王星晨：《鲁迅作品〈阿长与山海经〉动画化的演出方法》，《鲁迅研究月刊》2017年第2期。

年代，苏联评论者伊万诺夫-瓦诺认为："动画片首先是一种运用身体动作、优美的体态和哑剧来表达思想情感的艺术。它不应该模仿现实，而要根据自己的特点用各种诗意的幻想来夸张现实，以便求得广泛的概括和表达出典型性格与典型环境。"[①] 这是基于当时动画影片的特点做出的论述。德斯蒙德和霍克斯认为："动画片讲述人类、动物，或是无生命形式的故事，通常运用典型、夸张的手法，创造出一种漫画式的、理想式的，或是风格怪异的形象。人类或动物特征中不同寻常的特点或独特的个性常常被故事夸大，以塑造出清晰、易识别的、有趣的漫画形象。"[②] 动画片《阿长与〈山海经〉》中的童年经验，并非单纯是原作叙述框架下自身童年经验的模仿式书写，而是一个成年创作者对前两者的创造性融汇的结果。

原作的表意倾向，系以童年的"我"为中心，侧重见闻、感受与怀旧式的叙述。一位年长的知识分子叙述人形象牢牢占据着回忆者的位置，从少年到老年的漫长的时间距离，赋予散文一种浓烈的个体情感。这是《朝花夕拾》中的"回忆式写作"，它展现了一个并不"横眉冷对"的鲁迅，一个非政治性且非道德化的鲁迅，更与"民族寓言"无关。阿长、《山海经》构成了回忆的内容，对应了个体记忆的留存与童年的消逝。因此从整体上看，散文是一个成年人的童年回忆，记忆能力始终催动着散文情感的走向，回馈主体的自我意识与审美诉求。

在原作侧重童趣表达的基础上，动画改编版自然致力于提供一个童年的故事。它不需要执着于那个作为伟大的中国现代作家的鲁迅，而是一个普通的中国孩子的精神世界。书是他的伙伴，提供书的人则是一个令他印象深刻的帮助者。讲述一个故事成为影片的第一诉求，童趣是它的修辞效果。于是，一个能够跨越民族和国家的文化疆界与唤起审美共通感的儿童故事，构成了文本的核心。从叙述层面上来看，不利于线性情节演进的内容受

---

① И·依万诺夫—瓦诺：《动画片是一种特殊的电影艺术形式》，《电影艺术译丛》1954 年第 2 期。

② 德斯蒙德·J. M.，霍克斯·P.：《改编的艺术：从文学到电影》，李升升译，世界图书出版有限公司北京分公司，2015，第 296 页。

到了删减，且原作所立足的知识分子立场和回忆式的视角都被动画影片取消了。“我”与阿长是两个行动者。“我”的线索侧重对书的喜爱，从而串联起学堂和家中的场景与境遇，这是原作情节的延续。阿长的线索侧重对书的再创造，同时出于情节构建的需求，此前先赋予她作为“反对者”的既定印象。

由原作和影片两个文本的对比可知，影片的创作者完成了对故事性的强化。原作的叙述包括以下内容：(1) 阿长名字的来历；(2) 阿长的生活肖像；(3) 阿长的生活习惯及对“我”的影响（节日习惯、语言习惯、历史认知）；(4)“我”对《山海经》的渴慕；(5) 阿长为“我”带来《山海经》，引发“我”的藏书爱好。第 2 项和第 3 项中还穿插了一部分令读者印象深刻的细节，如隐鼠和太平军等，这些并未收入影片。影片的叙述框架是基于原作中第 2 项至第 5 项内容。第 2 项直接转换为动画影片中的人物造型，第 3 项简化为阿长向母亲“告密”等生活事件，第 4 项转换和增益为“我”因看《山海经》被老师责罚等情节，第 5 项增益为阿长为我修补《山海经》后归还给我的部分。为了营造情节的矛盾性，创作者以先抑后扬的策略叙述“我”与阿长的关系，引出一个善良的乡村女性的形象，以辅佐童年梦想的表达。

这部动画作品的叙事结构包括了以下的镜头及镜头段落（阿拉伯数字代表动画片的镜头和镜头段落，配乐也于句尾括号中进行标注）：

1.（昼）乌篷船行在河面的镜头，引出入学堂的情境，推出片名《阿长与〈山海经〉》（笛声）；

2.（学堂外景）三味书屋牌匾（《三字经》的读书声）；

3.（学堂内景）先生教书的情境（读书声）；

4. 先生睡着（鼾声起，儿童嬉笑声）；

5—7. 学生嬉闹，彼此丢纸团（地方戏曲配乐）；

8—11. 纸团误中先生，醒来的先生发现纸团上有自己的漫画肖像（地方戏曲配乐）；

12—15. 先生拿起戒尺，学生畏惧（地方戏曲配乐）；

16.（学堂外景）放学的孩子们。同学因“我”被体罚而嘲笑“我”；

17—22.（家门前，昼）“我”回家，在家门口遇到阿长，后者发现“我”手上被老师责罚的迹象；

23—27. 阿长把这件事告诉“我”的母亲，母亲很生气，把“我”关进杂物房强制反省；

28—42.（杂物房内景，夜）“我”在房中意外发现一本《山海经》（笛声）；

43—55. “我”翻阅《山海经》，看到各种奇鸟异兽的图文；

56—69. 我的幻想中，《山海经》里的鸟兽都活了，与“我”快乐地嬉戏（笛声）；

70—86. 阿长忽然呼唤“我”吃饭，准备进入杂物房。“我”的幻想中断；

87—91. “我”把书藏在米桶里，跟随阿长吃饭（筝、笛的音乐）；

92—93. 阿长睡熟后，呼噜声和摊开的手臂给“我”造成困扰（鼾声）；

94—106. “我”偷偷进入杂物房，翻开《山海经》，进入幻想的世界；

107—117. “我”在课上画《山海经》里的怪物给同学看，再次被老师责罚；

118—120. 阿长再次把被责罚的消息告诉“我”的母亲；

121—125.（夜）“我”又一次进入杂物房，看《山海经》；

126—142. 阿长发现了“我”半夜看书的秘密，但并未揭穿；

143—149. 阿长待“我”去学堂后，到杂物房搜检，一无所获；

150—177. “我”带《山海经》到学堂，给同学看那些书中怪兽。老师发现了这本书，把书撕毁；

178—188. “我”回家后极为难过，阿长看在眼里；

189—195.（夜）阿长冒雨去学堂，请老师归还被撕毁的《山海经》残书；

196—210.（夜）阿长趁“我”睡觉的时间修补《山海经》（钢琴音乐）；

211—219.（昼）“我”在三味书屋读书，想念《山海经》（读书声）；

220—246.“我”回家后得到阿长修补好的《山海经》，鸟兽的形象面目全非，但仍激发了“我”的幻想；

247—249. 片尾及片尾说明字幕。

以上剧情中，《山海经》的获取被设计成杂物房中的偶然发现，这是奇幻故事的常见叙事模式，影片也可借此省略原著中远房叔祖的形象而直入主题。杂物房成为与少年的幻想相匹配的空间，与学堂相对的家庭生活空间。在学堂和家庭中受到挫折的时候，主人公两次进入杂物房翻看《山海经》，并把书藏在米缸里。为了呈现少年想象力的奇幻性，影片在这个空间中设置了两个快节奏的叙事段落。第一个是镜头段落 56—69，以“正反打”式的镜头组织叙述，将书中各种鸟兽形象与读者个体的脸组接在一起，烘托出奇境般的氛围。第二个是镜头段落 70—86，以交叉蒙太奇的组织方式营造紧张的气氛，进一步提升叙事的节奏。这两个幻想的段落对应了影片结尾处“我”面对修补完成的新书的情境。书中鸟兽变活的场景，以隐喻的方式参与了影片意蕴层面的建构。

在故事的表层结构之下，影片设置了一条主人公的心理线索。一方面，他不愿家人发现《山海经》的秘密。这可从心理层面解释他在阿长即将进入杂物房之前手忙脚乱隐藏书中秘密的快速镜头段落，也为学堂中老师撕毁图书的情节进行铺垫。另一方面，他希望把书里的秘密与同学共享，但那些因读书而幻想出来的鸟兽只有他自己才能看到。《山海经》被设定为只属于童年的“我”的秘密。在这个背景下考虑，阿长对图书的修补，代表她在并不知晓“书中秘密”的前提下，愿意主动呵护“我”的精神需求和梦想。这显露了一位质朴善良的成年女性对孩子及其梦想的尊重。

镜头1—15的段落中，影片仅以私塾先生手持戒尺的动作进行提示，略去了对体罚的直接呈现内容，转而在后续部分以掌心的红色进行提示。这主要是出于叙述效率进行的设计，同时也考虑到了跨文化传播语境下那些具有反体罚文化背景的观众的需要。影片中，段落之间的递进与转换，多采用淡出淡入的方式，这在电影文本中寄寓着诗意的诉求。

影片相对于散文原作，人物数量方面进行了必要的精简，形象设计方面更符合动画片表达的需要。原作中的远房叔祖夫妇的形象被删除了，母亲的形象起到串联作用，并未设计过多的台词，将更多的发声机会交给阿长和少年鲁迅。核心角色当中，阿长的造型比较符合原著，外形粗壮有力，但刻意强调了容貌上的“凶恶”。少年鲁迅的造型则充满童稚、懵懂之气。影片的故事情节中，阿长承担报信人的功能，将被老师责罚的消息告诉太太。这一点是原作的再现：“又不许我走动，拔一株草，翻一块石头，就说我顽皮，要告诉我的母亲去了。”① 晚上睡觉场景中的阿长也符合原作：“一到夏天，睡觉时她又伸开两脚两手，在床中间摆成一个‘大’字，挤得我没有余地翻身……”私塾教师的形象为原作所无，从人物形象的特征和用戒尺惩戒学生的情节来看，可能源自《从百草园到三味书屋》和《二十四孝图》。另外配合了几位同学的形象，构成私塾读书的场景。

原著中的《山海经》是记载先秦时期传说中的奇闻的作品集，鲁迅因为对这部书内容的兴趣而在散文中加以叙述。原作中的《山海经》内容有三处描写：一是远房叔祖提到《山海经》，二是阿长买来《山海经》给“我”，三是写作此文时回忆起《山海经》中插画的印象。

> 他说给我听，曾经有过一部绘图的《山海经》，画着人面的兽，九头的蛇，三脚的鸟，生着翅膀的人，没有头而以两乳当作眼睛的怪物……可惜现在不知道放在哪里了。

① 本节内容中，散文《阿长与〈山海经〉》原文均引自鲁迅：《阿长与〈山海经〉》，载鲁迅《鲁迅全集：编年版》第4卷（1926年），人民文学出版社，2014，第29—34页。

> 我似乎遇着了一个霹雳，全体都震悚起来；赶紧去接过来，打开纸包，是四本小小的书，略略一翻，人面的兽，九头的蛇……果然都在内。
>
> 书的模样，到现在还在眼前。可是从还在眼前的模样来说，却是一部刻印都十分粗拙的本子。纸张很黄；图像也很坏，甚至于几乎全用直线凑合，连动物的眼睛也都是长方形的。但那时我最为心爱的宝书，看起来，确是人面的兽；九头的蛇；一脚的牛；袋子似的帝江；没有头而“以乳为目，以脐为口”，还要“执干戚而舞”的刑天。

在动画片中，《山海经》里各种怪异动物的形象以想象的形式出现在动画主人公的生活空间当中。这些具有假定性的怪异角色由书中“游走”至“现实”，这种设计是动画片的奇趣之处。为了让原本凝结着怪诞之美的形象更适合动画片观众的欣赏趣味，编导决定“不适用原图那种细碎复杂的线条，而是简化线条、整理形体，适当地夸张怪物的特点，让怪物们显得更可爱一些”①。怪物的色调设计方面，设定为整体白色和局部红色的色调，并使其发出金黄色光的形象，这增添了与少年人的想象力相关的活泼性。这种在日常情境中设置异想角色的故事讲述方式，扩展了原著的诗意特质。作为补充说明的内容，片尾添加了一屏中文字幕——“《山海经》著者不详，成书于中国战国时代到汉代之间。《山经》《海经》包含在内，全书共 18 卷。《山海经》不光是一本记录了中国古代动物、植物、矿物等的地理书，也是一本记录了中国古代神话传说、民俗、祭祀等内容的奇书。”这个字幕诠释了《山海经》的由来和内容，是影片跨文化接受过程中的必要辅助。

被转为视觉化且契合童趣的怪物形象具有主导性的叙事功能，是影片奇幻风格的重要支撑。《山海经》中的怪物们从书中走出来，与读者嬉戏，它们代表动画文本中能够抚慰受惩罚的孩子受挫心理的力量。这个段落同时为动画影片这一形式后续发挥其想象力和表现力进行了铺垫。而《山海经》这本书

① 王星晨：《鲁迅作品〈阿长与山海经〉动画化的演出方法》，《鲁迅研究月刊》2017 年第 2 期。

后续遭遇的“磨难”，是影片营造的又一次转折：迅哥带《山海经》到课堂上，这本与私塾教学无关的书被老师发现并撕毁。此后，阿长闻讯向老师求情，取回了《山海经》书本的碎片。在影片的剧情设定中，《山海经》中的怪物参与构成了迅哥童年的精神世界。同时，只有他自己能见到那些怪物，学堂中的同学却不能看到。这种设计让动画片与个体童年梦想的对应关系更为明确了。作为改编的“代价”，这部以跨文化传播为目的的影片只需要提示观众《山海经》是绘制各种奇异动物的书，而并不需要明言它的文化背景和文字内容。

影片利用动画影片的综合性叙事手段，强化了阿长由被“我”厌恶反转为帮助者的过程。这种心理上的反转在原作中就已存在，“我”因长妈妈的刻板烦琐而排斥她，其实质是致力于呈现儿童心灵世界的天真与纯粹，后因她帮自己买书而态度改观。[①] 电影中的阿长不再是原作里那个帮忙买书的人，而是被损毁的图书的修复者和“重绘者”。她黏合了老师撕毁的图书碎片，自作主张地绘制了缺损之处，补全了书中的怪物图像。她的帮助让迅哥重新得到了《山海经》，她的修复和重绘重新赋予了那些“神兽”鲜活的生命力。在这个情节的改动中，动画版实际侧重讲述了阿长如何转变成为孩童梦想的守护者。守护者与原作中的陪伴者和帮助者的角色不同，前者不但维护了儿童在书中寻找梦想的可能性，而且深度参与了这种梦想的进程。在这个层面上，动画片的意义层次延伸出一种自我指涉性。动画影片本身的绘制与渲染工艺的制作流程，以戏剧化的方式镶嵌在故事讲述的过程之中。

本节尝试比较原著与影片的表意结构，形成以下两个表格（见表 2–6，表 2–7）：

① 《朝花夕拾》的研究者魏洪丘认为：“童稚之心是最天真无瑕的，绝无虚伪的做作。受到压抑必然会毫无顾忌地表现出不满。那次，鲁迅对长妈妈的厌烦是必然的。然而，一旦情况发生变化，童稚的趣味如果处于相投，好奇心得到满足，他不会为前嫌所影响，而立刻发生根本的改变，变厌烦为尊敬。这是少年儿童的心理规律，鲁迅也不例外。”魏洪丘：《鲁迅〈朝花夕拾〉研究》，中国言实出版社，2014，第 69 页。

表 2–6　散文原著《阿长与〈山海经〉》的表意结构

叙事脉络	核心人物	行动—表意	代表形象	空间	制度与文化	意义结构
我的读书故事	我、叔祖、阿长	读《山海经》—阅读中的童趣寻求	《山海经》及其中的异兽	书房、学堂	尊师重道、长幼有序	阅读中的自我教育
我的生活故事	我、阿长	被告诫、被馈赠—家庭交流中的收获	福橘、《山海经》	居室	节庆民俗	日常生活实践中的教育

表 2–7　动画影片《阿长与〈山海经〉》的表意结构

叙事脉络	核心人物	行动—表意	代表形象	空间	制度与文化	意义结构
我的读书故事	我、私塾先生、阿长	读经书、读《山海经》—梦想的萌生	《三字经》、《山海经》中的异兽	学堂、杂物房、幻想空间	尊师重道、长幼有序	惩戒式教育阅读中的自我教育
阿长与我的故事	我、阿长	报信、协商、修补—被呵护的梦想	修补完成的《山海经》、《山海经》中的异兽	居室、幻想空间	富于同情的人际关系	以关切、呵护的形式出现的家庭教育、儿童的想象世界

在叙事方式及风格方面，影片中的场景设计利用中国画的表现形式，集中体现了江南水乡小城的特点。如创作者所说，“背景的描绘需要结合工笔画的细腻线条和写意画的有所取舍，才能更好地把‘江南水乡’的感觉传达给不同背景的观众。”① 具有江南特色的建筑形象、水乡小城的特殊建筑格局、江南园林格调的住宅内部空间，是构成影片地方特色的材料。以这样的设计，原作中那种对少年时代居住环境的追忆与眷恋，被动画影片呈现出来。

① 王星晨：《鲁迅作品〈阿长与山海经〉动画化的演出方法》，载《鲁迅研究月刊》2017 年第 2 期。

影片所有人物的语言和对话均以绍兴方言完成，电影以这种声音手段还原了小说作品中的地方韵味。这使影片与原作都无法脱离地方文化的语境。方言的设计表面上限制了动画的传播范围和接受程度。但借助字幕的补充，影片跨文化传播的效果未必会受到很大影响。同时观众也可以注意到，这种“小众化”的方言表达，在“跨文化交流”这种制片目的之下形成了特殊的效果：听不懂对白且看不懂字幕的外国观众，只能从声音角度了解“影片中的人在说中国话”或“影片中的声音来自哪个角色”，从而把更多的注意力放在视觉影像方面，而这正是跨文化交际过程中最有利于突破文化差异的影片成分。配乐方面，影片动用了笛、箫、埙、鼓等中国传统乐器，结合钢琴音乐，较利于向国外观众进行传播。

动画影片《阿长与〈山海经〉》改编，更为精当地诠释了改编者的创造性。影片没有亦步亦趋地试图“复原”文学原著，而是尝试以部分离开原著的方式，在新的媒体形式中表现自身对鲁迅作品精神世界的理解。这是鲁迅作品改编过程中较为适宜的思路，也是跨文化改编的一种可操作的路径。作为这种改编策略的结果，20 世纪 80 年代鲁迅作品电影改编中的民族寓言性（如《阿 Q 正传》和《药》）和历史意识（如《伤逝》）已然消隐。

以上四部影片中的前三部改编自鲁迅的中短篇小说，显示了 20 世纪 80 年代依然处于体制化阶段的中国电影工业出于纪念鲁迅的目的而实施的改编策略：其一，主干情节严守原作的规定性，局部穿插援引自鲁迅其他作品的人物、情节或情节元素；其二，在电影叙述方式上强调画外音和字幕的功能，对作品意义进行控制；其三，通俗化改编已开始造成寓言性的削弱或淡化；其四，影像上对文学作者形象和“书写”影像的展示，成为提示影片与文学原作亲缘关系的视觉主题。在声音叙述的维度上，如上的第二点策略在《阿 Q 正传》中表现为一个具有贯穿性的画外音声音的叙述，它在开场部分以第一人称的面貌出现，后续又过渡成第三人称，代表作者鲁迅和小说原文于影片中的“在场”。与此相比，《伤逝》中贯穿的画外音自始至终设置成第一人称，与原作中知识分子的忏悔口吻相符。《药》开场部分的第三人称画外音是发挥导读目的的，具有思想教育的目的。而《阿长与〈山海经〉》的影片声音系统由人物方言对话和地方性配乐成分构成，在音画两方面利用鲁迅原作的故事框架展开想象性的融合与再造。在此，本章以表 2-8 对照四部影片改编版所透露的改编方式与策略，作为理解这些改编版的着眼点。

表 2-8　四部影片文本透露的改编策略与改编版的代表内容

影片 / 文学原作	跨媒介直译	跨媒介意译	“完美转译”
《阿 Q 正传》/同名中篇小说	沿用原作情节主干、人物及故事脉络； 还原作者造型、故居和写作场景； 源自原作的画外音解说内容	原作主要场景的视觉化； 移植《风波》《明天》《药》中的人物； 移植《药》的情节； 扩展城中场景； 地方戏曲配乐	阿 Q 的梦境段落
《药》/同名短篇小说	沿用原作情节主干、人物及故事脉络； 作者肖像的设计； 片头字幕导读	原作主要场景的视觉化； 移植《阿 Q 正传》《〈呐喊〉自序》的人物和内容； 引入秋瑾的诗作《对酒》； 提升夏家线索为明线； 扩展夏四奶奶和夏三爷形象； 夏瑜同伴角色的设置； 夏四奶奶、华老栓的梦	刑场段落的再设计； 华小栓的梦
《伤逝》/同名短篇小说	沿用原作情节主干、人物及故事脉络； 展示作者手迹； 设置源自原作的人物独白内容	原作主要场景的电影化； 移植《幸福的家庭》中的情节； 四季风光场景	街头遇到军阀车队的情节段落； 庙会场景； 丝线的意象
《阿长与〈山海经〉》/同名叙事散文	沿用原作主场景、部分情节和部分人物设定	对阿长人物行为设计的先抑后扬； 移植《从百草园到三味书屋》的部分叙事元素； 删减原作次要人物； 绍兴水乡风光的卡通化设计及叙事呈现； 绍兴话对话设计	怪物的卡通化设计及叙事呈现； 地方戏曲配乐

第三章

茅盾作品的当代电影改编版研究

——以《子夜》为中心

长篇小说《子夜》创作始于1931年10月，1932年12月5日脱稿。改编《子夜》为电影的可能性，最早出现在20世纪30年代后期。据当时的报刊消息，戏剧导演马彦祥曾改编《子夜》为电影剧本，并经洪深介绍与明星公司合作。[①] 这部小说的当代电影改编版完成于1981年，由上海电影制片厂摄制完成。影片由桑弧编剧，桑弧、傅敬恭导演，李仁堂主演。[②]《子夜》与《春蚕》《林家铺子》等小说已通过时间的检验跻身中国现代文学经典之林，其电影改编版也在不同时代的语境中经历着属于电影的经典化过程。《春蚕》早在1933年就改编成电影，由程步高执导，夏衍编剧，龚稼农、高倩苹、艾霞等出演。2008年，《春蚕》又被改编为电视电影，由何晴、朱枫编剧，朱枫导演。长篇小说《腐蚀》的电影改编版出现在1950年，由柯灵编剧，黄佐临导演，《林家铺子》的电影改编版1959年公映，由夏衍编剧、水华执导，两部影片因题材

① 尤三：《〈子夜〉将上银幕：马彦祥改编剧本，洪深介绍给明星》，《中国电影》1937年第5期；砚华：《子夜搬上银幕？》，《华北日报》1937年7月26日第8版。

② 桑弧回忆说："早在1962年，我就希望能将《子夜》移植到银幕上，并已征得茅盾同志的同意。但由于当时上海强调'大写十三年'的气候，这个愿望没有能实现。'文革'结束以后，党的十一届三中全会给文艺界带来了新的生机，我又向茅盾同志重申改编《子夜》的请求，再一次得到他的允许和支持。"桑弧：《回顾我的从影道路》，《当代电影》1995年第6期。

和时代语境的特殊性存有争议。至于《子夜》电影改编版的特殊性，也需根据其内部结构及时代语境进行探讨。

一、电影改编版的情节调整

在中国现代文艺批评界，瞿秋白是较早全面评价《子夜》的文学批评家。他曾这样评价这部著名小说："在中国，从文学革命后，就没有产生过表现社会的长篇小说，《子夜》可算第一部；它不但描写着企业家、买办阶级、投机分子、土豪、工人、共产党、帝国主义、军阀混战等等，它更提出许多问题，主要的如工业发展问题，工人斗争问题，他都很细心的描写与解决。"[①] 瞿秋白认为，《子夜》是描写不同阶级状况和矛盾，且提出了社会问题的长篇小说，它的写作技术服务于描述现实和提出现实问题的需要。广阔的时代背景、全景式的书写和复杂的人物系统，构成这部影片的史诗性。文学史意义上的史诗，一般具有以下特征：

其一，"主人公是一个民族乃至宇宙中举足轻重的伟大人物"；

其二，"史诗具有非常广阔的空间背景，其范围可以是整个世界甚或更大"；

其三，"史诗中描写的战争是一些超乎凡人的行为"；

其四，"众神和其他超自然势力对英雄们的壮举表现出兴趣或者采取积极介入的态度"；

其五，"一首史诗就是一场礼仪的展现，史诗采用礼仪化叙事风格，其行文刻意区别于日常语言，并且与表现英雄主题和篇章结构的壮观与正式相一致。"[②]

---

① 瞿秋白：《谈〈子夜〉》，载瞿秋白著、朱正编《论〈子夜〉及其他》，百花文艺出版社，1985，第117页。

② 艾伯拉姆斯（Abrams，M.H.）：《文学术语词典（第七版）》，吴松江等编译，北京大学出版社，2009，第155页。

与此相比，现代文学中的史诗性小说，一方面像古代史诗那样在时间和（或）空间的广度上刻画英雄角色；另一方面降低或祛除了神性与超自然力量的决定性，在语言上褪去了古代史诗的礼仪性。卢卡奇曾经从历史哲学的维度这样评价小说："小说是上帝所遗弃的世界的史诗。"[①] 在他的理论中，现代小说艺术发展的一个重要语境是资本主义生产造成了人的主体性的削弱和丧失，以至于无法真正把握历史与自身。史诗中那种人与自然之间的密切关联形成的总体性已然不复存在。卢卡奇在现代社会语境下阐述了"总体性"（totality）这个来自黑格尔和马克思的概念，它首先代表以辩证法把握整体社会现实的方法，也可关联资本主义背景下全球市场造成整个世界彼此关联性的状况。在文学批评领域中，总体性指"通过艺术再现而建立起来的社会生活的完整的、本质的面貌"[②]。艺术是人与自然之间原有关系发生改变后，人通过其创造力重建总体性的一种手段。现代小说致力于对总体性进行勾勒和构建，并围绕这一目的发展出各种结构和手段。卢卡奇说："史诗可以从自身出发去塑造完整生活总体的平台，小说则试图以塑造的方式揭示并构建隐蔽的生活总体。"[③] 以此考察《子夜》的情节可知，这部小说试图构建总体性的过程具体呈现为一种现实主义的情节设计策略，以人物及其事业的命运认识并展现社会的总体面貌和历史发展的必然性，而这一切都发生在20世纪30年代全球市场持续运作、中国资本主义的发展已成为中国及世界历史发展总体进程的一部分的背景之中。

如以章节划分，小说《子夜》的情节包括如下主要内容：

1. 吴荪甫在上海迎接老太爷。都市景象使老太爷饱受刺激。

2. 吴老太爷去世。吴家操办丧事。宾客谈论时事。吴家产业面临整体危机。

① 卢卡奇：《小说理论》，燕宏远、李怀涛译，商务印书馆，2012，第79页。

② 王先霈、王又平主编《文学理论批评术语汇释》，高等教育出版社，2006，第603页。

③ 卢卡奇：《小说理论》，燕宏远、李怀涛译，商务印书馆，2012，第53页。

3. 吴荪甫等人协商商业计划。雷鸣和吴太太的交谈。

4. 双桥镇发生农民暴动。

5. 农民暴动影响了吴荪甫的决策。吴荪甫重用屠维岳应对罢工。

6. 范博文等人的交际活动。

7. 费晓生报告双桥镇的损失。吴荪甫在公债市场受挫。罢工结束。

8. 冯云卿投机公债失利，怂恿女儿讨好赵伯韬。

9. 工人在街头游行。吴芝生等人在茶楼的交际活动。李玉亭与赵伯韬会面。

10. 吴荪甫决定加大债券投机。

11. 吴荪甫和赵伯韬继续博弈。

12. 吴荪甫面临债券危机，加紧剥削工人。

13. 屠维岳的铁腕压制下，工厂工人的生活状况。

14. 工人掀起新的反抗。吴荪甫的产业显露败象。

15. 屠维岳镇压工人罢工，工人酝酿新的反抗。

16. 工人与资本家的博弈。火柴厂资本家周仲伟陷入困境。

17. 吴荪甫组织聚会。吴荪甫与赵伯韬协商。

18. 商界子弟的社交活动。吴荪甫等人在困境中纠结。

19. 吴荪甫在证券市场的彻底失败导致破产，与妻子离开上海。

小说中的历史必然性。在电影的筹备阶段，影片编导桑弧和主演李仁堂曾赴北京与茅盾商讨影片改编问题。[①] 桑弧曾这样回忆 1980 年 9 月到北京拜访茅盾的情况："他希望我根据电影的特性和要求放开来写，不要太拘泥于小说原著。同时他认为出场人物不宜太多，太多了电影观众不容易弄清楚。因为大多数观众不可能读过《子夜》原著，记不住那么多人物。此外，他还建

① "茅盾名著《子夜》，经桑弧酝酿多年，现已改编成电影文学剧本。近年春节前，他还与李仁堂同志去北京茅盾寓所共商了电影改编意见。影片描绘三十年代初期我国资产阶级在半封建、半殖民地里挣扎的过程。创作人员已搜集了大量形象资料，待这些场景在摄影棚内搭制好以后，将再现三十年代上海十里洋场的风貌。"力：《〈子夜〉即将由上影厂开拍》，《电影评介》1981 年第 4 期。

议对某些人物的基调做一些调整。他还希望要努力压缩对话，尽可能用情节和动作来表现。”[①] 在小说《子夜》的阅读和接受并未普及的时期，这种策略是恰当的。

电影的情节框架是对原著进行大幅简化的结果，集中凸显资本家之间、工人与资本家之间的斗争线索。小说充满现代主义文化意义的开场，连同双桥镇农民暴动的情节，都以吴老太爷病倒后的回忆进行串联与展现。吴家丧礼上，原作那种散点式的叙事框架，改成由雷鸣引出后续诸人对话的叙述方式，再引出吴荪甫等人围绕组建银行的谈话。范博文对吴老太爷之死的评述，也以外景段落的形式穿插在其中。这一改编手段的基调是试图还原原作的主干部分，而略去其余。第 6 章和第 9 章的内容被删减，就是基于同样的原因。影片讲述吴荪甫的金融计划之后，紧接着安排了他经杜竹斋介绍与赵伯韬见面的情节，这种安排不但使叙事的节奏更紧凑，而且把赵伯韬的出场时间提前了，较有利于观众理解剧情。不但如此，这种安排还推动吴荪甫与赵伯韬矛盾的进展。影片表明，由于吴荪甫组建的益中公司与赵伯韬利益不符，赵试图让自己的合伙人到益中公司做总经理，因此两方在公债市场的合作关系转变为一方做“多头”，一方做“空头”的对抗关系。空头与多头是电影通过交易市场台前幕后的人物关系呈现的重要线索，两者对抗性的实质是时局发展的趋势性以及双方的判断与行动。第 14 章前后，工人群体内部的矛盾和抗争路线的分歧，同样被影片删减了。

小说中影响公债市场和吴荪甫经营状况的是源于多个方面的复杂因素，一个整体性的背景是资本主义经济危机出现后产生的全球影响。茅盾曾这样介绍小说的写作背景：

> 《子夜》的时代背景是 1930 年春末夏初。这短短的时间内，有几件大事值得一提。第一，国民党内部争权的斗争，又一次爆发为内战。汪精卫、冯玉祥、阎锡山为一方，蒋介石为另一方，沿津浦铁路一带作战，

① 桑弧：《回顾我的从影道路》，《当代电影》1995 年第 6 期。

其规模之大、战争之激烈，创造了国民党内战的纪录。老百姓遭殃自不待言，工商业也受到阻碍。第二，欧洲经济恐慌影响到当时中国的民族工业，一些以外销为主要业务的轻工业受到严重打击，濒于破产。第三，中国的民族资产阶级为了挽救自己，就加强了对工人的剥削。增加工作时间、减低工资，大批开除工人，成为普遍现象，这就引起了工人的猛烈反抗，罢工浪潮一时高涨。第四，处于三座大山残酷压迫下的农民，在共产党领导下武装起义，势已燎原。①

在以上背景之中，与小说的经济线索关联紧密，“可译性”较强且符合当时影片情节剧特征的，是第三项内容。影片着重于第三个背景的直接呈现，而把另外的线索穿插在人物对话当中。这部20世纪80年代影片的情节主干内容是吴荪甫的经营活动及其最终失败，吴荪甫的失败也是中国民族资产阶级命运和中国历史从旧时代走向新时代的必然性揭示。

原作小说第四章重点描写的双桥镇，是吴荪甫的舅父曾沧海的居住地。茅盾以这位地主士绅的形象牵引出乡村生活的故事线索，讲述了与上海经济和社会形势密切相关的中国乡村，是小说中都市内容的重要补充。② 正是由于农民暴动，吴老太爷被接到上海避乱，才有了小说前两章内容的来源。从更宽泛的剧情逻辑来看，由于吴家在双桥镇的产业（油坊、当铺、米行、电厂）都在暴动中停止经营，费晓生接吴荪甫指令后，把仅存的资金调往上海，这导致吴荪甫在上海的丝厂生意失去了与乡村产业的彼此呼应。由于镇上钱庄贷出的款项无法收回，与上海丝厂经营中的现金紧张相叠加，迫使吴试图

① 茅盾：《再来补充几句》，载孙中田、查国华编《茅盾研究资料》中册，中国社会科学出版社，1983，第85页。

② 有关作品的框架，茅盾说：“我的原定计划比现在写成的还要大许多。例如农村的经济情形，小市镇居民的意识形态（这绝不象某一班人所想象那样单纯），以及一九三〇年的《新儒林外史》，——我本来都打算连锁到现在这本书的总结构之内；又如书中已经描写到的几个小结构，本也打算还要发展得充分些；可是都因为今夏的酷热损害了我的健康，只好马马虎虎割弃了，因而本书就成为现在的样子——偏重于都市生活的描写。”茅盾：《〈子夜〉后记》，载《茅盾研究资料集》，山东大学中文系资料室，1979，第46—47页。

在公债市场谋求短期的现金收益。而农民暴动，与原本在周家客人对话中被提及的军阀混战一样，在电影中转换为对话的内容与城市证券市场波动的社会背景。这可以概括为：小说叙事中直接展开的支线内容，被电影转换为人物对话中的"间接引语"。

小说中涉及公债运作方式和公债与战争等社会状况之间关联性的内容，在电影中纯粹以对话的方式展现。这导致 80 年代不熟悉证券市场的观众，难以掌握影片中经济形势与债市之间的关系。对于试图理解影片时代背景和吴荪甫失败命运必然性的观众而言，只有知晓吴的经营困境和购买公债的迫切性，才能真正理解他的失败。一方面，欧美列强开设的金融机构，不会轻易贷款给中国民族企业，民族企业自主开办的金融机构又面临本金不足和牌照不易申请的困境；另一方面，民族企业的发展为了摆脱全球化进程中技术和价格上的劣势，急需扩大规模和谋求自主，这势必要占用更多的流动资金。这个矛盾的设计和小说整体情节的起承转合营造出一部具有悲剧性质的史诗作品。在艺术审美范畴中，悲剧指"具有值得人同情、认同的个体，在特定必然性的社会冲突中，遭遇不应有却又不可避免的不幸、失败甚至死亡结局的同时，个性遭到毁灭或者自由自觉的人性受到伤害，并激起审美者的悲伤、怜悯与恐惧等复杂审美情感，乃至发生某种转变的一种审美形态"①。这部作品中占据核心的悲剧事件，就是被债务危机侵蚀和破坏的民族资本家的商业计划。这个计划同时展现了民族资本家群体在 20 世纪 30 年代的历史合理性与致命的局限性，他们最终走向失败和投降的必然结果。

影片使用了一定的篇幅呈现工人与资本家的矛盾，具体展现了工人罢工被破坏，工人抗争的计划，工人因资本家的游船肇事而溺水身亡，工人继续罢工等情境和场面。这些内容就影片承载的意识形态而言，是必要的叙事环节和故事内容，但剧情的组织与呈现方法上存有可商榷之处。小说中资本家如何镇压工人的内容，影片进行了筛选和叙述。这个段落又以雷鸣串联了情节，由他出面约请其担任警察局长的同学镇压工人。而原著中资本家集团利

① 《美学原理》编写组：《美学原理》，高等教出版社，2015，第 261 页。

用工人群体和工会之间的矛盾、利用工会中不同人物之间的矛盾，以此瓦解工人的集体抗争，这个内容并不适合在电影中直接呈现，因此转换成人物对话中的只言片语。另一个忠实原著精神但未必合乎20世纪80年代语境的内容是，影片将社会斗争主要展现为经济斗争，而非政治权益的斗争。实业资本家与金融资本家的斗法，固然主要以经济斗争的面目出现；即便是工人与资本家的劳资矛盾，在这部作品中也集中体现为经济权益方面的斗争。小说中吴荪甫控制的丝厂，即是联系当时上海城市与乡村两地经济状况的关键场景。茅盾本人曾说过："本书为什么要以丝厂老板作为民族资本家的代表呢？这是受了实际材料的束缚，一来因为我对丝厂的情形比较熟习，二来丝厂可以联系农村与都市。一九二八——一九二九年丝价大跌，因之影响到蚕茧。都市与乡村均遭受到经济的危机。"① 这种联系性如能以符合电影叙事特色的手段在影片中予以强调，能够为影片增添历史和社会的深度。

家庭秩序和城乡社会关系的呈现方面，茅盾在《子夜》和《蚀》中往往写出含有情色因素的场景、叙述语言与对话，这在80年代电影改编版中被淡化或忽略了，叙事的侧重集中在大时代背景下的经济斗争当中。林佩珊的出走是民族资本家家庭关系瓦解的一个标志性事件。雷鸣和林佩瑶之间的旧情，原本在小说中具有一定的独立性，但影片为了凸显经济斗争主题，必然将其作为串联主题叙述的手段进行改造。在小说中，这些情节（包括双桥镇场景中曾家驹与后母私通的情节）都可理解为温情脉脉的面纱所掩盖的大家庭的衰败之兆。从20世纪30年代中国革命发展的形势来看，发生在农村和城市的革命行动具有整体性的特征，它们都是半殖民地半封建社会状况下民众反抗压迫的斗争。但对于倡导实业的民族资本家而言，他们试图将农村与城市更紧密地连接在一起，农村作为原料产地和日用品市场，城市作为工业和金融事业中心，在资本主义生产模式下进行城乡一体化。但革命的浪潮使他们失去了对乡村产业的控制，这种城乡一体的现代发展计划不再具有可能性，这一

① 茅盾：《〈子夜〉是怎样写成的（演讲稿）》，载《茅盾研究资料集》，中国社会科学出版社，1983，第48页。

切被他们归结为旧时代政府机构的无能及其造成的一系列社会矛盾。如同吴荪甫所说："只要国家像个国家，政府像个政府，中国工业一定有希望。"影片反复提及军阀混战的政治乱象，以及与此相关的政府无能等主题，均在有关旧军人和内战的情节改编中显露出来，服务于电影作品探索并塑造社会生活总体形象的诉求。

二、电影改编版对人物设定和人物关系的改造

茅盾是中国现代作家中描写城乡经济生活和战争背景下社会变迁主题的专家，他的长篇小说以宏大视角把握现代上海的社会变迁，并围绕这个线索构建了错综复杂的人物关系。囿于故事片本身的长度，改编者与影片的主创人员必须化繁为简，进行归约工作，以便凸显民族资本家的经营史这条故事主线。

表 3–1 原著《子夜》的人物类别架构（加下划线的角色在电影改编版中被删去）

人物群体	主要人物	主要诉求	核心矛盾	帮手或下属
民族资本家	吴荪甫、周仲伟、朱吟秋、孙吉人、王和甫、唐云山、杜竹斋	发展实业	阶级矛盾、经济矛盾	陆匡时、屠维岳、莫干丞、费晓生、韩孟翔、丁医生、高升
买办资本家	赵伯韬、尚仲礼	获取金融资本收益、兼并民族实业	与民族资本家的公债市场决战	韩孟翔
地主	吴老太爷、曾沧海、冯云卿	剥削农民，获取金钱收益	与农民的矛盾、城乡差异	何慎庵、曾家驹
家庭女性与"堕落女性"	林佩瑶、林佩珊、蕙芳、吴芙芳、徐曼丽、刘玉英、冯眉卿、老九	追求个性自主或物欲享乐	家庭矛盾、情感矛盾或交易关系中的矛盾	–

续表

人物群体	主要人物	主要诉求	核心矛盾	帮手或下属
知识分子	李玉亭、范博文、杜学诗、杜新箨	谋求相对独立于社会体制的个性与主张	难以在西方思想与中国问题之间寻到解决方案	–
革命工人与城市革命者	朱桂英、张阿新、玛金、陈月娥、蔡真、苏伦、金和尚等	与资本家斗争，争取工人权益	劳资矛盾	–
工人中的败类	桂长林、阿珍、姚金凤、王金贞	与资本家妥协	与革命工人的立场矛盾	–

资本家群体、工人群体、资产阶级女性群体、知识分子群体当中，前两者的关系是电影叙事的侧重。小说中出现的支线角色如李壮飞、张素素、陆匡时、费晓生、曾家驹、刘玉英、柏青、唐云山、杜新箨、杜学诗等并未出现在影片中。电影里的主要角色是围绕原作的经济斗争设定的，包括吴荪甫、赵伯韬、林佩瑶、杜竹斋、吴老太爷、林佩珊、徐曼丽、屠维岳、冯云卿、冯眉卿、雷鸣、范博文、周仲伟、何慎庵、李玉亭、王和甫、孙吉人、朱桂英、金和尚、韩孟翔、朱吟秋、吴芙芳、莫干丞、尚仲礼、陈月娥、桂长林等。①

核心人物的设计方面，吴荪甫作为民族资本家的代表，其两面性在小说中被刻画得非常深入，但影片在人物心理呈现方面的相对弱势，使原作中资本家感知与心理的丰富性难以得到传达。电影以通俗的大众传播效应，削弱

① 尽管影片对知识分子的线索进行了大量的简化，但与这条线索相关的某些段落依旧显出累赘之感。汪坚强认为："……特别是范博文代作者对吴老太爷进城的评论、范博文和林佩珊争论欧洲工厂的股份制与中国工人罢工的关系等镜头，显得很教条化。这样一些可以删去的人物、事件穿插于吴荪甫的奋斗史中，或许能为主题服务，但在两个小时的电影接受中，只会给观众带来应接不暇的接受困惑和视觉疲惫。"汪坚强：《从文学到影视：中国现代文学经典的影视改编研究》，四川师范大学电子出版社，2010，第77页。

了原作的思想深度，以此换取情节脉络在普通观众中得到接受的更大可能。小说中的吴荪甫是具有两面性的中国民族资本家的代表，在工人面前的软硬兼施和色厉内荏，面对买办资本家和帝国主义者的软弱性，构成了其文学形象的核心。但影片的意旨显然侧重于那一时代中国社会的丰富性与复杂性的呈现，因此对吴荪甫的刻画只集中于他的果断或软弱，很难真正表现那种两面性的混杂交替。小说中不止一次描绘吴荪甫吞并同行产业时的老谋深算和面对工人时的狰狞面目，是小说中非常精彩的部分。电影中，这部分内容尽管有画外音独白等手段进行强化，但表达方面仍不充分。有关吴荪甫在经济斗争中软弱性的一面，小说曾借助他情绪上的变化无常进行表现，同时又以他与女仆的偷情进行侧面表达。前者在影片中被简化，吴在影片大部分场景中都给观众留下稳健的印象；后者则未被电影采纳。从文化研究的角度来看，吴荪甫精神世界的种种征候，正是资本家与资本主义生产方式和瞬息万变的全球市场状况之间发生互动的结果。生产的扩大和金融市场的变动，使商品本身最终成为操控其生产者和占有者的力量。吴荪甫在投机失败以后，面对医生和妻子的场景中，依然表现得神态自若，这种处理方式或许只能用原著相应内容的“不可译性”来进行解释。[①] 饰演吴荪甫的演员李仁堂是一名优秀的演员，主演《子夜》之前塑造了一系列乡土或革命背景下的共产党干部或先进群众的形象。由于这些已有的银幕形象在观众群体中留下的深刻印象，使他主演的具有两面性的资本家不易被大众立即接受。而《子夜》这部名著的情节中包含了大量的经济斗争的内容，在改编版接受过程中也会给 20 世纪 80 年代的观众造成隔膜之感。

相对于小说原作，电影《子夜》更倾向于把吴荪甫设置成一位悲剧人物。考虑到 20 世纪 80 年代主流价值体系中民国资本家所处的位置，电影中的吴

① 学者左怀建认为：“读《子夜》小说，一个强烈的印象，就是整部小说给读者带出来的氛围都是骚动不安的，甚至是狂躁的、歇斯底里的、半疯狂的，但是电影《子夜》滤去了这种狂躁不安和半疯狂，增加的是平静，过于平静，甚至是死寂的，压抑的，因而也是沉闷的。”左怀建：《当下都市语境中 1981 年版电影〈子夜〉再审视——兼与小说〈子夜〉比较》，载中国茅盾研究会《茅盾研究》第 15 辑，华东师范大学出版社，2018，第 159 页。

荪甫是一位“带有反面角色特质的悲剧人物”。从阶级关系方面看，他为了维护自身利益指使手下以强硬手段压迫反抗的工人，是历史发展趋势的对抗者。在20世纪30年代民族经济发展的宏观背景下，他的形象代表了特定时期资本家群体在经济舞台上作为民族经济代表阶层的某种合理性。两相对照，吴荪甫实业道路的彻底失败最终显露了中国现代历史发展的必然走向，宣告了民族资本在30年代中国社会背景下发展的不可能性。这个具有两面性的人物，是源于文学杰作的历史标本，他的性格和选择是历史趋势本身的人格化在场。此外，为了塑造吴荪甫作为悲剧人物具有人性合理性的一面，影片设置了他赔偿溺水工人的母亲50元钱的情节，作为他的座船撞翻工人舢板之后愧疚心理的表达。尽管叙事效果有限，这种设计还是经过通盘考虑之后的策略性改写。

电影中金融资本家赵伯韬的角色，被设定了以下的人物特征：其一是影响力巨大。他可依赖手中的金钱买通和操控军阀混战的局势，借此影响公债市场的涨落。这种影响力不但使他能够轻易把操纵内战形势的成本转嫁给其他的金融市场投资者，而且提升和巩固了他在上海的地位。其二是极度自信。他对证券市场的形势发展了如执掌，对吞并民族资本家的产业志在必得。其三是生活腐化。赵周旋在不同女子之间，丝毫不掩饰自己的欲望。但小说原著中他的语言机锋和观念上的韬略性，在电影中并没有得到充分的“电影化表达”。另外，原著曾为赵伯韬设置了特定的地域背景——他是一名在上海证券市场上举足轻重的广东籍金融家，人物语言中的方言成分揭示了这种地方性。小说隐隐将他和吴荪甫之间的对决表现为广东商人群体与江浙商人群体之间的斗争，这个具有转喻性的意义层面在影片中并未得到表现。电影对这方面内容的简化处置，其背景之一是当时中国影片的语言以汉语普通话为主，以便适应国家文化传播和普及的需求。从总体上看，这个人物走向扁平化的设置，使立足于“忠实改编”的影片在角色上削减了表现力。而从演员表演、围绕表演组织的人物镜头及其剪辑策略上看，赵伯韬和吴荪甫这两个电影形象都流露出不同程度的舞台剧味道和脸谱化倾向。

次要人物方面，吴荪甫的父亲与妻子，以及与他们相关的情节线索，在影片中大部分被删减了。资本家和地主的家庭生活状况，完全依赖场景和对话加以提示。在原作中，冯云卿原本与吴老太爷、费晓生等角色一样，发挥着在故事脉络中串联乡村与城市生活场景的功能。这个功能在小说中增强了社会书写的广度，而在电影中是有待合并或删减的内容。电影借助人物对话，简单提及了冯的双重身份：乡村生活中以兼并土地牟利的地主，城市生活中依靠出租房产牟利的“寓公”。电影对冯云卿与乡村背景之间关系的淡化处理，削减了他作为旧上海“中间阶层”代表人物的价值。在小说中，如果说吴荪甫是上海城市经济领域中民族实业家的代表，赵伯韬是外资背景下金融买办资本家的代表，朱吟秋等人是中小资本家的代表，冯云卿则是从乡村获得资本积累转而用于城市房产投资和证券投资的中层投资者形象。与吴荪甫相比，他的社会地位不高，能够动用的资本数量更为有限，在剧变的经济形势下的投资者群体中处于更低的位置；与费晓生等人相比，他的形象更为明确地提示着农村土地兼并和阶级矛盾的微观运作。电影的侧重是冯云卿推动女儿冯眉卿接近赵伯韬，以此表现赵作为金融资本家奢靡放荡的生活，冯的人物设定局限为一个经历了危机的债券投资者，这符合电影叙事的需要。同样为了电影集中叙事的需要，影片还把徐曼丽设置成冯眉卿的同学，这实际上合并了原著中的刘玉英和徐曼丽这两个角色。原作的人物关系中，唐云山的角色标志着作品能够以暗线讲述上海与香港两座重要城市之间的金融关系。电影删去了这个人物，使叙述的空间背景更为集中，这种策略与影片开场压缩农村生活场景的处置手段类似。

影片在人物改编中最引人注目之处，是强化了雷鸣（雷参谋）角色的叙事功能。不但借助他揭开吴荪甫家庭的内部矛盾，并在聚会上引出上海大小资本家的群像，而且设置他退役后投身商业，与赵伯韬和徐曼丽缔结了合作关系。原作结尾处的情节集中在证券市场，借助王和甫之口暗示了雷与徐曼丽的关系。而电影角色的设置改变了小说中这条情节暗线的隐秘性。雷鸣不但出现在徐曼丽与韩孟翔通电话的场景中，而且作为赵伯韬的合作者参与了证券市场中对杜竹斋的“策反”，这个情节为原著中杜竹斋临阵倒戈的行为增添了合理性。原著中，杜竹斋的行为可以用性格上的摇摆不定和贪图收益来解释——他趁吴荪甫抛售期货时买入期货是这种性格和投机商人思维驱动的结果，未必是故意与赵伯韬合作。而影片结尾处，雷鸣和徐曼丽一起劝说杜竹斋的镜头，以及杜竹斋与赵伯韬等人一起举杯欢庆的场景，揭示了杜和赵的合谋。此场景本质上也是旧军人与资本家合谋关系的揭示。这个内容对原作里的杜竹斋是一种丰富和提升：他原本就是一位反对开办实业，以金融和地产投机获取资本利益的中间角色，与依靠美国银行在证券市场兴风作浪的赵伯韬极为相似。影片以这种人物及人物关系的改编，为吴荪甫的故事作结，更明确地凸显了中国实业资本家面对金融资本家的彻底失败。

影片中，所有的工人都被设置为次要角色，他们的生活境遇和斗争手段并未在矛盾冲突中融合个别性与普遍性。影片中的工人形象是改编原作中具有个性特征的工人并诉诸电影表现力的形象，他们主要与影片中的民族资本家发生矛盾斗争，与金融资本家并无直接关联。工人与资本家斗争的焦点是劳动薪酬问题，这具体化为构成了工人形象的行为、语言和心理活动。虽然这部影片并未使用画外音等手段揭示工人形象的心理活动，但它的叙述策略实际上触及了卢卡奇意义上的“阶级意识”。卢卡奇在《历史与阶级意识》一书中所讲的“阶级意识”首先指无产阶级的阶级意识，它“不是个别无产者的心理意识，或他们全体的群体心理意识，而是变成为意识的对阶级历史地位的感觉。这种感觉总是要在眼前的局部利益中变具体的”[①]。在面对大众展开叙述的电影作品中，作为“对阶级历史地位的感觉”的阶级意识可以被具体化为工人个体的面孔和抗争场面中的人物群像。影片临近结尾处，被关押的女工朱桂英的近景镜头推成面部特写，既显露了特定剧情背景下一位失去未婚夫的女子的隐痛，也是影片借以表达阶级关系状况和阶级意识的媒介。

① 卢卡奇:《历史与阶级意识——关于马克思主义辩证法的研究》，杜章智、任立、燕宏远译，商务印书馆，1992，第133页。着重号为原文所加。

玛丽·安·多恩（Mary Ann Doane）曾这样评价 20 世纪 30 年代上海电影中女性面孔的表现力："……女性面孔既是透明的又是晦涩的，成为暴露多种矛盾和躁动文化杂糅的场所。在很多带有社会任务剧目的的左翼电影中，特写镜头下的女性面孔往往成为集中展示所有阶级痛苦和社会压迫的画布。"① 多恩的论述中，30 年代上海电影作品意义层面的"女性个体—整体阶级形象"之间的关系，为阶级意识的叙述与呈现创造了条件。在通俗文化的语境下，这也是 80 年代影片《子夜》向展示茅盾笔下 30 年代中国社会现实的总体性迈进的一种路径。

图 3–1　电影《子夜》片尾，被关押的女工群像

图 3–2　女工朱桂英的面部特写镜头

图 3–3　电影《子夜》片尾，吴荪甫和妻子在船上的镜头

图 3–4　《子夜》片尾的吴荪甫单人镜头

（图像来源：哔哩哔哩）

显然，片尾吴荪甫形象的设计包含着矛盾性。妻子为他拿来毛毯的镜头之后转接轮船起航的远景镜头，然后切换回呈现吴荪甫个人形象的中景镜头，镜头推为近景后转接茅盾全集的图像和"剧终"的字幕。从形式上看，主人公

① 玛丽·安·多恩：《跨文化语境下的女性面孔、城市景象与现代性》，李淑玲译，载何成洲主编《性别与中国电影》，南京大学出版社，2012，第 11—12 页。

形象的这种展现方式刻意避免出现前后重复：此前朱桂英的镜头由近景推特写，是个体痛苦和阶级矛盾的影像化表达；呈现吴荪甫形象的中景推近景镜头转接《茅盾文集》镜头，将影片最后的情节段落与主人公的形象归结为文学作品出版物的影像化呈现（图 3–8）。

三、电影改编版在叙事上的创造性

与《边城》的开场一样，影片《子夜》先以字幕致敬作家茅盾："纪念中国现代文学的伟大先驱者，卓越的无产阶级文化战士茅盾（1896—1981）。"（图 3–5）随后切换为作家工作的资料镜头，配以字幕（"在书斋中工作的茅盾同志"）（图 3–6），再切换成中外出版机构出版的各种《子夜》译本，形成拼版的造型效果（图 3–7）。其后推出片名《子夜》，演职员表字幕的背景同样是《子夜》出版物的影像。这种设计不同于《阿 Q 正传》开场部分以演员饰演鲁迅的段落，而是利用资料镜头进行叙述。它以具有狭义互文性的设计提点了文学家与文学名著对电影的滋养，不但表达了对知名作家的尊重，而且与 20 世纪 80 年代普遍将文学视为电影的基础的观念相关。与此对应，片尾最后一个镜头再次呈现茅盾著作的影像，完成了影片对作家的致敬。这种以原作者形象、作品或手迹为片头 / 片尾影像的电影叙事策略，为影片打下了"这是一部向原作者致敬的作品""这是一部忠实改编作品"的印记。另外，茅盾作品外文译本形象隐含的"翻译""国外文化影响"等意义，也同样应和着本书致力于研讨的"原作—改编版"这对关系。

图 3–5　电影《子夜》片头字幕

图 3–6　电影《子夜》片头茅盾工作镜头

图 3-7　电影《子夜》片头的茅盾作品译本形象及片名字幕

（图像来源：哔哩哔哩）

图 3-8　电影《子夜》片尾，《茅盾文集》的镜头及“剧终”字幕

同样的情况还出现在《阿 Q 正传》《边城》《金秋桂花迟》等影片当中。作家的影像赋予影片以“权威改编版”的意味，影片自身回馈给经典文学作品以“严肃且充满敬意”的影像化诠释。回顾茅盾影片的改编史，早在程步高执导的《春蚕》中就已出现了类似的叙述策略。小说封面的图像出现在电影片名和演职员表字幕之后，并以翻阅小说的动作开启了电影的叙事。这个段落将文学原著的图像嵌入了影片文本，其修辞性透露出“这不只是一部影片”。

图 3-9　电影《春蚕》开场，小说原作的书籍镜头

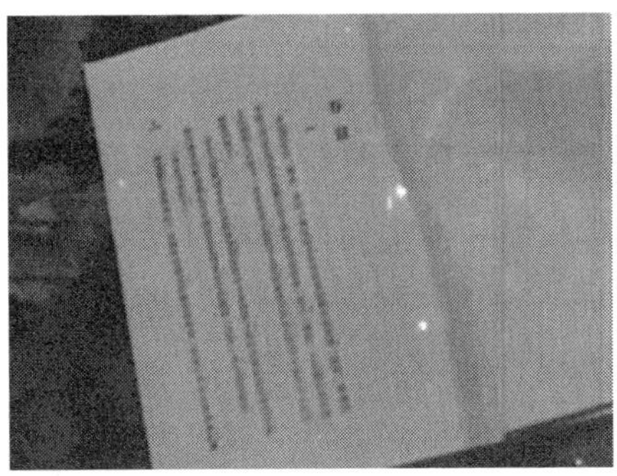

图 3-10　电影《春蚕》开场，小说原作正文镜头

（图像来源：爱奇艺）

片头段落之后，影片以日军侵华的黑白电影资料镜头片段介绍了宏观的时代背景。资料镜头的运用，在影片叙事过程中增加了真实的历史影像，铺陈故事展开的真实历史背景，同时以与影片叙事主干部分明确有别的画质强调了“故事本身是艺术虚构作

品”[①]。随后，影片中出现了上海的夜景，匹配汽车声和钟声的音效。这些声音的转换和视觉画面的结合，以另一种方式呈现了20世纪初的上海。同样的钟声在影片结束时再次出现，同时标明主人公商业冒险的失败和影片叙事时间的终结。影片叙事推进过程中，小提琴音乐往往成为人物心态的标志。如吴荪甫与杜竹斋的对话中，后者曾说前者当初不应当开办工厂，此时混杂着忧郁色彩的小提琴音乐响起，吴在音乐的背景中说出了他的理想：工厂“有关我们的国计民生，只要国家像个国家，政府像个政府，中国工业还是有希望的”。另一个类似的段落里，小提琴配乐中包含的期待意味同样配合了剧情。这段音乐配合的情节是，吴荪甫兼并了朱吟秋的丝厂和另外八个小厂，说出了他的雄心壮志——“我们好好把这些厂扩充一下，我们所生产的橡胶、肥皂、阳伞、热水瓶、套鞋，这些国货就能够畅销到全中国！”民族资本家的野心和希望，在电影音乐的衬托下得到强化。与此不同，工人生活场景的背景音乐是以二胡为代表的中国民乐。中国民乐与西方音乐之间的差异，参与了电影对工人阶层与资本家的意识形态差异性的叙述。

作为一部充满人物对话的影片，对话还支持着人物设定的表述和人物关系的揭示。冯云卿的人物介绍和投机公债的经过，在原著中有相当的比重是心理描写。影片则借助四重对话加以描绘和展现：(1) 杜竹斋和吴荪甫的对话，引出冯云卿；(2) 冯云卿与冯眉卿的对话，透露出他的经济困境；(3) 冯云卿与何慎庵的对话，设定了人物即将展开的投机计划；(4) 冯云卿与姨太太的对话，将他的内忧外患统摄形成一个整体。此外，这部以现实主义美学为指针的电影，无法仿照小说那样设计不同人物之间集中出现的大量对话。作为这种多人对话场景的补充，影片设置了画外音独白，表现吴的个人想法。如开办银行的段落中出现了他的内心独白——“我早就看清楚了，你们并不是热

① 傅正义认为：“故事影片、电视剧中资料镜头的运用，与纪录片、专题片中资料镜头的运用有相同之处，也有一定的区别。相同之处都是再现历史，还原历史的真实。区别在于，故事影片、电视剧中资料镜头的运用是受其影视片故事情节、规定情境、人物动作的制约，在画面选择时受到局限，余地小。而专题片、纪录片中的资料镜头则是以影视片的题材、体裁来组织画面，它不受画面内情节、规定情境、人物动作的制约。多以解说、论争的方法来表现，因此，在画面选择上有很大的余地。”傅正义：《电影电视剪辑学》，北京广播学院出版社，1997，第290页。

心于自己来办银行，而是希望别人办起来银行借钱给你们。”在第一次与屠维岳的对话中，影片再次为吴荪甫引入画外音以补充叙述，描绘吴对屠的认知：“这样一个有用之才，为什么我一直没有发现？这是我的疏忽。”徐曼丽在饭店见到冯眉卿的场景，冯云卿父女的对话场景中，属于女性的画外音也出现了。这些偶尔出现的画外音，代表了两个电影叙事视角的融合。内心独白的内容本身是第一人称叙事视角，但摄影机在呈现与独白同时存在的具体场景的时候，依然以客观之眼审视并呈现电影的内容。

在资本家生活场景的设计方面，因为物质条件的限制，影片能够表现资本家生活的富裕、奢华。但这些场景并未真正匹配都市富裕阶层人物的消费活动，这方面缺乏 20 世纪 30 年代上海半殖民地半封建背景下的文化混杂性与流动资本带来的现代意味。展示人物交往场景的过程中，只透露出人物生活的豪华和资费消耗的规模，而不便过多表达原作中承载的上海生活的奢靡、放荡与堕落。这造成影片大部分篇幅中讲述城市经济斗争故事的“平心静气”状态，这种设计淡化了原著书写上海都市性过程中与资本家命运沉浮交织在一起的各种感官刺激和欲望形式。

影片中另一个具有代表性的空间是上海证券交易所，它是原著着重描写的现代空间，也是这部以写实手法进行呈现的众多场景中的例外。虽然影片并未充分利用现代电影技法去描述这一场景，但源自全球市场和国内时局变化的各种因素在其中掀起的风浪营造了影片整体叙事节奏的变化。电影中第一次呈现交易所时首先使用了一个横移镜头和一个高俯镜头，正在打电话的交易员神态各异的面孔和投机者麇集的影像透露出这个现代空间的紧张、焦灼和疯狂。这个场景中的几个快速剪接镜头，与影片最后一次出现交易所时吴荪甫得知投机失败消息后作为剧情补充的三个快速镜头，以及影片最后一个全景式表达所有主要角色现实状况的镜头段落，是影片《子夜》中为数不多的几个快速叙事段落。小说还在交易所这个社会空间的形象中建构出一重隐喻意义：原本被资本家们反复提及的那场战争，转而以资本—金融战争的面貌出现在上海证券市场上。小说第十九章关于证券市场的文字里，充满了战争话语，这是小说中难以转译为电影叙事段落的内容。追本溯源，文学史意义上的史诗，通常是以战争为叙事中心内容的。而这个中心内容在史诗性的现代小说中转向了经济斗争领域和内在的精神领域。小说第一章的内容也有类似的不可译的方面。《子夜》的原作小说和电影改编版，开篇均呈现了吴老太爷的上海之旅，以这次旅行与吴荪甫黯然离开上海的情境遥相呼应。小说叙述吴老太爷城市体验的那个著名段落中，“声、光、电”是城市现代性的表象，也同样带有一重战争的意味。与其说吴老太爷因被抛入现代物质文化之中而迅速“风化”，不如说死于一场“天人交战”：

> 汽车发疯似的向前飞跑。吴老太爷向前看。天哪！几百个亮着灯光的窗洞像几百只怪眼睛，高耸碧霄的摩天建筑，排山倒海般地扑到吴老太爷眼前，忽地又没有了；光秃秃的平地拔立的路灯杆，无穷无尽地，一杆接一杆地，向吴老太爷脸前打来，忽地又没有了；长蛇阵似的一串黑怪物，头上都有一对大眼睛放射出叫人目眩的强光，啵——啵——地吼着，闪电似的冲将过来，准对着吴老太爷坐的小箱子冲将过来！近了！近了！吴老太爷闭了眼睛，全身都抖了。他觉得他的头颅仿佛是在颈脖子上旋转；他眼前是红的，黄的，绿的，黑的，发光的，立方体的，圆锥形的——混杂的一团，在那里跳，在那里转；他耳朵里灌满了轰，轰，轰！轧，轧，轧！啵，啵，啵！猛烈嘈杂的声浪会叫人心跳出腔子似的。①

这个充满现代感的小说开端，是对上海现代都市性的集中的文学表达，它未能在影片中得到充分展示。事实上，《子夜》中上海作为20世纪初中国现代之都的声光电形象之中，还兼容了颓废之都、情色之都和革命之都的综合形象。② 电影显然无意表达颓废和情色的面目。这一方面与电影媒介呈现人

① 茅盾：《子夜》，载茅盾《茅盾全集》第三卷，黄山书社，2012，第11—12页。

② 刘永丽：《被书写的现代：20世纪初中国文学中的上海》，中国社会科学出版社，2008，第85—200页。

物心理世界的局限性有关，另一方面也与当时电影创作的主导观念有关。影片致力于呈现现代上海的风貌尤其是都市之夜的段落，对于20世纪80年代中国电影的题材开拓也有突出的意义，它代表民国时期的现代都市文化景象借这部经典小说的电影改编版重新进入了观众的视野。

如上文所述，原著小说第二章借助守丧和发丧过程中宾客们的对谈，设定并展开了人物关系网络与故事线索，这也是《子夜》开场部分集中展现的有效的叙事策略。如在吴荪甫家利用雷鸣的移动，引出朱吟秋等资本家有关产业经营状况的对谈；又如以徐曼丽的移动串联赵伯韬等人所在的饭店客厅、冯眉卿所在的卧室、冯云卿所在的证券市场，再引出冯云卿在家与冯眉卿的对话，这种"移步换景"式的剧情组合，表达了电影叙事在故事演进效率方面的优势。在吴家住宅和证券交易所的场景里，影片还保存着一部分的舞台剧形式，演员的表演方面也有话剧的味道，这一方面有利于人物对话场景的叙述，匹配了原作对应场景中的大量人物对话，另一方面也部分限制了电影空间塑造的多样性。这一点在20世纪80年代重视文学改编电影的大众性特征的背景下，显然很难令人满意。

电影的叙事推进到临近结尾处时，先用一个快速剪辑的电影段落理清了故事所有叙事线索的走势，并引导出最终的结局。这个段落同时承担吴荪甫精神世界中对投机失败经过的理解，包含五个有关投机问题的关键人物的镜头，汇聚为吴对自己失败命运的认知：

镜头1：吴眼中的杜竹斋；
镜头2：试图劝说吴的徐曼丽；
镜头3：交易所打电话的韩孟翔；
镜头4：俱乐部中与自己谈判的赵伯韬；
镜头5：沆瀣一气的徐曼丽与赵伯韬。

以上五个镜头依次快速切换后，又切换为吴宅中得知投机失败消息的吴荪甫的中景镜头和全景镜头。随后他接见医生、上楼安排离开上海的计划，影片再次使用了一个更长、镜头数量也更多的段落。每个镜头与下一个镜头的切换，都伴随着源自上海钟楼的钟声。这个具有城市公共性特质的声音，强化了镜头组合段落形成的巨大的情节概括力。

镜头 1：夜上海的大全景；

镜头 2：上海钟楼的全景；

镜头 3：吴荪甫夫妇登上客轮的镜头；

镜头 4：赵伯韬一伙聚会饮酒的仰拍镜头；

镜头 5—7：赵伯韬一伙 2—3 人的中景镜头；

镜头 8—9：监狱中被关押的工人的中景和全景镜头；

镜头 10：被关押的女工朱桂英的镜头，推至面部特写；

镜头 11：吴荪甫夫妇在船上的镜头；

镜头 12：吴在益中公司的两位合伙人与外国商人握手的镜头；这代表公司因为资金断裂，已转到外商手中；

镜头 13—14：吴荪甫乘坐的轮船离开上海的全景镜头；

镜头 15：中景上推至近景吴荪甫的形象；

镜头 16：呈现静态的《茅盾文集》，并推出的“剧终”二字。

从整体上看，电影承接了原著小说那种被现代主义加持的现实主义风格。影片开场吴老太爷到上海的段落，结尾处投机失败后吴荪甫的黯然离开，都是较为精当的叙事段落。前者直接源自小说，后者实际上形成了影片的首尾在风格和形式上的呼应。小说结尾处的吴荪甫在破产之后，无法保持内心的镇定，向医生咨询疗养地时也表达了情绪化的倾向——“我正想去看看那红军是怎样的三头六臂了不起！”于是，在这部史诗性作品的最后，吴荪甫离开城市，成为以观光客身份出现的漂泊者和探索者。如卢卡奇所说，小说出现的前提是神不再眷顾人类，人必须离开神提供的总体性，以自身的感受力和经验去探索意义和价值。这样的现代人也不再是史诗中那种与总体性紧密相连的英雄，而是未知领域中踽踽独行的探险者。电影则囿于写实性为中心的艺术观念，并未充分揭示吴荪甫的内心世界，只提示了商战惨败后理想破灭后的情绪状态。如同有的研究者所说，在交易所和工人罢工两个场景之外，“电影《子夜》的日常生活叙事显得过于轻描淡写，过于平面化，而且失去了与沉重、痛苦、骚动、不安的生活相互映衬的美学内涵和心理深度。”①

茅盾的现实主义文学中，富有讽刺性的内容也在改编过程中略去了。讽刺性原本更适合以文学而非影像的方式进行表达，影片并未在这方面着力的原因或许是由于改编的难度。这种策略性的删减使影片与小说也在风格上出现了较大的差别。小说中有两个段落的讽刺性较有代表性：其一是冯云卿孤注一掷试图挽回证券市场败局的段落，展现了强烈的讽刺意味；其二是与工人抗议活动同时发生的，酒楼上自诩为诗人或现代人的几个富家子弟的对话，显现出一种并不十分强烈的反讽意味。这两处内容的删减对于电影而言是必要的：删去前者可以使影片把对冯的塑造集中到金融形势的不确定性上，删减后者则能避免诗人征引的现代诗歌的小众性妨碍电影的大众化表达。

影片并未引起广泛关注和较高评价的原因主要集中于现实语境方面。20世纪80年代的中国正在推进改革开放，原有的计划经济体制开始向市场经济体制转变。资本主义生产关系已开始在私营企业中展开运作，它们可以成为国家建设的重要力量。而《子夜》原作的要旨在于批判30年代前后民族资本家的没落与失败，其情节线索之一就是国外资本与民族资本的尖锐矛盾，它的历史观也明确地包括“资本主义在中国行不通”之类的论述。基于以上的矛盾与差异，影片未能引起广泛关注和普遍认同就是一件很容易理解的事情了。新中国成立以来的中国电影实践，已逐步明确了电影的思想性和政治意识形态导向价值。80年代初期的电影观众也同样接受“将电影视为具有意识形态性的文本”这种倾向，它形成了观影方式中的契约性。影片中，经营火柴厂的

① 左怀建：《当下都市语境中1981年版电影〈子夜〉再审视——兼与小说〈子夜〉比较》，载《茅盾研究》第15辑，第159页。

周仲伟在申请贷款未果后说："我说一句老实话，中国人的工厂迟早都要变成僵尸，要注射一点外国血才能活。你们不相信吗，等着瞧吧。"这是影片有关30年代中国民族资本的寓言，但在影片公映的年代却难以得到社会主流观点的认同。如哈琴和奥弗林所说："当赋予**作为改编本**的改编本以意义和价值的时候，观众是在包括了他们的知识和他们自己对改编文本的解释的语境中操作的。"① 赋予影片《子夜》以个体化意义的80年代观众，显然需要尝试协调其有关茅盾原作的知识，以及有关正在进行的改革开放的理解。

以下表格重申，这部史诗性长篇小说的改编策略是：集中叙事线索于城市、删减与合并过于庞杂的人物关系，增强保留的人物承载的叙事功能及他们之间的互动性。在吴老太爷的乘车段落、证券交易所的场景和片尾两个蒙太奇段落中，观众可分别感受到改编版对原作情节的忠实性、镜头语言转译原作的力度与超越原作文本的创造力所在。

表3-2 《子夜》影片文本透露的改编策略与改编版的代表内容

影片／文学原作	跨媒介直译	跨媒介意译	"完美转译"
《子夜》/同名长篇小说	沿用原作情节主干、大部分人物及主要故事脉络 还原作者写作场景、原作出版物的影像 有关战争背景的资料镜头段落	原作主要场景的视觉化 删除乡村情节内容 大幅删减知识分子相关的叙事线索 删减次要人物（杜新箨等） 合并次要人物（刘玉英等） 增加特定人物的叙事功能性（雷鸣、杜竹斋、金和尚等）	片尾两个蒙太奇段落的设计

① 琳达·哈琴（Linda Hutcheon）、西沃恩·奥弗林（Siobhan O' Flynn）：《改编理论》，任传霞译，清华大学出版社，2019，第75页。黑体字为原文所加。

第四章

老舍作品的当代电影改编版研究

老舍是现代京味文学的代表人物，其作品铺陈了以北京市民生活为中心的文化长卷。20 世纪 80 年代之前，老舍的三部作品《我这一辈子》(1937)、《龙须沟》(1951)、《方珍珠》(1950) 于 50 年代初改编为电影。其中电影《我这一辈子》拍摄于 1950 年，由石挥导演并主演，电影《龙须沟》和《方珍珠》于 1952 年摄制完成，它们无一例外凸显了老舍作品对北京市井民众生活的关注，并有力地配合了新中国政权成立后意识形态和城市治理的需要。80 年代至 90 年代初，另有《骆驼祥子》《茶馆》《月牙儿》《鼓书艺人》《离婚》等作品的电影改编版搬上银幕。[①] 老舍的京味文学作品，也因为影视剧的改编版本而获得了更大的知名度，产生了更为深远的影响。由于这些文学作品的书写主题中较细致地描绘了人物经济和心理状况的变化，意蕴多数集中于底层人生命经验的共通性，从不执着于在作品中构建国家—民族层面上的象征性与寓言性，影片改编的难度主要集中在社会关系的调配、生活境遇和内在矛盾的呈现等方面。

一、《骆驼祥子》的电影改编版

长篇小说《骆驼祥子》创作于 1935 年。小说以 20 世纪 20 年代北京人力车

① 老舍的戏剧代表作《茶馆》于 1982 年被改编为电影，这部原作于新中国成立之初的作品不在本书研讨之列。

夫的生活经历，折射时代的变迁。老舍作品的主人公祥子是失去土地后进入北京城的农民，他试图做一个自食其力的劳动者。但时代和命运的变幻击碎了他所有的美好想象，堕落为失意没落的城市流民。小说关注的是作为旧北京底层劳动者的车夫群体，在宿命式的故事中寄寓着人道主义的光辉，是中国现代文学史上讲述北京城市故事的典范之作。三轮车夫是旧时代中国城市中常见的体力劳动者，饱受旧制度的排挤和压迫，受“五四”潮流影响的现代中国知识分子们，往往将车夫视作劳工阶层和无产者的代表形象。胡适就曾创作过三轮车夫主题的诗作，鲁迅的小说《一件小事》也把目光聚焦在车夫身上，寄寓了对社会与人生的思考。与他们相比，老舍的笔法更加深刻、细腻，作品涉及的社会现实也更为广阔。这部作品的当代电影改编版由凌子风导演，张丰毅、斯琴高娃主演，北京电影制片厂 1982 年出品。影片公映后得到了观众群体的认同，也赢得了专业评论者的肯定。影片获得文化部 1982 年优秀影片奖、第三届中国电影“金鸡奖”最佳故事片奖和第六届《大众电影》“百花奖”最佳故事片奖。①

（一）影片情节的调整与叙述侧重的转换

影片的情节安排为受众设计了一个灵活的“门槛”：熟悉《骆驼祥子》原著故事的人，才能整体把握影片中人物和故事的全貌；而不熟悉原著的人，也能大体掌握故事的主线。如原著开篇使用了较长的说明性文字，用于介绍北京人力车夫的劳动背景和行业规矩，再引出祥子的身世、性格与心态，小说自此写至祥子从西山逃跑返回西直门，用去了三万字的篇幅。电影情节则直接由祥子从军阀部队中逃跑，人力车被毁于战乱的经历说起，最后讲至虎妞和小福子先后离世，祥子走向没落，成为街头流浪者。因为影片试图将长篇小说的体量集合到电影的篇幅中，这决定了电影中故事的“概述式”面貌。

① 据日本学者杉野元子的研究，香港导演袁仰安也曾执导《骆驼祥子》的电影改编版《浪子双娃》。《浪子双娃》系 1962 年完成的影片，以《骆驼祥子》的人物关系和部分情节构建主要内容，并在改编中充分地进行了香港化的文化转换。杉野元子：《北京的骆驼祥子与香港的骆祥致——1962 年香港影片〈浪子双娃〉考》，《海南师范大学学报》2015 年第 12 期。

由章节入手概述原著篇章的框架，可将小说《骆驼祥子》的故事层面描述如下：

1. 旧北平车夫生活概貌。祥子的性格和生活状况。祥子第一次买车。

2. 祥子被军队挟持到西山，车被抢走。祥子逃跑。

3. 祥子带三匹骆驼逃跑，半路卖掉骆驼。

4. 祥子逃回北京，见到刘四爷和虎妞，重新开始攒钱买车。

5. 祥子重新载客攒钱，在杨家拉包月忍受屈辱。

6. 祥子回到人和车厂，和虎妞吃饭。酒后发生关系，祥子后悔。祥子遇到曹先生。

7. 祥子在曹家拉包月。祥子因事故损坏了租来的车。

8. 高妈给祥子出主意放贷攒钱，祥子只愿积蓄现金。

9. 虎妞声称怀孕，找祥子回车场给刘四爷做寿。虎妞归还祥子的存款。

10. 祥子在小茶馆帮助车夫老马。

11. 曹先生被孙侦探盯梢，后者敲诈了祥子积赞的车钱。

12. 祥子再次陷入痛苦和困顿。

13. 祥子回到车厂，帮虎妞给四爷做寿。

14. 寿宴上的虎妞与刘四闹翻。

15. 虎妞离开车厂。祥子与虎妞结婚。

16. 祥子计划重新拉车，为此与虎妞争执。

17. 刘四卖掉车厂。虎妞同意祥子买车。

18. 小福子和虎妞结交。祥子生病。

19. 祥子的病和虎妞的身孕造成经济困境。虎妞死于难产。

20. 祥子卖车。祥子许诺来接小福子。祥子的工作和生活失去自律。

21. 祥子得了性病，渐趋堕落懈怠。

22. 祥子重新振作。祥子找曹先生。

23. 祥子遇见老马。小福子死。祥子因绝望而堕落。

24. 祥子出卖阮明，走向个人主义的穷途末路。

在剧情方面，电影以对主干情节的重视态度展开对原著故事的处理，保留了大部分关键情节。另外，以上框架中第21项和第24项被删除，删掉了祥子因疾病和绝望而懒惰、懈怠，乃至染上更多恶习而黑化的过程，改为呈现他在社会重压之下的经济窘迫。经过这样的调整，影片中祥子人生的三起三落被完全归因于社会的不公。电影删掉了曹先生被学生阮明诬告的内容，也删去堕落后的祥子出卖阮明的情节。这种设计把小说的复杂性简化成普通观众可以轻易接受的程度。导演凌子风曾说："我爱祥子，因此把有损于这个人物的章节删去了。比如虎妞死后，祥子到夏家拉包月，和姨太太发生了不正当的关系，还染上脏病；甚至还有祥子为几个钱出卖过人的描写，通通去掉，保持他作为朴实的劳动者的基本面貌。"① 失去人生目标、沉溺生活恶习而沦落为空洞的躯壳，这是小说对旧时代底层劳动者生命力衰竭的集中讲述。改编者只保留了有关劳动者丧失劳动工具且生命力衰竭的内容，而删去了原作悲剧性结局的其他原因。

受制于影片的篇幅，影片《骆驼祥子》对原著进行的改动，有相当一部分是进行了情节上的顺势变通。这种变通可以体现在对原作语焉不详之处的情节填充，但更多的是依照情理缩减原有剧情。如原著中祥子在西直门被军阀部队挟持到北京西山郊区，他也被迫换上了军人的衣服。而牵了骆驼想回到北京的路途上，军服变成了一个极其危险的因素。祥子害怕自己被村民误认为败兵，遭遇袭击，因此撕掉了领子和纽扣，把军服像背包袱一样捆在身上。电影选取了情节的主干，但并不需要在所有细节上展开还原。电影开场部分就设计祥子身穿车夫的单衣，准备趁黑夜取回自己的洋车，还在后续情节中取消了原著中祥子在海甸的小店里病倒的内容，直接呈现他回到城里在货摊上购置替换的衣服，又经刘四爷之口慢慢传出"骆驼"的外号。与此相比，原

① 王家龙：《凌子风漫谈〈骆驼祥子〉的改编和导演处理》，《电影评介》1982年第12期。

著的描写更加细致，叙述人先解释“骆驼”这个外号是病倒在小店里的时候，由梦话或胡话说出去的，随后再写祥子把事情经过向刘四爷和盘托出，还包括刘四爷细致询问祥子被劫后经历的内容。又如，原著中刘四爷做寿的情节安排在第十三章至第十四章。小说描述了祥子参加筹备寿宴的过程，这个情节为故事结尾处祥子无法再当车夫，依靠参与红白事糊口的情况进行铺垫。但电影出于篇幅的考虑，取消了两处彼此照应的情节。电影在简化祥子人生经历的同时，依然保留着一条明晰的线索：他作为人力车夫的落魄，最初和最终都要具体化为劳动能力的衰落或参与劳动可能性的彻底丧失。在作品的社会性和现实性层面，小说可以将困扰车夫的经济问题和经济关系写得细致入微，但再现这方面的细节并非电影媒介的优势。于是，车夫的收入状况、车份的多寡、不同年龄段车夫的支出情况、车厂的营收情况、如何积攒购买洋车的费用、借贷的利息等方面，电影均语焉不详。事实上，这些信息对于20世纪80年代的观影群体也并不重要。

小说原作和影片都将“劳动”设置为极为重要的主题，包含人与劳动工具的关系，以及人如何通过劳动肯定自身，进一步构建人与人之间的社会关系。在这条逻辑线索中，劳动者之间的关系以及劳动者与“劳动工具”（洋车）之间的关系也同样重要。在描述人与车的关系方面，小说原著在开篇部分不但先后把洋车写成祥子的劳动工具和劳动目标，而且刻意强调了祥子与洋车之间由于劳动而形成了人与物之间的“应和”关系。这些描写是小说从祥子的角度书写的，但在电影影像作品中只能通过人物的表演来部分地实现。

> 这么大的人，拉上那么美的车，他自己的车，弓子软得颤悠颤悠的，连车把都微微地动弹；车箱是那么亮，垫子是那么白，喇叭是那么响；跑得不快怎能对得起自己呢？怎能对得起那辆车呢？这一点不是虚荣心，而似乎是一种责任，非快跑，飞跑，不足以充分发挥自己的力量与车的优美。那辆车也真是可爱，拉过了半年来的，仿佛出处都有了知觉与感情，祥子的一扭腰，一蹲腿，或一直光彩背，它都就马上应和着，

给祥子以最顺心的帮助，他与它之间没有一点隔膜别扭的地方。……[1]

不快跑若是对不起人，快跑而碰伤了车便对不起自己。车是他的命，他知道怎样的小心。小心与大胆放在一处，他便越来越能自信，他深信自己与车都是铁做的。[2]

这种关系的微妙味道，是电影所无法直接呈现的。小说文字当中，散发出劳动者自我实现的可能性。这些意味进一步凸显出洋车本身的“生产性”。

谣言吧，真事儿吧，祥子似乎忘了他曾经作过庄稼活；他不大关心战争怎样的毁坏田地，也不大注意春雨的有无。他只关心他的车，他的车能产生烙饼与一切吃食，它是块万能的田地，很驯顺的随着他走，一块活地，宝地。[3]

原著叙述车厂面貌的时候，也提到了祥子对劳动的态度。

在车厂子里，他不闲着，把汗一落下去，他就找点事儿作。他去擦车，打气，晒雨布，抹油……用不着谁支使，他自己愿意干，干得高高兴兴，仿佛是一种极好的娱乐。[4]

这种描述很自然地铺垫出虎妞对祥子的喜爱，而电影中并未出现这种铺垫。对于熟悉小说的读者而言，电影将以这方面的叙事俭省创造出理解和经验填补的空间。对于不熟悉原作的读者来说，这种省略也不妨碍欣赏。虎妞出场的表情、神态和言语，即在电影媒介中表达了她对祥子的情感。以面

① 老舍：《骆驼祥子》，人民文学出版社，2001，第 11 页。

② 老舍：《骆驼祥子》，人民文学出版社，2001，第 12 页。

③ 老舍：《骆驼祥子》，人民文学出版社，2001，第 12 页。

④ 老舍：《骆驼祥子》，人民文学出版社，2001，第 34 页。

部表情呈现内心，这是电影视觉表达手段的优势所在。另如影片里祥子拉车时的表情、动作，以及与之相关的镜头组接方式，转换了原作中他对人力车（劳动工具）的感情。特别是影片开场部分，洋车被毁坏场面中祥子痛苦表情的呈现，代表一种对劳动工具被毁的痛惜，也是个人梦想受挫的标志。原作第十八章才能够这样评价祥子生病造成的经济困境："雨下给富人，也下给穷人；下给义人，也下给不义的人。其实，雨并不公道，因为下落在一个没有公道的世界上。"电影的情节改编策略就是把"没有公道"具体化为旧社会的不合理与不人道，而不是扩展原著兼有的宿命意味。这使得故事的核心从"个人主义者必然堕落"转为"个人主义者必然失败"，削弱了命运悲剧的色彩，强化了社会悲剧的意味。这种策略在原作复杂的意味中凸显出更合乎大众接受趣味的方面。

有关劳动工具（洋车），原著的描写细致入微，而且按照情节自身的演进，安排了不同的洋车面貌，形成人与劳动工具之间关联性叙述的层次感。小说写到第一辆属于祥子的车，着重描绘车的美观和新鲜感，对应了祥子在想象中获得劳动收入支配权的情节。第二辆属于祥子的车，是从二强子手里买来的二手车。这辆白色车灯和黑色车身的洋车，被同行称为"寡妇车"，这不但令祥子有某种不祥预感，而且铺垫了情节的发展方向。二强子卖了女儿才换到了那辆车，而后又因酗酒家暴打死了妻子，为筹集费用才被迫卖车，且虎妞为祥子买了那辆车之后不久便死于难产。这些融合了宿命色彩的悲剧情节，与车的样式、外观、人对车的感受紧密结合在一起。但电影媒介形式本身的性质和倾向性，造成改编版里劳动者对生产工具的特殊感受被局限在"失去工具的痛苦"之上了，劳动过程中劳动者—劳动工具之间的基于创造力和内在生命经验的深层关联性难以获得一席之地。

（二）影片的人物、文化呈现与接受语境

囿于篇幅的限制，影片还对原著的人物群进行了必要的调配。原著中核心人物祥子，重点人物虎妞、刘四爷、小福子，次要人物曹先生、高妈、老马、小马、二强子、孙侦探等，在电影中次第登场，而电影人物的设计同时

配合了电影作为大众文本的特点和意识形态的需要。

在小说的脉络中，祥子从一个“体面的，要强的，好梦想的，利己的，个人的，健壮的，伟大的”车夫，最终堕落成“不知道何时何地会埋起他自己来，埋起这堕落的，自私的，不幸的，社会病胎里的产儿，个人主义的末路鬼”。拉人力车是祥子的谋生手段，而是否拥有属于自己的车，被小说设定为那个时代劳动者生存状况的标志。是否拥有自己的车（生产工具），实际上区分了雇佣劳动者和自由度略高的个体劳动者。个体劳动者并不需要忍受车厂的盘剥，不用每天缴纳车份钱，收入可供劳动者自身支配。在生产工具是否由个人所有这一点上，《骆驼祥子》的情节设置承袭了原著的设计，这同时点明了祥子最终没落的原因之一。但这一点只有阅读过原著的读者，才可能在电影中充分领悟。小说结尾，祥子不但失去了拥有自己的人力车的可能性，也因沾染性病完全失去劳动能力，更为了满足私欲去欺骗和出卖他人，这是个人主义者的整体堕落。影片有关这段内容的呈现，只聚焦于祥子生活状况的没落和无希望，以这个流浪汉的落魄形象缓慢走出北京城门做结。在那些知晓老舍先生及小说《骆驼祥子》但对作品内容不知情的读者，“人民艺术家”老舍作品中的祥子易于被先在地设定成一位“被社会逼迫得无路可走”的劳动人民的代表，是一个不幸生活在“劳动价值不被承认”的年代的普通人。这代表小说与电影的差异，也可描述受众观赏电影之前的文化期待。从表演方面来看，电影中饰演祥子的演员张丰毅凭借其出色的演技，把面孔塑造成了揭示人物内心世界的画布。这种表达方式是电影的媒介特征所决定的。在前两次失掉洋车的情节中，祥子痛苦的面部表情是其命运急转直下的标志。

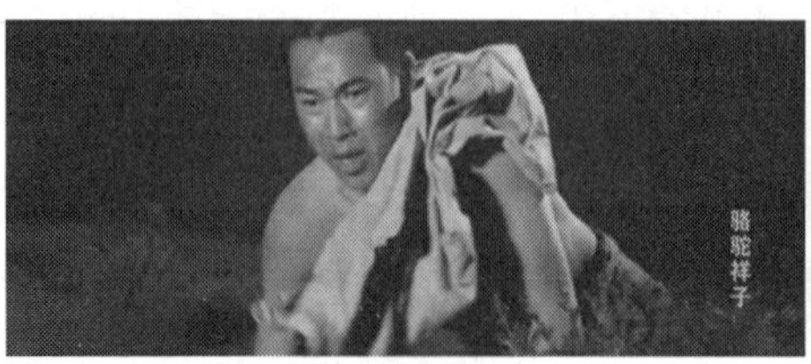

图 4-1　第一次失去洋车的祥子

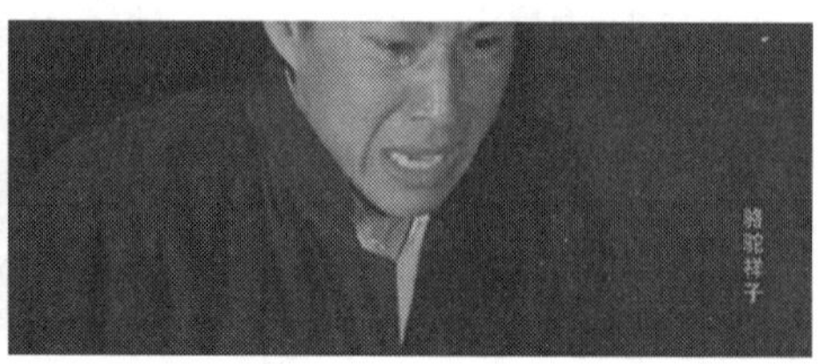

图 4-2　被孙侦探劫走购车钱的祥子

（图像来源：优酷网）

电影里的虎妞与原著有了相当大的变化。小说中的虎妞是一个丑陋的老姑娘，泼辣、凶悍且缺乏善心。她的女性气质十分淡漠，在祥子眼中是一个男子化的女性。小说这样进行描述：

> 她也长得虎头虎脑，因此吓住了男人，帮助父亲办事是把好手，可是没人敢娶她做太太。她什么都和男人一样，连骂人也有男人的爽快。[①]
>
> 可是现在，现在……想起虎妞，设若当个朋友看，她的确是不错；当个娘们看，她丑，老，厉害，不要脸！[②]

更为关键的是，小说中祥子始终没有在情感上认同虎妞。与她的婚姻关系时常令祥子厌恶，他甚至把劳动能力的下降归因于虎妞，有把她妖魔化的倾向。小说里粗鲁且男子气的女性，是具有一定文化水准的读者们心中的“他者”，尤其是知识分子群体心灵中的“他者”。她代表了一种受到排斥的性别气质和市井面貌，以此与小福子这种极容易被纳入读者视野并赢得同情的角色形成对照。原作中虎妞对“被承认”的迫切追求，黏合了命运悲剧和社会悲剧的因素。她的父亲首先视她为“有用之物”（“虎妞是这么有用，他实在不愿她出嫁”），车夫们视她为“母夜叉”或“母老虎”，祥子视她为“走兽”（“像人，又像凶恶的走兽！”）。在一个男性主导的文化秩序中，她曾努力使自己成为女儿、恋人、妻子、母亲，但大部分都失败了。电影媒介手段的特殊性与通俗化叙述策略，使虎妞这个角色的悲剧性得以延续，但淡化了原作中虎妞悲剧作为“承认的悲剧”的多层次性。[③] 在电影中，虎妞的泼辣和果断并不妨碍她表现出对邻居的同情心。她把木柴和粮食赠给小福子的情节段落，集中叙述了这个人物温情的一面。“刀子嘴豆腐心”的虎妞的人情味，脱胎于原著但离开了原著中与“生意经”相关的功利性背景，影片没有刻意凸显她的阶级

---

① 老舍：《骆驼祥子》，人民文学出版社，2001，第 31 页。

② 老舍：《骆驼祥子》，人民文学出版社，2001，第 51 页。

③ 唐克龙：《〈骆驼祥子〉：承认的悲剧》，《河北大学学报》2004 年第 1 期。

属性和“剥削者”身份。[①] 电影中的虎妞被塑造成与祥子的生命紧密联系在一起的妻子形象，这个家庭身份赋予她小说中被忽略的女性气质。关于人物形象的这种改编方式，普通的观众是无法对照原著进行辨别的。就电影本身的大众化特点而言，原著之于电影并没有决定性的意义。受到原著名声的影响，但并未阅读过原著的电影观众，会自然而然地将电影所呈现的故事视作小说情节的影像化展现，以“电影就是小说”“观看电影就等于阅读小说”的接受心态进行电影接受。另一方面，电影里斯琴高娃的表演也强化了对原著虎妞形象的逆转和再造。金鸡奖评奖委员会这样评价她在影片《骆驼祥子》中的表演：“生动地塑造了虎妞的独特形象，展现了角色的复杂性格和鲜明色彩，显示了可喜的表演才能。”[②] 电影中，虎妞的容貌相对于原著进行了外貌和性格上的多重美化。斯琴高娃的表演侧重于表现虎妞的泼辣和果断，祛除了粗鲁和过度男性化的一面，并以戏剧性动作的直接呈现遮蔽了原作中虎妞的多重心机。这个泼辣和善于言辞的虎妞，承担了北京底层民众的语言，也与寡言少语的祥子形成了戏剧性的张力。

次要角色中最出彩的人物是小福子。原著中的小福子是一个底层平民家庭的女儿，父亲酗酒家暴、弟弟年幼无知，都没有真正的劳动能力。她先是被父亲卖给一个军官做妾，随后因军队调防被抛弃。后来虽为了养活家人沦为娼妓，但性格中仍然保留着可贵的自尊和倔强。原著中虎妞出钱买下了二强子的洋车，小福子沦为暗娼后，租用虎妞的空房做皮肉生意，因为虎妞的房子比她家的房子体面。而怀孕的虎妞嫉妒祥子和小福子说话，开始拒绝让小福子借用她的房子卖身，这直接导致小福子接客条件的恶化，促使她迅速变成要价低贱的下等暗娼。同时，虎妞在院子里公开冷嘲热讽，并刻意阻止小福子继续接客的状况下，小福子带着弟弟到虎妞门前下跪。原著写道：

---

① “虎妞在老舍的原著中是一个剥削者，但他却执意不把她处理得像原著中那么毒，那么狠，那么坏……因为小说和电影不是一回事儿……这些想法在当时也都是很别出心裁的。”霍庄：《关于凌子风晚年创作辉煌的形成》，《电影创作》2002 年第 3 期。

② 《中国电影金鸡奖第三届评选委员会对各项获奖项目的评语》，《电影艺术》1983 年第 5 期。

> 她只是害怕，不敢生气，落到她这步田地的人晓得把事实放在气和泪的前边。她带着小弟弟过来，给虎妞下了一跪。什么也没说，可是神色也带出来：这一跪要还不行的话，她自己不怕死，谁可也别想活着！最伟大的牺牲是忍辱，最伟大的忍辱是预备反抗。[①]

这种在恶劣的条件下讨生活却始终维持的尊严，让原著中的小福子更富于人性的光彩，也值得同情。这种围绕经济利益而被精准刻画的人际关系与人物性格，在电影版中被大大简化了。电影安排小福子与客人到旅店交易，不再安排在大杂院中。而虎妞对小福子的同情和嫉妒，纯粹是局外人的情感，完全不涉及利益关系。这也同时维护了虎妞在影片中的形象。

在其他次要角色的改动方面，影片将曹先生简单设定为一个进步知识分子，而原著中的曹先生是一位对进步思想感兴趣但缺乏真正了解的学者。小说原作叙述曹先生和阮明的思想倾向性时，表达出一丝反讽色彩，这是影片改编者致力于调整的方面。另外，电影直接删去了推动祥子开始吸烟的车夫老程，也删掉了小说中老程重新给予祥子希望的那番话。电影同样删去了虎妞去世之后祥子受雇给夏先生和姨太太拉包月的情节，也就在电影中排除了夏家的两个次要人物。

在城市文化形象的呈现方面，李欧梵曾评论说，电影《骆驼祥子》在还原北京民俗风情方面做得并不充分，只能着眼于利用老北京的食物呈现城市风貌。[②] 这个评价更多地倾向于感叹北京城市风貌的当代变迁。小说《骆驼祥子》原本是一部充满北京文化特色的作品，它提供了一幅北洋时期北京城市的感知地图。小说故事曾涉及的地名有西山、西直门、宣武门、德胜门、西四牌楼、西安门大街等，各种地名构成了北京城市地方性和文化经验在文学中的呈现。原著中那些具有丰富的历史文化经验的老北京地名，难以在电影中进行充分的表达。电影的表现力集中展现在对 20 世纪初北京社会

① 老舍：《骆驼祥子》，人民文学出版社，2001，第 170 页。

② 李欧梵：《不必然的对等——文学改编电影》，人民文学出版社，2017，第 165 页。

场景的呈现和北京方言的使用方面。以当时的条件来看，电影拍摄过程突出了北京的地方文化特色，且在20世纪80年代的语境下以电影召唤观众主动去关注老北京的历史记忆和文化景观，这实际上形成了电影对社会和社会观念的“反哺”。原作也正是在这个意义上扩大了其作为历史、文化载体的价值。

中国电影“金鸡奖”评委会曾评价这部影片说：“《骆驼祥子》通过几个生动的人物形象的塑造，展示出一幅旧中国的真实图景，生活气息浓郁，具有鲜明的民族风格和地方色彩，在导演的统一构思下，各艺术部门有出色的创造。”① 这种艺术和文化特色在叙事上的标志是电影的文本将北京地方文化特色缩减成电影音画能够呈现的方面。电影前后均呈现了古都北京街头的牌楼形象，这个在布景中搭建的城市标志建筑具有重要的电影叙事价值，也具有电影文化方面的特殊意义。② 据导演霍庄回忆，凌子风导演在时任北京电影制片厂厂长汪洋的支持下，搭建了一条名为“西四一条街”的半永久性的实景，为《骆驼祥子》及一系列老北京题材电影提供了布景。③ 电影中虎妞结婚，花轿和送亲的锣鼓队走近西四牌楼。而虎妞不幸去世之后，祥子为她操办身后事的情节中，送葬的队伍从电影景框的底部走向左上方，穿越西四牌楼。这两个镜头之间的对照，使观众明确感受到祥子的生活开始走下坡路。这种表现手法的概括与简化，非常合乎电影的叙事特征和改编版篇幅控制的需要。另外在室内电影场景的设计上，影片依照旧时代北方民居中的通用空间布局进行了戏剧性的部署。虎妞的居所、刘四的居所、车夫的住处、祥子成亲后租用的住宅中的里外间设计和土炕的情境完全符合原著的设定，且能够增加场面调度的便利性和光影调配的丰富性，是影片真实性的重要基础。将作为生活方式和“习惯性理解”的文化展现为视觉化的方面，是电影的文化功能的具体化。

在原著并不擅长叙述的北京市井声音环境方面，电影发挥了自身的媒介优势。虎妞和祥子逛天桥的情节中，老北京的吆喝声构成了声景中最有特点

---

① 《中国电影金鸡奖第三届评选委员会对各获奖项目的评语》，《电影艺术》1983年第5期。

② 以原著的内容而论，电影中着力表现的牌楼应该是西四牌楼。

③ 霍庄：《关于凌子风晚年创作辉煌的形成》，《电影创作》2002年第3期。

的成分。有资料表明，为拍摄这些场面，剧组聘请了一些天桥老艺人参演或提供道具，又找到了很多当初售卖老北京小吃的市民参与场景设置和吆喝声的传授。[①] 电影力图以这种方式进行北京文化的细致呈现，展示了拉洋片、摔跤等市井娱乐表演，以及炸灌肠、煎饼、焦圈等饮食的形式和内容。虎妞到杂货店买杏干的情节，也对应了她怀孕的现实情况。片尾部分的电影配乐也采用富有北京地方文化特征的单弦配乐人物的对话，多数采用符合原著的北京方言，表现力和地方特色都非常强。这形塑了故事发生的典型环境，又配合了时代的背景。

图 4–3　电影《骆驼祥子》中在集市吃炸灌肠的虎妞

图 4–4　夜市的煎饼摊

图 4–5　夜市售卖焦圈和豆汁的摊位

图 4–6　在家吃杏干的虎妞

（图像来源：优酷网）

在影片的接受语境方面，《骆驼祥子》电影改编策略的背后，有导演风格的因素，也有 20 世纪 80 年代特殊社会文化语境的因素。在 80 年代初“拨乱反正”与改革开放的社会环境下，重拍现代文学经典作品，一方面可在文化和政治领域为文学作者正名；另一方面是文学经典走向大众化的必然环节，这个过程同时迎合了当时大众迫切的精神生活需求。影片开场第一个镜头是老

① 霍庄：《关于凌子风晚年创作辉煌的形成》，《电影创作》2002 年第 3 期。

舍的素描头像和生卒年代，这是电影为知名作家恢复名誉的标志性表达。从大众文化的特征来看，《骆驼祥子》的故事强调了祥子的底层身份及其生活遭遇，容易引起劳动者阶层的共鸣，虎妞和小福子也不同程度投射了大众群体精神中关于婚恋的想象。①

（三）原作、剧本和影片结尾的不同设计

小说《骆驼祥子》的结尾是劳动者个体的梦想终结之处，也是一个社会梦想的终结：旧时代腐败不堪的政府机构无法维系正常的社会秩序，其职能的缺席不但造成底层民众劳动生态和生存境遇的恶化，还加深了观念上的不自主。如果说马克思批判的异化劳动主要针对大机器生产时代资本主义工厂中的体力劳动，《骆驼祥子》中的劳动则被塑造成脱离土地的农民在城市化进程中转而从事的较分散的体力劳动。前者指资本主义私有制基础上出现的、劳动产品和劳动本身反过来成为排斥与挤压人的力量的那种劳动，后者是半殖民地半封建社会背景下，行业协会式的管理框架中的城市雇佣劳动者的劳动形式。它在劳动形态上也有某种“异化”的特点：劳动难以满足个体的温饱、不能满足家人生存的一般需要、劳动者无法在劳动中肯定并发展自身。小说、电影剧本和影片的结尾都是这种困境走向极致状态的表达，但都有各自的特点。小说的最后一章给予没落的祥子如下评价：

> 入了秋，祥子的病已不允许他再拉车，祥子的信用已丧失得赁不出车来。他作了小店的照顾主儿。夜间，有两个铜板，便可以在店中躺下。白天，他去作些只能使他喝碗粥的劳作。他不能在街上去乞讨，那么大的个子，没有人肯对他发善心。他不会在身上作些彩，去到庙会上乞钱，

① 作为从原著到影片的一个过渡性文本，1979 年第 2 期《电影创作》曾刊载署名“宝元”的电影文学剧本《骆驼祥子》。从情节改编和电影手法的设计上看，它与电影《骆驼祥子》并无关联。剧本改编上的主要策略是：第一，在情节发展和场景过渡中较多使用画外音加以说明；第二，较细致描绘祥子被拉壮丁的过程；第三，以先抑后扬的手法描述二强子，把他的出场时间提前，设定为原本心地善良的车夫；第四，结尾处的时间设定为北伐战争发生的年代，失去所有亲人的祥子并未完全丧失生活的希望。老舍原著、宝元改编：《骆驼祥子》，《电影创作》1979 年第 2 期。

> 因为没受过传授，不晓得怎么把他身上的疮化装成动人的不幸。做贼，他也没那套本事，贼人也有团体与门路啊。只有他自己会给自己挣饭吃，没有任何别的依赖与援助。他为自己努力，也为自己完成了死亡。他等着吸那最后的一口气，他是个还有口气的死鬼，个人主义是他的灵魂。这个灵魂将随着他的身体一齐烂化在泥土中。①

他身上愈发浓厚的非人之气，是由旧时代底层劳动者从事的劳动的特点所决定的。从有生活理想的人变为机械地进行劳动的“兽”和走向穷途末路的“鬼”，祥子作为一个自我萎缩并最终自我埋葬的劳动者，其命运是旧制度不合理性造成的结果。如同前文提及的虎妞的悲剧那样，祥子也无法真正获取社会的承认，无法通过劳动获得自我发展的机会。这是小说结尾的写法。

对于影片的结尾，电影文学剧本最初是这样设计的：

> 158. 四牌楼。
>
> 北风呼啸。
>
> 衣衫褴褛的祥子拉着个破洋车，在冷清的大街上走着。
>
> 蓬头垢面的祥子无精打采地走着。
>
> 祥子拉着破车远去。镜头摇向古老的牌楼。
>
> （淡入）字幕：“剧终”。②

以上的场景接在小福子死亡的场景之后，作为整个故事的终结。这种处理方法是创作者删减第24章祥子彻底堕落为末路鬼情节后的结果。衣衫褴褛、蓬头垢面、无精打采和破洋车等形象的设计不但表明他的生活陷入困顿，而且暗示他已丧失了继续奋斗的希望。古老的牌楼是古都历史的象征物，也是

---

① 老舍：《骆驼祥子》，人民文学出版社，2001，第222—223页。

② 《电影文学剧本〈骆驼祥子〉》，载凌子风：《〈骆驼祥子〉电影的设计、施工和完成图谱》，上海文艺出版社，1984，第79—80页。

旧时代一成不变的城市秩序的象征物。①

相对于电影文学剧本，电影分镜头剧本对这个情节的处理方法丰富了叙事的细节（表 4–1）。②

表 4–1 《骆驼祥子》分镜头剧本结尾设计

总号	镜号	镜位	摄法	内　容	音乐	音响
590	6	近 | 特 | 中 | 特 | 全中	推摇 拉	祥子在小酒馆买碗酒一饮而尽。(近摇特) 祥子在“仁和厂”小房和车夫赌钱，他把口袋里的钱掏光全压上。(中推特) 祥子在一个墙角蹲着吸白面。(特拉中) 祥子扛着白抑穗在出殡行列前打着“执事”。(全走成中) 153. 街道 冬·日·外	• • • • • • • • 止	
591	1	特 | 近	摇跟	丢在路上的烟头，祥子的大手(入画)捡起。(摇跟) 穷困潦倒、满脸胡茬的祥子把烟头夹在耳朵上。	音乐起 • • •	
592	2	全 | 中	推	几个年轻力壮的洋车夫拉车跑过。(推)	• • •	
593	3	全		一辆洋车擦着祥子身边跑过，车夫推了祥子一把吼道：“边上站！”	• •	

① 署名“宝元”的作者于 1978 年改编完成的《骆驼祥子》电影文学剧本，为电影设计了另一个结局：小福子死后，祥子陷入消沉。但北伐军节节胜利的消息为城市注入了新的气息。祥子在拉车时遇到了刘四爷，拒绝继续替他服务，他逐渐恢复了继续求生的希望。剧本最后一段写道：

> 大街上，报童们仍在呼喊：“号外！号外！看汀泗桥大战的新闻！号外！……”
> 祥子昂着头，双手紧紧抱住车把，不管方向与目的地，迈着大步只顾往前走。
> 风还在刮。但昏黄的天上已透出夕照的微红，阴云已经开始散了……

老舍原著、宝元改编：《骆驼祥子》，《电影创作》1979 年第 2 期。

② 《分镜头剧本〈骆驼祥子〉》，载凌子风：《〈骆驼祥子〉电影的设计、施工和完成图谱》，上海文艺出版社，1984，第 180—190 页。

续表

总号	镜号	镜位	摄法	内　　容	音乐	音响
594	4	近 | 特	推	祥子后退两步，（推）望着跑去的洋车苦笑。（近、特） 154. 城门楼	• • • •	
595	1	特 | 大远	拉	祥子木然的脸。（拉）他孤零零地站在城门楼下。 一辆辆洋车从画面前划过。 字幕：剧终	• • 止	

得悉小福子去世消息后的镜头段落590，先后呈现祥子喝酒、赌钱、吸毒、在葬礼上混事的情景。这一方面表明他已不再做洋车夫；另一方面因染上恶习而生活堕落，逐步丧失生活的希望。镜头591延伸了这种堕落，穷困潦倒的祥子失去了财产和居所。592至594侧重由外而内表达个体的感受。这三个镜头首先提示洋车夫群体的生活在继续，同时暗示祥子将自身与年轻的车夫对比，以此反观自身的状况，并忆起过往的经历。最后一个场景中，城门的形象与文学剧本中的牌楼都是古都北京的转喻，代表这位劳动者人生经历发生的地点，以及不合理秩序在旧时代的延续。

电影完成台本中，情节和镜头的安排进行了更具目的性的调整（表4–2）。

表4–2 《骆驼祥子》电影完成台本中的片尾段落[①]

总号	镜号	镜位	摄法	内　　容
641	1	中	跟移	一五〇、街道一 日阴、外 （化入）祥子穿着破衣服，拉着一辆旧车，神情恍惚地向前走着。（化出）

① 《电影完成台本〈骆驼祥子〉》，载凌子风：《〈骆驼祥子〉电影的设计、施工和完成图谱》，第366—369页。原剧本此段落中并未在“音乐”“音响”两栏内标注配乐和音响信息，“长度”一栏信息对本章参考价值不大，故此在此表格内均予删除。

续表

总号	镜号	镜位	摄法	内容
				一五一、街道二 日阴、外
642	1	中	跟移	（化入） 祥子失魂落魄地拉着一个座儿缓慢地跑着。
				一五二、街道三 黄昏、外
643	1	全	摇	（化入） 祥子的破车上拉着一个大柜子。（摇）（化出）
				一五三、丁字街 黄昏、外
644	1	特 | 全	拉摇	（化入） 一个巡警抄起一辆没有人的洋车上的垫子（拉）就走，祥子追上求饶。巡警用垫子打着祥子，用脚踢着祥子。
				一五四、富家大门道 里 夜、外
645	1	中		祥子盖着破大棉袄缩睡在大门道里。一双脚走来，狠狠地踩在他身上。（拉）祥子被踹醒，坐了起来。
646	2	全		一个护院巡警把祥子身上的大棉袄扯下来扔在台阶下，把祥子也推了下去。
				一五五、丁字街马路 上 日、外
647	1	特	跟移	祥子趿拉着破鞋的脚在来往转动的洋车轮中走着，他弯腰伸手捡着地上的香烟头。
648	2	全		在路上捡着烟头的祥子被跑来的一个年轻车夫推倒。

续表

总号	镜号	镜位	摄法	内　容
649	3	近	跟移	拉车跑过的年轻车夫轻蔑地回过头来笑着。
650	4	中	跟移	倒在地上的祥子爬了起来看着推倒他的年轻车夫。（化出） 一五六、胡同口 夜、外
651	1	中近	推	（化入） 老马头的尸首倒在墙根。（推）
652	2	近	摇	看着老马头尸首的祥子，他扯下脖子上的一块破布（摇）盖在老马苍白的、痛苦的脸上。（化出） 一五七、城门洞内 日、外
653	1	远 | 大全	推	（化入）祥子——一具被旧社会吞噬了的活尸，摇摇晃晃走进阴暗、高大的城门洞。（推）他失神地望着北京城。
654	2	全 | 远	拉	阴风吹滚着落叶、枯草、纸屑穿过城门洞，祥子僵硬地在那里站着。 （渐显字幕：“骆”渐隐） 字幕：北京电影制片厂摄制 （第 12 本完，共 680 尺）

电影完成台本结尾部分的系列镜头，试图讲述祥子在一个冬天之内的经历。祥子重新变回租洋车的人力车夫，再一步步沦落为街头流浪者的内容，仅仅利用一个蒙太奇段落就交代完毕。这种设计舍弃了原著中祥子在观念上和肉体上整体堕落的面貌。镜头 641 至镜头 643 表明祥子继续做人力车夫，但劳动能力明显不足，已难以像之前那样维持生计。镜头 644 代表转折，他可能由于无法赔偿车损导致更加窘迫，乃至失去拉车的机会。镜头

645 至镜头 648，展示丧失劳动工具的祥子沦落街头，衣食无着的状况。镜头 649 至镜头 650，整体上同时包含了“回忆”和“重复”两个主题。从祥子这个角色的逻辑来看，完成台本同样形成了一种表意的趋向：他望着年轻的人力车夫，回想起之前的自己。从受众理解的可能性而言，年轻的车夫也极可能重复祥子的命运，在生活的重压下走向同样的落魄。这个镜头恰恰与祥子与虎妞婚后重新开始拉车时的一个镜头彼此相对。在后者中，祥子拼命劳动的目的是为了养活虎妞，这是影片试图增强祥子劳动者主体性形象的剧情设计。

图 4–7　与虎妞结婚后重新开始拉车的祥子

图 4–8　片尾处碰倒祥子的年轻车夫

（图像来源：优酷网）

如果说上一组镜头可能暗示年轻的车夫会重复祥子的生活，那么镜头 651 至 652 则表达了祥子将不可避免地重复老马的人生结局。这个段落表意的整体性建立在镜头意义表达的逻辑关联上，同时借助民族管弦乐团的电影配乐得以完成，在整体性之上赋予了影片一个具有象征性的意义层次。这个段落之前，影片就以独特的音乐参与了小福子之死的电影叙述，二胡和单弦的音乐配合祥子走向小福子的镜头，而他看到小福子遗体后悲痛欲绝的镜头则配以弦乐和鼓声。其后切换到上述镜头段落的开始部分（镜头 641），重新出现京韵大鼓的配乐，代表影片开启了一个新的故事段落。切换至第 652 个镜头时，配乐又转为弦乐匹配下的抒情格调，再次表达祥子的落魄情绪。最后，在镜头 654 的拉开运动中，音乐重新转换为单弦音乐。在此，由声音和镜头的匹配关系构成的“叙述人”以说唱艺人式的“姿态”为整部影片作结。在这种叙述方式中，《骆驼祥子》改编版的核心似乎是一个与当代无关的、“过去了的”悲剧故事，唯有古都的文化记忆在其中奔流不息，再次连接了昨天与今天。

从表 4–3 可知，虽然影片《骆驼祥子》在情节和意义表达方面十分重视原著的框架结构，但在叙事方式和表意方面进行了一些调整，实现了凌子风导演所说的“原著＋我”的改编策略。

表 4–3　小说《骆驼祥子》的表意结构

叙事脉络	核心人物	行动—表意	代表形象	空间	制度与文化	意义结构
洋车夫的故事	祥子	拉车—简单劳动	洋车夫群像、洋车	街道	租赁契约	谋求劳动自主权及其不可能性
婚姻生活的故事	祥子、虎妞	欺蒙、成亲—家庭生活的磨难	杂院中的人物群像	杂院、婚礼场景	婚姻契约	生活的选择；因家庭负担而陷入经济困顿的必然性
妓女的故事	小福子	卖淫—赤贫导致的苦难	尸体	破屋、虎妞的租赁房、白房子	卖身契约	堕落与死亡的必然性
雇主的故事	刘四爷、曹先生	言行—以言行传达对祥子的影响	宅院	人和车厂、喜棚、曹宅等	雇佣契约	社会教育、启蒙的可能性及其反讽式表达

二、《月牙儿》的电影改编版

中篇小说《月牙儿》创作于 1935 年，最初发表在 1935 年 4 月 1 日至 15 日的《国闻周报》上，是老舍短篇小说的代表作之一。此前，老舍创作的第一部长篇小说《大明湖》在“一·二八”战火中被毁，作家把其中的部分内容改写为中篇小说《月牙儿》。这部小说采用了女性独白叙事的策略，构建出一个民国时代女性的命运悲剧。文学史研究者认为："在《月牙儿》中，老舍首次将艺术描写的触角伸向被侮辱与被损害的下层市民社会的小人物，也是首次不用幽默的表现技巧而代之以浓重抒情的写实。"[①] 电影《月牙儿》于 1986 年完成，北京电影制片厂和辽宁电影制片厂联合摄制，霍庄、徐晓星、邢丹等导演，凌子风担任艺术顾问。片头字幕显示，影片是为纪念老舍逝世 20 周年而拍摄的，老舍夫人胡絜青为影片题写了片名。片名《月牙儿》之下标注"根据老舍先生同名小说改编"字样。这些文字的图像叠加在古城城墙的近景形象之上。

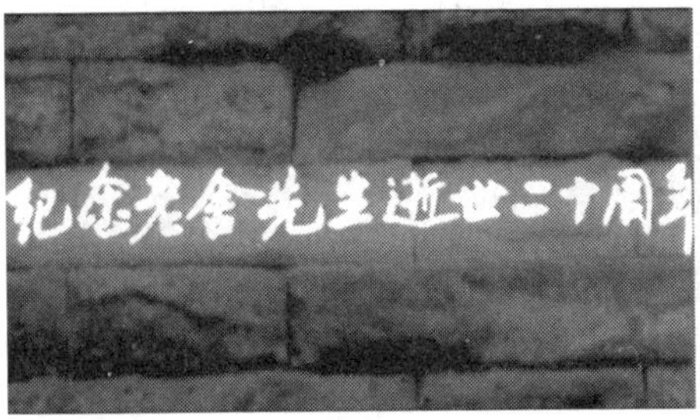

图 4–9　电影《月牙儿》片头字幕

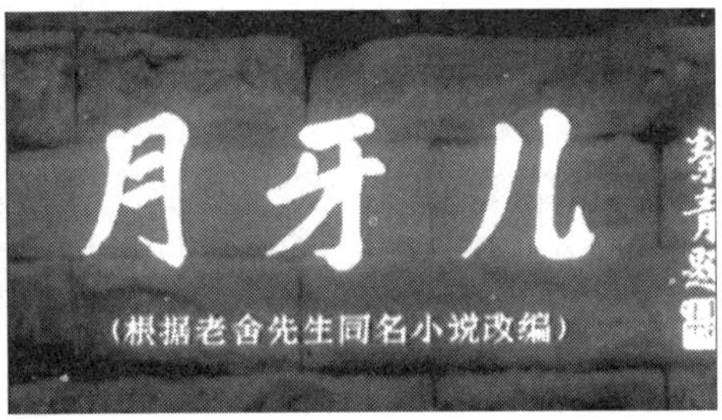

图 4–10　电影《月牙儿》片名字幕

（图像来源：爱奇艺）

（一）小说情节和人物的电影改编

小说原著共分 43 节，情节框架可分为以下段落：

第 1—3 节：回忆父亲去世的情景；

第 4—6 节：回忆父亲去世后母亲和自己的艰辛生活；

第 7—9 节：回忆母亲再婚后短暂的幸福生活；

第 10—12 节：回忆母亲沦为娼妓的经过和"我"的道德窘迫；

第 13—17 节：回忆"我"离开家入住学校后的学习生活，这种生活终结于校长的离任；

第 18—19 节："我"找不到工作，开始理解母亲之前的选择；

① 高旭东：《中国现代文学史》下册，北京师范大学出版社，2017，第 269 页。

第 20—24 节："我"被一个已婚男子欺骗；

第 25—27 节："我"无法接受女招待的工作，再次失业；

第 28—30 节：以上的经历让"我"重新思考生活的出路；

第 31—33 节："我"放下尊严成为一名暗娼；

第 34—37 节：病中的"我"和母亲重聚；

第 38—41 节："我"的生计和健康都在变坏，而且完全失去了自爱与爱别人的能力；

第 42—43 节："我"被抓进感化院，又因不服从被收入监狱。除了对母亲的思念，"我"丧失了对生活的一切希望。

人物及人物关系上，影片的主要调整如下：第一，为女主设计了一个现实的名字——"韩月容"。这种设计符合电影观众的欣赏和反馈的需要。观众需要一个名字用以标记电影里的人物，并把观影感受加以概括。第二，电影增加了一位作为中间人的唐婶的角色。母亲沦为乞丐后，唐婶给她传递了母亲生活状况的消息。小说原作为了凸显主人公内心戏的完整性，只提及她在街头偶然见到了母亲。而电影的改编更符合观众接受的自然要求。

故事情节上进行了以下的调整：其一，原著中并没有直接指出继父去世，而是写他莫名其妙消失了。"当我要在小学毕业那年，妈又叫我去当当了。我不知道为什么新爸忽然走了。他上了哪儿，妈似乎也不晓得。妈妈还叫我上学，她想爸不久就会回来的。他许多日子没回来，连封信也没有。"这是小说情节上的留白，形成了阅读效果上的余味，也可能代表作者不愿意把继父设计成与生父具有同样结局的角色。而电影中直接呈现了继父忽然去世的场面。生父的去世以葬礼的面貌出现在开场部分，继父的突然去世则直接呈现在镜头中。两次死亡的情节包含的"重复"，暗示了母亲会被旧时代的守旧人士认为"克夫"，从而失去再嫁的可能性。正在上学的女儿会因此丧失源于家庭的经济支持，无法延续学业。

其二，影片中继父对女主人公的态度是由细节构成的。他为女主人公购买了学习用品，这种表现方式运用了电影的手段把人物关系具体化。电影中的孩子从未亲口承认继父为父亲，两人之间关系的表达以内心独白的方式出现。

其三，电影删去了母亲丧偶后在馒头店做工的情境。只提到读书的月容在街上见到了正在乞讨的母亲落魄的面貌。这种故事场景设计上的“俭省”是电影篇幅的需要。

其四，月容两次接济母亲，为母亲回到小院进行了必要的铺垫。这个改动让故事更适合用电影讲述，而且叙事的效率也比较高。

其五，电影添加了月容在爱情失意的状况下意图寻死的场面。她后来被一个算命的人劝下。这个原著中没有的情节，为后来韩月容的堕落进行了情节铺垫。

其六，对娼妓生活感到厌倦的月容试图嫁给一个熟客，以“从良”求得生活的安定。但对方只想与她逢场作戏，把结婚当成了一个噱头。这个情节的添加比较符合旧时代妓女生活中一种较常见的人生走向。这条道路的断绝使月容失去了恢复正常家庭生活的可能性，使影片在故事结构上显得更为周密。

其七，女儿在饭店遇到最早诱骗她同居的男人。于是她上前羞辱对方，而且拒绝接纳对方试图收买自己的钱款。

其八，教养院的场景，以月容在房内的独白作为先导。这个场景中还出现了一位到访教养院的旧官员。在官员面前，妓女们都伪装成正在劳动的样子。只有月容一人留在屋内，官员入房后，韩月容认出那是曾在饭店中无耻地调戏过她的一位客人，而这个人却在教养院中满口仁义道德。他对月容说：“要痛改前非，得从知耻做起。”这个情节的设计极易令人想起 1935 年蔡楚生导演的电影《新女性》里的情节。阮玲玉饰演的知识女性为抚养孩子而被迫出卖自己的肉体，但某天遇到的客人却是她曾就职的学校里的校董。这些社会生活故事中的道貌岸然者，其好色与伪善令不同时代的观众印象深刻。但其启蒙意味在不同时代得以具体化并生成电影的意蕴层面的方式却不尽相同。《新女性》呈现了旧时代的道德败坏，但仍以教师、有待教育的孩子和工人群众等形象，保留了对社会发展前景的期待。而《月牙儿》中虽也有善良者的形象，但他们的身影或转瞬即逝，或并不展露故事后续的出路，这造成了影片主人公在堕落中无法看到希望，只能悲惨地走向穷途末路的状况。

（二）电影叙述方式的创造性

电影开场部分借感化院的场景和一名妓女的视角，同时点出了影片的社会主题和月牙的形象。从篇章内容的对照上看，这种电影内容是小说原作第42节大部分内容的转译和前置。小说的叙述包含了单一的女性声音，并以此贯穿始终：

> 正在这个期间，巡警把我抓了去。我们城里的新官儿非常地讲道德，要扫清了暗门子。正式的妓女倒还照旧做生意，因为她们纳捐；纳捐的便是名正言顺的，道德的。抓了去，她们把我放在了感化院，有人教给我做工。洗，做，烹调，编织，我都会；要是这些本事能挣饭吃，我早就不干那个苦差事了。我跟他们这样讲，他们不信，他们说我没出息，没道德。他们教给我工作，还告诉我必须爱我的工作。假如我爱工作，将来必定能自食其力，或是嫁个人。他们很乐观。我可没这个信心。他们最好的成绩，是已经有十几多个女的，经过他们感化而嫁了人。到这儿来领女人的，只须花两块钱的手续费和找一个妥实的铺保就够了。这是个便宜。从男人方面看；据我想，这是个笑话。我干脆就不受这个感化。……[①]

电影在细节方面增添了感化院里不同妓女的言行，揭穿了旧时代妓女感化运动本身的荒谬性，并增加了有关妓女染有毒瘾的细节。这些内容是以一个摇镜头和铁栏窗口内几个妓女的声音提示的。感化院的院墙上用油漆刷着“礼义廉耻”四个大字，构成反讽性的场景。[②]

① 老舍：《月牙儿 阳光 我这一辈子》，人民文学出版社，2009，第27—28页。

② 结合影片剧本的情节设计，“礼义廉耻”四个字是影片对文学剧本中与“新女性”有关叙述的反讽意味的呈现。“礼义廉耻”或“新女性”均与国民政府于1934年推动的“新生活运动”密切相关。

一个女狱卒的声音:“又一批洗衣女工，改掉了淫荡的毛病，从良嫁人了。”

男子甲指着一名女子，问狱卒:“我说，这不是假的吧。”

女狱卒:“哪能呢!”

(一群男子像挑选牲口一样审视着女人们。)

男子乙问女子:“多大了?”

女狱卒搭讪男子丙:“哎呦，是您呐。可有日子没见了。”

男子丙:“有好的吗?”

女狱卒:“都不赖。”

男子丁:“我说，这姑娘北平真没家?”

女狱卒:“我还能冤您呐?”

男子丁转向一名女子:“跟我走吧。”

女子:“别介，你先跟我说有多少钱啊。”

男子丁:“跟我走，保你吃香的喝辣的。”

女子:“告诉你，可别骗我，骗我我饶不了你，我见的男人多了。”

(男带女去办手续，交钱给警察，并出示铺保。)

随后声音呈现狱卒对房内的妓女说:“瞧见没有，只要你们接受感化，扫除脑子里的邪念，你们也能和他们一样从良嫁人。”伴随着劝诫的声音，电影运用了一个摇镜头，呈现屋外妓女的群像，声音是妓女们肆无忌惮的笑声。这种音画组合暗示，在不合理的社会制度下，所谓“妓女从良”原本就是一个虚幻的命题。最终，镜头停止于屋内妓女们的形象之上。

妓女甲:“全是骗人的，他们都是人贩子。”

妓女乙:“上次我就是被他们买走，又给倒出去了。”

插入狱卒的呵斥:“住口。”

妓女丙从铁窗中伸手出来祈求:“赏我一个烟泡吧。”

狱卒:“去去去。”

这些镜头自然而然地引导出正在房中吸烟的女主人公，并出现有关往事回忆的女声画外音：

> 是的，我又看见了月牙儿。那带着点寒气的一钩浅金。多少次了，我看见跟现在这个月牙一样的月牙儿。多少次了，它在我记忆的碧云上挂着，唤醒了我的记忆。就像一阵晚风，吹皱一朵沉睡的花儿。那年我八岁……

这段话作为台词非常流畅，匹配了电影影像的叙事。它完成了从展示公共场景的讽刺性段落到个人化的悲剧性回忆的过渡。与此相应，影像上的多人全景和中景镜头也转换为单人的中全景镜头。喧哗的男女多人对话声，也转换成单人的独白声。原著《月牙儿》写法中的譬喻当然运用了小说式的内心描写方式，十分细腻动人：

> 是的，我又看见月牙儿了，带着点寒气的一钩儿浅金。多少次了，我看见跟现在这个月牙儿一样的月牙儿；多少次了。它带着种种不同的感情，种种不同的景物，当我坐定了看它，它一次一次的在我记忆中的碧云上斜挂着。它唤醒了我的记忆，像一阵晚风吹破一朵欲睡的花。[①]

影片结尾的情节，又从小说第 42 节的最后四句话转换而来：

> 当一个大官儿来检阅我们的时候，我唾了他一脸的唾沫。他们还不肯放了我，我是带危险性的东西。可是他们也不肯再感化我。我换了地方，到了狱中。[②]

① 老舍：《月牙儿 阳光 我这一辈子》，人民文学出版社，2009，第 1 页。

② 老舍：《月牙儿 阳光 我这一辈子》，人民文学出版社，2009，第 28 页。

电影中具有创造性的叙事设计还有以下几点值得注意之处。

第一，沦为妓女的韩月容正在与客人谈价钱的时候，插入三个表现母亲乞讨生活的摇镜头，随后衔接身患性病的月容去找母亲的场面。这个段落包含了对血缘亲情的叙述，也隐含了与《骆驼祥子》影片近似的主题：在一个不合理的社会中，年轻人重复着父母辈的悲剧。

第二，月容接济母亲的方式是悄悄来到母亲借住的破庙，把钱放在镜子下。那面镜子是主人公幼年被迫拿去典当，但典当行不收的物件。它在此成为家庭历史的见证。第二次送钱给母亲的段落中，女主跪在地上对空自说自话，诉说自己患上性病后的病情。这次下跪呼应了剧情中母亲的另外两次下跪。原著中的女性独白，就以这种方式转换成与电影场景中的人物行动紧密结合的独白。

第三，母亲回到小院时，适逢女儿病卧在床。母亲透过玻璃窗向屋内张望，这个情节设计沿用了原著的写法。母女相认凸显了电影艺术形式的特殊表现力：女儿望见母亲在雪地里站着，出门在雪地里跪在母亲面前。镜头升高，俯拍大雪中的校园，电影借此显现了原著式的悲悯情怀。这个重逢的场景中，母亲在风雪中给女儿下跪。电影的这个戏剧性动作，转译了小说中以女主人公视角展开的叙述。

第四，女儿与客人划拳饮酒的场景。正反打镜头中，她的对面切换为不同的男人。这个段落以电影独特的艺术手段概括了她的卖笑生涯。

第五，影片中警察对暗娼的取缔和抓捕出现在夜晚，影片主要利用警察的声音提示了剧情的走向。这种俭省的叙事策略正与剧本相对，致力于把叙事控制在女性人生经历的叙述之上。

原著中，女主人公的堕落轨迹是“女学生—兼职杂工—情妇—女招待——暗娼——感化院里失去自由的人”。这条线索构成了一位旧时代女性“向下”的人生走向，在细腻的自我表述中充满了悲天悯人的情怀。这种格调在小说的结尾达到顶峰，电影的结尾设计也致力于这种情感倾向的表达。小说《月牙儿》的结尾写道：

狱里是个好地方，它使人坚信人类的没有起色；在我做梦的时候都见不到这样丑恶的玩艺。自从我一进来，我就不再想出去，在我的经验中，世界比这儿并强不了许多。我不愿死，假若从这儿出去而能有个较好的地方；事实上既不这样，死在哪儿不一样呢。在这里，在这里，我又看见了我的好朋友，月牙儿！多久没见着它了！妈妈干什么呢？我想起来一切。[①]

这段话对应了小说开场就为女主人公定下的心理基调，一位回忆者的感伤主义。小说女主人公是一位经历过生活磨难，被侮辱与被损害的女性，但由于她接受过良好的教育，且有读书天分，因此这种心理描写符合她的教育水平，读来令人可信。而电影《月牙儿》将这一段以画外音独白的方式复现，表述上有所改动，是更为口语化且适合以电影台词方式展现的内容：

这儿是个好地方。自从我一进来，就没打算再出去。我知道，世界比这儿强不了多少。在这儿，我又看着了我的好朋友，月牙儿！妈妈在干什么呢？我想起了一切。

原著中对人类和人类社会的悲观情绪，并未在电影中得到保留，因为影片的剧情已经说明了一切。从画外音独白的设计方面，影片显现出视听艺术的创造力。影片前半部分的画外音独白和后半部分存在差异：女主人公在前半部分的画外音是字正腔圆的普通话，语气以感伤为主，对应了原著的文学风格；后半部分中女主人公的语言采用了北京方言中市井色彩浓厚的措辞和语调，总体上配合了月容被迫沦为娼妓时的心态。从环境和场景声音方面的设计上看，电影呈现了市井吆喝声和具有地方特色的京韵大鼓的声音，匹配着旧北京街景和建筑群的视觉呈现。这种策略与电影《骆驼祥子》的设计如出一辙，它们都代表着主创者以电影媒介转译老舍作品中北京文化风情的尝试，

① 老舍：《月牙儿 阳光 我这一辈子》，人民文学出版社，2009，第 28 页。

在电影中塑造了比较鲜明的地方文化特色。

从整体上看，影片和原著都以失去家庭的女性在旧时代的出路为主要问题。但改编电影出现的时代有其特殊的文化语境，影片唤起观众对个体命运的关注，同时保持了意识形态上对旧时代的批判，形成了双赢的局面。在老舍的原著中，旧时代背景下女性个体的悲剧命运不仅是女性群体际遇的缩影，而且可在象征层面上与老舍其他作品中的弱势群体相连。电影则有助于这种人道主义精神在更广阔的时空中得到再叙述与共享。

（三）电影剧本的改编策略及与原作、影片的对照

以上的分析之外，作为理解和把握改编过程的一个中间文本，《月牙儿》的电影文学剧本也具有一定的参考价值。由北京电影制片厂于 1980 年 9 月印制的《月牙儿》电影文学剧本，编剧署名为张帆、王志安、霍庄，与《月牙儿》影片的编剧者信息相符。剧本虽未像分镜头剧本那样明确了镜头语言与声音设计的细节，但借助这个中间文本，研究者仍可了解改编过程中故事设计和叙事策略的选择与走向。

剧本设计了以老舍先生遗像开始的电影影像，视觉内容还包括老舍的毛笔签名和生卒年月，随后匹配字幕“根据老舍文学名著摄制的影片之二”。这代表剧本《月牙儿》的自身定位是，为《骆驼祥子》之后第二部改编自老舍知名作品的 20 世纪 80 年代影片进行文本准备。但影片的实际完成和公映时间晚于老舍同名戏剧改编的电影《茶馆》。

剧本设计的第一个场景是北京城郊的坟地，展现故事主人公去世后，一位生前师友祭奠她的情景，再以这位作为旁观者的女性的回忆引出后续的故事。这位名为何璇的师友以小说原著中那位中学校长为基础，添加了她去职后成为《新女性》杂志社总编辑并对故事主人公进行采访的线索。同时，剧本赋予小说中的“我”一个平民女子的名字——韩月容。在北平第一监狱中，何璇与韩月容的相遇和对话引发了后者对自身遭遇的讲述。坟地场景的设计与鲁迅作品《药》电影改编版的片尾设计较为相似，又与《日出》的电影改编版也具有一定的可比性。个体生命的终结为观众的观赏与影片意识形态意味的

生成预留了空间。剧本开场对场景的具体描述是：

> 郊外一片坟冢。北平古城的箭楼远远翘立在地平线的尽头……
>
> 深秋。暮色里，一位四十多岁的妇女，穿着一件淡颜色的旗袍，上身罩着一件深色的开身毛衣。她手拿一束鲜花，站在坟前。清秀的脸上带着深沉而庄重的神色。晚风撩动着她额前的发丝，眼里充满哀伤……

剧本中韩月容的画外音设计，基于原作第一人称叙事的叙述方式，其内容与影片中的画外音大致相同。但由于人物身份的特殊性，其中画外音的叙述既不同于影片《伤逝》中那种具有知识分子时代眼光的情况，也不同于《祝福》或《药》那种强势叙事，而是充满了对旧时代生活的失望和迷茫。女性个体命运的不确定性，正是在这种贯穿始终的画外音叙事中得以传达。

角色方面，剧本设计了巡警康德隆的角色。这位剧中的反派人物先是在街头维持治安的巡官，其后升任警长，后来又转任区长，他的职业生涯对应着月容的少年时代、求学阶段和堕落阶段，先后代表旧时代的暴力压迫者和伪善的官僚。康在剧本中第一次出场设置在官员宅院门前，身份是普通巡警，他试图吞没月容的银簪子并调戏她。这个巡警的形象可能部分源于老舍另一部小说《我这一辈子》当中在官员家门前执勤的巡警形象。第二次出现于月容的家中，他的身份是月容母亲的客人。康第三次出场是多年以后韩月容供职的酒楼，剧本描述道：

> 一号迎上来的原来是康德隆，时隔多年，康德隆发达了，他体态较从前微肥，动作也似乎“文雅”些了。一号接过他的文明棍和帽子，让进一个单间。

这个已然转向官僚化的角色再次表露出好色的面目，他尝试以一枚戒指讨好月容，后者因拒绝就范而被迫离职。第四次出现时，已升任区长的康携夫人到感化院视察，其面对妓女的训话中显露出伪善，以此延续此前的人物设定：

康德隆:“嗯——，兄弟我……今天，是很满意的。你们需要再接再厉，吃苦耐劳，……这样，才能陶冶你们的品德，改掉你们淫荡的毛病！你们必须树立起当今时代，国民的，新道德，新风尚！”

康德隆的角色在影片《月牙儿》中被一个好色且道貌岸然的官僚形象所取代。这位官僚先是在月容做女招待的饭馆里出现，后作为视察旧时代妓女改造成效的长官出现在收容妓女的感化院。

剧情设计方面，剧本对月容成为暗娼后的卖身经历并未着力表现，而影片添加了一部分较有代表性的细节。如，月容与客人之间猜拳喝酒的场面，月容希望在熟客中寻找一位结婚对象的情节，均是如此。但难度最大的改编部分，应该是电影如何呈现母亲与月容相认，并协助她继续暗娼生涯的内容。相认的场面中，剧本里设计生病的月容走到风雪中给母亲下跪，母女相认；而电影改为风雪中的母亲先给病重的月容下跪，而后母女抱头痛哭的情境。这个改动不落俗套，而且能够表达母女之间基于个体悲剧命运的复杂情感。

剧本结尾处，由于月容的死，何璇对旧时代妇女问题的解决不再抱有期待。她的悲伤的回忆，在电影结尾的叙述中为新时代的来临、合理秩序的建立和整体上的今昔对照留出了空位。

何璇在肃杀的秋风中凝立着。手里的花儿不知何时早已被她揉碎了……当她意识到后，眉头微微紧蹙起来，脸上显出惆怅与怜惜。

她慢慢将那束揉碎的花末掷在了地上。

花瓣在秋风中微微抖动着。

何璇望着花瓣，若有所思……

突然，她的面孔变得冷峻起来。

她将给月容看过的那本《新女性》扔进了烧纸的火堆。

《新女性》燃烧着。

火光映红了何璇的脸……

尤其引人注意的是，她主编的期刊名为《新女性》，这个名字对应了20世纪30年代“新生活运动”时期的政治及社会历史状况。国民政府希望以这一运动提升政权的凝聚力与合理性，而这部剧本中的堕落女性恰好形成消解性的反讽符号。这意味着电影改编者对20世纪30年代的中国电影主题做出了新社会立场上的回应，并使这种回应成为这部80年代影片意识形态性的一部分。

表 4-4 小说《月牙儿》的表意结构

叙事脉络	核心人物	行动—表意	代表形象	空间	制度与文化	意义结构
女性早年的成长故事	“我”、妈妈	家庭生活与求学	月牙儿	小院、学校	教育制度、职业差异	女性自谋正当职业的困境
女性堕落的故事	“我”、妈妈	“恋爱”、谋生、卖淫	月牙儿	饭馆、感化院、监狱	娼妓文化、“社会教育”	女儿重复母亲的生活

表 4-5 电影剧本《月牙儿》的表意结构

叙事脉络	核心人物	行动—表意	代表形象	空间	制度与文化	意义结构
女性早年的成长故事	月容、妈妈	家庭生活与求学	月牙儿	小院、学校	教育制度、职业差异	女性自谋正当职业的困境
女性堕落的故事	月容、妈妈	“恋爱”、谋生、卖淫	月牙儿	饭馆、教养院、感化院	娼妓文化、“社会教育”	女儿重复母亲的生活
“新女性的故事”	何璇、月容	采访狱中女性、回忆	杂志《新女性》	监狱、墓地	印刷文化	通过“访问—回忆”认识社会

通过以上原著与剧本的对照可知，剧本在情节结构方面接纳了大部分原著的内容。[①] 在叙述方式上，剧本加强了原著中回忆叙述的开端部分，但回忆的导引者并非原作中的“我”，而是一位额外新增的见证者（何璇）。为了剧情中矛盾的展开，剧本又增加了一位反面角色（康德隆），代表官方和旧秩序的在场。贺萧在对上海妓女的形象分析中认为，中国20世纪早期的公众对妓女形象持有六种观念：第一种是“文雅的高级妓女”，多出现于想象、欣赏与怀旧的文学；第二种是“狡诈的女商人”，主要涉及那些不可信任的妓女和鸨母；第三种是“疾病缠身、饱受压迫的街头妓女”，都市的罪恶在其中借助性暴力、疾病和死亡加以展示；“第四种到第六种概括为与‘启蒙’话语有关，卖淫分别被看成是落后的标志（代表着一个等待基督教或民族主义来拯救的‘濒危’的中国）、现代性的标志（想象着中国参与普遍的人类历史）及政府管制的对象（包括健康因素、警察策略和公众运动）”[②]。小说《月牙儿》主要以第三种妓女的口吻进行叙述，第六种观念的相关内容作为辅佐，叙事的侧重是女性因遭遇社会不公而失败的“社会适应”过程。电影剧本在展示第三种观念的同时强调有关第六种观念的内容，借以调和女性个体化叙事的独特性和对社会不公的叙述。这种改编方式显然符合现实主义创作观念下深入开掘原作社会意义的目的，但第六种观念在实际操作中显现出图解化的特征，不利于展现改编版的整体艺术特质。剧本在整体上体现出社会反映论和阶级斗争话语编织下的矛盾发展和表意脉络。旧时代是剧本致力于批判的对象，它在剧本的表意结构中构成了“新与旧”的对立，影片再以这种对立召唤出对历史发展方向的把握。电影作品则撤回了这种从外部赋予原作意义的策略，仍以女性个体化叙事的独特性为主，对社会不公的表达设定在开场和结尾两处。电影的情节框架舍弃了剧本中“新女性的故事”这一线索，又删减了带有观念图解特点的角色，恢复了原作的剧情结构，把改编的创造力转到视觉化和场景

① 影片的表意脉络与原作相当接近，因此本节不开列电影叙事表格。

② 贺萧：《危险的愉悦》，转引自张英进《娼妓文化、都市想象与中国电影》，载张英进：《电影的世纪末怀旧——好莱坞·老上海·新台北》，湖南美术出版社，2006，第63—65页。

设计方面。在这个意义上，剧本“否定”了原作人物和情节结构中的私人叙事性，把故事的意义转向社会价值中的批判性；电影同时还体现了对剧本的“否定”，不再重点呈现社会批判性，而是回归到个体化叙述中的女性命运。回归个体化，就是谋求“完美改编”的一种路径。作为它的结果，影片彰显着自然状态下的女性生命与无处不在的社会制约之间的矛盾冲突，有关旧时代的情感评判权被交还给了观众。

三、《鼓书艺人》的电影改编版

老舍的小说《鼓书艺人》是创作于 1946 年至 1949 年间之间的小说，被翻译为英文后于 1952 年出版。后因中文原稿遗失，即由马小弥从英文版翻译为中文。这是部以再译本的形式在华语读者当中流传的小说。[①] 电影《鼓书艺人》公映于 1987 年，由田壮壮编剧并导演，李雪健、朱旭等主演。小说和电影的核心线索均为北京民间说唱艺人于抗战期间在陪都重庆的生存状况。他们从北京来到大后方城市重庆，为了生存筹办剧团和小剧场，在社会生活中既受到侵略战争的威胁，又经历各种社会力量的排挤和压制，不断挣扎、辗转于各种矛盾当中。

（一）原作情节的电影改编与矛盾再设计

从影片整体上看，情节的演进可概括为如下的线索：

1. 方家乘船到重庆；
2. 与四爷协商合作；
3. 演出；
4. 秀莲成名后的问题与矛盾；
5. 宝庆拉拢琴师小刘；
6. 过新年；

① 本节小说《鼓书艺人》引文均引自老舍：《鼓书艺人》，人民文学出版社，2012。

7. 第一次敌机轰炸；

8. 陶副官来访提亲；

9. 秀莲和养母对话；

10. 拜访王司令家；

11. 戏院遇孟良；

12. 改唱新词；

13. 重组班子；

14. 陶副官要娶大凤；

15. 大凤和秀莲的对话；

16. 第二次敌机轰炸和方宝森之死；

17. 宝庆在兄长墓前的大鼓表演；

18. 大凤被抛弃；

19. 秀莲被人诱骗怀孕；

20. 被抛弃的秀莲回家；

21. 抗战胜利；

22. 一家人乘船返回北方。

为了适合电影的篇幅，改编者对原作进行了删减和缩略。小说开场部分长江行船的场面和山城重庆的风光，在电影中进入了跨媒介转译的叙事过程。前者被缩减为登岸的场景，后者被纳入人物现实生活场景当中，作为人物行为和对话的背景。但另一个更重要的背景，即方家来到重庆之前的经历背景，在电影中缺乏必要的提示与铺垫。方家到重庆的过程被缩减为下船的段落，表演大鼓的筹备过程被缩减为方、唐两家协商的段落和秀莲登台表演的片段，宝庆的表演被删除了。影片的情节线索凸显了原著中艺人生活的主线，这条线索分为两个分支：其一是方宝庆一家以表演求生存的过程中的人生遭遇；其二是秀莲和大凤的个人生活选择。电影《鼓书艺人》中的情节线索较为完整，但矛盾设置并不明确和集中，同时情节的起承转合处理也并不自然。

电影固然较为尊重原著，尤其在人物对话方面基本参照了原著。但过分的照搬导致影片在某些阶段变成小说情节的集锦式表达，难以聚焦于重点段落与核心内容。小说中的核心内容是艺人的社会组织方式、表演的技能以及技艺的传习，而影片只在两个场景中强调了主人公方宝庆的艺人身份：一是他在日常生活中指导秀莲演唱技巧的段落，二是他在方宝森墓前演唱大鼓的段落。这造成叙述人物群体生活方式时用力不足。

从矛盾的设置上来看，小说原作提供了以下的矛盾和差异：第一，侵略者与中国广大民众的矛盾；第二，重庆本地居民与因战争原因到来的难民之间的文化矛盾；第三，以家庭或家族为单位的艺人群体之间的矛盾；第四，艺人和国民党地方官僚及其爪牙之间的矛盾。这些占据关键位置的矛盾关系中，第一种矛盾只能通过战争的最终胜利来解决。第二种是地区文化差异造成的矛盾，往往体现为本地人与外来者之间文化沟通中出现的问题。第三种代表着艺人群体中源自小生产者和个人主义倾向的观念形成的矛盾，在小说中往往体现为经济纠纷。旧时代艺人自身职业习惯、传习方式、观念形态中的某些不合理之处，也在乱世的背景下显现出来，渗透在以上的矛盾当中，成为艺人生涯叙述中的一个因素。第四种矛盾可归为以阶级矛盾为本质的社会矛盾，在小说中体现在婚姻关系中出现的强占或其他不对等关系之内。

在第一种矛盾的处理上，影片延续了原作故事的框架——抗战时期大后方的民间艺人，为了生计的需要，自发进行了组织，联合起来维护自身利益。这个问题在电影作品占据了一定的篇幅，但表达并不充分。原作中，北京曲艺艺人与重庆当地恶势力之间的矛盾，方宝庆一家与竞争对手之间的矛盾，方宝庆与诱骗自己女儿的恶棍的矛盾，大时局背景下中国人与日本侵略者的矛盾，这几个矛盾都没有充分地发展和展示。尤其是原著对方宝庆参与新式抗战大鼓的创作和表演，并与剧作家合作展开抗战宣传工作的线索，在电影中也没有得到充分把握。这导致影片无法在故事层面恰当地协调个体命运与时代变迁两者之间的关系，整体上呈现一种碎裂的故事面貌。

在第三种矛盾的处理上，方宝庆的妻子（“二奶奶”）一直坚持要卖掉养女，从而减轻家庭负担并增加收入。这是艺人在劳动得不到稳定的酬劳，因难以维系家庭运转和发展需要的背景下形成的陋习，它同时代表着旧时代女性民间艺人一种可能的人生出路——依靠容貌等自然条件和知名度等社会条件走进婚姻关系以谋求稳定，同时为艺人家族换取一笔以聘礼面目出现的金钱收入。与此同时，二奶奶等持有旧式思想的人物，把女艺人的堕落视为无法逃避的命运。在这个背景下，“试图卖掉养女”这个情节就具有较深刻的社会分析价值和叙事价值。但影片对此的铺垫和表达并不充分，对家庭内部矛盾的刻画也未能支撑这种情节发生的上下文。这种情况降低了影片情节在大众文化语境下的可接受性。

作为原著中女艺人表演风格差异性的表达，秀莲和琴珠表演中的不同台风和曲目，在影片中并未得到呈现。这在原著中是一个较有特色的内容，小说以此表达两人表演和生活的不同态度，再勾勒出女艺人选择的不同生活方式。小说第五节的演出段落，是老舍的原作集中展现京韵大鼓魅力的内容，演出过程的铺陈占据了本节的大部分内容。而电影篇幅的限制导致这种表演的场景被缩减，但缩减时的处理方法也把原文提供的人物关系和人物设定一并舍弃掉了。小刘是一位演奏水准并不高超的弦师，他与演唱水准同样不高的琴珠构成匹配的关系，后来更成为情侣。而秀莲的表演特点是技术水准较高，舞台经验不足。琴珠演唱的《杜十娘怒沉百宝箱》符合她喜好卖弄风情的台风，方秀莲演唱了难度极高的《大西厢》也匹配了她的性格设定。在她们的表演开始之前，作者铺垫了重庆本地艺人的金钱板表演作为辅助，这考虑到了方家作为外来者与本地同行之间的帮衬和博弈。以上的表演之后，才有方宝庆表演三国故事《长坂坡》的段落。原作者的这种安排在情节布局上虽谈不上高妙，但十分符合读者的阅读习惯。这些起承转合及其隐藏的人物设定，理应成为影片叙事的一个重点所在。但遗憾的是，电影只用了十分简短的镜头介绍秀莲演唱的片段。这给不熟悉原作的观众一种印象：方宝庆仅仅作为女艺人的“班主”，而并不亲自参与表演。

从根本上看，影片相关情节中的矛盾都与旧时代艺人群体特殊的劳动方式密不可分。如果沿用马克思理论框架下的劳动类型划分，小说《骆驼祥子》中底层体力劳动者的劳动形式属于简单劳动，小说《鼓书艺人》中民间艺人的劳动属于生产精神文化产品的复杂劳动。[①] 以小说的内容而论，鼓书艺人的劳动具有一些特殊之处：其一，艺人劳动不是《骆驼祥子》里那种集中消耗体能的简单劳动，它需要更为专业化的技能。其二，艺人在从艺谋生的过程中需要借助特殊的协作方式实现曲艺表演作为劳动产品的价值。这个问题在影片开场部分直接呈现为聘请琴师的问题。这个情节表明，失去训练有素的琴师的配合，方家无法正常进行表演。其三，表演技能作为劳动能力的再生产，依赖于表演技能的传习和磨炼。其四，艺人表演在演艺市场上的交换价值与其表演技能的水准及观众接受程度密切相关。

影片对第四种矛盾的表达存有遗憾。影片借官僚强占艺人女儿的线索，呈现了艺人遭受欺压的问题。这其实是旧时代买卖婚姻的一种特殊表达，是对这一旧社会恶习和落后思想的呈现。在当时的社会背景下，被称作“下九流”的艺人社会地位低下，他们获取有限的自身发展的手段就是专业技能的提升。但从师学艺和卖艺的过程中，职业技能的进步和名声的增长也无法从根本上改变他们漂泊无根的状态，不断受到社会管理者排挤的他们也缺乏真正肯定自身的必要条件。这些普遍的现实情况奠定了原著故事中女性艺人的悲剧命运底色。在小说呈现的社会矛盾内容和对应语境下，第四种矛盾实际上是艺人小群体的命运作为抗战时期中国民众命运缩影的集中体现。但这部分内容囿于篇幅和改编策略的具体实施方式，也未能在电影中得到应有的呈现。

《鼓书艺人》在情节改编中显现出过分缩减的特点。原著中方宝庆一家为了躲避轰炸，不但在重庆城区开办书场，还在城郊的温泉小镇表演，随着战

---

① “复杂劳动只具有加强起来的，或宁可说具有加倍起来的简单劳动之资格，所以，少量的复杂劳动，便等于多量的简单劳动。经验告诉了：这种还原，不断地进行着。一个商品纵然是极复杂劳动的生产物，而其价值则使该商品与单纯劳动的生产物相等，因此，它本身只表示单纯劳动的一定分量。”马克思：《资本论》第一卷（上），王慎明、侯外庐译，国际学社，1932，第 14—15 页。当代学者程建华等人认为，马克思的这种划分方式是为了凸显并分析资本主义生产中的劳动，因此侧重于研讨简单劳动，因而当代研究者还需要发展马克思的劳动观念。程建华等著：《马克思劳动和劳动价值理论》，吉林人民出版社，2004，第 144 页。

事的紧张与否，他带领全家辗转在两个地点之间。影片在开场部分描绘了方家抵达重庆的场面，但在方宝庆与陶副官的对话中，又提点到“王司令住在镇上”和“我们回重庆去”等信息。但两者之间必要的剧情转换衔接缺失了。类似的情况在影片中并不是孤立的，这导致只有阅读过原著的读者才能完整地把握电影剧情。影片要求“读过原著的观众”，这是影片走向大众的一重障碍。不但如此，剧情的缩减也造成了叙事节奏的不合理之处。秀莲因为受到学堂同学的歧视，负气离开学校，流连于电影院，在此期间结交了一位政府公务员。后者为了与她交往，私自挪用了长官的资金。方宝庆代为偿还资金后，又约请另一位给政府做事的暗探张文帮忙照看秀莲。结果，秀莲与这位看管者同居怀孕。与原作相比，这段情节在影片中的叙述节奏过快，缺乏起码的铺垫与前后照应，容易导致观众理解的偏差。影片很突兀地从秀莲离开学堂后与父亲的对话，转换到公务员与她一起吃饭的场面，他们的交往也仅用这个吃饭场面呈现，另外加上一个到石刻景点参观的镜头匆匆带过。秀莲与张文建立亲密关系的最初原因，也仅仅是因为她害怕雷声。这个情节在影片之前的段落中仅有一次铺垫，且并不自然妥帖。

电影中有关重庆剧场文艺生态方面的叙述仅限于方家、唐家和孟良，对原著中更宏观的背景没有涉及。如小说第十九章提到，随着抗战形势的变化，重庆市民的生活也出现了新的状况，这与艺人的职业生涯密切关联在一起。由于全国都在坚持抗战，国家的战争负担异常沉重，受此影响的娱乐业规模受到更多的限制。而方家在战争背景下转而演唱“抗战大鼓”，既合乎观众的精神，也合乎时代对文艺的要求。小说中，在面临重庆政府娱乐市场管制的情况下，方家成为当地为数不多获准持续演出的艺人团体，这直接源于他们演出曲目的特殊性。这方面的内容是原著中时代书写的组成部分，如能以恰当方式被纳入电影，完全可以增加小说社会内涵的深度。①

① 原作的背景介绍是：“投机倒把的奸商囤积居奇，大发国难财。物价飞涨，生活程度高得出奇。老百姓手里攥着一大把钱，可是买不来多少东西。少数人过着灯红酒绿，醉生梦死的生活。人民不满。于是，官方想出了个主意，在节制娱乐上下功夫，订了个规章。只许五家戏院，四家影院和一个书场在重庆开业。”老舍：《鼓书艺人》，马小弥译，人民文学出版社，2012，第 158 页。

（二）影片中人物的调整

有关人物的设定方面，方宝庆是一位底层的江湖艺人。他在北京小有名气，到重庆后面临当地人难以接受大鼓这种北方曲艺的困境，于是主要面对外来的难民进行演出。他的性格与为人处世里包含着矛盾性：一方面他是一个正直的中国人，痛恨侵略者，渴望为抗战作出贡献；另一方面他是底层艺人，需要养家糊口，就必须与现实中某些不合理的方面妥协，并积极应对生活中的各种困境。这使他表现为带有圆滑世故却又重视尊严的形象，是政治方面较为单纯的自发的爱国者。原著写道：

> 日本人进了北平，宝庆带着全家去上海。上海沦陷了，他们又到汉口。如今敌人进逼到武汉市郊了，他和全家又跟大伙儿一起往重庆逃。北平是宝庆的家。他唱的大鼓，全是京韵的。他们想留在北平很容易，用不着遭这么大罪，受这么多苦，成了千百万难民中的一个。宝庆相貌憨厚，差不多算是个文盲。不过，在北平，能够认得几个字的鼓书艺人本来就不多，他也算得上一个。敌人绝不会来杀他，可是他宁愿丢下舒舒服服的家和心爱的东西，不愿在飘着日本旗的城里挣钱吃饭。他既天真又单纯。他不明白自己是不是爱国，他只知道每逢看见自己的国旗，就嗓子眼儿发干，堵得慌，心里像有什么东西在翻腾。①

方宝庆从不自觉的爱国者发展到主动编练抗日主题的大鼓，主动改编原有的大鼓段落以便为抗战服务，即便没有酬劳也要自付车马费去做公益表演，这是个人情感上的一次飞跃。而影片把他与孟良合作的情节一带而过，且只安排他在宝森墓前演唱大鼓这一个表演段落，实际上割裂了原著对人物身份和情感变化的细致描绘。

表演方面，影片的几位主演的演绎受到这部影片篇幅和叙事手段的限制，难以充分表达原作角色的多重性，但也显现出一些亮点。方宝庆的容貌和气

① 老舍：《鼓书艺人》，人民文学出版社，2012，第 4 页。

质，被演员的容貌与表演具体化为电影的内容。李雪健演出了方宝庆的作为中国人的正义感和作为底层艺人的无奈感，他的表演留存了原著中方宝庆在社交场合的世故与圆滑，又表现出他正直与善良的方面，两者的结合具有较大难度。原著这样写宝庆的容貌气质，李雪健的表演与之契合：

> 他看起来一点也不像个卖艺的。不怎么漂亮，也不怎么丑。他就像当铺或者百货店的伙计那样长相平常。他的举止也毫无出奇之处，丝毫不像个艺人。他也不像有的好演员，不用装模作样，就能显出才华来。他有时流露出一点艺人的习气，倒更叫人家猜不透他是个干什么的。……[①]

由于电影篇幅的限制，方宝森的戏份被削减了。这导致他作为大鼓表演中不可缺少的三弦琴师的身份被淡化了，这使影片讲述方宝庆和唐家之间因琴师稀缺而造成的矛盾时，缺乏必要的情节变化。原著中的方宝森是一位技术水准很高的弦师，其主观上认为艺人地位低下，本人也并没有长期从事表演的意愿。同时，原著中的方宝森还是宝庆与二奶奶、二奶奶与秀莲之间产生家庭矛盾时的居中调停者。由于影片篇幅的限制，朱旭饰演的方宝森戏份较少，虽在仅有的出场中把握好了体面和现实的窘迫性之间的矛盾，但角色功能方面显得比较单一，原作叙述的多种可能性无从发挥。

二奶奶的角色对秀莲的疏远缺乏铺垫。原著的设计是：

> 二奶奶觉得，既然秀莲是个唱大鼓的，那就绝不能成个好女人。二奶奶这样想，因为她早年见惯了卖唱的姑娘们。秀莲越长越好看，二奶奶也越来越嫉妒。有时她喝醉了，就骂丈夫对姑娘没安好心。她出身唱大鼓的人家，一向觉着为了得点好处买卖姑娘算不得一回事。她打定主意趁秀莲还不太懂事，赶紧把她卖掉，给个有钱人去当小老婆。二奶奶

① 老舍：《鼓书艺人》，人民文学出版社，2012，第5页。

> 知道这很能捞上一笔。她可以抽出一部分钱，再买上个七八岁的姑娘，调教调教，等大了再卖掉。[①]

小说里的这个段落形成了关键性的人物设定叙述。二奶奶虽然并非恶人，但她观念上认可人口买卖，且希望尽早卖掉秀莲。这一方面为后来她答应把秀莲嫁给将军做小老婆相对应；另一方面为她在情感上疏远秀莲奠定了逻辑基础。她见证了秀莲的当红，同时又疑心方宝庆想让秀莲给自己做小老婆，因此在职业、家庭和情感三方面都排斥秀莲。但二奶奶在“秀莲下跪”的一场中泫然流泪，这个情节在影片和小说中可能会引起不同的接受反应。在小说中，她认为人无法逃离命运，秀莲这种女艺人更是如此，于是此处的流泪表达了陷入两难境地、不易决断时的复杂情感反应。而影片中的流泪则缺少语言和剧情上下文的解释，观众易将其理解为恻隐之心的偶然闪光。

小说中的琴珠是一名依靠出卖色相博取利益的青年女艺人，她贪慕虚荣和钱财，最终在战争年代经历了婚姻的波折与破碎。二奶奶有关女艺人命运的预言，完全能够概括原作中琴珠的人生走向。琴珠与学习识字、试图改变自身命运的秀莲形成了一种戏剧性的反差。秀莲的见识与经历虽没有琴珠丰富，但她有自己独特的见识和观念，因此经常提出有关现状的问题。一个总是面对现实提出各种问题并进行探索的女性，至少是对自身状况不满，试图走向自我发展和自我实现的个体。尽管秀莲借以摆脱艺人悲剧命运的尝试遭遇了挫折和失败，但那些失败却作为一种确切的依据，反过来肯定了秀莲那种人生探索的合理之处。

作为秀莲和琴珠之外的又一位年轻女性角色，大凤的生活观念是悲观的。她在电影中这样描述自身命运：“女人没有不命苦的，我不挣钱，要我怎么样，就得怎么样。”这种观念是小说原著中现实情况的忠实表达。在她的观念中，女性的家庭地位取决于她的劳动能力，她因无法在这个艺人家庭里通过表演赚取收入而处于弱者地位。她的逆来顺受与秀莲的不甘现状形成了彼此对照

① 老舍：《鼓书艺人》，人民文学出版社，2012，第14页。

的女性命运。如方宝庆的口头禅所说："一辈子作艺，三辈子遭罪。"这既可以概括琴珠、秀莲这种女艺人，也可以概括出身艺人家庭的大凤的命运。它是有关艺人命运的寓言式表达，可以涵盖技艺传承、表演和社会境遇等多个现实领域，也同样对应着艺人劳动的特点和社会评价。这种"艺人必然遭遇痛苦"的内容，在电影中的表达并不突出。

原著中的孟良是一个关键角色。宝庆、宝森和秀莲在剧院观看抗战话剧进而结识孟良的段落，是影片情节发展的关键。它一方面导致宝庆改唱新式大鼓的情节变化，凸显民间艺人的爱国热情；另一方面以孟良帮助秀莲识字的过程，推动秀莲转向人生的新方向。作为情节发展和转换的关键角色，孟良在原作中应是一位具有较高的创作能力和人格魅力的新派知识分子。小说第十三章借宝庆的视角，对孟良的戏剧进行了评价——"宝庆瞧出来演员训练有素，剧本的技巧也叫人叹服。"[①] 电影为了表现这一场，需要把戏剧的内容具体化，影片因此设计了一场话剧中张自忠率部队抗击日军的情节片段。但这出由孟良创作的抗战话剧，在表演和剧情上并没有显现出这种创造力或舞台魅力。舞台布景的简陋，还可以解释为抗战期间后方物质条件的不足所致；但台词和表演上的粗糙，则降低了孟良作为知识分子形象和戏剧创作者的可信性，进而影响到后续情节的演进，这不能不说是一处遗憾。小说还以孟良的视角对比了曲艺和话剧的媒介特点，认为曲艺在战争时期是效率更高的文艺形式，能更好地实现鼓舞斗志的功能。[②] 电影以孟良的相关情节呈现了两种表演形式之间的差别。小剧场中演出的民间艺人，表演形式和曲目是依照传统的形式，但离开了孕育它的北方文化背景，在重庆的发展可能性受到了较大的限制。在小说的逻辑线索中，方家后来演唱的抗战大鼓，代表这

① 老舍：《鼓书艺人》，人民文学出版社，2012，第108页。

② 小说中的孟良说："当然啰，剧本是有效的宣传工具。不过现代是抗战期间，穷的要命，要像模像样地演上一出戏，拿不出钱来。您是知道的。厂子要出钱，租金又那么高。我们演戏给这儿的人看，激发他们的爱国心，可是怎么深入农村？那儿没戏园子。就是有，布景道具也搬不去。……话剧局限性很大，不过您唱的大鼓书，倒真是个好门道，搞起宣传来再好不过。"老舍：《鼓书艺人》，人民文学出版社，2012，第111页。

两种表演形式的交融。原著中的孟良的后续遭遇还关联到当时重庆国民政府在文化上对左翼人士的压制与迫害。有关总体情节中孟良的这些叙事功能，电影中没有得到对应的设计和发挥。

次要人物如陶副官和张文等角色，在原作中本就不丰满，在电影中完全成为脸谱化的人物，且叙事功能并不明确。陶副官迎娶大凤的情节，同样很难使未看过原著的观众明了前因后果。原著小说中的陶副官是北方人，宝庆和二奶奶认为他能成为方家的靠山。电影中的陶副官则讲重庆方言，剧情也并未交代他来自北方，这在情理上不易使宝庆同意他与大凤的亲事。这些内容在电影中的缺失，使故事前后情节的逻辑演进并不顺畅。

（三）影片叙事策略与方式的设定

《鼓书艺人》故事的讲述策略方面，开场和结尾都设置了乘船旅行的场景。江水的浪涛声和轮船的汽笛声烘托出片头的氛围。影片的叙事流程以乘船去重庆为开端，乘船返回北京的场景作结，隐喻了艺人漂泊生涯的延续。电影的故事包含一些戏剧矛盾的线索，但这些矛盾线索的展开未能真正有力地推动故事的进展。这导致改编后的故事情节方面显得拖沓，并非情节剧的合理叙述方式。尽管原著中各种心理活动难以在影片叙事中直接表达，但影片也并未以适当的剧情安排提示这种变化。如大凤的婚姻观念和秀莲对爱情的憧憬与迷惘是原著的重要叙事线索，它们可形成女性角色的相关情节对主干情节的有力补充，影片同样未能予以重视。

在电影的影像上，中景和全景镜头在展现社会生活画面的过程中起到关键作用。外景镜头少，但镜头的运用比较精当。内景镜头多，而调度和设计方面出彩之处有限。镜头段落与场景之间的转换之处，往往以淡出的方式完成。这种带有诗意化潜质的转换方式与全片的写实风格存在不匹配之处。在宝庆和秀莲外出表演后回家的段落中，长镜头的设计既“经济”又有韵味。首先是父女二人抱着乐器，面向镜头走来的远景镜头，随后切换为中景镜头。此后父女二人面向镜头边走边谈话，直至他们的形象在景框中逐渐变为近景。父女二人对话的内容是有关如何改变艺人的一贯命运、探索人生的道路，这个段落中融入了秀莲对自身发展的思考。随着人物身影在景框中的增大，对话引起的人物思考也在走向深化。这是一个耐人寻味的镜头，也是改编版电影叙事的有效设计。另外，敌机轰炸导致方宝森遇难的镜头段落也使人印象深刻。长焦镜头和倾斜构图为这个段落增添了表现力，在原著情节段落的基础上以充分的电影手段转换了故事的独特性。有关内景中人物交流场面的镜头中，人物面部特写镜头的切入往往较为突兀（如陶副官和方宝庆在茶馆对话场景中的面部镜头），它们的艺术效果值得进一步探讨。

图 4–11 电影《鼓书艺人》中，远景镜头中的宝庆和秀莲

图 4–12 宝庆和秀莲的双人中景镜头

图 4–13 宝庆和秀莲的中近景镜头

图 4–14 宝庆和秀莲的近景镜头

（图像来源：1905 电影网）

在声音的设计方面，影片中多次出现的防空警报声作为事件或人物行动的推动力，反复强调故事发生的战争背景。但以今天的审美观点来看，影片试图表现嘈杂人声的环境时，背景中的声音偏高，有时会干扰人物的对话表达。这是与影片制作技术密切相关的现象。如上文所说，更为关键的问题是匹配故事人物主要身份的鼓书演唱段落（尤其是声音段落）在全片中屈指可

数。影片未能以此手段充分开掘京韵大鼓在电影中的叙事功能和表现力，并将其与艺人的生活遭遇及精神世界的展现结合在一起。联系到田壮壮导演一贯致力于以人类学视角展现生活面貌的艺术倾向，其代表作《猎场扎撒》（*On the Hunting Ground*，1984）和《盗马贼》（*Horse Thief*，1986）的声音设计与表现力均属不俗，影片《鼓书艺人》与前作相比确实存有一些遗憾。[①]

人物语言方面，影片并未突出北京话的韵味。以剧情而论，北京话是生活在重庆的北京居民日常生活的个性化内容。原作叙述语言中北京话的魅力，虽因从英文回译的原因显得略微逊色，但电影创作者可以设法利用，以此丰富剧情和人物的个性特征。而影片的现实处理结果是凸显了重庆话的地方性，北京话的韵味并不充足。除此之外，影片人物对话中还另有一些粗俗的言语，这在原作中是必不可少的市井生活味道展示，在影片中出现也并无不可，但它们出现的前后缺乏必要且明确的铺垫和背景介绍，容易给人突兀生硬之感。[②]

四、《离婚》的电影改编版

长篇小说《离婚》写于 1933 年，是以北京市民生活为背景的一部作品。[③]主要角色是张大哥和老李，故事就围绕他们生活与工作环境的复杂性及城市生活的烦恼展开。与《骆驼祥子》《月牙儿》《鼓书艺人》中讲述的底层民众悲剧故事相比，小说《离婚》增加了家庭生活和小官僚阶层趣味的呈现与展示，带有日常生活喜剧的意味。老舍的写法融入了他对自身的社会理想与现实之间矛盾的考量。王德威认为：“唯有通过泛滥的泪水与笑声，老舍才能为标举

---

① 阿城曾评价电影《鼓书艺人》不重视世俗生活的表达，他说：“田壮壮对世俗的不敬，浪费了老舍的《鼓书艺人》……”阿城：《中国电影的世俗性格》，载阿城：《文化不是味精》，江苏凤凰文艺出版社，2016，第 70 页。

② 影片《鼓书艺人》的改编以删减为主，创造性的调整并不丰富，故此处不列出原著与影片对照表格。

③ 本节中作品引文均引自老舍：《离婚》，人民文学出版社，1981。

客观性与公平性的论述带来一个反思的层次。煽情悲喜剧的设计在老舍早期的喜剧小说如《老张的哲学》和《离婚》中表现得最为杰出。”① 1992年，李晨声、王好为合作执导了老舍长篇小说《离婚》改编的同名电影，由北京电影制片厂出品，李丁、丁嘉丽、刘佩琦、陈小艺等主演。

在人物设定方面，小说中有三个关键人物：张大哥、老李和小赵。他们都是小官僚的角色，在小说情节的演进中并未发生性格演进，小说叙述的侧重是他们面对城乡生活的三种不同态度。张英进认为：“张大哥代表传统的城市态度，现实而充足。小赵代表现代的生活态度，工于心计、善于牟利。那么老李代表的基本上就是乡村的态度，一定程度上也是文人的态度，在城市环境中根本不实用。”② 张大哥的两面性、软弱性和油滑世故是原作描绘的精彩之处，而电影改编版在开场和片尾两处也提点了这方面的内容。在影片开场的部分，张大哥的“关系户”——一位不称职的医生治死人的事件发生后，电影忠实地沿用了小说里的情节。他的妻子“二妹妹”来找张大哥攀关系解决此事。张胸有成竹地回应说：“咱们既能托人让他考上医生，就能托人接他出来。”但这种圆滑因为失去了如同小说中的后续情节描述，因此也在电影中失去了叙述层面上的依托。另外，电影删繁就简，隐去了张大哥悭吝的一面和家庭内部的琐碎事务。小赵的油滑做派与他的奸诈结合在一起，在小说中凸显了体面外表之下的恶棍式形象。在敲诈张大哥的情节线索结尾，小赵与丁二爷之间的角色对位使矛盾的解决带有侠客文学的意味。作为一位以敲诈恶行陷害他人的反派角色，他最终死于事主门客之手。电影中没有涉及他的死亡造成衙门人事关系新变化的系列情节。与前两者相比，老李被小说赋予了最多的同情。他孜孜以求的诗意生活最终落空之时，也终结了他对城市生活的幻想。老李携家眷回到乡村，同样是文人式的选择，其文化意义是对城市生活中非人性一面的否定。

① 王德威：《写实主义小说的虚构：茅盾，老舍，沈从文》，复旦大学出版社，2011，第20页。

② 张英进：《中国现代文学与电影中的城市：空间、时间与性别构形》，秦立彦译，江苏人民出版社，2007，第100页。

小说中有关政府部门的描写，不但揭示了政治黑幕，而且具有较强的讽刺性。信奉吕祖的局长，觊觎同事资产的无赖，钩心斗角的同事关系，组成了旧时代官场的生态图景。小说中的传闻根源是旧时代的政府部门内耗造成的各种政治小道消息，与家庭生活中各位主妇的闲话结合在一起。王德威认为，这些怪诞、丑陋的小官僚形象可能源自清末谴责小说中的小丑式官员和狄更斯笔下装腔作势的人物，他们的夫人们也浅薄无聊、自私势力。① 本书认为，这些讽刺性并非试图在整体上否定官场所代表的旧秩序，而是试图表述建立在“城市—乡村”对立中的价值选择与判断，老李厌恶的官场秩序是旧时代城市文化的一个方面。电影里把原著中更为辛辣的讽刺内容直接降格为办公室的家常闲话和主妇们的道听途说，也并没有凸显权力斗争的复杂性与微妙性的意思。原著中较为出彩的官太太间的纠纷，在影片中也被缩减，只是凸显了城市婚姻的灰暗面和庸俗性。小说中小赵之死提升了传闻的烈度和效力，甚至改变了政府内部的权力格局，这一点难以表现在电影当中。电影集中呈现的是钩心斗角和人浮于事的内容，并未对更深层次的矛盾进行细致刻画，这有利于集中呈现小人物家庭生活的内容，把叙事的重点放在日常生活主题之上。与《骆驼祥子》《月牙儿》《鼓书艺人》这三部影片相比，电影《离婚》中的人物大多处于一种非劳动的状态。老李、老张和小赵的生活中并不包含个人的发展和衰败，他们并没有为衣食而奋斗，也没有为这种奋斗设定明确的发展目标，时间就被消磨在日常生活的人际关系之中。

图 4–15　电影《离婚》开场的鸟笼形象

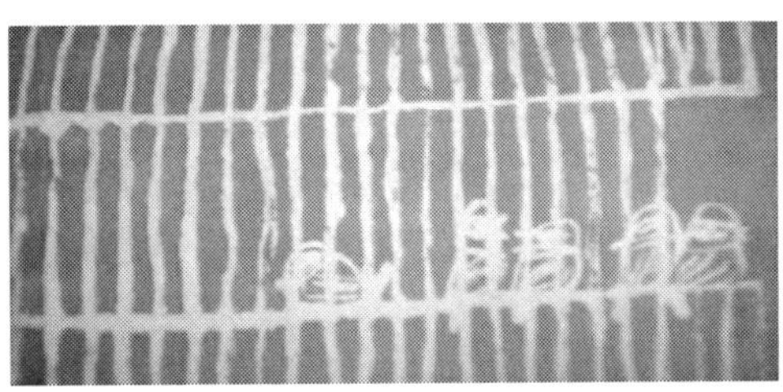

图 4–16　鸟笼的绘画形象，或原著出版物封面局部的形象

① 王德威：《写实主义小说的虚构：茅盾，老舍，沈从文》，复旦大学出版社，2011，第 145—146 页。

图 4–17　同一个镜头拉开过程中展现的《离婚》小说出版物

图 4–18　同一个镜头拉开过程中展现的《离婚》不同译本、文学史选本及影片片名字幕

（图像来源：1905 电影网）

类似于前文分析过的影片个案，《离婚》的片头设计同样提示了改编版与文学原作之间的密切关联。影片首先以笼中鸟的视角呈现笼衣缓缓揭开的过程。自下而上开启笼衣，正如剧场帷幕正在拉开，具有一种仪式性的意味。笼中鸟的形象与影片情节中的婚姻主题构成隐喻关系，又与电影影像展示鸟笼的绘画形象形成隐喻关系（图 4–17 与图 4–18）。电影影像中的笼中鸟形象与同一个拉开镜头所展示的《离婚》小说出版物，以及不同的外文译本图书之间，又构成了转喻的关系。它以自身的肖像引导出片名浮现时的影片图像——不同出版物的造型信息与文字信息的叠加。就这样，原作出版物、不同版本或译本、现实场景三者被这样的一个镜头段落组织在一起。

影片开场部分的核心情节是饭桌上的老李向张大哥表达婚姻的苦闷：“婚姻制度根本要不得。”“我想追求诗意。”他认为，自己理想的妻子应该“朴素、安静、独立、能不言不语地明白我”。张大哥的回应代表着市民阶层对婚姻的常见态度：“妇女就是妇女，你总不能八抬大轿到女家抬个诗意吧。”小说的结尾，作家明确地取消了这种“诗意”，形成家庭伦理故事和日常生活场景中的讽刺性效果。而电影虽然同样使这种诗意最终落空，但电影的媒介特征决定了，影片须首先借助老李的视线和观察角度营造出诗意的想象，最后再使其落空。这种被冲淡的悲剧意味与影片开场的喜剧性组合在一起，形成了电影中的北京世俗社会描绘。这是电影相对于小说实现突破的一个方面。

丁二爷在陶然亭杀死小赵一场，原著中主要借助丁二之口对老李讲述，且事件发生在光线昏暗的傍晚。电影故事采用实景呈现的方式，时间也改为白天，这显然是为了影片视觉叙述的需要。这一场戏关联到张大哥家能否拿回房契，张大哥的女儿能否摆脱小赵，对于塑造丁二和老李的角色也具有特殊的意义。电影不希望渲染杀人场面，只呈现为丁二推小赵到水里。小说暗示了那张被小赵霸占的房契，最终由老李还给了张大哥。此类“经济账”情节的前因后果是丁二杀人事件，前者可为后者作结，但影片对此并未讲述周全。

小说的结尾强调了政府部门职位给人带来的稳定感和安全感。张大哥这样评价老李的出走：“丁二是个废物！不过老李太可惜了。可是，老李不久就得跑回来，你们看着吧！他还能忘了北平跟衙门？”电影的结尾处删去了小说中张大哥的第二句话（“不过老李太可惜了”）。从作品整体上看，张大哥的话与小说的主题是匹配的：正如“离婚”并不能通过解除婚姻关系求得个人的自适，老李避居乡村也并不意味着他能解决城市生活中遇到的种种烦琐问题。而电影的台词改动消除了这层意思，它仅仅强调张大哥认为老李的返乡是放弃了个人晋升和发展的机会。

原著中张、李二人的家务事都是叙事中不可或缺的内容。困扰张家的事情是儿女的不成材，这是张的儿子（张天真）后来被投入监狱情节的必要铺垫。电影囿于篇幅，无法充分表现其中的前因后果。而且，张的儿子把无产阶级革命的理论看成时髦的东西，老舍为了讽刺人物的需要，也以这个儿子的视角描述过他的所谓社会革命理想。这同样无法展现在当时的电影之中。小说描绘老李的家庭琐事时，其中一段是老李念小说给太太听，但李太太心不在焉，想着怎么给孩子补裤子。

一本新小说，开首是形容一个城，老李念了五六页，她很用心地听着，可是老李知道她并没能了解。可笑的地方她没笑。老李口腔用力读的地方，她没任何表示。她手放在膝上，呆呆地看着灯，好像灯上有个什么幻象。老李忽然不念了，她没问为什么，也没请求往下念。愣了一会儿，“呦，小英的裤子还得补呢！”走了，去找英的裤子。老李也愣起来。[①]

这个段落是受教育程度较高的丈夫试图“教育”妻子，培养其文化趣味以创造“诗意”的过程。丈夫工作的徒劳性为这个小说段落打下老舍式幽默的底色，其风格可追溯到英国文学中的喜剧性笔法。电影中，这个内容对应的段落改为老李为太太朗读朱自清的名作《荷塘月色》。这个调整主要是由于原著提及的“小说”并不明确，而作为当代中学语文课文的《荷塘月色》在电影观众中的知名度比较高，具有更多走向大众化的潜质。电影需要以此迎合大众受教育程度的平均水平。

小说《离婚》还有一个次要线索，即女性由于没有工作和固定收入，在婚姻关系中处于不利地位。旧时代的社会习俗和她们的经济地位，决定了“离婚”多数情况下只能由男人提出。小说的故事借用离婚这个名目，实则写出了当时社会条件下离婚本身的不可能。在小说中不同的线索当中，电影版只抓住了“诗意的消失”这个男性视角下的生活内容，这代表着原作为自身的影像化付出了一定的代价。

以下表格汇总了小说《离婚》的表意框架。电影改编版在此基础上进行了叙事侧重的调配，使叙述聚焦在家庭生活场景和北京民俗文化的呈现上。

表 4–6　小说《离婚》的表意结构

叙事脉络	核心人物	行动—表意	代表形象	空间	制度与文化	意义结构
老李与张大哥	老李、张大哥	求教、救助—对话交流与信任关系的建立	房契	宴席场景	传统的文化秩序	帮助—被帮助关系的维系与倒转

① 老舍：《离婚》，载老舍《赵子曰·离婚》，人民文学出版社，2012，第 257 页。

续表

叙事脉络	核心人物	行动—表意	代表形象	空间	制度与文化	意义结构
老李与妻子	老李、李太太	日常生活实践—诗意的消磨	–	家宅与日常生活场景	婚姻契约	婚姻关系中的不满与妥协
老李与马少奶奶	老李、马少奶奶	日常生活交流—诗意的想象性建构	–	家宅与日常生活场景	“失效的”婚姻契约	邻里关系形成的不切实际的想象
老李与其他同事	老李、小赵	共同工作—对话交流与明争暗斗	公文、信函、传闻等	“衙门”	官僚制度	生活意义的缺乏

原著剧情中，老李的离开是基于以下几方面考虑：第一，对工作环境的不满；第二，少奶奶丈夫的归来导致他彻底放弃对婚姻的“诗意”幻想；第三，带丁二到乡下以便保护。电影暗示了第二方面，对第一、第三两方面没有安排必要的铺垫或提示。另外，丁二爷作为串联丁家和李家的重要角色，在影片中并不明确，也缺乏基本的说明。小说中的他与张家的关系比较明确，而电影里并不明确，这导致一部分情节的起因没有叙述清楚。丁二爷杀人后，心理状态极不正常。他十分害怕自己会说出真相，因而不愿回到张家。这些情节并没有拍到电影当中，导致丁的角色塑造显得蜻蜓点水。与此相应，老李和张大哥所在政府部门中的同事，多数也被脸谱化处理。故事的起承转合，以及次要人物内心世界的丰富性，是这部影片改编过程中必然被牺牲掉的方面。以小赵为例，由于电影媒介形式的限制，以及这部影片侧重诗意写实的叙事策略，电影无法呈现小说中小赵对秀真的双重情感。电影中小赵的脸谱化，是缩减剧情的有效手段。经过此种改动，小赵的角色真正成为一个扁平化的“反派”角色。

在叙述方式方面，电影以民国时期的结婚仪式为开端，婚礼仪式上参加合影的宾客全部佩戴眼镜。他们的形象在同一个景框中高度趋同，创造出滑稽的效果。其后的影片叙事虽然按照小说发展的脉络演进，但除删减了一部分支线情节以外，并未整体呈现原作中那种狄更斯式的幽默。夏志清曾这样评价小说《离婚》的文学风格："《离婚》里可以看出老舍喜剧才情的真面目：冷嘲热讽地刻画小官僚的种种嘴脸；灵巧地运用对话；俏皮地在很多警句里把一些不调和的概念对立起来。"① 这部小说的笔墨并不着眼于社会状况的批判，而是兼有人性弱点的讽刺性观察和世俗生活状况的铺陈。

图 4–19　电影《离婚》开场的婚礼场景

图 4–20　电影《离婚》中老李诉说对诗意婚姻渴望的场景

（图像来源：1905 电影网）

电影为了描述老李眼中带有理想色彩的马少奶奶，设计了三个以老李的观看动作引导出的影片段落。第一个段落发生在端午节，影片以老李的注视动作连接他眼中的两个女人：难以找到共同语言的妻子和温婉的马少奶奶。第二个段落是夏日雨后的情景。马少奶奶在雨后的院子里带老李的孩子玩耍，影片出现了一个穿越庭院中树木的枝叶展现老李面带微笑的镜头，表现他正在注视马少奶奶。老李微笑注视的镜头，和马少奶奶的镜头剪辑在一起，配乐和影像的色调均极符合一位对自身婚姻状况不满的男性的趣味。第三个段落中，影片以少奶奶投射到窗户上的剪影形象，配合音乐的表现力，呈现老李是如何过度美化这位与自己并无瓜葛的女子，并赋予她理想色彩的。这几个段落中，电影镜头的设计在构图和色调方面都非常出彩。在

① 夏志清：《中国现代小说史》，浙江人民出版社，2016，第 199 页。

影片的结尾，马少奶奶的丈夫浪子回头，与少奶奶重新见面，影片再次运用了窗户上的剪影形象，凸显了老李的内心失落，这也代表他对理想婚姻的期待最终破灭的结局。在故事和人物心理层面上，无论是以上呈现想象的段落，还是表达幻想破灭的段落，影片叙述都为观众营造出属于电影本身的诗意。

图 4–21　端午节场景中，注视马少奶奶的老李

图 4–22　老李眼中的马少奶奶

图 4–23　雨后，注视马少奶奶的老李

图 4–24　老李眼中的马少奶奶

图 4–25　除夕，老李眼中的马少奶奶

图 4–26　马少奶奶和丈夫重聚时投射到窗户上的剪影

（图像来源：1905 电影网）

电影塑造出老李身处其中的现实生活的乏味和琐碎，同时又营造出他的主观想象中的诗意世界。这两个世界的重要区分标志，就是影片的配乐。影片配乐与音效、人物对话的声音一起，共同构成了影片中的声音景象。护国寺描绘情境中的二胡配乐，新年场景中的洞箫配乐，浴池场景中北京曲艺表演的配乐声，与影片故事发生的情境相配合。影片的音效丰富而具有表现力，如庙会场景配合的老北京小贩的叫卖声和鸽哨声、小酒店里的嘈杂人声、过年场景中出现的鞭炮和风车的声音。护国寺庙会一场是声音的丰富性得到集中展现的段落。伴随着老李和马少奶奶的偶遇，民间小戏、木偶戏、卖艺、拉洋片的声音都被纳入场景的丰富性之中。它们构成了电影里独特的声音风景，层次较为细腻，勾勒出居室生活之外的北京城。

视觉风景的塑造方面，影片的场景凸显了北京的地方特色。老李居住的院落是一座普通的小型四合院，老李一家租住北房，房东太太住在东厢房，西厢房是马少奶奶的居所。这种格局适合剧情的展开，也为四合院里的取景营造了便利。① 影片的外景包括一些知名的北京旅游景点，如陶然亭、天坛、北海等。它们对应了原著中由不同的北京地名构成的地方生活背景。庙会的段落在视觉方面展现了各种各样的物产形象，如年画、金鱼缸、面具、风筝之类，丰富了电影中北京的城市风貌，在电影的情节主线之外营造出带有怀旧感的诗意。但要透彻理解和接受整部影片的内容，似乎仍需以小说原著的阅读经验作为基础。影片中一部分北京地名，只有充分结合原著的描写，才能形成具有本地性的文化体验，而这部分内容是难以由电影进行展示的。人物语言的方面，影片中还不止一次出现房东太太更为地道的北京话，而原著中张大哥等人语言表达方面的趣味性在影片中则有所削弱。

① “四合院由于官民的等级不同，院落大小不一，房屋多少不一，差别极大。普通居民的四合院，通常是一所小四合院，即一进四合院。有些小户人家的四合院只有三间正房，东西厢房各有 1 间，倒座房（南房）2 间，甚至没有倒座房。”张仁忠：《北京史》，北京大学出版社，2009，第 146 页。

图 4-27　电影《离婚》中的庙会场景

图 4-28　电影《离婚》中李先生与马少奶奶的相遇

图 4-29　电影《离婚》中小赵选择的约会地点

图 4-30　电影《离婚》中小赵选择的约会地点

（图像来源：1905 电影网）

对比老舍作品的电影改编版，所有作品都致力于凸显北京地方文化的特殊性，以此转译老舍作品的文化特色。民国时期北京的语言、服装、民俗等方面，借助电影媒介被纳入文化再生产的路径之中，以视听化的手段扩展了老舍作品和北京文化的影响力。在电影叙事方面，《月牙儿》的画外音叙述较为特殊，其中强化了第一人称叙事，不但对小说中女主人公的第一人称叙述段落进行了转译，而且配合着画面维度上的个人经历叙述。这四部作品中，《骆驼祥子》《月牙儿》《离婚》三部具有艺术精品的潜质，而《鼓书艺人》的缺憾之处使其改编效果难以得到充分的肯定。

表4-7 四部影片文本透露的改编策略与改编版的代表内容

影片/文学原作	跨媒介直译	跨媒介意译	"完美转译"
《骆驼祥子》/同名长篇小说	沿用原作情节主干、大部分人物；向作者致敬的字幕；原著中北京人的语言	原作主要场景的视觉化；北京城市景观的呈现；删除祥子堕落后的情节；大幅增加虎妞的戏份；删减次要人物（阮明等）	北京地方民俗的仪式化呈现（寿宴、婚礼、葬礼等）；片尾蒙太奇段落的设计
《月牙儿》/同名中篇小说	沿用原作情节主干、大部分人物；作者头像和向作者致敬的字幕	原作主要场景的视觉化；第一人称画外音叙事；主人公姓名的设定；增加次要角色（唐婶）；扩展教养院场景的内容；北京地方文化特色的呈现	主人公两次接济母亲的情节；主人公试图从良的情节段落；主人公的口音转换等
《鼓书艺人》/同名长篇小说	沿用原作情节主干、大部分人物及主要故事脉络	重庆地方文化风貌的呈现（茶馆、饮食、语言等）；轰炸场面的设计与叙述	–
《离婚》/同名长篇小说	沿用原作情节主干、大部分人物及主要故事脉络	原作主要场景的视觉化；细节的大众化置换（如读《荷塘月色》一场）；房东太太的北京话等	北京地方风光与民俗的呈现（北海公园和庙会等空间的风貌、端午和除夕等节日风俗）

第五章

沈从文作品的当代电影改编版研究

沈从文是中国现代小说家、散文家，其小说作品以湘西地域风情的书写著称。中篇小说《边城》、短篇小说《萧萧》《丈夫》《贵生》等，在特定时期改编为电影的过程中体现出不同的策略和风格。[①] 本章的观点是，沈从文作品在 20 世纪 80 年代的改编同样配合了向作家致敬和名作代读的意味，而 90 年代则需进一步面对电影的商业特征的考验。此外，沈从文的乡土小说多数并不重视情节的突转和叙事线索的分化，而是着眼于一种诗意的氛围，具体呈现为散文式的结构。这与他呈现在小说中的审美理想有关：城市现代性的推进造成了人际伦理关系的新变化，沈从文试图以湘西世界的风情在现代化浪潮中保留一块富有农耕文明色彩的园地。此类并不强调情节紧凑性和曲折性的小说，对电影改编提出了更高的要求，却也能够激发出诗意电影和散文化电影的多重可能性。电影改编版还可在与时代语境的关联中，生成具有时代性的意义，作为特定时期中国社会文化变迁的参与者，并作为地方文化记忆乃至中国文化记忆的一部分得以留存。

① 岳凯华曾对沈从文的《边城》《萧萧》《丈夫》三部作品的电影改编版进行过专门解读和评价。岳凯华：《现代湖南文学的电影改编》，中国电影出版社，2018，第 12—36 页。

一、《边城》的电影改编版

中篇小说《边城》是沈从文的代表作，发表于1934年，修改后的定稿于1943年由开明书店出版。小说以20世纪初的湘西小城为背景，讲述当代的风土民情。这部作品有两个较为知名的电影改编版。其一是1953年公映的影片《翠翠》，由李翰祥改编，严俊导演，严俊、林黛等主演，香港永华公司出品。其二是1984年凌子风导演的《边城》，由姚云、李隽培等编剧，冯汉元、戴呐等主演，北京电影制片厂出品。凌子风版的《边城》曾获得1985年第五届中国电影金鸡奖最佳导演奖、1985年加拿大第九届蒙特利尔国际电影节评委荣誉奖，是一部在当代中国电影观众中获得广泛声誉的影片。

（一）故事框架与人物的改编

小说共分为21个小节，剧情的分布如下：

1. 湘西茶峒小城和渡口的介绍。老船夫和翠翠的家庭背景。

2. 茶峒风景和水路的介绍。小城生活状况与人性的书写，构建出迥异于城市的气息和风貌。再引出码头掌管者顺顺的两个儿子。

3. 端午赛龙舟的风俗介绍。

4. 翠翠去看龙舟，祖父没来接她，偶然会面的傩送派人接翠翠回家。

5. 中秋风俗的介绍。两年后的中秋，翠翠随祖父认识了顺顺和天保。

6. 见到路上有迎亲的队伍，祖父暗示翠翠她已到了成婚的年纪。

7. 祖父看出了翠翠的心事，开始为她的亲事忧虑。

8. 祖父去集市。翠翠摆渡时见到形形色色的乘客。

9. 傩送与祖父在船上的对话。

10. 天保和傩送分别表达对翠翠的喜欢。

11. 天保派人提亲，祖父和翠翠商量。

12. 天保和傩送相约以唱歌的方式让翠翠做出选择。

13. 翠翠陷入了痴想，祖父给她讲述本地的唱歌风俗。

14. 翠翠和祖父晚上听到了傩送的歌声。祖父以为是天保在唱。

15. 老船夫问翠翠的心事。

16. 天保意外落水而死，傩送因此责怪老船夫。

17. 老船夫遇到傩送，再次提起亲事。傩送没有明说。

18. 老船夫与顺顺家出现了隔膜。傩送再次经过渡口。

19. 傩送不愿答应中寨媒人的提亲，但媒人经过渡口时却对老船夫说了谎话。老船夫向顺顺求证，讨了没趣。

20. 老船夫在一个雷雨夜去世。悲伤的翠翠操办丧事。

21. 老船夫的朋友杨马兵把一切事情告诉了翠翠。翠翠等着傩送回来。

沈从文曾于 1980 年的一封信中谈及《边城》的电影改编："应分当作抒情诗的安排，把一条沅水几十个大大小小码头的情景作背景，在不同气候下热闹和寂寞交替加以反映。一切作为女主角半现实半空想的印象式的重现。因为本人年龄是在半成熟的心境情绪中，对当前和未来的憧憬中进展的。"① 小说这种属于青春期女孩的懵懂，也正是影片致力于把握与表达的侧重。

电影开始部分的画外音独白，首先转换了原著第 1 节有关茶峒地理、风景、人情的铺垫，其后把原著中翠翠父母的经历简化处理，隐去了自尽原因的详述，只保留他们恋情的浓烈度和以身殉情的执着。电影的情节框架中删去了原著第 4 节翠翠和祖父见到傩送的情节、原著第 10 节天保表达对翠翠好感的情节，同时删减了一部分对话。另外，删去爷爷与杨马兵喝酒时遇到傩送的情节、第 20 节翠翠守丧中顺顺和杨马兵慰问的情节、第 21 节杨马兵陪伴翠翠的情节。电影中增加的情节是：第 5 节翠翠随祖父遇到两年前送她回家的团丁，然后到顺顺家见到天保的情节，还增加老船夫在河边祭奠天保的

① 沈从文：《复徐盈》，载《沈从文全集》第 26 卷，北岳文艺出版社，2009，第 149 页。着重号为原作者所加。

情节、老船夫唱傩送所唱歌曲的情节。小说第 8 节翠翠在渡船上遇到十二岁女孩的情节，在电影中改为十五岁的新娘回娘家。这种改法与第 6 节渡船摆渡迎亲队伍的情节对应，借助翠翠对新娘的注视揭示她对爱情和婚姻的憧憬。以上的改编整体上服从于原著重氛围不重情节的特点，使故事在缓慢的推进中直指乡土文化的精神内核。

在人物方面，影片《边城》侧重于翠翠、老船夫、天保、傩送等人物之间关系的揭示，但人物的设定进行了符合电影需要的调整。影片中老船夫的淳朴、厚道、执着复刻了原作中的人物设定。他的台词数量不多，面对顺顺及其两个儿子时的表达，延续了原著中的犹疑和延迟。这是他的社会地位的语言呈现。小说中，面对顺顺家的求亲，听到傩送对翠翠唱歌求爱之时，他不断想起翠翠父母那段未完成的婚恋。这种基于亲人之死的印象永远困扰着他，间接引发了天保的不幸丧生，也反过来加剧了他的忧虑。这些只有文学才能细致勾勒的心理变化，在电影方面是难以表达的。电影中其他人物的性格设定与原著并无差别，顺顺的慷慨豁达、天保对待爱情的率真和对待兄弟的含蓄、傩送的浪漫气质、杨马兵的重视友情，都得到了不同程度的体现。为了达到串联剧情的目的，电影将小说第十节那位看管碾坊的熟人与杨马兵的角色加以合并。

小说中的翠翠是十四岁的少女，朦胧的心理活动的刻画是作品中最后表现的内容。而电影中翠翠的一部分内心活动，以话外音独白的方式呈现出来，含蓄性虽逊色于小说，但仍不失为电影中的点睛之笔。这个成长中的少女的情怀，以仍带有儿童气息的话语表现出来，寄寓着影片对沈从文审美理想的诠释。这些人物特点和人物关系的设置，大体符合沈从文原作中故事人物关系设计与表现的倾向性。作家曾这样描述创作《边城》的用意：

> 我要表现的本是一种“人生的形式”，一种“优美，健康而又不悖乎人性的人生形式”。我主意不再领导读者去桃源旅行，却想借桃源上行七百里路酉水流域一个小城小市中几个愚夫俗子，被一件普通人事牵连在一处

时，各人应得的一份哀乐，为人类“爱”字作一度恰如其分的说明。[①]

此处提及的人类之爱，是乡土生活中质朴、原始的力量在小说世界中的显现，它天然地与浪漫主义气质结合在一起，又在少女、少男和老者的形象上得以外化。与这种世界观对应，影片如小说一般塑造出一处时间停滞的乌托邦。与此相比，严俊的《翠翠》将女主人公由成长中的懵懂少女改成更为成熟的青年女子，她与天保和傩送之间的三角恋情构成了这部商业影片人物关系的核心。原作中与乡土社群结合在一起的人情之美，被热烈的爱情关系所替代。情景交融的田园风景，也在香港都市的背景下变成凸显内在消费文化特质的手段。

凌子风版《边城》中人物之间的联结方式多发生在日常生活场景之中，但最引人注目的却是与现实生活相对的节庆日场景。小说内容涉及端午、中秋、春节的场景，电影侧重于前两者。节庆日是文化习俗的集中展现，是群体生活和精神世界的外显化表达，它以漫长时间中形成的文化规范，约束着群体的情感和行为方式。龙舟情境中傩送与翠翠的相见，中秋夜晚傩送给翠翠唱歌的段落，形成人与人在节庆日发生生活与情感等方面的联结。分散的人，因此出现了聚合的可能，又进一步预示新的人生聚散。电影中的节日情境，如原作一般被塑造为“自然秩序”的一部分，这种自然秩序是不同的民族文化融合状况在地方性之中的体现。在接受和阐释小说与影片《边城》的过程中，苗汉民族之间的文化融合也需要结合历史语境加以考虑，作为理解小说和影片人物精神世界的一个维度。明清统治者为了控制当地的苗族人的反抗，在茶峒驻扎绿营兵，兵员主要是汉族人。“茶峒”这个地名在苗语中的意思，即是汉族人居住的平地。翠翠过世的父亲是绿营兵，母亲是苗族女子，两人恋爱关系中面临的困难主要源自旧时代长期形成的民族紧张关系。翠翠成长的年代，这种现实中的矛盾相比过往时期已走向淡化，但依旧存在于不同族群的集体记忆当中。翠翠的婚事在实际运作中被复杂化，就是这种有关矛盾的集体记忆影响下形成的结果。

① 沈从文：《习作选集代序》，载沈从文《沈从文全集》第9卷，北岳文艺出版社，2002，第5页。

（二）叙事及表意的改编

影片开场设置了纪实性的段落。配合片头字幕的笛声停止后，一个带有少女音色的画外音介绍了小说原作者沈从文："亲爱的观众，我用电影给你们讲一个故事。这是我国著名老作家沈从文。这部影片是根据他在 1934 年写的一部同名小说拍摄的。"这段画外音对应着四个代表作家工作状况的镜头：作家伏案创作的全景镜头（图 5–1）、中景镜头（图 5–2）、近景镜头（图 5–3），以及修订稿件时的手部和稿件镜头（图 5–4）。这四个镜头与女性画外音相配合，形成这个电影叙述段落的意义指向性。其一，展示作家的形象及其生活状况，以"对作家形象的纪实性"确立电影作品改编叙述的现实根基；其二，对作家沈从文进行适当评价，这种评价在 20 世纪 80 年代具有"为作家公开正名"之意；其三，使"作家的写作行为"和"电影作品的故事"发生关联，建立电影叙事的"合法性"。

图 5–1　电影《边城》片头，作家沈从文工作场景的全景镜头

图 5–2　工作场景中，作家的中近景镜头

图 5–3　作家侧面的近景镜头

图 5–4　作家修订稿件的特写镜头

（图像来源：1905 电影网）

影片情节开端的部分，改写了小说开篇的文字。小说《边城》原作第一节

的背景叙述文字是：

> 由四川过湖南去，靠东有一条官路。这官路将近湘西边境到了一个地方名为“茶峒”的小山城时，有一条小溪，溪边有座白色小塔，塔下住了一户单独的人家。这人家只是一个老人，一个女孩子，一只黄狗。……
>
> 管理这渡船的，就是住在塔下的那个老人。活了七十年，从二十岁起便守在这小溪边，五十年来不知把船来去渡了若干人。……他唯一的朋友是一只渡船和一只黄狗，唯一的亲人便只那个女孩子。[1]

电影的画外音调整为：

> 故事发生在民国初年。由四川过湖南去，靠东有一条官路。这官路将近湘西边境，到了一个地方，名叫茶峒的小山城。离城一里左右，有一条小溪，溪边有座白色小塔，塔下面住了一户单独的人家。管理这渡船的老人从二十岁起就守在这小溪边。他活了七十年了。唯一的伙伴是一只渡船和一条黄狗，唯一的亲人便只是这个女孩子。

在精神层面上，电影的设计与原作存在一个差别：小说《边城》的开场叙述段落淡化了时间维度，只侧重提供地点与人物。所谓“七十年”“二十岁”“五十年”等表述也不能揭示故事的年代，而是隐约透露出一种循环时间的形态。这是一个带有乌托邦叙事特征的开端。电影整体上虽然也带有乌托邦的意味，但其主要是建立在地方文化陈述基础上的空间乌托邦。与此相比，小说的面貌兼容了乌托邦的时间维度与空间维度，封闭空间中的命运流转与人事代谢以循环的面貌周而复始地运动。

电影开场部分的画外音对应着影片叙事开始阶段的环境介绍段落，共同构成对描绘了故事空间的叙述。

① 沈从文：《边城》，长江文艺出版社，2014，第7页。

图 5–5　电影《边城》开场段落，介绍地理环境的远景摇镜头

图 5–6　雨中官路的全景镜头（右上）。图 5–5 和图 5–6 共同对应画外音“故事发生在民国初年。由四川过湖南去，靠东有一条官路。”

图 5–7　电影《边城》开场段落，茶峒城楼镜头

图 5–8　白塔及故事发生环境的介绍镜头。与图 5–7 共同对应画外音“这官路将近湘西边境，到了一个地方，名叫茶峒的小山城。离城一里左右，有一条小溪，溪边有座白色小塔……”

图 5–9　船夫的家及渡口的远景镜头

图 5–10　摆渡的镜头

图 5–11　介绍翠翠和渡船的横摇镜头

图 5–12　翠翠吹笛子的镜头。图 5–9 到图 5–12 四个镜头共同对应画外音“……塔下面住了一户单独的人家。管理这渡船的老人从二十岁起就守在这小溪边。他活了七十年了。唯一的伙伴是一只渡船和一条黄狗，唯一的亲人便只是这个女孩子。”

（图像来源：1905 电影网）

图 5–5 源自一个从左至右的摇镜头，这一镜头铺陈了湘西地区的群山，介绍故事发生的地理环境。图 5–7 源自一个从下至上的摇镜头，这个镜头呈现茶峒小城城门的面貌，使叙事由自然景观过渡到人文景观。图 5–9 和图 5–10 源自同一个从大全景摇推至渡船画面的镜头，它对应了原著中地理环境从宏观到微观的转变。图 5–11 源自展现翠翠、老船夫、船上乘客和黄狗的横摇镜头。每个关键的运动镜头之后，都匹配了一个固定镜头，以它们之间动与静的融合营造出合乎剧情与叙述需要的节奏感。影片《边城》中，这个叙述段落的镜头组合关系融合了动与静、人与物、情与景，于严谨的法度中透露出浓郁的诗意。从整体上看，这也可以代表整部影片的叙述方式：其一，多利用固定机位拍摄，极少出现移动跟拍镜头，也没有快速剪辑形成的紧迫感；其二，在讲述人物之间关系的电影叙述中，并不强调矛盾冲突，只以画外音配合各人内心情怀和思绪的表达。

电影呈现女主人公正在吹笛子的画面（图 5–12），在视觉上提供了笛声的音源。笛声引起另一段女声叙述，但这个声音已开始从画外转向画内，代表故事本身与景框中人物的密切关联性。

> 女孩子的母亲是老船夫的独生女。十七年前同一个茶峒囤防军人唱歌相爱后有了孩子，但是却结婚不成。那个又要爱情又惜名誉的军人毅然殉情死去了，老船夫的女儿却待生下孩子后，喝了这溪中的冷水，也死了。女孩子在老船夫的疼爱下长大成人，转眼十五岁了。老船夫给这个可怜的遗孤，拾取了一个近身的名字，叫翠翠。

画外音讲到翠翠父母的死因时，影片在老船夫的面部镜头与翠翠在溪边高处吹笛的全景镜头之间进行切换，营造出一种在回忆中流露的感伤情绪。这个独白的声音推出翠翠的名字后，被老船夫召唤翠翠的声音所替代。画外音段落与镜头的切换之间彼此匹配，融合了故事发生的地理环境、时代背景与人物背景，使以声音转述的小说原作文字得以走向电影式的视觉化与空间化。①

同一个声音，在影片后续叙事推进中又承担着解说电影故事和承接上下剧情等方面的功能。但《边城》中画外音的使用比较收敛，大体上仍以情节本身的自然演进去吸引观众自行观赏与理解。这种策略的一个背景是，原著中发生在翠翠、天保、傩送之间的情感是朦胧而内敛的，除去唱歌之外难以用行动表露。小说尚可以文字呈现心理的变化，电影呈现这种朦胧之爱则首选画外音。翠翠遇到傩送后，影片的旁白是："翠翠原谅了爷爷，但是另外一件事，不关爷爷，属于自己的，却使她沉默了一个夜晚。"另一个场景中，爷爷躺在竹椅上时，旁白是："在这静静的夜晚，爷爷对着星子想着心事。翠翠已经长大了，自己也真的老了，要把翠翠交给一个可靠的人，交给谁呢？什么样的人方不委屈她呢？"影片结尾的旁白："到了冬天，那个在月夜为翠翠唱歌的年轻人，还不曾回到茶峒来。这个人也许永远不回来了，也许明天回来。"

影片人物的台词与对话方面，有时如沈从文的小说那样留出了空白，在叙事中制造了余韵。如翠翠在渡船上与女孩母亲的对话中，女孩的母亲问："你多大了？"翠翠回问道："她多大了？"此后切换了流水中船头的中景镜头。而另一些情境下，电影相对于原著中空白的部分，以镜头的手段进行了填充。小说的情节呈现祖父误以为天保是夜晚唱歌给翠翠的人，而向天保求证。天保回应说："算了吧，你把宝贝孙女儿送给会唱歌的竹雀吧。"电影则在这句台词后加上天保指向吊脚楼的动作，随后切换傩送出现在楼上的镜头。这个设计合并了祖父的视角与观众的视线，对小说中带有含混性的情节段落进行了说明。

凌子风导演的《边城》着力呈现和建构湘西的地方文化风情。地理景观方面，剧组选取了湘西独特的地点及其面貌作为外景选择，但它们中当时多数因洪水等原因难以使用。摄制组还与当地政府合作搭建了白塔、老船工家门口的草地、渡口和吊脚楼等主要场景，甚至赛龙舟一景中的河面都是特意开

① 雅克·奥蒙认为："如今仍占主导地位的传统电影及其派生作品则始终致力于声音元素空间化，通过影像为声音元素提供对应物——从而保证影像与声音之间的一一对应关系，或者说'冗余'关系。"奥蒙、玛利：《现代电影美学》，崔君衍译，中国电影出版社，2010，第 33 页。

掘的。[1] 剧组特意根据原作搭建的白塔，在翠翠家的内景和外景镜头中增添了背景的丰富性，还直接关联到人物的对话和台词。傩送来到翠翠家送还酒葫芦的场景中，摄影机自室内拍摄祖父和傩送对话的情境，祖父指着远处的白塔说："咱们茶峒的白塔风水好，才有你们兄弟俩这样的好小伙子。"与其对应的白塔倒塌情节在影片中并未出现，只保留了渡船被冲走的情节。原作中带有宿命意味的悲剧性崩塌场面，被电影缩减为一系列不带有必然性的不幸事件。在节庆日活动方面，端午赛龙舟场面呈现了地方的风俗，呈现了具有浓厚少数民族特色的服饰。影片呈现人群中游走的翠翠时，也将湘西文化景观的丰富性付诸视觉表达。

图 5-13 电影《边城》中观看赛龙舟的湘西民众

图 5-14 赛龙舟场景中的民族服饰近景

图 5-15 电影《边城》中的迎亲队伍

图 5-16 电影《边城》中渡船上的新婚女孩

（图像来源：1905 电影网）

沈从文也曾谈论过对其作品电影改编版音效的期待。[2] 他认为影片的声音须表达人物生活环境的寂静和情感的脉动，展现湘西特殊的声音世界：

① 徐晓星、霍庄：《凌子风拍〈边城〉》，《电影艺术》2004 年第 1 期。

② 沈从文曾以提出修改意见和建议的方式，参与了《边城》电影剧本的创作。谭文鑫：《沈从文对〈边城〉改编的介入与不合作》，《文艺争鸣》2013 年第 8 期。

> 至于主题歌，我怕写不出，也不好写，甚至于不必写。依我主观设想，全部故事进展中，人实生活在极其静止寂寞情境中，但表现情感的动，似乎得用四种音律加以反映：一为各种山鸟歌呼声；二为沅水流域放下水船时，弄船人摇橹，时而悠扬时而紧迫的号子声；三为酉水流域上行船，一组组纤夫拉船屈身前奔，气喘吁吁的短促号子声；四为上急流时，照例有二船夫，屈身在船板上用箭头顶着六尺长短篙，在船板上一步一步打“滴篙”爬行，使船慢慢上行的辛苦酸凄的喊号子声。内中不断有时隐时显，时轻时重的沅水流域麻阳佬放下水船摇橹号子快乐急促声音，和酉水流域上行船特别辛苦，船夫之一在舱板上打“滴篙”，充满辛苦的缓慢沉重号子声相间运用，形成的效果，比任何具体歌词还好听得多。此外则在平潭静寂的环境下，两山夹岸，三种不同劳动号子，相互交叠形成的音乐效果，如运用得法，将比任何高级音乐还更动人。①

沈从文的设想侧重于电影中人声和自然音效的方面，而影片《边城》声音的丰富性则以器乐和民歌为主，兼顾音效的多样性。如老船夫给翠翠吹奏芦管时，影片加入了鸟鸣的声音，烘托出清幽、寂静的气氛。湘西地方文化在电影音乐方面表现得尤其突出。影片中出现了笛子、苗鼓、锣、唢呐、芦管等乐器。苗鼓、唢呐和锣多用以匹配仪式性的场面，而笛子和芦管则对应表达个体情怀的影片段落。影片中的成亲段落，即利用唢呐的音乐烘托气氛。在声乐方面，影片中设计了几处湘西民歌段落。翠翠在船上哼唱的歌曲属于源自湘西巫文化的傩歌。傩送在夜晚所唱的是带有即兴创作色彩的民歌，老船夫演唱的民歌也极具地方特色。如在与翠翠一起走路的段落中，老船夫唱道：

> 过了一滩又一滩／渡过了四滩来到青浪滩／一滩更比一滩险／青浪滩呦青浪滩／一船过去，九船翻。

① 沈从文：《复徐盈》，载沈从文《沈从文全集》第26卷，北岳文艺出版社，2009，第150页。

吊脚楼上歌妓的演唱带有地方戏曲风格，由民乐中的丝竹乐器伴奏。民歌和具有地方色彩的乐器的使用，在影片中凸显了民间音乐的价值。所谓“民间音乐”，依照匈牙利作曲家、民间音乐学家巴托克（Bela Bartok）的描述，“是受城市文化影响最少的那一阶层人民的音乐，是或多或少有着时间和空间限度的音乐，这种音乐是受到音乐的冲动而即兴创作的”①。除此之外，这类民间音乐还有如下的特征：首先，它们是集体创作和传播的音乐形式，通常并不存在一个单独署名的作者；其次，它们原本多以少数民族语言或方言进行演唱，这是它们在语言方面的特质和限度；再次，它们是民间世俗生活或文化仪式中使用的音乐，有别于中央政权所使用的“宫廷雅乐”。② 由此可见，在族群意义上被界定的“少数民族音乐”与在“大众”“非官方”的角度被界定的“民间音乐”，在“地方性”这一点上出现了巨大的交集，这些音乐作品以质朴而原初的特质出现在电影创作者和人类学家的视野中，并充满了被改编、形塑和调配的可能性。在电影《边城》中情歌的叙事功能既关联了翠翠和傩送的情感联系，也在点明了翠翠父母爱情关系的源起。自“十七年”时期开始，地方的、少数民族的音乐就成为新中国电影塑造和呈现地方形象的重要策略，它展现了具有地方性的历史传统与文化，同时也借助电影独特的表现力与地理意义上的边缘地区的自然生态与生活场景结合，参与并呈现了作为中国文化的多样性。

影片于呈现湘西风土人情方面与原作契合。影片的情节设计试图着力转译原作语言的含蓄隽永，再依托这种含蓄呈现风土人情之美，以及田园牧歌式的湘西世界。原作充满了人性之善与风俗的质朴，而情节中的悲剧意味则缘于一系列的巧合及偶然发生的不幸事件。沈从文在《〈边城〉题记》中说：“这

① 巴托克：《民间音乐对现代艺术音乐的影响》，载巴托克：《巴托克论文书信选（增订版）》，陈洪、季子、廖乃雄译，人民音乐出版社，1985，第15页。

② 音乐理论家吕骥认为：“民间音乐，是在民歌基础上发展起来的。民歌是甚么呢？简单地说，是一个民族的人们在社会实践（包括生产劳动与阶级斗争）过程中集体创造的，是一个民族的人民的社会生活、思想、情绪的真实反映。”吕骥：《学习民间音乐中的几个问题》，载吕骥：《吕骥文选》上集，人民音乐出版社，1988，第154—155页。

作品或者只能给他们一点怀古的幽情，或者只能给他们一次苦笑，或者又将给他们一个噩梦，但同时说不定，也许尚能给他们一种勇气同信心！”这代表作者并未对故事中悲剧性的走向进行明确的设定，它匹配了小说原作开放的意义空间。而这部20世纪的80年代的影片《边城》，则旨在以乡土、自然、民俗的叙述重建被“文革”破坏的人际关系与社会想象。两者在“恢复”这一文化诉求上具有契合之处。基于此种目的，影片淡化了原著中那种浓厚的悲剧意味，寄寓了希望。

与凌子风版的《边城》相比，严俊的改编版囿于制作条件，无法凸显原著的地方文化特色。影片《翠翠》主要面向港台地区的电影观众，在演员表演方式、场景设计格调、台词表现策略等方面都进行了本地化的改编，影片文本表现出改编对原著的颠覆性。影片中渡口、街道、居室、庙宇等方面的设计依托于香港本地的物质条件和特色，离开了原著的设计。天后宫前上演京剧的场面，是一个祛除原作地方性，转而塑造出没有统一性的文化风格的场面。尤其是渡口的场景，由于外景地的限制显得并不统一，在影片中有时呈现为宽阔的海峡，有时又显现为河流。歌曲的设计上，兄弟二人唱歌的曲目多数是带有流行歌曲格调的音乐，还包括具有西部民歌风的曲子。影片还设置了翠翠和傩送之间面对面的对唱段落，这进一步使某些影片段落体现出歌舞片的特色。这部以“Singing Under the Moon”为英文片名的影片，极有可能受到1952年的好莱坞歌舞片《雨中曲》（*Singing In the Rain*）的影响，试图利用歌舞段落扩展影片的视听效果，以实现其商业价值。在影片的结尾，原著小说那句著名的结束语被设置成杨马兵（喜剧演员刘恩甲饰演）的一句台词：“他可能明天回来，也可能永远不回来了。”原作语言形成的含蓄意味在日常生活口语的轻描淡写中瓦解了。如果说这是商业影片为应对最广大的观影群体而不得不采取的策略，它也可以视为原作转译过程中的一个遗憾。

影片中演员的表演技巧虽然出色，但带有浓厚的舞台戏剧风格。女主演林黛的面相极适合出演妩媚多情的都市女郎或古装仕女，饰演乡村女性则有出戏之感。与此相应，台词的设计也侧重于文艺片的格调。端午节的龙舟赛的场面紧张而精彩，街头节庆场景却展示了颇具南方沿海地区文化色彩的舞狮场面。总体上来看，影片体现出比较明显的多地方文化混合性，是一部可借以研究“现代文学名作的香港化改编”的文本。沈从文本人对《翠翠》的评价不高，一方面认为影片女主角的年龄偏大（林黛出演此片时 19 岁），另一方面感到“人物景色全安排错了”。[①] 所谓“景色”的错误安排，主要指小说《边城》发生在江河周边的地理环境当中，而影片《翠翠》因为外景地设在南方海滨的环境中，因此渡船、渡口和乘船出行的场景都以海滨和岛屿为视觉背景。这是电影制作条件造成的影片的改动，它并不能单独构成改编的所谓“错误”。文学研究者李欧梵教授对《边城》两个改编版的评价可与沈从文的观点相参照，他认为“《翠翠》演技动人，但背景简陋，并非湖南实景；后者则恰好相反，背景（实地彩色摄影）颇佳，但演员则不出色”[②]。

将两个电影改编版与小说原作进行对照（小说表意结构参见表 5–1），影片《边城》在改编创作过程中延续了原作的情节框架，丰富了电影声音方面的内容与表现力，使民间音乐（地方民歌、民族器乐）成为具有代表性的形象，同时淡化了原作中有关旧军队和民族关系的内容，却又保留了原作的散文化气质。影片《翠翠》的改编集中于南方沿海风光的展现方面，试图以通俗情节剧和歌舞剧的元素增加影片的大众消费特征。

表 5–1　小说《边城》的表意结构

叙事脉络	核心人物	行动—表意	代表形象	空间	制度与文化	意义结构
船夫家的故事	翠翠、老船夫	摆渡—宁静安稳的生活	渡船、白塔	渡口、集市等	非商业文化	被动的、静默的生活选择
顺顺家的故事	傩送、天保、顺顺	唱歌、赛龙舟—具有挑战性的生活	龙舟	吊脚楼、码头等	帮会和旧军队背景下的商业文化	能动的、流动性的生活选择

① 沈从文：《复龙海清》，载《沈从文全集》第 26 卷，北岳文艺出版社，2009，第 136 页。

② 李欧梵：《不必然的对等：文学改编电影》，人民文学出版社，2017，第 166 页。

二、《萧萧》的电影改编版

谢飞、乌兰导演的《湘女萧萧》(1986)，改编自沈从文创作于1929年的短篇小说《萧萧》，编剧为张弦。小说原作最初发表于1930年1月10日的《小说月报》，核心内容是旧时代湘西童养媳萧萧的命运循环。小说中的萧萧面临父权和族权的压迫，沦为童养媳，在卑微的身份中苦捱时光。她与夫家雇佣的长工花狗之间的肉体关系，是出自青春期人性的自然需求，也是一种消极的社会抗争。而小说最后的她目睹长子娶回童养媳的一幕，使得故事中的乡土文化秩序成为宿命般一成不变的轮回。这种循环匹配着沈从文笔下与现代城市文化相对的、处于停滞状态的乡土生活。

(一)原作情节框架和人物的改编

影片的人物关系大部分沿用小说。杨家的角色有小丈夫、爷爷、奶奶、萧萧的婆婆，这是小说人物关系的原样复现。萧萧的公公长期在外不归，影片以婆婆的哭泣情节暗示前者在外另有新欢。影片在杨家内部为小丈夫设置了“春官”的名字，作为对话中可供指称的人名。同时设置一个哑巴雇工作为花狗的同伴，这个沉默的同伴与语言丰富的花狗，恰好形成对照，增加了次要人物特征的鲜明性。[①] 在杨家外部，影片增加了巧秀娘的角色，作为萧萧命运的参照。与巧秀娘相关的形象有巧秀和族长，这两个角色的戏份比巧秀娘还要少，仅起到情节提点的作用。电影临近结尾的部分，萧萧的丈夫春官被改写成一个接受新思想影响的学生。

小说原作的情节框架：

1. 萧萧成为童养媳。
2. 祖父评说女学生。萧萧在梦中见到女学生。
3. 花狗为萧萧唱歌。
4. 花狗和萧萧发生关系。萧萧怀孕，花狗逃跑。

① 《萧萧》原作中的“哑巴”是一位长工的绰号，他并非一个真的不会说话的角色。

5. 因为各方面的原因，萧萧未受到沉潭处置。

6. 萧萧生下儿子，重新得到接纳。

7. 后来，萧萧和长大的丈夫圆房，怀孕生下第二个儿子。大儿子也娶了童养媳。

电影的情节框架：

1. 萧萧的叔叔送她去成亲，拜堂成亲，成为童养媳。

2. 巧秀娘的丈夫去世。萧萧照看春官。

3. 萧萧和花狗对话，花狗唱歌给她。

4. 一家人纳凉时聊起女学生。

5. 花狗、哑巴、萧萧、春官去集市，见到了女学生。

6. 下雨时花狗、萧萧在磨坊避雨，两人发生关系。

7. 萧萧和花狗幽会，萧萧怀孕。

8. 巧秀娘被沉潭。

9. 花狗逃跑，萧萧处于恐惧当中。

10. 新祠堂建成，萧萧跟随爷爷到城里。她私下拜神祈求堕胎，还吃下了香灰。

11. 试图逃走的萧萧被捉回关押。

12. 家人不敢处死萧萧，也无法把她卖掉。

13. 萧萧生下一个男孩。

14. 萧萧的儿子娶了童养媳。成为学生的春官冷眼观察着这一切。

影片另外增加的人物形象或信息，成为补充电影情节的手段：其一，巧秀娘的故事。它源自沈从文的另外一部小说《巧秀和冬生》。这部小说是沈从文于 1947 年创作完成的，其中插叙了少女巧秀母亲的经历。巧秀娘二十三岁守寡，与外村人相好，族长因私仇提议动用私刑把她沉潭。这个小说段落中充满了叙述人对巧秀娘的同情。其二，春官的相关情节。原著中萧萧的小丈夫并没有名字，影片中春官这个名字的设置与《月牙儿》为女主人公设定名字具有同样的功能。片尾设计了在镇上读书的春官当众否认自己已经成亲的事实，又在返家的汽船上遇到牛儿的妻子被花轿抬来参加婚礼的情节。春官由一个懵懂的孩子成长为旧秩序的反思者，突破了小说的人物设定，是改编者的文化观念与时代意识的自然流露。从整体上看，影片增加巧秀娘的角色，造成叙事节奏上的变化和刻画人物心理的可能性。小说中缓慢的叙事在电影中加速了，符合情节剧的框架。

影片还对以下方面进行了明确的情节扩展：其一，萧萧与花狗的故事。这部分内容被影片作为展现人性的自然需求的段落，进行了扩展。这个段落中花狗接近萧萧之前，首先开启了水碾子。碾坊、水碾子和石磨的形象，集合了沈从文其他作品中的描写，是湘西地方风情的集中体现。如短篇小说《三三》有这样的文字：

> 一个堡子里只有这样一座碾坊，所以凡是堡子里碾米的事都归这碾坊包办，成天有人轮流挑了仓谷来，把谷子倒进石槽里去后，抽去水闸的板，枧槽里水冲动了下面的暗轮，石磨盘带着动情的声音，即刻就转动起来了。①

这个形象还出现在萧萧怀孕后，经历各种内心焦虑与煎熬的过程中。她独自一人开启水碾子，镜头提示她正在回想之前发生的事情，电影以这种情节的设计扩展了原作中这部分内心戏的空白。

其二，家里人对待怀孕的萧萧的态度及其转变的部分。小说提及萧萧的伯父反对沉潭，怀孕的萧萧又无法被卖掉，因此在生下男婴后重新得到接纳。电影的呈现更为细致，除表现春官对萧萧的依赖和怀胎即将临产的萧萧无法被转卖两点之外，还添加了一个至关重要的情节：奶奶以沉潭会引来鬼魂作

① 沈从文：《三三》，载沈从文《八骏图》，长江文艺出版社，2014，第 47 页。

祟的理由劝说萧萧的婆婆不能动用私刑，杨家人对鬼神的畏惧使他们留下了萧萧。这个情节包含的逻辑是“旧的意识形态反而保存了萧萧的生命”，即封建宗族制度在家庭内部保持着一定的灵活度，家人出于旧式观念而放弃了私刑。其中的反讽性累积到十年后萧萧成为婆婆的情节中，更加凸显了旧秩序的不合理性。

（二）电影对人物心灵世界的表现

萧萧十六岁之前的懵懂之气，在影片中得到了明确的表达。花狗的痞气和性压抑，也是影片的设定。原作中萧萧的人性的自然流露主要分为两个方面：第一是和花狗的肉体关系，第二是对女学生的潜在接受。小说这样写她的态度：其一，是在不了解的情况下抗拒，认为女学生是不好的。“爷爷，我不做女学生。”其二，依然在不了解的情况下口头接受。“做就做，我不怕。”其三，女学生具体的模样在小说中是以全知视角叙述人和爷爷的视角交叉叙述因而得以呈现的，萧萧受到爷爷叙述的影响，对女学生的身份开始有了憧憬。“这时经祖父一为说明，听过这话的萧萧，心中却忽然有了一种模模糊糊的感觉，以为倘若她也是个女学生，她是不是照祖父说的女学生一个样子去做那些事情？不管好歹，女学生并不可怕，因此一来，却已为这乡下姑娘初次体念到了。”其四，她开始有更多的好奇，希望靠近女学生，甚至希望成为她们的一员。“萧萧从此以后心中有个‘女学生’。做梦也便常常梦到女学生，且梦到同这些人并排走路。”其五，花狗信口胡说了路上遇到女学生的事情，引起了萧萧的注意。其六，萧萧见过一次女学生，想象着自己向女学生那样剪去辫子的模样。其七，萧萧怀孕后又见到女学生，想离家出走。其八，萧萧与花狗生的儿子娶了童养媳后，抱着她的第二个儿子，对他说：“看看，女学生也来了！明天长大了，我们讨个女学生媳妇！”这句对孩子所说的戏言当中，隐含着她自身曾经向往却未能达成的隐秘愿望。

影片同样以爷爷讲述女学生的段落引出萧萧对自主婚恋的朦胧憧憬，但依照影片的媒介特征，将原著对应段落中占据最大篇幅的间接引语段落转换成电影场景中的人物对话。小说的叙述在直接引语和间接引语之间转换，再落实到全知叙事人对萧萧心理的讲述，以此作为众人口中的女学生给萧萧留下的印象。那代表了萧萧从未想象过的生活：

> 女学生由祖父方面所知道的是这样一种人：她们穿衣服不管天气冷暖，吃东西不问饥饱，晚上交到子时才睡觉，白天正经事全不作，只知唱歌打球，读洋书。她们一年用的钱可以买十六只水牛。她们在省里京里想往什么地方去时，不必走路，只要钻进一个大匣子中那匣子就可以带她到地。她们在学校，男女一处上课，人熟了，就随意同那男子睡觉，也不要媒人，也不要彩礼，名叫“自由”。……这时经祖父一为说明，听过这话的萧萧，心中却忽然有了一种模模糊糊的愿望，以为倘若她也是个女学生，她是不是照祖父说的女学生一个样子去做那些事？不管好歹，做女学生极有趣味，因此一来却已为这乡下姑娘体念到了。[①]

相对于小说写法的从外而内渗透心灵，影片主要利用萧萧注视的面部近景镜头呈现她的好奇。随后设计爷爷问萧萧的话是：“萧萧，自由好不好？”萧萧对此十分茫然，先是点头后又摇头，引起众人的笑声。影片同时安排同处在这个场景中的花狗也分担讲述者的功能，花狗和爷爷的讲述彼此补充，形成了这个夜晚纳凉场面中的戏剧性动力。这个段落中，花狗对萧萧说：“我看，将来你必做个女学生。”萧萧回应说：“做就做，我不怕。”小说中这句话连接了萧萧哄丈夫不哭的情节，影片则转接婆婆的话：“越说越不像话了。”影片中的萧萧在集市上第一次见到女学生时，当地人围观和取笑她们。取笑的场面与萧萧急切想找到春官的行动置于同一个景框当中。这含蓄地表达了电影的倾向性。小说中人物对话和心理的交错描写造成的具有写意性的段落，在影片中转化为更适于大众接受的形式。

（三）电影叙述上的创造性设计与隐喻性

电影表意的核心内容包括对封闭的、封建习俗的否定。小说原作的叙

---

① 沈从文：《萧萧》，载沈从文《新与旧·长河》，长江文艺出版社，2014，第10页。

事策略，表面上对湘西生活秩序采取中立态度，不包含批判色彩，实则可在20世纪20年代至30年代的语境中生发出对城市现代性推进过程中各种丑恶现实的否定与怀疑。萧萧人生境遇的循环和"停滞"，是作为不断向前推进的现代性的对立面，她的劳作和生产对照着城里人的休闲和消费。小说写道："许多城市中文明人，把一个夏天完全消磨到软绸衣服、精美饮料以及种种好事情上面。萧萧的一家，因为一个夏天的劳作，却得了十多斤细麻，二三十担瓜。"但随着语境的转换，这种意味在20世纪80年代不易得到解读。因此，电影对否定性的强化，首先是为了80年代的文化需要。在这个意义上，"故事被讲述 / 复述的年代"比"故事被书写的时代"更为重要。

影片开场的一个长镜头，呈现湘西民居屋顶上一排排青色屋瓦的影像。从整部影片对建筑意象的运用来看，这个镜头以其静默中融合错置与秩序的面貌，奠定了影片象征层面的底色。在另一个更晚近的《湘女萧萧》影片中，青瓦屋顶的影像上还叠加了一行字幕，文字源出沈从文的创作谈："我只造希腊小庙。这种庙供奉的是人性。——沈从文。"这是沈从文创作观念的集中表达，原文出现于《习作选集代序》："这世界上或有想在沙基或水面上建造崇楼杰阁的人，那可不是我。我只想造希腊小庙。选山地作基础，用坚硬石头堆砌它。精巧，结实，匀称，形体虽小而不纤巧，是我理想的建筑。这神庙供奉的是'人性'。"① 这句话的使用提供了影片对建筑的特殊注视。建筑是人类创造的重要文化形式，它的实用价值在于为人类自身提供遮蔽风雨的生活空间，其象征价值中因此显现了人的各种不同层次的需要：生理、安全、归属与爱、尊重、自我实现等。"希腊小庙"的价值显然既与人的世俗生活需求密切相关，又因经过艺术过程的淬炼而凸显出纯粹性与普遍性。人性的普遍性和自然需求，也正是这部影片致力于表达的内容。

① 沈从文：《习作选集代序》，载沈从文《沈从文全集》第9卷，长江文艺出版社，2014，第2页。

图 5-17 开场只提供青瓦屋顶形象的《湘女萧萧》旧版
（图像来源：1905 电影网）

图 5-18 开场添加沈从文名言的《湘女萧萧》修复版
（图像来源：爱奇艺）

此后，影片呈现演职员字幕的段落中出现了八个湘西民居建筑的空镜头，宽银幕景框中湘西村落的建筑线条分割了宽银幕。青色屋瓦和片头的建筑群落，在整部影片中成为故事发生的文化语境的象征物。[①] 传统乡村的宗族伦理秩序，在影片显现着禁锢人性和压制个体自由的力量。这种传统的力量是影片结尾处接受新式教育的湘西人（春官）也难以改变的。

图 5-19 电影《湘女萧萧》片名字幕

图 5-20 影片中的湘西民居远景镜头

① 电影研究者赵斌认为：“单纯的抒情镜头（如风景）或场景往往隐喻着整体的故事情绪或者人物所处的特定情境（如静谧、安详），这种组合的镜头或段落是很容易被观众从整体的情节链条中辨认出来的。”赵斌：《电影语言修辞研究》，中国电影出版社，2009，第 93 页。

图 5–21 影片中的湘西民居镜头
（图像来源：1905 电影网）

图 5–22 影片中的湘西民居镜头

小说叙述人的叙述态度是这种作品倾向的代表。而电影则主要借助情节的安排和环境的呈现进行表达。影片结尾安排小丈夫成为一个进步青年，他以自己对旧式秩序的疏离来反抗童养媳和包办婚姻。这在影片里造成了男女两性在反抗旧制度的过程中的不同表现：女人调动身体的资源，以情感或身体的“越界”进行反抗，这是一种更具展示性的抗争；而男性的反抗则是割断与旧秩序之间的联系，这种抗争是一种断然决裂式的抵抗。与影片《边城》的时间线索类似，《湘女萧萧》的时间线索涵盖了四季。夏天是萧萧知晓女学生的季节，也是她和花狗偷情的季节。磨坊偷情戏之后，影片利用秋天稻子成熟的全景和近景呈现出稻谷在风中摇曳的情景，以此关联到深秋时节萧萧的怀孕和深度焦虑。《湘女萧萧》中，呈现自然环境中人物活动的远景镜头与景物空镜头的组合运用发挥了特殊的表意功能。萧萧、春官、花狗乘坐渡船时的对话场景，以江水的近景和江面风景的大全景镜头作结，为萧萧和花狗的关系进行了铺垫。花狗离开后，萧萧四处寻找无果后扑到草丛中痛哭的场面使用了大全景镜头，萧萧的身影在自然背景下显得渺小无力。萧萧逃走的影片段落中，同样出现了夜幕下江水的近景和远景空镜头，群山、旷野和大河的背景下的青年女性显得孤立无援。在这些段落中，风景的隐喻性与人物的行动组合在一起，是电影段落诗意化表达的重要形式。

小说原著中隐含着隐喻的设计，如以毛毛虫与人的欲望进行关联，形成微妙的文学表达。“到丈夫返身时，手被毛毛虫蜇伤，肿了一大片，走到萧萧身边。萧萧捏紧这一只小手，且用口去呵它，吮它，想起刚才的糊涂，才仿佛明白自己做了一点不大好的糊涂事。”与此对应，萧萧怀孕后又一次被毛毛虫困扰：“到秋天，屋前屋后毛毛虫都结茧，成了各种好看蛾蝶，丈夫象故意折磨她一样，常常提起几个月前被毛毛虫蛰手的旧话，使萧萧心里难过。她因此极恨毛毛虫，见了那小虫就想用脚去踹。”影片中选取了更具视觉化特征、适合以电影呈现的喻体。磨坊的水碾子被纳入隐喻系统当中。在第一个标志性的场景中，花狗和萧萧偷情的场面里，水碾子构成了性活动的隐喻。第二个场景出现在花狗逃走之后，萧萧一人面对碾坊中的碾子，情绪难以自已。水碾子又被作为内心情绪表达的视觉中间物。而与此相关的段落中，被沉潭处死的巧秀娘身上捆绑的磨盘，也形成了某种隐喻性。水车、石臼中的木杵等，又在建筑物群落的整体形象中变成刻板的旧文化秩序的象征。新祠堂演戏的场面，萧萧把自己代入了戏剧舞台上的女性角色。随后电影出现了萧萧在道观取香灰的情景，这对应了原著里为了堕胎而做出的选择。影片在此设计了又一个极富戏剧性的形象：道观中萧萧所拜的王母娘娘的神像，在当地多被当成送子娘娘而跪拜。这个神像的意义恰好与萧萧的祈求相违背。

图 5–23 电影《湘女萧萧》中反复出现的石臼

图 5–24 电影《湘女萧萧》中的水碾子

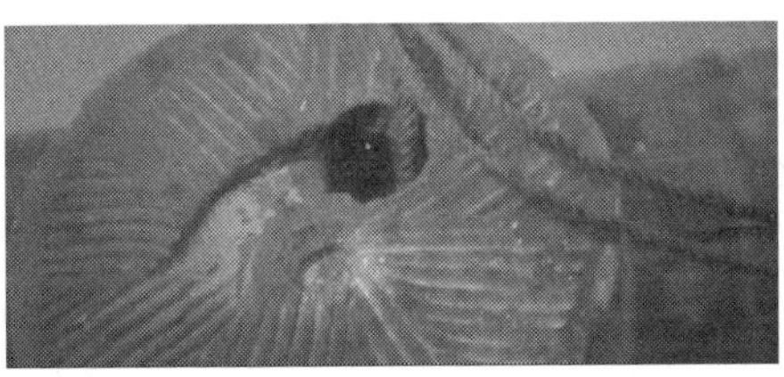

图 5–25 电影《湘女萧萧》中“沉潭”一场中的磨盘

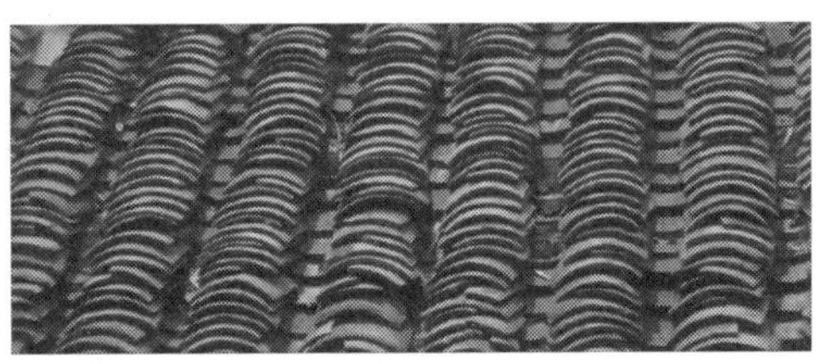

图 5–26 电影《湘女萧萧》片尾处再次出现的青瓦屋顶形象

（图像来源：1905 电影网）

电影声音的层面上，《湘女萧萧》营造了艺术上的特殊性。萧萧试图逃走的段落中，因无法推动渡船而受阻的情况下，镜头段落切换了夜晚河水的中景和全景镜头，对应了萧萧痛哭的声音。这代表逃走的不可能性。镜头切换至第二天清晨的江面景象，几个镜头中出现了与沉潭场景极为相似的一幅画面，匹配了带有忧虑感的音乐。此前的沉潭段落使用了一个，水面的大全景镜头，其中处死巧秀娘的场面是间接以声音提示的。沉潭发出的水声和巧秀娘的呼喊声是这个仪式的标志。花狗和萧萧的磨坊偷情段落中，磨盘转动和水流推动磨盘的声音，与屋外的雷雨声交织在一起，配合了青年男女因情欲而郁积的焦虑与烦躁。小说原作中丈夫小时候曾唱过花狗教给他的山歌，后来花狗又唱给萧萧听，歌声推动了两人亲密关系的建立。电影在花狗的歌声中添加了回声效果，与湘西风景的影像组合在一起。

与《边城》相似，《湘女萧萧》也带有浓厚的地方文化色彩，民俗文化参与了作品风格的塑造。极具地方特色的山歌以外，如出嫁情节中的杀鸡仪式、公鸡代替丈夫的婚礼风俗、占卜吉凶的情景、残忍的沉潭情景、新祠堂落成后的戏剧表演、道观里道士的诵经仪式，以及日常生活中的缠胸等，均占据着标志性的地位。影片中还设置了具有地方特色的物产，以此匹配集市的场景，如糖人、面具和蜡染。以今日观点审视，影片中的民俗场面是地方特色的一部分，它的奇观化面貌参与了影片的视觉性。[①] 同时，民俗仪式背后的观念及观念系统作为现代文化和伦理秩序的他者，在影片的意义结构中又透露出历史和文化进步的必然性。在这个意义上，《湘女萧萧》比电影《边城》体

① 张英进认为："80 年代初的城市题材电影后来大家慢慢忘记了。农村题材的震撼力当时相当强烈，其实有早一点的，就是第五代导演出现以前所谓第四代导演的两个代表作：《良家妇女》(1985) 和《湘女萧萧》(1986)。这两部电影推出的东西，一部分还是人道主义的批评，揭露宗法社会对妇女的歧视和压迫，但是要表现这个压迫的时候，就有意无意之间把整个宗法社会传统中民俗的东西给推出来了，比如说幼年的丈夫跟正在成年的十几岁的女孩子的婚姻。……这些现象对当时的城市观众来讲是全新的，因为经过了几十年的社会主义，大家突然觉得在中国社会当中，封建迷信的东西竟然还有根深蒂固的土壤，这些影片至少在道德上和视觉上产生了相当的震撼力……"张英进、林少雄：《城市的影像与影像的城市：美籍华裔学者张英进教授访谈》，载张英进：《审视中国：从学科史角度观察中国电影与文学研究》，南京大学出版社，2006，第 275 页。

现出更为明确的文化反思色彩，它的改编实践和文本呈现出的不同于原作的方面具有破除旧伦理、建设现代新文化的诉求。作为转译过程，沈从文小说中诗意的态度，被转换以从启蒙立场对旧时代的文化批判。①

影片的结尾处，春官以看似中立的眼光审视另一场迎娶童养媳的婚礼，但最后一个镜头仍然表露出这位已经接受过新式教育的少年与乡村旧秩序之间的距离。这个大全景镜头呈现了湘西的地理景观：田野、山峦、蜿蜒的乡间小路，春官身着学生装的身影在田野上显得极为渺小，他的静立和审视的目光是有意的疏离。对于绵延已久的传统乡村秩序而言，这种有意的疏离就是一种无言的抗争。以文化角度观之，青少年女性代表着自然的秩序。她们的形象及生存境遇是其身处其中的社会秩序的结果，也是其象征物。自然风景、边缘地区的民俗仪式、女性的身体是自然秩序的影像化表现。以她们的视角和心理刻画一个时代、一个社会，是从细微处着眼进行呈现的合理手段。少女是成长中的社会主体，生成中的个体，也是文化启蒙的对象。与原作相比（表 5–2），启蒙之于萧萧的无效性，恰与春官接受新式教育过程中逐渐实现的觉醒一起，组建了影片的文化寓言层面（表 5–3）。在这一点上，《黄土地》《青春祭》《边城》《湘女萧萧》具有某种共通性，原初的、静止的、一成不变的秩序与文化惯习成为构建电影象征意义的重要材料，在电影的叙事中充分地诉诸视觉化的面貌。②

表 5–2　小说《萧萧》的表意结构

叙事脉络	核心人物	行动—表意	代表形象	空间	制度与文化	意义结构
萧萧的故事	萧萧、花狗	劳动—受压抑的自然生命力	毛毛虫、女学生	田地、自然	父权制家庭秩序、童养媳	女性婚姻的不自主性、反抗和同化

① 有研究者运用“误读”概念诠释《萧萧》的电影改编，如胡斌：《一次精彩的“误读”——从沈从文的〈萧萧〉到谢飞的〈湘女萧萧〉》，《写作》2012 年第 23 期。

② 影片《黄土地》由张子良编剧，陈凯歌导演，王学圻、刘强等主演，广西电影制片厂 1984 年出品；影片《青春祭》由张暖忻编剧导演，李凤旭、冯远征主演，北京电影学院青年电影制片厂 1985 年出品。

表 5–3　影片《湘女萧萧》的表意结构

叙事脉络	核心人物	行动—表意	代表形象	空间	制度与文化	意义结构
萧萧的故事	萧萧、花狗	劳动—受压抑的自然生命力	石臼、水碾	田地、自然、碾坊	父权制家庭秩序、童养媳	女性婚姻的不自主性、反抗和同化
巧秀娘的故事	巧秀娘	劳动—受压抑的自然生命力	磨盘	祠堂	宗族制度	女性婚姻生活的不幸与牺牲
春官的故事	春官	成长与接受教育—觉醒	学生装	自然	新式教育	被启蒙者的觉醒

三、《丈夫》与其他短篇小说的改编版

黄蜀芹执导的影片《村妓》提供了单部沈从文作品电影改编的商业化探索，李劲松的《烟雨长河》则试图在一部商业影片中集成多部沈从文作品，并在情节上凸显贯穿全局的角色和情节主干。这两部影片代表着 20 世纪 90 年代沈从文作品的商业电影改编探索。以今日视角审视，这两部作品都很难称为成功之作，但可在经典文学作品的商业化改编方面引发一些思考。沈从文的作品一贯给读者留下缺少思想性的印象，但如从商业文化的背景去审视这种印象，所谓“缺乏思想性”可能意味着作品在故事及叙述方式中保持着情感和伦理评价上的中立性，这恰恰可以视作商业电影改编的一个有利条件。

（一）《丈夫》的猎奇式改编

黄蜀芹 1996 年导演的影片《村妓》，由沈从文创作于 1930 年的短篇小说《丈夫》改编。黄蜀芹导演的成名作是富有女性主义精神的《人·鬼·情》(1987)，她是 20 世纪 90 年代能够拍摄女性主义影片的中国内地导演中知名度最高的一位。但《村妓》整体上是一部以女性主义为标签、商业目的为主导的作品。影片的镜头语言侧重通俗化表达，并不计划表达沈从文乡土小说对乡土生活原貌

的呈现，而是依托原作的故事框架，聚焦于乡村男女的生活境遇和选择。

在情节的改编方面，《村妓》不同于追求诗意的《边城》和立足伦理批判的《湘女萧萧》，它的侧重是女性的生活选择以及这种选择背后的生命意志。在这个目标的实现过程中，权力和金钱构成了对女性生命意志的考验，这种紧张关系是明确的叙事动力。小说原作的故事框架由以下情节构成：

1. 船妓的生活状况介绍。
2. 进城的丈夫到处感觉陌生，对妻子迟迟不归相当不满。
3. 水保来访，与丈夫交谈。
4. 老七归来，丈夫心有不满，后来拉琴唱曲。
5. 音乐声引来喝醉的士兵上船闹事，造成矛盾。
6. 水保和巡官到来，解决了纷争。后者声称晚上来找老七。
7. 丈夫和老七一起返回乡下。

影片的故事框架改为：

1. 在乡村，五婶提议老七去城里做生意。夫妻同意。
2. 一年后，丈夫进城看望老七。
3. 老七带丈夫体验县城生活。
4. 张老板委托水保做中间人，买老七当姨太太。
5. 老七接待张老板，丈夫心存不满。
6. 老七等三人去烧香。张老板和水保约丈夫在茶楼会面商讨买老七的事，丈夫拒绝。
7. 丈夫喝酒赌输了钱，老七谅解了他。
8. 夫妇弹琴唱曲，引来了醉酒的士兵闹事。
9. 巡官赶走士兵。作为交换，老七服侍巡官。丈夫对此十分愤怒。
10. 丈夫烧掉钞票，返回乡下。老七也追随丈夫而去。

原著的场景集中，以单一脉络的线性叙事框架支撑文本，人物设计也十分简单。老七和五多两个名字之外，小说均以身份（丈夫、水保等）为人物代称，这种设计更侧重突出人物在叙事中发挥的功能，而淡化他们的内心活动。小说中的乡村生活场景，一部分以叙述人描绘丈夫到县城后体验的城乡差异进行呈现，另一部分以直接引语及其相应的心理活动，浮现在水保和丈夫的对话段落中。考察小说与电影两个文本的人物关系可知，影片在人物设计方面加入了张老板的角色，并扭转了水保的人物设定。富商张老板试图用金钱收买丈夫，以迎娶老七做姨太太。水保试图利用自己的身份劝说丈夫，促成卖妻的交易。这两个角色的设计在影片中分别凸显了金钱和权力的叙事功能，增加了这部电影的戏剧性。情节性是电影进行改编与调整的核心，凸显情节起承转合的戏剧性，是电影改编的常见策略。老七和丈夫在影片结尾处丢弃镯子和钞票的行为，才因此生发出特殊的叙事意义（离开金钱、权力和城市生活），从而以人的选择塑造了具体而独特的性格与心理世界。另外，影片在短篇小说原作的基础上，增加了沈从文其他作品如《边城》《柏子》中的情节。

如上文所述，沈从文小说原作的叙述人大体上持有中立态度，并不试图过度干预和评判故事中人物的行为得失。沈从文曾这样描述其小说的写法——“只是以我的客观态度描写一切现实，而内中人物在我是无爱憎的。”①这种倾向在小说中表现为自然而然和“听之任之”的叙述口吻。又由于总体上以湘西世界为现代城市生活的他者，“听之任之”容纳了轻描淡写中善与恶的悬置：

> 船上人，她们把这件事也像其余地方一样称呼，这叫做“生意”。她们都是做生意而来的。在名分上，那名称与别的工作，同样不与道德相冲突，也并不违反健康。她们从乡下来，从哪些种田挖园的人家，离了乡村，离了石磨同小牛，离了那年轻而强健的丈夫的怀抱，跟随了一个熟人，就来到这船上做生意了。做了生意，慢慢的变成为城市里人，慢

① 沈从文：《〈一个母亲〉序》，载沈从文《月下小景·如蕤》，长江文艺出版社，2014，第3页。

> 慢的与乡村离远，慢慢的学会了一些只有城市里才需要的恶德，于是妇人就回了。但那段，是慢慢的，因为需要一些日子，所以谁也不去注意了。而且也仍然不缺少在任何情形下还依然好好的保留到那乡村气质的妇人，所以在市的小河妓船上，绝不会缺少年轻女子的来路。①

而影片对此予以调整，营造出具有社会批判性的文化视角。这种批评性并不尖锐，主要指向金钱和权力造成的社会不公，再反衬片尾处女性决断性的可贵。从中国历史与文化的语境来看，旧时代的娼妓是剥削制度和社会压迫的产物，中国社会的城乡差别扩大了剥削制度和社会压迫的后果。乡村女性在城市中的卖身生涯，是城乡差异中的女性为改变经济状况被迫从事的职业。影片试图在这种差异中凸显女性主人公残余的精神自主性，而无意揭示社会关系尤其是经济关系的决定性作用。这是影片《村妓》的故事性的焦点，也是女性角色构建的特色——影片结尾，女性个体对社会经济因素的决定性作用的背弃，代表了她的生活选择及个性魅力。如果说“从妓”是与中国传统家庭伦理相抵触的生活选择，那么老七最终的“返乡”则表示回归了乡村生活中的家庭秩序。这是影片在故事层面所呈现的叙事线索和伦理选择。

故事框架的改编方面，小说原作的核心是城乡差别与乡村的贫困导致的伦理问题，以客观的写实视角融合从乡下进城的丈夫的目光，描述湘西地区船妓的生活。在小说的结尾，面对妻子在妓女身份中身不由己的应酬，丈夫出于屈辱感而离城回乡，妻子也追随他而去。两人的离开是他们的个体选择，并未触动既有的文化秩序。电影致力于在小说的原有框架下强调女性人生选择上的勇气。影片开场部分讲述了长期的贫困生活造成了乡村家庭的困境，这是导致乡村女性进城为娼的经济动因。影片结尾，女人拒绝被富人收买而回归乡村，代表她最终选择了丈夫、家庭和贫困的生活。两者之间的情节则试图铺陈妓女生活的方方面面，营造出猎奇式的文化景观。影片《村妓》中，女性的“自主选择”和“决断力”最终变成在男性视角主导的电影叙述过程中

① 沈从文：《丈夫》，载沈从文《八骏图》，长江文艺出版社，2014，第75页。

一个被预先设定的结果。女主人公老七的从妓生涯意味着女性自主权的缺失，而选择跟随丈夫回到乡下的“自主”则代表她顺从了影片中那个时时为自身情绪所支配的丈夫。男权社会主导下的女性卖淫生涯与影片中看似软弱的丈夫，共同参与了影片叙事中男性对女性的压制与操控。老七脱离了被富人买卖的秩序，摆脱了买卖关系中的弱者地位，但却不得不重新回归到家庭生活中的弱者地位之中。这种情况反过来淡化了制作方试图赋予影片的“女性主义”标签，转而使影片成为20世纪90年代以来消费文化背景下的奇观化故事。《村妓》并不像影片《湘女萧萧》和《边城》那样，在女性的本能（受压抑的性欲望，或青春期的情感萌动等）基础上构建文本象征的层面，因此作品在整体上的内涵较为单一。[①]

从影片的叙述方式上看，影片开场部分以湘西船夫号子的声音对应河流上船夫劳动的场面，形成一个快速剪辑段落，以这个描述性段落铺陈故事发生的地理背景与地方特色粗犷和阳刚风格。虽然并未形成影片整体上建立在地方景观基础上的视觉风格，但这恰好与影片侧重凸显女性决断力和自主权的倾向相悖。此后的影片叙述致力于展开一幅文化和社会秩序上处于前现代状态的生活空间，它的停滞性的面貌构成现代观众审视下的奇观。这是具有大众消费品性质的商业影片实现其文化价值的策略之一。

影片开场部分，红色毛笔字体的片名“村妓”浮现在湘西河流与船工劳作的背景之上，画面同时呈现影片的英文片名“Mainland Prostitute”。英文片名的此种设置往往是出于影片在港澳台及海外地区公映的需要，中英文片名的不对应与不匹配的情况也并不少见。在词义的层面上，尽管“Mainland”的词意可包括“大陆的”和“本地的”两种意思，但以这部影片而论，Mainland匹配的中文意义是具有地理、政治、文化等多重意义的“大陆地区”或“内地”。这种意义与“村妓”片名的不对应和不匹配，既是一个电影改编过程中的文本

① 影片表现力方面的缺憾可能与人物设置的相对简单有关。陈伟华认为：“电影在一些地方稍嫌不足，如为了刻画和突出表现女性，电影中的男子显得既自私又暴力。电影未能够把小说所含蓄展示的原始的人性以及湘西美好的风土人情等方面的内容表达出来。”陈伟华：《中国现当代小说的电影改编与电影新类型的诞生》，中国社会科学出版社，2017，第277页。

问题，也涉及电影发行中需面对的文化环境问题。与此相应，影片制作了汉语普通话和粤语两种版本，以应对境外发行的需求。片名的设计关系到影片的定位，是商业宣传中较为重要的因素。影片片名设计可能受到影片在港台地区发行的商业需要。这个定位可能导致影片在内地接受电影检查和发行方面的问题。

图 5–27　电影《村妓》片名字幕
（图像来源：优酷网）

图 5–28　电影《村妓》开场字幕

电影音乐方面，影片开场部分的劳动号子，恰似受到前文引用的沈从文《边城》电影音乐设想的影响。而小说中丈夫在船上演奏音乐的情节，也在改编中具有特殊的叙事价值。在小说中，音乐之于丈夫本是怡情休闲的手段，但在妓女生活与居住的花船上演奏，音乐就转而成为吸引醉酒士兵前来闹事的关键因素。小说写道：

> 到了晚上，前舱盖了篷，男子拉琴，五多唱歌，老七也唱歌，美孚灯罩子有红纸剪成的遮光帽，全仓灯光如办大喜事作红颜色，年轻人在热闹中像过年，心上开了花。有兵士从河街过身，喝得烂醉，听到这声音了。①

无论从改编情节来看，还是从影片中演员的表演策略来看，老七在这部

① 沈从文：《丈夫》，载沈从文：《八骏图》长江文艺出版社，2014，第 85 页。

影片中绝不是单一的受压迫者形象。小说和影片都未将其视作被侮辱、被损害或被剥削的个体，演员的表演也并不强调从妓生活违背人类天性的方面。妓女的形象既不关联启蒙话语，也在表面上与阶级矛盾无关。在当代语境下摄制的这部影片，淡化了对故事进行伦理判断的可能性，赋予演员更灵活的表演空间。香港演员周弘的表演，包括她此前出演的香港影片形成的银幕印象，均可参与这部影片中叙事的奇观性表达，面向消费语境下的电影观众营造出视觉快感。影片的此种面貌使得一些评论者贸然赋予这部影片的"女性主义"标签显得可疑：一方面，那些彰显女性自主性的影片情节在当代语境下加以审视，其中的确包含了女性主义式的意义要素；另一方面，这些情节以及与此相应的电影叙事手段、表意策略，并未抵制或试图消解电影形式中根深蒂固的男性中心或"男性的视线"。影片中女性的自主性和"叛逆性"，非但并未形成实际上的文化秩序颠覆性，却反而增强了其在被观看中作为文化消费对象的价值，并以此回馈于港台商业文化语境下有关"大陆""内地"的集体想象。[①] 如果说影片的工业背景预设了港台地区或海外观众审视《村妓》的目光，并因此形成"港台或海外—中国内地"之间的观看与被观看关系，那么影片中老七的被观看位置也在改编中被预先设定了。"港台或海外—中国内地"的关系在剧情中被戏剧性地融入了摄影机镜头所寄寓的男性视线对女性所在位置的窥探与把握。情节中热情而富有行动力的妻子、情绪化但缺乏掌控力的丈夫，表面上呈现了"女强男弱"的关系，实则为通俗商业化改编所依赖的电影表意模式中的男性视线所整合。如劳拉·穆尔维所说："在性不平衡规定的世界里，观看的快感在主动的 / 男性与被动的 / 女性之间发生分裂。决定性的男性注视将其幻想投射到女性形象上，后者因而被赋予了风格。"[②]

（二）《烟雨长河》的集锦式改编

潇湘电影制片厂 1995 年摄制的影片《河妓》，又名《烟雨长河》，由儒

① 由于影片《村妓》对原作情节的改动不大，故此处不开列原作与影片对照表格。

② 劳拉·穆尔维：《视觉快感与叙事电影》，载陈永国主编《视觉文化研究读本》，北京大学出版社，2009，第 282 页。

仁、秦汉编剧，李劲松导演，罗刚、王兰等主演。影片系以沈从文小说中乡村女性从妓的线索串联起旧时代湘西沅江流域不同的场景和人物，这些汇聚在一起的故事几乎都出自沈从文的小说作品。较之《河妓》，《烟雨长河》的片名具有沈从文式的诗意，而且大体上能够统摄从不同小说中抽取和整合的情节，显现出某些商业化类型影片的特点。20 世纪 90 年代另一部名著改编影片《金秋桂花迟》中，改编者利用源于郁达夫两篇小说《春风沉醉的晚上》和《迟桂花》的内容，以穿插组合之法形成电影的故事脉络。影片的场景合并了两部小说的故事发生场景（上海和杭州），勾勒出主人公旅行的线索。相对于电影《伤逝》中先在一部文学作品中吸收情节主干的改编策略，以及《金秋桂花迟》合并两部短篇小说的改编方式，《烟雨长河》具有整体性的集锦式改编显现为一种更为大胆的尝试。

影片中出现的人物有拾少、眉娘、夭夭、曹伍、刘四喜、旅长、贵生、田老大、大娘、三三、四狗、女大王。拾少是为了串联影片剧情而设计的人物，他的声音还出现在开场和片尾的画外音独白中。其他的片中人物，与沈从文的小说作品形成了特殊关系。最常见的情况是在电影中引入小说角色。这些角色源于小说，但人物设定和相关情节进行了偏离原作的改造。如小说《雪晴》中的田老大、《三三》中的女孩、《雨后》中的四狗、《长河》中的夭夭等，他们的名字源于小说原作，在电影中是承担特定叙事功能的次要角色。影片重新设定了他们在原作中的身份和相关情节。如影片中与曹伍相恋的女大王出自《说故事人的故事》，并且增加了相关的故事背景。三三的遗体被盗的情节出自小说《三个男子和一个女人》，在此基础上增加了四狗以炸药爆破山洞的情节。

在另一些人物的设定方面，影片撷取小说里相关的情节，围绕那些未出现具体姓名的人物进行情节整合，并有所增益。如眉娘的角色集中了《丈夫》和《夫妇》两部小说的内容，影片补充了《丈夫》中老七从乡村到城市的行程和从妓经历的一些细节，融合了《丈夫》中乡下男子进城探望妻子的情节，并把小说《夫妇》开头的情节嫁接到眉娘的角色经历当中。这些任务和情节安排的目的似乎是综合沈从文一系列作品中的代表角色，完成一部集锦式的影片。但由于结构上的松散，情节上的支离破碎，必要逻辑关联的缺乏，影片呈现出一种完成度并不高的面貌。

叙事线索方面，影片主人公拾少的生活经历是电影叙事的主线。影片叙事的副线是眉娘从乡村到城市的经历以及她与拾少的交往过程。影片另外设置了局部的叙事支线，如女孩三三的恋爱故事和土匪女大王与军官曹伍相恋的故事。依照人物的行动、见闻经历和人物关系变化，影片的情节框架可依照时间顺序汇总如下：

1. 在湘西赶路的拾少解救了被乡民捉住的眉娘及其丈夫贵生。

2. 住在客栈的拾少目睹了处决犯人的场面。

3. 拾少在码头搭乘妓女们的座船，到达凤城。

4. 表哥曹伍迎接拾少，担任司令部文书。

5. 曹伍带拾少见到被关押的女匪首“七妹”。曹伍与刘副官发生矛盾。

6. 拾少和曹伍在酒楼饮酒，见到三三、四狗和眉娘。

7. 在戏院，旅长因眉娘与本地商人田老大产生矛盾。田老大击伤拾少，眉娘解救拾少。

8. 旅长派兵捉拿眉娘，拾少报信。

9. 旅长拷问抓获的船妓。

10. 拾少奉命到船上接眉娘到旅长家。

11. 旅长带眉娘出发作战。

12. 曹伍和女大王殉情自杀。

13. 三三和四狗酝酿反抗包办婚姻。

14. 旅长带眉娘到德州，眉娘与拾少一起逃走，旅长带人追赶。

15. 三三吞金自杀。

16. 田老大受伤死去。

17. 四狗盗走三三的尸体躲进山洞，以炸药自爆而死。

18. 贵生进城看望眉娘，士兵来强抢眉娘，拾少无法阻止。

19. 田老大的家人为其发丧。与此同时，旅长派人迎娶眉娘。

汇总这些情节，可以得到以下叙事线索：

表 5–4　电影《烟雨长河》的表意结构

叙事脉络 / 小说原作	核心人物	行动—表意	代表形象	空间	制度与文化	意义结构
拾少的故事 /–	拾少、曹伍、旅长、副官	就职、观察和体验—人生的教育	军服、军队	兵营、驻地	旧军队制度	知识分子的人生探索
眉娘的故事 /《丈夫》和《长河》	眉娘、拾少、夭夭、贵生	进城、强权下的周旋—生活的选择	乡村女孩	妓船	娼妓制度	城乡差异、乡村女性的贫困
曹伍的故事 /《说故事人的故事》	曹伍、拾少、女大王	维持儿女之情、自尽—情感的沉溺	军服、军队	女大王软禁处	旧军队制度、江湖文化	旧军人的消沉颓废
田老大的故事 /《雪晴》	田老大、眉娘	维持个人权威—与旧军队势力分庭抗礼	妓船、妓女们	戏院、葬礼	行会文化、帮会文化	行业自治的瓦解
三三的故事 /《三三》《雨后》《三个男子和一个女人》	三三、四狗	谋求自主婚恋、盗尸、自尽—情感的自决	尸体	山洞	婚姻制度	反抗非自主婚姻、恋物癖

叙事方式上，影片采用男主人公的画外音承担人物心理活动与情节说明。

影片开场的画外音是："半个多世纪前，为了生活，也为了追求人生，我曾在沅水流域的地方军阀中当兵。很长一段时间内，我以一介文人自居，尝了不少旧军队中的酸甜苦辣。这种生活给了我教训，也给了勇气。且认识了许多与旧时代抗争的大大小小的人物，以至于在今天回忆起来，内心仍然激动不已。"这段画外音独白的叙述叠加在主人公赶路的影像之上，铺陈出回忆性的叙事视角。随后浮现片名《河妓》，叠加在沅江边纤夫拉纤的群像之上。影片片名镜头的设计与《村妓》较为相似。画外音为影片设置了回顾性的视角，叙述人是站在当代的立场上回望沈从文小说描述的20世纪20至30年代，而不是真实历史上的20至30年代。这种视角试图与观众缔结一种接受这部影片的契约，即影片是一系列旧时代的故事，发生在与当代生活并无直接关联的情境之中。同时，这种文人经历的自我描述，大体上与沈从文的人生经历相符合。这种对应性为影片加上了一抹传记色彩，但影片更强调人物设计、情节设置等方面的商业影片特征，不断强调"与当代生活缺乏关联"的视觉奇观色彩，从而在实际上抹去了历史性、传记性的表意层面。影片一方面致力于将自身塑造为大众文化消费品；另一方面试图以具有文人和军人双重身份的主人公作为沈从文自身形象的投射，为故事加上人文精神的标签。

影片临近结束时再次出现了拾少的画外音独白："都说这条八百里长河上有说不完的故事。我的人生就是从这里开始的。在这条河上，我学会了思索，认识人性，理解人生。这些美丽的女人给了我极大的帮助。旧军阀的无聊和残酷，更让我增加了追求新生活的勇气。因此，我想去北平寻找更广阔的人生。"从整部影片的叙事内容来看，这些独白显得较为突兀。它们与电影实际上讲述的故事（军阀的故事、妓女的故事、殉情的故事等）没有必然的关系。主人公人生的新计划，被表述为厌倦旧式生活转而追求新生活的起点，但此前的剧情仅仅以奇观化的策略呈现了旧军阀的残酷，并未以任何剧情、镜头或画外音等手段提示"我"对人生的思考以及追求新生活的勇气，这段独白更像是为了表达影片主导思想的"正确性"而设置的。

影片片尾，演职员表叠加在眉娘和贵生当年成亲场景的影像之上，是影片自身情节与影像的拼贴性特征的延续。1995年的《中国电影年鉴》曾刊载《烟雨长河》的电影内容提要，其中的故事背景部分可作为理解影片结尾的辅助资料：“本世纪初，在湘西沅水河上游流传着这么一种说法：一个女人出嫁后到河上去做几年卖身生意，趁年轻攒点钱，买点田地、牛羊，然后回家与身强力壮的丈夫生儿育女，尽天伦之乐，认为是一份好人生。”① 这些背景在影片中并没有明确的提示。从整体上来看，《烟雨长河》是一部在叙事上并不完整的，结构呈现碎片化面貌的影片。它所展现的湘西是浮光掠影的猎奇式存在，服务于奇观化的消费目的。尽管如此，影片在改编方式上仍显现出一定的探索性。考察20世纪80年代摄制完成的短篇小说名作电影改编版可知，当时这部分作品的改编通常是一部文学作品对应一部影片，再根据需要在影片中添加源于作者其他作品的片段。《烟雨长河》试图组织沈从文小说中多部知名作品，并在电影中将它们的情节置于相对平等的地位，但这种改编工作需要更加高超的故事整合能力和电影表现力方可实现。

审视本章以上影片的改编版可知，沈从文作品的抒情底蕴推动一部分电影改编者在声音叙述维度上选择了第一人称叙述。在《边城》中，这种设计与画面维度上占据主导地位的第三人称视角构成了不易察觉的复调性。《烟雨长河》的画外音中，第一人称叙述者的声音只是这部集锦式改编版尝试建立情节整体性的一种手段。两部影片赋予画外音的功能是截然不同的。单以画面维度的叙述人设计来看，《村妓》中隐藏在镜头和镜头段落中的叙述人与叙述对象的距离更为接近，更有利于故事本身的奇观化面貌。而《湘女萧萧》影片中画面维度上的叙述人通常与故事保持疏离，试图提供一种外在的反思目光。另外，湘西的地方文化特色是改编者较为重视、在影片中也较易出彩的方面（表5–5）。地方民歌、民俗、自然风光、建筑风貌等内容，共同编制成影片人物刻画和故事讲述的“画布”，是改编的创造力得以展开的基础。由于大部分原作都包含民歌民乐的表演段落，影片对其进行的电影化呈现是改编版声音层面需要予以关注的内容。王德威曾这样评价沈从文的乡土

① 中国电影年鉴社：《中国电影年鉴：1995》，中国电影出版社，1996，第80页。

文学作品："湘西在沈从文的作品中永远以双重形象出现，涵括了诸如地理位置/文本景观、现实/记忆、历史/神话等等相抗衡的主题。出入这些主题相对的轴线之间，沈从文让我们看见这些不同的领域如何互相渗透；在表面相互抗衡下，他们彼此相濡以沫的关系得以彰显。"倘若置于电影改编的问题上，如原作的地方性、历史和神话与影片的主题、风格与技法形成"相濡以沫"的关系，类似影片《边城》和《湘女萧萧》这种精品之作的出现将指日可待。

表 5–5　四部影片文本透露的改编策略与改编版的代表内容

影片/文学原作	跨媒介直译	跨媒介意译	"完美转译"
《边城》/同名中篇小说	沿用原作情节主干、大部分人物及主要故事脉络； 向作者致敬的字幕和资料镜头； 源自原作的画外音独白	原作主要场景的视觉化； 以画外音征引原作； 删减旁支情节； 增加具有连接性的情节 民歌演唱段落； 湘西地方风光和节庆日场景的呈现	地方文化景观融合具有共通性的生命感觉，从而营造出的具有象征性的文本世界
《湘女萧萧》/短篇小说《萧萧》	沿用原作情节主干、大部分人物及主要故事脉络	原作主要场景的视觉化； 设定次要人物姓名（春官）； 增加次要角色（巧秀娘）； 磨坊、水碾等电影形象的设计； 民歌演唱段落； 湘西地方文化特色和民俗的呈现	城中寺庙场景和情节的设计； 春官人物形象的再设定； 磨坊、水碾、石臼、渡船、旷野等构成的象征系统
《村妓》/短篇小说《丈夫》	沿用原作情节主干、大部分人物及主要故事脉络	原作主要场景的视觉化； 缩减丈夫的语言； 改变水保的角色功能； 音乐演奏段落； 湘西地方风光和民俗的奇观化呈现	–

续表

影片／文学原作	跨媒介直译	跨媒介意译	“完美转译”
《烟雨长河》/沈从文多部短篇小说	集成多部文学作品的情节、人物	多部文学作品情节与场景的视觉化； 关联多部文学作品的细节，形成拼接式的故事脉络； 湘西地方风光与民俗的奇观化呈现	–

第六章

张爱玲作品的当代电影改编版研究
——以《红玫瑰与白玫瑰》为中心

张爱玲是中国现代文学史上具有重要影响力的女作家。她的小说在语言格调、人物及场景叙述方面，带有电影式的质感。她对上海和香港两座城市的感受，汇聚成富有电影感的小说。与同时期大部分作家相比，她的作品更适合以电影媒介进行改编。同时，张在现代小说家身份之外，还有一重电影编剧的身份。她不仅在 1947 年为上海文华影片公司创作了《太太万岁》的电影剧本，而且在 20 世纪 50 年代赴香港和海外居住之后，作为香港电懋影业公司的编剧，完成了《情场如战场》《人财两得》《南北和》《南北一家亲》《南北喜相逢》等剧本。她在影坛的编剧生涯和成功经历，变成了文学和电影史上的佳话。1980 年以来，已有五部张爱玲的小说被改编并拍摄成电影——《倾城之恋》《怨女》《红玫瑰与白玫瑰》《半生缘》《色·戒》。这些改编版电影的工业背景不尽相同，但都显现出基于港台或海外华人主创者的艺术观念与艺术手法。另据新闻报道，张爱玲的中篇小说名作《沉香屑·第一炉香》的电影改编版，已于 2019 年 5 月开拍。改编版片名为《第一炉香》，由王安忆编剧，许鞍华导演，马思纯、俞飞鸿等主演。[①] 本章重点探讨的电影《红玫瑰与白

① 张爱玲小说《沉香屑·第一炉香》改编的电影《第一炉香》于 2019 年 5 月 22 日于厦门开拍。《许鞍华开拍张爱玲成名作〈第一炉香〉》，据新华网，http：//www.xinhuanet.com/ent/2019-05/23/c_1124531149.htm，访问日期：2020 年 1 月 9 日。

玫瑰》摄制于 1994 年，由刘恒编剧、关锦鹏导演，第一机构有限公司和上海电影制片厂联合出品。

一、影片改编版的情节调整、人物设定与字幕设计

中篇小说《红玫瑰与白玫瑰》完成于 1944 年，是一部书写现代都市背景下婚恋生活及其心理的知名作品，也是张爱玲的代表作之一。小说原作在叙述中整合了人物关系、人物行动、心理和场景等方面，形成了以下的情节框架：

1. 佟振保留学英国归来后的生活概貌。他的生活拥有很多种不同的选择。

2. 振保留学期间曾到巴黎旅行，遇到一名法国妓女。召妓使他感到肉体关系中的不自由，此事唤起他对女性的控制欲。

3. 振保还在英国结识过一位名叫玫瑰的中英混血女孩。他在这段关系中又表现出对自身情欲的特殊体认。

4. 振保回国后租住同学王士洪的房子，结识了王士洪的太太——归国华侨王娇蕊。

5. 振保在浴室中的心理。

6. 振保和王士洪夫妇聚餐聊天。他在王娇蕊身上见到了玫瑰的影子。

7. 第二天王士洪出国后，娇蕊和振保闲谈。两人互生暧昧。

8. 振保试图回避他与娇蕊的暧昧，但归于徒劳。两人发生关系。

9. 两人在情感纠葛中逐渐生出一些矛盾和隔膜。

10. 两人在街上遇到振保认识的英国人艾许太太，三人之间的对话过程。

11. 王士洪即将回国之际，娇蕊告知振保，自己已写信给丈夫坦白了两人关系。振保开始怀疑她的动机。

12. 振保生病住院。他在医院中拒绝与娇蕊继续维持关系。

13. 王娇蕊后来与王士洪离婚。

14. 振保经人介绍认识了孟烟鹂。孟是一个观念保守的女性。

15. 振保和烟鹂走入婚姻。烟鹂在振保眼里逐渐变成一个乏味的妇人。

16. 振保开始在外嫖宿。被蒙在鼓里的烟鹂同振保、振保的母亲都发生了矛盾。

17. 振保在电车上再次遇到王娇蕊。

18. 振保与烟鹂的婚姻生活愈发乏味。烟鹂在家里很孤单，又患了便秘，愈发自闭。

19. 在一个雨天，振保发现烟鹂和一个裁缝有染。这件事既让他愤怒，又让他想起之前的自己。

20. 振保在外愈加放荡。烟鹂开始向所有人诉苦。

21. 振保的苦恼在延续，但他仍不得不维系这段婚姻关系。

电影的叙事框架延续了原作，原著中几乎所有关键的场景都在影片中得到了呈现。但由于影片表达人物心理活动的手段和丰富程度远不及小说，有些段落进行了情节调整，以利于运用视听语言的丰富性进行补偿。如原作中写到王娇蕊和佟振保出门约会，在街上遇到了英国人艾许太太带着自己的女儿。电影改为艾许太太一人在电车上遇到振保和娇蕊，电车内景的设计有利于电影摄像机把三人取到同一个景框之中，而且减少了一个年轻的女性，使观众的印象与关注点更加集中。在不同的叙事段落中，电影试图以幻觉镜头的设计揭示振保的心理世界，情节的改编与这种镜语手段形成了配合。如名为“玫瑰”的女孩与振保痴缠的段落反复穿插在故事主干情节的演进过程中，以情节上的重复形成特殊的叙事效果。影片试图转换一部分事件之间的因果关系，以此增加幻觉式的格调，如振保入院的原因从饮食不洁转换成交通意外。影片的不同版本之间也存在情节差异，如《红玫瑰与白玫瑰》相对《红玫瑰白玫瑰》删去了振保在巴黎召妓的段落。

小说中有娇蕊向振保坦白自己给丈夫写了信的情节，在电影中这个情节发生于电梯内外。佟振保听闻此事，随即用力关上电梯的门。这个改编情节对应了之前娇蕊口中有关电梯的情感隐喻，同时又在电影文本中凸显了戏剧动作之下的人物心理。影片再以电梯下楼的情境和娇蕊追到楼下的行动，把原著的内心戏转变为外在化的动作戏。小说中的电梯隐喻，和与之密切关联的公寓隐喻，已成为中国现代都市小说中具有代表性的男女对话段落。这个段落在影片中置换为一个对话段落，和一个固定镜头中的文字“心居落成志喜”。[①] 原著中振保和笃保在路上遇到了王娇蕊，电影把这个情节拆解为两个电影段落：其一是笃保回家向大哥提及他在路上遇到王的事情；其二是振保独自乘坐电车时遇到了娇蕊。这种安排使电影的场面具有情感的内敛性，内心情绪描写虽不如原著那样细致，但也发挥了电影本身的媒介特征。

主要人物设定方面，原作中的振保是一位始终致力于提升自己的社会地位以回馈家庭的人，王娇蕊这个热烈的情妇只是他人生中偶遇的伴侣，并没有长久的位置。他的欲望接纳了她，但他的人生计划、自尊心和虚荣感并没有为她留出长久的位置。

> 然而那天晚上，睡在她床上，他想起路上碰见的艾许太太，想起他在爱丁堡读书，他家里怎样为他寄钱，寄包裹，现在正是报答他母亲的时候。他要一贯地向前，向上。第一先把职业上的地位提高。有了地位之后他要做一点有益社会的事，譬如说，办一个贫寒子弟的工科专门学校，或是在故乡的江湾弄个模范的布厂，究竟怎样，还是有点渺茫，但

① 她说：“我真爱上了你了。”说这话的时候，她还带着点嘲笑的口气。“你知道么？每天我坐在这里等你回来，听着电梯工东工东慢慢开上来，开过我们这层楼，一直开上去了，我就像把一颗心提了上去，放不下来。有时候，还没开到这层楼就停住了，我又像是半中间断了气。”振保笑道：“你心里还有电梯，可见你的心还是一所公寓房子。”娇蕊淡淡一笑，背着手走到窗前，往外看着，隔了一会，方道：“你要的那所房子，已经造好了。”振保起初没有懂，懂得了之后，不觉呆了一呆。他从来不是舞文弄墨的人，这一次破了例，在书桌上拿起笔来，竟写了一行字：“心居落成志喜。”张爱玲：《红玫瑰与白玫瑰》，北京十月文艺出版社，2012，第 71 页。

已经渺茫地感到外界的温情的反应，不止有一个母亲，一贯世界到处都是他的老母，眼泪汪汪，睁眼只看见他一个人。[①]

这方面的人物设定还出现在小说中振保住院的情节段落之内。上一段的写法是从艾许太太写到振保的经历与内心世界，本段的写法是从母亲写起，再蔓延至振保内心的波澜：

他母亲略有点疑心娇蕊和他有些首尾，故意当着娇蕊的面劝他："吃坏了肚子事小，这么大的人了，还不知道当心自己，害我一夜都没睡好惦记着你。我哪儿照顾得了这许多？随你去罢，又不放心。多咱你娶了媳妇，我就不管了，王太太你帮我劝劝他。朋友的话他听得进去，就不听我的话。唉！巴你念书上进好容易巴到今天，别以为有了今天了，就可以胡来一气了。人家越是看得起你，越得好好儿的往上做。王太太你劝劝他。"娇蕊装做听不懂中文，只是微笑。振保听他母亲的话，其实也和他自己心中的话相仿佛，可是到了他母亲嘴里，不知怎么，就先是玷辱了他的逻辑。他觉得羞惭，想法子把他母亲送去了。[②]

原著中的振保不断谋求自身在工作、家庭和情感生活中的主导权与自主性，但现实的条件并不提供真正实现这些诉求的可能性。在留学期间，巴黎的召妓经历动摇了他的自尊，却树立起对这种主导权的渴求。他放弃了人生道路上的一部分自主权，换取了事业的稳定性和放纵自我所需的经济条件，这种情况最终造成正常家庭秩序的名存实亡。《红玫瑰与白玫瑰》以对这种世俗生活的困境及其价值虚无的描述，成为张爱玲的中篇小说代表作。影片《红玫瑰白玫瑰》仅致力于振保精神生活上不自在状况的叙事化呈现，无法把这种精神状况与现实的处境真正结合起来，因此只呈现了张爱玲作品的"格

① 张爱玲：《红玫瑰与白玫瑰》，北京十月文艺出版社，2012，第77—78页。

② 张爱玲：《红玫瑰与白玫瑰》，北京十月文艺出版社，2012，第79页。

调”而难以涉及其余。但这种情况在大众文化背景下的受众接受活动中未必受到关注。

影片的女性形象设计传神地呈现了王娇蕊的妩媚与热烈、孟烟鹂的淡漠与哀静，陈冲和叶玉卿的表演也十分切合原著的设定。电影中有关她们的叙述段落也达成了类似原著式的前后差异：王娇蕊是一位热烈追逐欲望的女人，她的欲望在与振保的对话和交往中表露无遗，而当欲望演化为爱情之时却引起振保的拒斥。她表面上具有情感的主动权，实则无力长久维系关系。孟烟鹂婚后逐渐受到振保的冷落，她逐渐确立了独白式的言语策略和属于自己的家庭空间（卫生间），后来更与裁缝发生私情。两人表面上身份不同，实则殊途同归，都引导振保去发现家庭生活中的虚妄与失望。他表面上占据家庭中的强势地位和话语权，实则既对自身的弱点无能为力，又缺乏掌控和改变情妇或妻子的能力。影片在所有陷入情感关系的男女的无力感之上建立了属于电影自身的审美内容：暧昧的氛围、陷入匮乏的主体、不确定的身份、建构意义过程中的虚妄性。

影片《红玫瑰与白玫瑰》采用中英文对照的字幕参与叙事，这种设计在原著的文本与影片文本之间形成了狭义的互文性。字幕是这部电影叙事的重要手段，是开启和联结影片情节段落的标志物，同时构成字幕的文字又源出于小说原著的篇章。影片中字幕的运用造成了“以小说文字划分电影情节段落”的整体效果。许鞍华评价这部影片时说，《红玫瑰与白玫瑰》最大的问题是无法独立于原著而得到理解：“……我不觉得它那么成功，它不是那么自然。只能说它与原作文本有所关联，可是它无法自成一格地被视为是一部独立的电影文本。”① 如片名字幕所示，张爱玲小说原作与影片的密切关系得到了明确的表达。从整部影片来看，某些关键的情节段落以及人物心灵世界的呈现，确实难以脱离原作的阅读经验而得到确切的理解。由于 20 世纪 90 年代香港和内地院线公映或发行影碟的不同需要，制片方在原片基础上剪辑和修改形成了不同的影片版本。《红玫瑰与白玫瑰》中字幕的叙事功能及其实现方式也

① 白睿文：《光影言语：当代华语片导演访谈录》，广西师范大学出版社，2008，第 383 页。

存在着差异。但它们的内容无一例外都源自张爱玲的小说原作，并且与电影的流动影像紧密结合在一起，以字幕的自身特点参与影片风格的塑造。内地公映版片名字幕为《红玫瑰与白玫瑰》，片名以白色字体浮现在黑色背景之上（图 6–1）；香港版片名字幕为《红玫瑰白玫瑰》，以中英对照的形式叠加在红玫瑰构成的万花筒影像之上（图 6–2）。本章叙事分析的对象主要是前一个版本。

图 6–1　电影《红玫瑰与白玫瑰》片名字幕（图像来源：1905 电影网）

图 6–2　电影《红玫瑰白玫瑰》片名字幕（图像来源：视频文件截屏）

影片开场部分，第一个字幕浮现在欧式建筑的背景上（图 6–3），这段张爱玲小说中最著名的文字以中英对照字幕的形式出现，概括了振保一生的情感历程：“振保生命里有两个女人，他说的一个是他的白玫瑰，一个是他的红玫瑰，一个是圣洁的妻，一个是热烈的情妇。”字幕创造出一种类似小说书页的形式感，这种形式感也在影片所有字幕中保持一致。字幕的叙事功能，原著那种浓厚的反讽意味已然消退殆尽。小说《红玫瑰与白玫瑰》第一段的原文写作：“振保的生命里有两个女人，他说的一个是他的白玫瑰，一个是他的红玫瑰。一个是圣洁的妻，一个是热烈的情妇——普通人想来是这样把节烈两个字分开来讲的。”张爱玲以女性作家敏锐的洞察力和修辞表现力谐谑了男权文化主导下有关女性“节烈”的表述，将“节”跳跃性地转移为带有西方文

图 6–3　电影《红玫瑰与白玫瑰》字幕（图像来源：1905 电影网）

化色彩的“圣洁”，“烈”则逆向转换成与情欲相关的“热烈”之意。

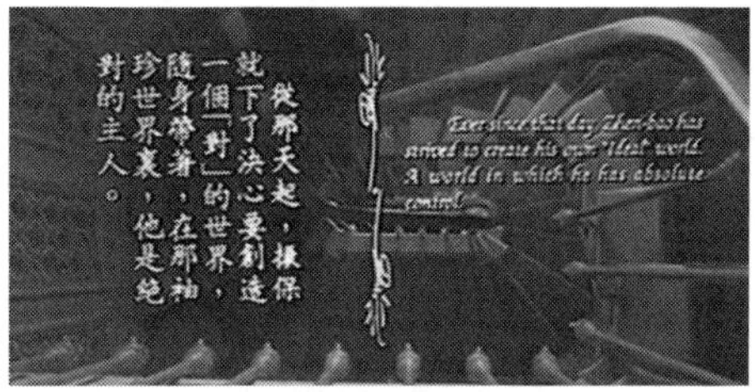

图 6–4　电影《红玫瑰白玫瑰》字幕
（图像来源：视频文件截屏）

香港版影片则使用了另一个字幕（图 6–4），叠印在法国妓女居所建筑内部的红色旋梯背景上：“从那天起，振保就下了决心要创造一个‘对’的世界，随身带着，在那袖珍世界里，他是绝对的主人。”随后，电影切换到振保离开巴黎妓女居所的情境，接着呈现演职员表。文字的背景是红色、白色、粉色等不同色调玫瑰花的万花筒造型。字幕以这种方式引导出与小说情节相应的场景描述。

《红玫瑰与白玫瑰》的第二和第三个字幕叠加在与公寓电梯运行的影像之上（图 6–5，图 6–6），其中的文字仍为原作中的第三人称叙述内容。如第三个字幕的内容——“振保心里着实懊恼，才同玫瑰永诀了，她又借尸还魂，而且做了人家的妻。”这句话叠加在电梯的形象上，且影片中不止一次以电梯为叙事段落的核心形象，这种设计将原著中作为局部隐喻的电梯提升为电影段落中的象征物。

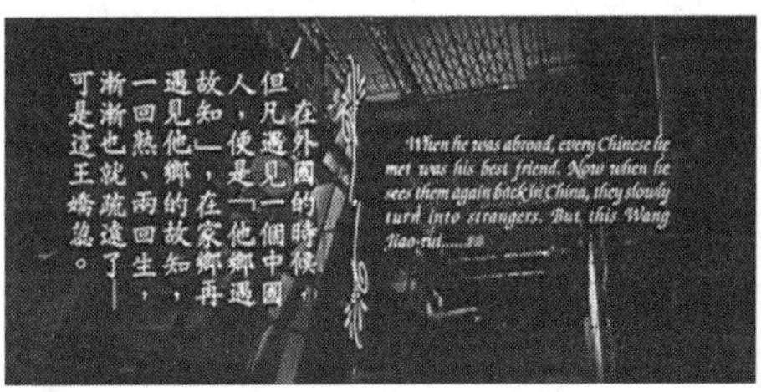

图 6–5　电影《红玫瑰与白玫瑰》中叠加在电梯影像上的字幕

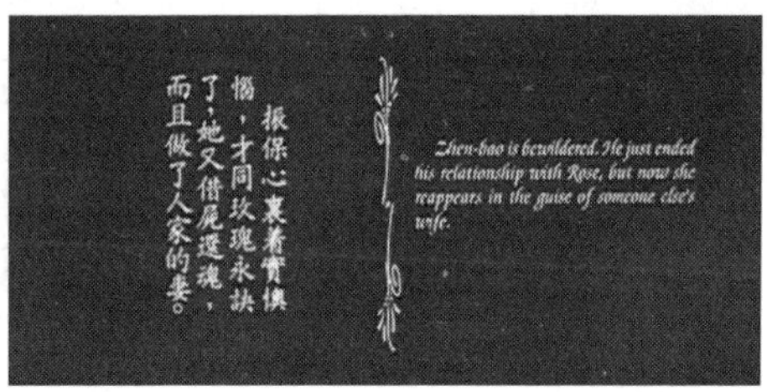

图 6–6　叠加在电梯影像和黑色背景之上的字幕

（图像来源：1905 电影网）

第四和第五个字幕是振保和王娇蕊共处用餐过程中，叠加在振保替娇蕊在面包上抹花生酱的特写镜头之上（图 6–7，图 6–8）。食物与人的感受融合在一起。第四个字幕的内容是“阿妈送了绿茶进来，茶叶满满的浮在水面上，振保双手捧着玻璃杯，只是喝不进去，他两眼望着茶，心里却研究出一个缘故来了。”第五个字幕继续浮现：“娇蕊背着丈夫和那姓孙的藕断丝连，分明是嫌他在旁边碍眼，所以今天有意的向他特别表示好感，把他吊上了手便堵住了他的嘴。”在这种具象化的字幕表达之中，影片影像的调动形成了故事情节的重新组合与叙述，影像的质感也试图置换小说角色心理的幽微之处。于是角色的心理和行动，都在字幕中得到诠释。在第四个字幕之后，影片从娇蕊托腮注视振保的镜头切回到另一角度的食物特写镜头，这种手法以食物与本能的关系摹写了人与人之间的欲望。在食物与情欲之间建立关联性，是电影修辞术常见的运用策略。20 世纪 90 年代的香港电影如徐克的《金玉满堂》(*The Chinese Feast*，1995)、王家卫的《重庆森林》(*Chungking Express*，1994)、叶锦鸿的《飞一般爱情小说》(*Love is Not a Game, But a Joke*，1997) 等都运用了这种策略。以《红玫瑰与白玫瑰》而论，由于影片的创作活动笼罩在原作经典性的“阴影”之下，致力于呈现电影情节中心理细微之处的目标与电影媒介特征及叙述手段的有限性之间依旧存有矛盾，因而选择以字幕方式将原著文字融入影片。

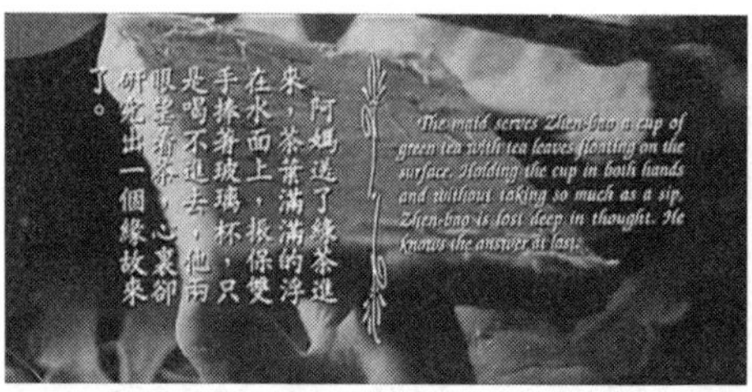

图 6-7　电影《红玫瑰与白玫瑰》中叠加在食物影像上的字幕

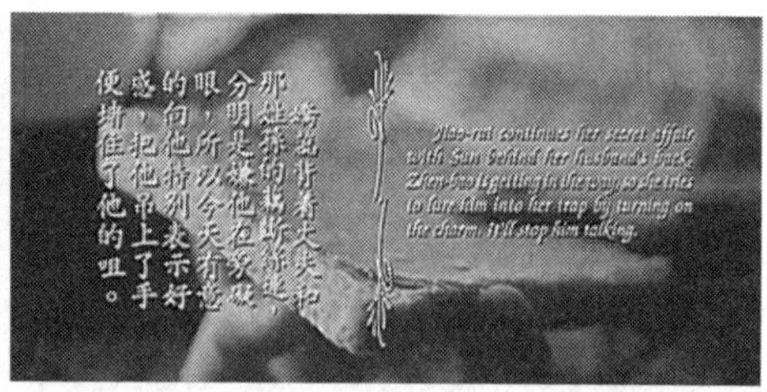

图 6-8　叠加在食物影像上的后续字幕

(图像来源：1905 电影网)

第六个字幕出现在老仆人在厨房准备食物的场面之后，它仍然叠加在公寓电梯的影像上：“其实振保绝对没那心肠去管他们的闲事，莫说他和王士洪够不上交情，再是割头换颈的朋友，在人家夫妇之间挑拨是非，也犯不着。”字幕以这种方式融入了电影的叙事，在此主要在零聚焦视角上发挥了人物心理诠释的功能。第七个字幕也发挥了同样的功能，它叠加在振保和娇蕊同坐的中景镜头上。文字是“可是无论如何，这女人是不好惹的，他又添了几分戒心”，而这个镜头中的振保仍在抹花生酱。这种处理方式的叙事节奏显得重复且缓慢，比较适合熟悉小说故事和文字的读者欣赏。但对于“不知情”的电影受众而言，改编版的接受存在很多陌生与阻滞之处。

第八个字幕出现在振保与娇蕊初次发生肉体关系的场景中：“再拥抱的时候，娇蕊极力紧箍着他，自己又觉羞惭，说：‘若是没有爱，也能够这样，你一定会看不起我。’”这个字幕的镜头与另一个振保婚后生活的镜头组接在一起。在后一个镜头中，振保于夜间坐在床头，背景是熟睡中的烟鹂母子。这种组合方式使刚刚出现在叙事中的偷情行为，变成数年后振保回忆的内容。影片的时间线索在此出现了局部的颠倒与交错，这种设计增添了叙事的多样性。第九个字幕则呼应着第七个，从振保的角度明确表达了这场情感经历的态度，又引出如何向王士洪交代的伦理疑难：“这次的恋爱，整个地就是不应该，他屡次拿那犯罪性刺激他自己，爱得更凶些。”第十个字幕又返回到娇蕊的角度，陈述她对这重亲密关系的态度。

第十一个字幕是：“第二天起床，振保改过自新，又变了个好人。”（图 6–9）这句话在原作中出现在小说结尾。电影将其提前至此处，是为了发挥它的反讽性。香港版《红玫瑰白玫瑰》中，这个字幕不但出现在此处，而且在影片结尾处再次出现（图 6–10）。而在这个字幕第二次出现之前，影片设计了振保、母亲、烟鹂母女、笃保夫妇一起吃饭的场面，一派其乐融融的幸福

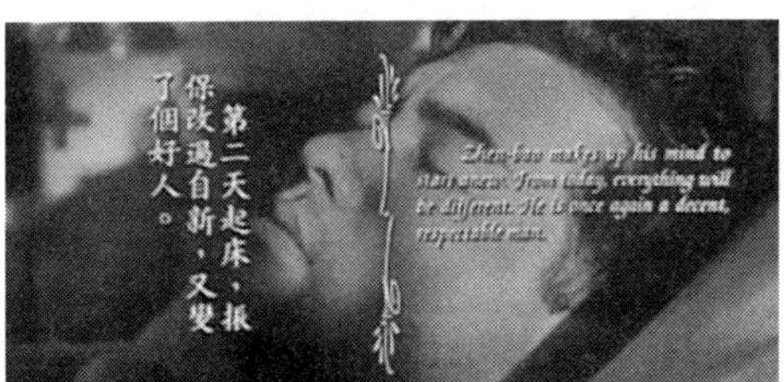

图 6–9　电影《红玫瑰与白玫瑰》字幕

（图像来源：1905 电影网）

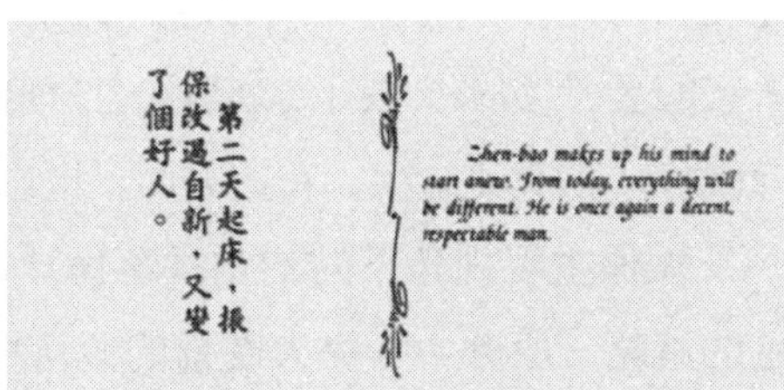

图 6–10　电影《红玫瑰白玫瑰》片尾处字幕

景象。电影借此表明，振保的婚姻生活只能勉力维系着表面上的平和，但人性的欲望如无法被束缚的野兽，时时威胁着中产阶级家庭脆弱的宁静。影片《红玫瑰与白玫瑰》的第十二个字幕与振保、烟鹂之间的交往相关联，开启了影片对他们的婚恋生活的叙述。后续的影片叙述内容中，并未再次出现字幕，影片的侧重由振保为主导的态势转向了振保与烟鹂各占其半的情况。

与原作对照，电影难以如文学般进行精细、幽微的心理揭示，情节上也缺少对人物家庭背景的充分铺垫，但很多关键场景中错落斑驳、亦幻亦真的光影效果依然引导观众去探索故事本身的象征意味。原作有关振保的表述——“最合理想的中国现代人物”和“好人”之类——在电影中转向平面化，反讽的意味依然可以透露出来，参与构建了影片的意义世界。

二、电影改编版的影像创造力

《红玫瑰与白玫瑰》中作为叙事手段的字幕，其文字信息直接源自张爱玲小说原作的文本。与此有别，电影中更具独特性的叙事手段聚焦于造型信息和肖像信息，使它们在镜头语言与剪辑手法之中进行流动性的意义表达。张爱玲小说的语言原本就富有视觉经验与画面感，电影改编版的影像方面即是这种视觉经验具体化的方案之一。电影开场部分的视觉图像始于红玫瑰的万花筒影像造型，对应电影开场部分展现振保在英国与一位名叫“玫瑰”的中英混血女郎相恋的情节。这段经历是一种特殊的铺垫，增加了他与王娇蕊相遇过程的诗意。小说里明确写道：“才同玫瑰永诀了，她又借尸还魂，而且做了人家的妻。”如果失去了“玫瑰”这个角色，电影就无法只借图像和故事去诠释“红玫瑰”的真正含义。在这方面，电影体现出对原著情节和人物设定的忠诚。

振保主观视角下的幻觉段落设计，是影片用以补充电影心理叙事手段不足的策略。原著中振保入院前的段落中包含了幻觉性的内容：“振保在喉咙里‘嗄’地叫了一声，立即往外跑，跑到街上，回头看那巍峨的公寓，灰赭色流线型的大屋，像大得不可想象的火车，正冲着他轰隆轰隆开过来，遮得日月无光。”[①] 电影的处理方法是诉诸视觉图像，以具有幻觉性的场面呈现剧情发展。影片先按原著的情节，呈现振保责备娇蕊不该把两人的私情告知王士洪，随后是路上人群一起注视过马路的振保，目光中似有嘲讽与责备。之后，利用汽车急刹车的音效和振保倒在地上的场面，暗示振保因为车祸入院。电影以振保眼中的路人目光对应并转换小说中振保十分在意社会舆论的叙述内容。[②]

影片《红玫瑰与白玫瑰》中振保在医院接受治疗的场景中，叠加了幻觉中娇蕊与他发生争执并哭泣的图像，先以剪影的方式投射在墙壁上，再转换为实景。这个段落也依托电影的视觉特征，融合振保记忆中那位名为玫瑰的英国女孩的形象，以振保拈起娇蕊落在枕边的头发作结。这个段落因此具有某种幻觉性的特征，代表了电影在原作基础上进行再创作的内容。

港版影片《红玫瑰白玫瑰》在这些内容之外还包括振保与娇蕊的情欲戏段落，大量运用特写和大特写的组接，营造出似幻似真的影像效果，这个段落同样终结于振保拈起枕边落发的动作。影片的近景和特写镜头运用营造出这一段落的影像风格。尤其是侧重呈现微妙情感或肉体纠葛的场面，这种近景造成了公开表现私密感受的可能性。私密性又与人物之间事实上的情感距离形成了反差，为表达小说式的反讽格调提供了空间。这种策略的形成，源于张爱玲作品中情感与心理描述的微妙及其形成的改编难度。许鞍华说：“我觉得张爱玲的语言对电影工作者来说，真的是某种无法克服的东西。她的语言特质，尤其是她的描述和神采有几近八成是无法转译的。而且，张爱玲精彩地刻画出人的情感，她表达情绪与感觉的微妙改变的功力是极为复杂和几乎无法可视化的。即使你想尽可能地忠实于原著，但是那些都会是你改编张爱玲作品必须舍弃的部分。”[③] 这段话均可用于理解《红玫瑰与白玫瑰》和《红玫瑰白玫瑰》这两个版本。

作为一种风格化的影像设计，《红玫瑰与白玫瑰》中频繁出现镜像的主

---

① 张爱玲：《红玫瑰与白玫瑰》，北京十月文艺出版社，2012，第 78 页。

② 小说原文为：“如果社会不答应，毁的是他的前途。”张爱玲：《红玫瑰与白玫瑰》，北京十月文艺出版社，2012，第 78 页。

③ 白睿文：《光影言语：当代华语片导演访谈录》，广西师范大学出版社，2008，第 383 页。

题。电影中的镜像营造了影像空间的畸变与扩展，具有多重的电影叙事功能和展示价值。在描述场景的段落中，镜像使影片能够同时展现人或物品影像的不同维度，增加了观看中的恋物性。在其他的情境中，镜像也可以参与心理世界的揭示。影片中包含镜像的段落中，有六次令人印象深刻，其中大部分镜像的视觉性意在指示振保的精神状况。[①]

其一是振保搬入上海王士洪家的段落中，电影呈现王娇蕊在盥洗室镜子前梳头的情境时使用了两个镜头，其中镜子里的面容和镜子外的背影代表摄影机的位置与振保重合，这是他的观看行为所把握的影像。其后，振保在这间盥洗室洗浴之前，面对浴室里的镜子流露出自我嘲讽式的笑容。这是电影展现原作中欲望书写段落的手法，以否定欲望的方式描述了欲望的在场。

> 少顷，士洪招呼振保带了浴巾、肥皂、替换的衣裳来到这边的浴室里，王太太还在对着镜子理头发，头发烫得极其蜷曲梳起来很费劲，大把大把撕将下来。屋子里水气蒸腾，因把窗子大开着，夜风吹进来，地下的头发成团飘逐如同鬼影子。[②]
>
> 士洪夫妻两个在浴室说话，浴缸里哗哗放着水，听不清楚。水放满了一盆，两人出来了。让振保进去洗澡。振保洗完了澡，蹲下地去，把瓷砖上的乱头发一团团拣了起来，集成一股儿。烫过的头发，稍子上发黄，相当的硬，像传电的细钢丝。他把它塞到裤袋里去，他的手停留在口袋里，只觉浑身燥热。这样的举动毕竟太可笑了，他又把头发取了出来，轻轻抛入痰盂。[③]

---

① 在影片《红玫瑰白玫瑰》振保于巴黎召妓的段落中，有四个镜头包含了镜像。第一个镜头中，西服革履的振保坐在床边，景框中的镜子同时呈现了振保与他的镜像。沉默的振保在独坐中隐藏着他的惶惑。第二个镜头中，镜子同时展现了拥抱在一起的振保和妓女两人身体的不同侧面，再一次使单一镜头突破了其视野的有限性，为观众的窥视性观看预留了位置。第三个镜头呈现交易过后的妓女正在穿衣的场景，其肢体动作打破了观众将镜像视作现实情境的错觉。第四个镜头的设计是第三个镜头的扩展，镜像中同时出现了坐在镜前穿衣的妓女和躺在床上的振保。这个段落并未出现在内地版影片中。

② 张爱玲:《红玫瑰与白玫瑰》，北京十月文艺出版社，2012，第 58 页。

③ 张爱玲:《红玫瑰与白玫瑰》，北京十月文艺出版社，2012，第 59 页。

显然，电影以振保望向镜中的动作和影像，构成对内心欲望的提示。它们转换并延伸了原作中的文学修辞法。在小说中，掉落的头发因其与身体的相关性而显现出转喻价值，张爱玲的笔法又赋予它们一种隐喻性的潜能——凌乱的头发不但诉诸视觉与触感经验（“稍子上发黄，相当的硬”）并关联了带有现代文化意味的喻体（“传电的细钢丝”），又对应着振保的欲望与想象。在电影中，镜头段落里的落发与振保的面孔之间形成了基于电影影像的邻近性，在视觉性占据主导的情况下，隐喻性受到了排斥。被水汽蒸腾模糊化的镜像，在视觉—心理的维度上融合了振保的欲望与王娇蕊的身体。

其二出现在振保故意躲避娇蕊的情节段落。镜像中王娇蕊独处时的面孔，与屋外振保走路的声音组合在一起，提示着娇蕊内心世界中欲望的存在。其三同样在这个段落中出现。电影中，王娇蕊寓所场景的玄关设计了一面镜子，振保走入王士洪家时，镜子增加了背景的丰富性。其四是振保乘坐电车时，车窗上映出同车人的面容。与近景中振保的面容相对照，形成一种心理呈现的可能性。其五是振保与烟鹂结婚多年后，偶然听到红玫瑰的事情。他面对着镜子模拟两人重逢时的客套话。而这一幕被烟鹂看到后，振保又换回了一贯的冷漠态度，抗拒与烟鹂交流。其六是振保打碎了家里的梳妆台，并在镜子碎片之前审视自己。影片这一段落中的镜像呈现了振保内心世界的矛盾性，以及自我形象中的迷茫和空虚。

从功能方面看，影片中这些镜像不但扩展了影像的丰富性，而且与人物心理形成微妙的对应，增加了电影对心理世界的提示，并对观众的欣赏活动形成引导。依照欧文·戈夫曼的日常生活表演理论，“自我”与人在特定社会情境中理应扮演的角色之间通常都存在着某种差异，于是人会在这些场景中进行类似戏剧表演的个体实践，制造出某种有关自身的形象，从而参与到社会互动之中。[①] 与此同时，“表演者”（performer）也在进行着自我审视与评估，

① “个体在其他人面前出现时，其行为中常常表现出各种各样的符号，这种符号戏剧性地突出并描述了种种本来并不明显或含混不清的确定性事实。这是因为，如果个体希望自己的行为受到他人的重视，那他就必须使自己的行为在互动的过程中表达出他希望表达的内容。”欧文·戈夫曼：《日常生活中的自我表演》，云南人民出版社，1988，第 14 页。

以便对特定情境中的自我形象进行调控，于是自我表演的过程中又可能存在着自我与角色之间的矛盾和协商。我们可以推论，当一个“表演者”并不认同自身要扮演的角色而又不得不进行扮演，或者不能解决多个角色之间的矛盾时，他的自我认同与社会互动就会出现错位。镜子恰好提供了这种自我审视的契机，并在电影中以角色审视自身镜像的形式进行表达。小说原作中的振保的人格中有富于表演性的一面，他的表演目的一方面是维持家庭和社交场合中的固有自我形象，另一方面是通过自我欺蒙来回避他所不愿承认的现实。电影以振保审视镜子中的自己的情境，尝试转译原作中相应的内容。但原作相关段落中隐藏在叙述者表述方式里的反讽性，是影片转译的难点。

> 振保这时候开始宿娼，每三个礼拜一次——他的生活各方面都很规律化的。和几个朋友一起，到旅馆里开房间，叫女人，对家里只说是为了公事到苏杭去一趟。他对于妓女的面貌不甚挑剔，比较喜欢黑一点胖一点的，他所要的是丰肥的屈辱。这对于从前的玫瑰与王娇蕊是一种报复，但是他自己并不肯这样想。如果这样想，他立即谴责自己认为是亵渎了过去的回忆。他心中留下了神圣而感伤的一角，放着这两个爱人。他记忆中的王娇蕊变得和玫瑰一而二二而一了，是一个痴心爱着他的天真热情的女孩子，没有头脑，没有一点使他不安的地方，而他，为了崇高的理智的制裁，以超人的铁一般的决定，舍弃了她。①

在小说中，“他的生活各方面都很规律化的”“丰肥的屈辱”“神圣而感伤的一角”等叙述内容浸透着叙述人的暗讽和谐谑，这对于张爱玲小说的读者而言是完全可以适应与接受的。但电影的反讽性在直接呈现这些内容时难以得到施展，因此转而以振保面孔的近景、特写镜头、有关过往情感经历的闪回镜头和审视自身镜像的镜头暗示他对现实生活的态度。电影中振保的镜像所包含的自我审视行为及其视觉性表达，虽在内容上暗示了男性的自我意识和

① 张爱玲:《红玫瑰与白玫瑰》，北京十月文艺出版社，2012，第 82—83 页。

自我反思，但叙事本身强调的是镜头中的叙述者视角而非人物视角，这个叙述者独立于影片中的男性角色之外，暗合小说原作叙述人一贯携带的富含女性感觉经验的反讽性。

在影像的丰富性上，影片多次设计阴影效果，使电梯门的格栅影子投射到人物的面孔上，形成斑驳的光影效果。这种设计参与了电影的诗意风格，与镜头中以门窗分割室内场景的设计思路如出一辙。影片还设计了多个以毛玻璃遮挡造成虚化效果的场景，连同镜头焦点虚化造成的朦胧效果一同构建影片的影像质感。广角镜头近摄形成的变形效果也对应着人物的特殊精神状态，这是电影对心理活动的关注，是电影对心理描写的影像补偿手段。同时，这种手段也在实际上弥补了原著赖以成为张爱玲小说经典名作的特殊文学风格——暗恐（Uncanny）。暗恐又译作恐惑或怪感，它最初源自弗洛伊德有关unheimlich的理论论述。弗洛伊德认为，暗恐"……就是那种令人回想起很久以前熟悉的人人皆知的恐惧之感""它们是未知的又是熟悉的"[①]。张爱玲的原作中，经常出现以女性视角审视振保在家庭空间中暗恐体验的内容，并施以怜悯和讥讽的内容。前文的镜像与此处的风格化影像效果，都是电影试图展现这种女性视点和态度的企图。

在不同场景的组接方面，不能不提到一个深具讽刺意味的段落。电影展现了烟鹂自我囚禁在盥洗室的情境，原因本是她患了便秘，而这一场景恰好与振保在外放浪的镜头形成对照。"放浪无形"和"便秘"两者在这个影片段落中的聚合，形成了反讽性的关联。而烟鹂在盥洗室静坐的段落之后，影片又转接了瓢泼大雨的场面。这三个形象结合在一起，凸显了不同于原著的韵味。影片中反复出现的振保与华裔女子"玫瑰"在英国痴缠的镜头段落，使观众能够透过这个与欲望密切相关的原初景象，理解振保的行为方式与人性的弱点。

另外，原著并未明确提及故事发生的具体年代，而电影将这种不明确性转换为影像表达的手段。电影借助振保所看报纸上的日期，在两个彼此相连的段落中先后提示了1936和1944这两个年份。在宏观的现代历史进程中，

① 于连·沃尔夫莱：《批评关键词：文学与文化理论》，北京大学出版社，2015，第312页。

这两个年份之间的中国正在进行深刻影响世界格局的抗日战争，但对于影片的故事世界而言，它们并不是叙事的侧重。这种在大历史之下讲述小历史的技法，也正是张爱玲所擅长的小说叙述策略。20 世纪 30 年代至 40 年代，在这个故事里只是一个时间阶段，并无特殊之处。日常生活的庸俗和无意义，才是叙事的侧重之点。此类影像处理方式包含的间离化效果，是影片《红玫瑰白玫瑰》对张爱玲小说叙述方式进行接纳、转译和创造的结果。

三、电影声音领域的创造力

引子部分的情节从画外音的叙述开始："振保的生命里有两个女人，他说的一个是他的白玫瑰，一个是他的红玫瑰。一个是圣洁的妻子，一个是热烈的情妇。其实，在妻子与情妇之前，还有两个不要紧的女人。"这是电影对原著文字的援引和改造。此处以及其后影片中穿插的画外音独白，多数以演员赵文瑄的声音讲述。由于赵的嗓音很有识别度，且在剧中扮演佟振保，因此这个以第三人称视角设计的画外音，极易与剧中振保这个角色的声音发生混淆。虽然这种混淆造成了影片声音叙述中的自我矛盾性和分裂性，但从影片的整体性上来看，这种分裂性可与振保社会角色和身份上的分裂性形成对应，从而为改编版叙事风格的确立提供支持。①

直到电影后半部分，才出现两次烟鹂面对摄影机倾诉她对振保的态度，随后摄影机位置的转变才让观众看到坐在她对面的访客和弟弟笃保。假如考虑小说的故事讲述方式，整部影片都设置女性声音作为画外音独白的来源，

① 有评论者认为："如果说，字幕通过对小说语言的字面保留维持了原著的本来韵味，画外音则是对小说中出现的不明身份的人称的绝好改编。生活经验告诉我们，声音特征也是辨别人物的一个依据，我们通过嗓音，口吻，可以判定这是谁在说话。……以第三人称来谈自己是很奇妙的。但这一切是振保讲给我们的么？影片自始至终都没有明确承认，甚至也没有默认的意思。这和小说中那个时发评论，时谈感受，时讲道理的'自由人'何其相似乃尔。关锦鹏准确地把'自由人'的话从小说中提炼出来，又同样准确地借用振保的声音将似乎只能在小说中出现的人称模糊的感觉传达出来，从而使画外音就在影片中取得了更加合法的地位，它合法地讲出原著中不可或缺的那些部分。"甘小二：《语言的辗转〈红玫瑰与白玫瑰〉》，《北京电影学院学报》1997 年第 1 期，第 101 页。

或者以男性和女性的声音交替展开叙述，或许会有不同的效果。比较影片中娇蕊和烟鹂的段落可知，娇蕊说话的次数较多，其语言的丰富性对应了“红玫瑰”这种热烈情绪的角色；而直接呈现烟鹂说话的场面较少，且影片试图将其说话的声音与讲话的动作分离，这匹配了“白玫瑰”面对冷漠的丈夫的无力感。

电影中的振保、娇蕊和烟鹂都说普通话，而次要人物绝大部分说上海话。振保的母亲、娇蕊家的老仆、振保家的裁缝都是如此。但小说原作并未刻意强调这方面的语言特色，这更加反衬出影片对上海地方文化的强调。上海方言在影片中成为一种标志性的符号，匹配了电影作为商品的消费价值。上海方言既是这座现代都市的地方文化标志物，也是“老上海”与“新上海”相联结的历史标志。影片以包括方言在内的文化资源，构建了一个面向过去的想象空间，使“老上海”成为可消费之物。20 世纪 90 年代末香港与内地合拍的黑帮影片《岁月风云之上海皇帝》（*Lord of East China Sea*，1993）、《上海皇帝之雄霸天下》（*Lord of East China Sea II*，1993）、《新上海滩》（*Shanghai Grand*，1996）、台湾影片《海上花》（*Flowers of Shanghai*，1998）等，均具有这方面的文化指向性。

振保的公寓中，收音机的声音发挥着场景填充的作用，收音机中先后发出广播评论和评弹节目的声音。这两种声音在同一个叙事段落中连接了在外放浪享乐的振保和困居在家的烟鹂，将婚姻生活夫妻双方的不对等地位凸显出来。广播的声音本身后来也显现出反讽的意味，振保怀疑烟鹂和小裁缝发生私情的段落结束后，振保并未公开责备烟鹂，但屋内广播中却传出一个丈夫向电台倾诉对太太出轨的痛斥之声。这同样来自原著的设计，电影在此类反讽性细节方面显现出对原作的忠实。与独白和镜头的匹配方式相应，电影的音效设计也有独特之处。如佟振保和孟烟鹂同房的场面，后续衔接产房中烟鹂生产的场景，与这种场景转换相配合，电影的写实音效突然转变为产房中烟鹂临产的呼喊。

电影歌曲和配乐出自滚石唱片公司旗下词曲作者小虫之手。以电影原声专辑的内容来看，共有 18 段音乐，其中歌曲 4 首，纯音乐 14 首。歌曲包括

《Blue Babe》《红玫瑰之梦醒无痕》《贪吻》《玫瑰香》，乐曲包括《序曲》《玫瑰之盼情》《红玫瑰之欲望之翼》《白玫瑰之祷文》《红玫瑰之还君芳心》《红玫瑰之回眸》《红玫瑰之谜与悟》《红玫瑰之回旋》《红玫瑰之忆相思》《白玫瑰之浮生若梦》《红玫瑰之醉人吻》《红玫瑰之凋零》《红玫瑰之等爱》《红玫瑰之心蚀》。以作品情节而论，原作中娇蕊的相关内容固然多于烟鹂的相关情节，但影片还是试图在两位女性之间达成某种均衡。而以音乐作品标题及其意义指向而论，影片音乐的侧重是红玫瑰的情绪与欲望。以红玫瑰为主题的音乐多达 12 首，而白玫瑰主题音乐仅有两首。红玫瑰对应的情妇王娇蕊，其情绪与欲望的热烈，也正是这部商业影片的卖点所在。

从美学风格方面来看，配乐主要吸收了爵士乐和基督教音乐的风格，在音乐元素上结合了弦乐与无歌词吟唱，可以营造出靡靡之音与悲慨感伤的对照，再以这种差异诉诸价值和意义的虚空，与影片人物精神世界的苍凉感相匹配。这是电影作为综合艺术形式以及艺术商品特征的一种凸显。《红玫瑰之谜与悟》中的教堂圣歌元素，与故事的世俗情调形成反差。《红玫瑰之回旋》的舞曲风格铺陈出世俗生活的场景。更为重要的是，歌曲作为影片的有机部分，发挥了叙事的功能。影片主题歌《玫瑰香》由小虫创作词曲，林忆莲演唱，歌曲的歌词如下：

花有情才香 爱过了会再想 / 鱼嗜水之欢 不清楚谁能够原谅 / 幸福也受伤 快乐也叫人盲 / 丧尽了天良 满足了欲望 / 玫瑰香 夜未央 心里想的人不一样 / 花有情才香 开过一样芬芳 / 贪婪的欲望 醒来的人不知去向。

歌曲之前是无歌词吟唱，随后引出风格一致的有歌词演唱段落。这个段落的空灵音效随后又转为集体无歌词的圣咏式表现。歌词表意的核心是欲望的合理性与局限性，因此在爱恋的欢愉永远与其短暂性结合在一起。故事、影像与歌曲中显现出这部跨地区合作摄制影片的独特的韵味。影片另一首插曲《贪吻》由姚若龙作词，小虫作曲，陈秀珠演唱，歌词如下：

给我你的唇 / 女人啊最怕冷 / 赤裸裸的心啊 / 等你拥抱等你来疼 / 跟了你的人 / 还能讲什么恨 / 爱若爱得深啊 / 有痛可以忍 / 贪一吻 伤一生 / 心很难片刻安稳 / 总在深夜醒着哭啊 / 却又在傍晚笑着等 / 情海中浮沉 / 谁能不变笨。

这首歌的曲调和演唱方式上体现出老上海流行歌曲式的风格。作曲者结合了中国民间小调和西方现代音乐，使其显现出融合的面貌。浅俗直白的歌词逆转了张爱玲小说精致幽微的情感书写策略，更加符合影片的需要，并在影片的叙事中激发出对旧上海的怀旧式体会。歌曲的制作者在歌手的声音之上添加了旧唱片的模糊音效，使《贪吻》恰似于老唱片中拣选出的声音，保存着现代时间流转的印痕。《贪吻》与《玫瑰香》致力于让故事在声音层面也与当代拉开距离，这为电影观众的观影审美体验和怀旧式消费保留了空位。在音乐实现功能的机制方面，这部影片的配乐同样包含间离化的效果。“旧上海”是融合了陌生与熟悉之感的文化景观，影片中的“旧上海的婚恋故事”则是无数中国人婚恋故事的样本之一。它们因张爱玲对人性的洞悉而显出真实、细腻和熟悉，又因故事与当下的时间距离以及叙事手段的陌生化处理而显出陌生。这种“熟悉的陌生之感”创造了受众洞悉情感问题、获取认知的可能性。影片配乐的融合风格积极地参与了这个过程。在音乐的意义诉求上，宗教音乐元素关联的“神圣性”经由宗教层面上的神意转换为世俗层面上的宿命意味，低吟浅唱的女声是女性生命感受之特殊性的表达，民间小调的音乐元素又暗示故事是中国化的。

表 6–1　电影《红玫瑰与白玫瑰》透露的改编策略与改编版的代表内容

影片 / 文学原作	跨媒介直译	跨媒介意译	“完美转译”
《红玫瑰与白玫瑰》/ 同名中篇小说	沿用原作情节主干、大部分人物及主要故事脉络；源于小说原作的字幕	原作主要场景的视觉化，符合原著设定的民国时代上海城市内外景设计；物品镜头及其恋物化呈现；删减旁支情节；增加具有连接性的情节	男声画外音的引入；镜像、剪影效果的创造性运用；融合宗教音乐、世俗流行曲和无歌词吟唱等不同格调的影片配乐

四、作为跨地区电影的张爱玲作品改编版

在张爱玲作品的电影改编版中，《倾城之恋》摄制于1984年，由许鞍华导演，周润发、缪骞人主演。影片的对白完全依照原著，并未真正运用电影的手段去重新诠释故事。而在角色选择方面同样存在一些可讨论之处：范柳原是一位玩世不恭的南洋商人，以出演社团人物、江湖英雄知名的香港明星周润发，难以适合这个角色的味道。白流苏是能在骨子里散发出魅惑力、表面上却温婉的女性，女主演缪骞人的气质也难以匹配原作女主人公的形象。但两位演员都具有较高的票房号召力。周润发主演了1980年最具人气的电视剧《上海滩》，在1984年则主演了由金庸武侠小说改编的影片《笑傲江湖》，逐步成长为20世纪80年代香港影视界的偶像。缪骞人在1992年出演了许鞍华导演的《投奔怒海》，影片获得了巨大的票房成功。此前她还曾于1976年与周润发合作出演香港电视剧《狂潮》，他们不但在剧集中饰演情侣，而且在剧外传出绯闻。两人在这部影片中的合作，是电影改编的商业目的与艺术目的之间达成妥协的结果。正如乔治·萨杜尔所说："把电影作为一种艺术来研究它的历史，如果不涉及它的企业方面，那是不可能的。而这种企业又是与整个社会、社会的经济和技术状况分不开的。"① 在其他张爱玲小说改编作品中，《怨女》系台湾"中央电影事业股份有限公司"出品，但汉章导演，夏文汐主演，于1988年公映。电影《半生缘》由许鞍华导演，东方电影制作有限公司1997年出品。李安执导的《色·戒》由梁朝伟、汤唯等主演，2007年公映。从《怨女》《半生缘》和《色·戒》原作完成的年代来看，它们不能归入"中国现代文学史"的范围，因此本章不进行研讨。

自20世纪80年代香港电影机构开始北上内地拍摄影片之后，90年代海峡两岸及香港、澳门之间的电影合作进入了新的局面。"1990年2月召开的全国电影工作会决定，合拍影片不再占用电影厂的生产指标，这无疑为合拍片

① 乔治·萨杜尔:《世界电影史》上册，徐昭、胡承伟译，中国电影出版社，1982，前言第32页。

的发展搭建了新的政策平台。”[①]1993 年 1 月 5 日，广电部发布了《关于当前深化电影行业机制改革的若干意见》及其《实施细则》，积极推动了制片、发行、放映企业适应社会主义市场经济体制。1994 年 8 月，广电部电影局发布《关于进一步深化电影行业机制改革的通知》，规定拥有影片发行权的单位可直接向北京及 21 家省市的各级发行放映单位发行影片。在此背景下，北京电影制片厂、上海电影制片厂、西安电影制片厂等内地电影厂与香港电影制作方的合作不断走向深入。此前的 20 世纪 80 年代，香港与内地的合拍片就已开始了有益的尝试。最初的合拍作品由香港方面担任主创，内地制片厂提供场地、劳务、设备等。90 年代的合拍片开始更多地利用香港和台湾的电影资金，在合作中寻求香港和内地电影工业双重转型的机会。一方面，香港电影工业有意利用内地的资源进行香港电影生产，以此扩大资本的影响力，获取自身利益的最大化。这是香港电影在90年代谋求转型的一种尝试。另一方面，内地电影工业同样需要香港商业影片的制作经验和技术，以进行自身在市场经济背景下的转型。这些跨地区合作摄制的影片，由于编导方式、拍摄技术、外景地、演员表演风格等方面的多样性，也代表了海峡两岸及香港、澳门电影美学的发展趋向。

在《红玫瑰白玫瑰》的影片制作中，与上海和香港两地均有渊源的现代作家，来自香港的导演和编剧，来自海峡两岸及香港、澳门的演员群体，老上海风格的实景，构成了这部影片作为跨地区影片的实质内容。在演员方面，陈冲是凭借影片《小花》和《末代皇帝》成名的女演员，在中国内地和美国都具有一定的票房号召力。赵文瑄以《喜宴》知名，在台湾和香港两地具有票房影响力。叶玉卿在 20 世纪 90 年代初的香港影坛知名度很高，曾出演喜剧影片、文艺影片等不同类型作品。这个阵容的市场目标不但包括香港电影一贯的本地市场和台湾市场，还试图在内地市场有所作为。换言之，正是如上的制片体制、发行方式和资本构成的变化，构成了包括《红玫瑰白玫瑰》等影片改编方式与风格的电影工业背景。

① 杨远婴主编《北京香港：电影合拍十年回顾》，中国电影出版社，2012，第 8 页。

第七章

曹禺作品的当代电影改编版研究

曹禺是中国现代文学史上首屈一指的戏剧家，其代表作吸收了古希腊戏剧、易卜生戏剧、奥尼尔戏剧等不同的文学资源，将西方悲剧的观念与中国故事相融合，营造出兼具世界性和民族精神的经典作品。在《雷雨》《日出》《原野》等作品中，曹禺致力于表达原始的冲动和宇宙间的神秘事物，并把具有象征性的主题与基于社会矛盾的现实冲突相结合，建构了作品意蕴的多重性。[①]长期以来，曹禺的戏剧作品受到电影改编者的广泛关注，形成了数量较多的改编版本。《雷雨》有六个较为知名的电影改编版，《日出》有四个电影改编版，《原野》有四个电影改编版。1998 年，秦志钰改编并执导了曹禺作品《北京人》的同名电影改编版，这是改编《北京人》的个案。从戏剧作品的当代电影改编版来看，由于戏剧艺术形式天然具有的舞台动作性、尖锐的矛盾冲突和戏剧空间特征，同时在声音设计方面更具有现实指导性，它在跨媒介转换为电影作品过程中面对的困难往往少于小说和叙事散文。但如何跨越戏剧空间与电影空间的不同规定性与不同的再现 / 表现方式，特别是舞台的肢体行为和言语行为如何面向电影的表演、语言和镜头运用方式进行转换，仍需结合个案进行具体分析和研讨。在可供研究的文本方面，探讨戏剧作品的电影改编仍以原作和电影作品为中心，此外作为中间文本的“电影文学剧本”和戏剧作品演

① 田本相:《曹禺传》，北京十月文艺出版社，1988，第 160 页。

出活动形成的“演出文本”，也可提供参照。

一、《雷雨》的电影改编版

《雷雨》是曹禺的成名作，也是中国现代文学史上最知名的戏剧作品之一。它以严整的结构展开兼具社会悲剧和命运悲剧特征的故事，具有厚重的民族文化特色和象征意味。孔范今的《二十世纪中国文学史》对其评价道：《雷雨》“产生于当时内战不息、强敌压境、民不聊生的中国，像黑暗中一声撕人心肺的呐喊，以一出轮回式的家庭命运悲剧为缩影，警醒了当时正陷入对于民族苦痛命运思索中的一代中国人”①。田本相则认为：“在《雷雨》中，他把对时代的感受和对现实的激情同自然界的雷雨形象交织起来，保持雷雨般的热情和雷雨的形象浑然一体，形成一个情景交融的诗意境界。”②

《雷雨》原著是四幕剧，序幕和尾声试图创造出与当代情境之间的时间距离，具有特殊的美学功能。第一幕至第四幕剧情形成了以下的情节序列：第一幕，以周朴园公馆里四凤和鲁贵的对话开场，引出周冲、鲁大海，又为繁漪出场进行铺垫。再利用繁漪和周冲的对话牵引周萍与周朴园出场，以繁漪被迫喝药结束。第二幕，鲁侍萍来到周公馆，周萍和繁漪的情感纠结，繁漪和鲁侍萍的对话，鲁侍萍和周朴园的彼此相认，牵引出三十年前在无锡的往事。第三幕，在杏花巷的鲁家平民住宅中，以家庭对话揭示鲁家的内部矛盾。周冲的到来引出两家矛盾背后的阶级差异。潜入鲁家的周萍与四凤相见，引发新的矛盾。第四幕，在繁漪策划的报复中，四凤和周萍的血缘关系被意外揭开。四凤和周冲触电而亡，周萍饮弹自尽。但舞台实践当中，多数剧团往往只演出第一幕至第四幕的内容，而省略序幕和尾声。这种删减后的文本成为电影改编版的基础。

---

① 孔范今：《二十世纪中国文学史》上册，山东文艺出版社，1997，第713页。

② 田本相：《论曹禺的现实主义》，载吴雪、李汉飞主编《曹禺戏剧研究论文集》，中国戏剧出版社，1997，第61页。

《雷雨》有以下六个较知名的电影改编版：第一部是1938年方沛霖导演版，由黎莉莉等主演。电影开场补齐了原著故事发生25年前的往事，生下孩子的侍萍被逐出家门，流落街头。[①] 电影对话使用普通话，电影配乐以小提琴音乐为主。影片中周宅部分的第一个段落中，繁漪和周萍在客厅偷吻。一个好莱坞商业影片式的镜头中，沙发靠背遮住繁漪肩膀以下的身体，只露出妩媚的面孔。第二部是1957年吴回导演的粤语片版，由卢敦、黄曼梨、张瑛、吴回、李小龙等主演。开场的情节设计与1938年版相似，周朴园请侍萍离开周家，但其措辞比1938年版要温和一些。曾有“客厅里的东西都可以给你”的言语。电影演员使用粤语进行表演，影片公映发行时另外有普通话版本。第三部是1961年朱石麟导演版，鲍方、石慧、高远、裘萍、江汉、龚秋霞等出演。第四部是1984年孙道临编剧导演版，顾菲、孙道临、张瑜等主演。原作者曹禺参与了这部影片的创作，提供了一些指导意见和建议，影响到影片叙事、场景和人物等方面的表现。这是《雷雨》在20世纪80年代最重要的改编版。第五部是出现在1996年的香港版，由黄浩义编剧导演，李美凤、郭德民、黄婉菁、陈启康、黄淑仪等出演。第六部是张艺谋2006年导演的古装商业片《满城尽带黄金甲》，影片由张艺谋、吴楠、卞智洪编剧，周润发、巩俐、刘烨、周杰伦、陈瑾等主演，2006年公映。这部商业影片情节上吸收了《雷雨》中的重要角色与情节部分，是新千年后影坛出现的《雷雨》的商业化改编版。本节以下内容侧重探讨孙道临和张艺谋执导的改编版。

（一）孙道临改编版《雷雨》

孙道临版是20世纪80年代曹禺作品改编版的代表作。为了匹配当代观众的欣赏趣味，孙道临版《雷雨》在情节设计、镜头、剪辑、布景、道具和表演等方面都进行了尝试。他在访谈中曾这样谈论影片的改编策略，直接关系到情节的设置：“我提出两个方案供选择，一是采取舞台纪录形式，一是尽可

① 电影史研究者张隽隽认为：“从方沛霖非政治化的立场出发，淡化剧本中阶级冲突的意味是必然选择；而为了保证电影能够更容易被观众接受，除了以单线的叙事方式降低理解的难度，还要减轻悲剧情节对人物的心理冲击，然而经过这样的处理，由他执导的《雷雨》无论在主题、人物和情调各方面都与原剧本相去甚远了。”张隽隽：《文字和银幕的张力：谈〈雷雨〉一次改编》，《当代电影》2013年第9期。

能电影化。曹禺同志赞成后者，……那么，‘电影化’的《雷雨》应该采取什么样的结构？我当时提出，由于这个剧本已那样深入人心，总体结构如大加改变，会造成面目全非之感，因此，以基本上不冲破原作的严谨结构为宜。即使插入一些倒叙，也不宜过长，以免破坏戏剧动作的紧迫感。”①

受到这种创作观念的影响，孙版的《雷雨》整体上服从于原作的情节框架与时序，同时增加了原著没有的一些细节，以适应影片表意的需要。为表现周萍和繁漪的私情，影片设计了两个细节。一是繁漪在花园绘制仕女图，后来那张图被丢弃，以衬托情感关系的终结。二是周萍曾送给繁漪一件饰品，繁漪一直佩戴，而周萍已决心远走。这两个细节在电影中均以“往日 / 现实”之间切换的方式，表达了繁漪的情感和心理。因此，她与周萍对话中说出那些充满怨恨的话（“一个女人，不能受两代人的欺负”），就成为顺理成章的事情了。影片还以一些细节增加不同情节线索之间的彼此照应。如有一场表现周萍从鲁家回来，对周朴园说准备搭夜间火车去矿区。周朴园为周萍整理领带，对他说：“爸爸老了。”这些没有言说清楚的语言当中，寄寓着这个不正常的大家庭中符合一般人情的人物关系。近景中，父子俩的形象之间显现出背景上鲁侍萍的老照片。这种寄寓在情境中的诗意诉求，增加了影片的魅力。在另两个具有双关性的台词中，原作的内容得到了忠实的继承。如周朴园提点周萍“不能忘了人伦天性”，这句话既指代家庭秩序中儿子理应尊重生母，同时也对应了周萍与繁漪之间的私情。周萍对四凤说“我们还要见一个人，你的哥哥”。这句话表面上指向鲁大海，实际上也指向了周萍自己。

镜头的组合与剪辑手法的运用方面，影片贡献了一些较有代表性的段落。繁漪喝药的段落中，电影设计了药碗中显现繁漪形象的镜头（图 7–2），以此刻画她被压制的痛苦心理。周朴园认出侍萍的一场，镜头先后向左右各倾斜一次。这对应了人物（尤其是周朴园）内心的波动。乱伦真相揭开之际，电影图像的旋转特效制造了眩晕效果，这个多次出现的画面与周萍、四凤二人惊愕与痛苦的面部特写镜头组接在一起，开启了电影矛盾总暴发的段落。灯具

① 孙道临：《谈〈雷雨〉的电影改编》，《电影艺术》1984 年第 7 期。

破碎的镜头，形成了人物心理的外在对应物，连接了周萍情绪失控后的胡言乱语，以及四凤试图逃离周宅的系列镜头。这些镜头的调配与组合中，肆虐的雷电、无法挽回的伦理错误、惨烈的死亡、生存者心灵的极度震撼，在电影中交织成悲剧性的段落。这种悲剧性的烈度虽逊色于原作，但依然散发着被 20 世纪 80 年代电影所容纳的“曹禺式的诗意”。与雷雨的暴虐情境相对应的是白日梦的段落。周冲来到四凤家，畅想将来的美好生活。此时电影切换了海上风光的实景，衬托出周冲梦想的美好。但这个段落的结尾将四凤的面部特写与周冲幻想中的海洋景象组合在一起，再切回到现实场景中鲁家窗外污浊不堪的水塘。这个段落在表意上最终揭示了周冲的不切实际，以及他与四凤根本性的观念差异。[①] 同样，影片也设计了繁漪的回忆性段落，展现她回想与周萍发生不伦恋情时在花园游玩的情境，描绘一个对现实极度不满却又无能为力的女人最后的希望。另外，周冲和繁漪有关分学费给四凤的段落，与四凤和周萍在花园谈论周冲的段落剪辑在一起，平行蒙太奇加快了影片的节奏，增加了电影的叙事效率。

图 7–1　周萍劝繁漪喝药的镜头

图 7–2　繁漪在药碗中见到自身的影像

（图像来源：哔哩哔哩）

影片开场部分出现了一个尝试在“电影化”与“舞台化”方面取得均衡性的段落。这个段落设计与剧本第一幕趋同：鲁贵讲“鬼故事”给四凤，揭示周家暗藏的家庭丑闻，兼顾其余叙事线索和人物。影片先提供鲁贵在厨房讲述“鬼故事”的镜头，镜头中的鲁贵影像存在轻微的扭曲和畸变（图 7–3）。再以

① 研究者朱杰博士如此评价影片中的这个段落：“为了电影化地表现这一情节，影片先是随着周冲的憧憬，直露地插入了一组大海、帆船、海鸥的空镜头，接着又用生硬的对比手法将碧蓝的大海化成四凤家门前的臭水塘，表示梦的幻灭。这种‘电影化’的手法十分牵强，令人难受！”朱杰：《选择与传播——中国现代文学的当代影视转换》，华中师范大学博士学位论文，2004，第 71 页。

基于鲁贵视角的主观镜头（越过荷花池、穿过走廊、走向小客厅的窗户等主观镜头）与其讲述故事的声音相结合，再转而以鲁贵的声音与呈现四凤走入小客厅的系列镜头（图 7–4）相结合，如同四凤跟随鲁贵的讲述亲历“鬼故事”的情境。原作中鲁贵的台词最终揭开了“鬼”的真实身份，而影片是以四凤走入小客厅窥视的近景镜头（图 7–5），转接被鲁贵的咳嗽声惊动的繁漪和周萍的中景镜头（图 7–6），再切回到自鸣钟钟摆的特写和四凤被惊吓的镜头。虽然电影的叙述依然在总体上服从于舞台剧式的叙述，但这种叙述已开始拓展影像的空间与表现力，尝试性地使影片发挥自身的媒介优势。①

图 7–3　鲁贵对四凤讲述“鬼故事”的镜头

图 7–4　与鲁贵叙述声音相对应的四凤走近小客厅的镜头

图 7–5　与鲁贵叙述声音相对应的四凤注视镜头

图 7–6　与四凤注视的镜头相组接的繁漪、周萍双人镜头

（图像来源：哔哩哔哩）

① 有的当代批评者对孙道临版《雷雨》的评价不高。例如朱杰认为：“这次《雷雨》的改编之所以失败，其根本原因是改编者没有区分戏剧与电影这两种不同艺术形态各自所拥有的不同的叙事手段、表现方法，改编者为了‘忠实原著’，保持原著的‘戏剧性’，不惜牺牲电影艺术在时空表现上的高度自由，牺牲电影艺术反映社会生活的广阔性、真实性和刻画人物形象的生动性和复杂性。正是为了忠实于原著，影片几乎照搬了话剧的叙事方式，不仅整部影片的故事发生在一天之内，地点也只限于周、鲁两家，虽然为了‘电影化’，影片在时空上有些跨越，如在空间上增加了周家的楼梯、大厅、花园、走廊、繁漪卧室、周萍卧室等场景；在时间上，在倒叙、插叙时运用了一些闪回镜头，但这一些并不能真正体现出电影艺术的本质。”朱杰：《“戏”的困境与“人”的魅力——论新时期曹禺剧作〈雷雨〉、〈日出〉的影视转换》，《湖北社会科学》2003 年第 10 期。

在人物设定方面，影片表面上主要进行了一些局部的调整，整体上遵从原作的设定，但实际上的主导思路仍受到阶级论观点的较大制约。孙道临认为："剧中人物都有他自己的历史，在他们各自的周围生活着一些和他们相近的人物。他们在剧中的出现实际上也反映着那些未登场的人物的命运。鲁大海的背后有多少挣扎在饥饿线上的矿工？鲁侍萍背后，有多少像她那样被侮辱被损害了的、漂泊无依的妇女？剧中只有八个人物登场，然而它映现出了那个时代社会的缩影。"① 这种思路在影片人物的设计方面发挥着关键作用，对鲁贵、鲁侍萍、鲁大海尤其如此。

原著中的周朴园是一个带有封建和资本主义双重文化特点的实业家，在处理家庭内部事务的过程中表现了带有法西斯气质的一面。他阴鸷、世故而专横，这种性格设定在见到鲁侍萍之后展现得尤为典型，因为他必须在处理与鲁侍萍的关系时调和自己人性化与非人性化的两面。电影中周朴园人性化的一面借助孙道临的表演有所提示，但原作中直接表现其情感的台词被电影删去了。这种改编方式消除了影片表达资本家个体人性复杂性的可能。电影还致力于扩展周朴园的社会背景，他不仅是矿业集团的董事长，而且与政府和军方保持密切合作。

周萍和周冲的形象基本上延续了原作的设定。周萍的人物性格设定要点是性格上具有怀疑、犹疑和怯懦，精神上留有原始的蛮力，却又时时表现出源于放纵声色导致的疲惫。在动作设计方面，周萍总处于害怕别人知晓内情的状况，他经常重复关门的动作，以隔绝他与其他家庭成员的对话。影片中客厅的门很多次被他关上，这个动作也成为谈话的私密性和角色心理状况的标记。周冲则时时沉浸在青年学生式的幻想当中，以致会不断提出与现实格格不入的矛盾解决方案。

原著的设定中，鲁贵是贪婪而油滑的角色，他知晓周家的许多秘密，贪婪中保留着怯懦。他喜好赌博，贪婪地套取女儿的工钱，甚至采用要挟的手段。而改编版鲁贵的人物设定中世故和卑劣的一面被淡化了。在电影的叙事

① 孙道临：《孙道临自述》，北京大学出版社，2011，第167页。

中，这种简化的处理凸显了人物的社会身份归属性。同样的情况也出现在鲁大海的角色上，电影中的鲁大海被取消了原著中跛脚的设定。从故事片剧情本身的需要来看，这个改动是电影改编中必然的调整。原著中的鲁大海是一位精力充沛、情感炽热、缺乏斗争经验且略显笨拙的角色，这些特征在电影中被工人代表身份的正义性所稀释。

原著中繁漪是一个矛盾体，她集合了沉静、阴郁和果敢，充盈着突然迸发的情感热力和深具破坏性的性格力量。繁漪的角色在影片中除表现"雷雨"一般的破坏性特征之外，还以符合电影叙事特征的表演方式强调了源自忧郁气质的怪异性。面对根深蒂固的封建家庭秩序与男权话语，她的反抗不但受到压制和污名化，而且自身的情感和行为方式也时常处于不稳定的状态。这是原著文本中由演员表演所承担的"可译性"的一个方面。如繁漪淋雨归来一场，她用手拖着湿漉漉的雨衣慢慢走入房内，这增加了对人物精神状态的表现力，营造出怪异的感觉。再如影片高潮段落中繁漪在客厅的自我剖白，以电影的手段增加了原著意外的内容，但其语言完全是《雷雨》式的。影片如何表达周繁漪的忧郁气质，可视作衡量影片人物改编的一个要点。罗伯特·伯顿在《忧郁的解剖》中分析了忧郁产生的原因和表现。忧郁的内因可包括羞愧、耻辱、仇恨、怨怼、报复欲、愤怒等，外因则有恐惧、惊吓、失去自由等方面，表现为悲伤、猜疑、嫉妒和多变的情绪。[①] 这些特点在繁漪的角色设定和动作设计中多有体现，并始终与她和周萍的不伦关系及其后果缠绕在一起。影片中鲁侍萍隐忍和软弱的一面被淡化了，她的愤怒情绪和抗争性得到了加强。这个策略是基于20世纪80年代影片对"十七年"影片中阶级话语的承接与延续。采取抗争（至少是"抗议"）态度的侍萍，更符合当时电影表意的需要与文本对观众的期待。四凤延续了原著的人物设定，是一个不断隐藏情感秘密，又因无意酿成的乱伦事实而付出生命代价的牺牲者。

人物关系方面，鲁贵与侍萍之间因遣散费和赌债问题造成的矛盾被删减了，这个矛盾是原作中鲁贵回到周家与繁漪再次协商的动力。侍萍和四凤的

① 罗伯特·伯顿：《忧郁的解剖》，冯环译注，金城出版社，2012，第1—2页。

母女关系、周冲与繁漪的母子关系、鲁大海与鲁贵的养父子关系，都不同程度有简化处理的情况。这或许是电影容量限制造成的结果，但以电影叙述形式和表现力对这些关系进行合乎剧情的局部提示，应当还是可行的。

影片的空间设计和布景较为精致，室内空间和陈设的设计切合原著。尤其是客厅的布置方式，不但是为电影镜头呈现而设计，而且加入了对周朴园及周公馆形象的理解与再创造。孙道临曾说："改编本提供了百叶窗的开阖、佛龛、长明灯、古琴以及周朴园的高背椅等细节，希望能有助于人物心理的解释和戏剧冲突的展开。"① 原著中周朴园诵经的描述，在电影里具体对应了客厅里的佛像。这个道具设计增加了影片中符合中国文化观念的意义层面，同时也关联了电影表演的动作性。在影片临近结尾处，当侍萍听说四凤怀了周萍骨肉的消息时，她扑到佛像前放声痛哭并说出断绝母女关系的话，这种设计释放了佛像的叙事潜能。原作中曾提示周朴园晚年信奉佛教，而引子与尾声的部分都致力于彰显基督教的文化色彩。电影把这两种宗教的背景简化，缩减成由佛像所提点的佛教背景，较为符合影片的叙事逻辑。从改编的效果上看，这些具有宗教意味的内容已臣服于影片对人性表达的需要。另外，孙道临还曾设想利用特殊的场景设计在电影叙事中实现住宅内外空间的转换：

> 我发现许多旧式大住宅在主楼和侧翼间都有连接的走廊。因而想，它可以体现出一种特异的氛围。在喝药那场戏后，繁漪不堪烦闷，独自向通道尽头的周萍卧室走着。一步，一步，她竟像是走在漫长无尽的人生道路上，痛苦而又充满渴望！……后来，我又逐渐意识到，完全可以充分运用这堂景来烘托繁漪在不同境遇下的不同心情，为影片增添幽深的意境和抒情的色彩。这样，就增添了几场在走廊中的戏，我认为是有助于符合电影特性的调度的。②

① 孙道临：《谈〈雷雨〉的电影改编》，《电影艺术》1984 年第 7 期。

② 孙道临：《谈〈雷雨〉的电影改编》，《电影艺术》1984 年第 7 期。

从作品象征意义的构建方面看，孙道临版电影《雷雨》如同大部分舞台剧演出一样，直接忽略了原作序幕和尾声所呈现的非社会问题剧意味。而是从20世纪80年代中国社会文化领域对社会问题的关注入手进行剧情展现，把电影做成一部带有社会性的伦理悲剧。这种策略与电影中阴郁的周宅内景和使人恐惧的自然天象并不矛盾，但在实际上削减了原作中建立在神秘性和不可知论基础上的象征性。原著中有两个彼此关联且通向象征性的主题：其一是剧情中的“鬼”，其二是故事中的“住宅”及其经验。“鬼”是原剧本里十分重要的表述，它也可被视作建立在现代性基础上、投射于人的心灵世界之中的魑魅魍魉。在这部剧本中，“鬼”是剧中人住宅经验中挥之不去的一部分，是他们的白日梦的一部分。“鬼”是现实与想象的中间物，它所引发的恐惧和焦虑恰好同闷热的天气相协调，构成了处于现代主义和传统的现实主义之间的文学风格。原作中四凤对周宅的住宅经验则是源自她与周萍的情愫以及鲁贵所讲述的“鬼屋”故事，它们共同导引出众人对周公馆的经验。[①] 对于这个问题，电影的表达是比较有限的，“鬼”只在开场鲁贵与四凤对话的段落中发挥了电影式的叙事价值，引导出鲁贵的回忆性叙述与四凤进入小客厅的行为相交叠的段落。在影片的其他部分中，这个主题失去了它与神秘感的关联。

原作中，鲁侍萍与有关住宅陈设的回忆（三十年前梦一样的现实轮回）具有独特的白日梦氛围。当鲁侍萍凝视周公馆客厅中的陈设与旧照片时，她留存了三十年的私人回忆突然被召唤出来，并在这个房间的陈设中得以重现。这种私人回忆所涉及的周朴园的道德原罪与其作为资本家的经济原罪紧密结合在一起，构成了周朴园早年生活史的一部分。鲁侍萍的住宅经验被具体呈现为针对三十年前周宅某个房间的居住经验的错置——“凤儿，你去看，你去看，那只柜子靠右第三个抽屉里，有没有一只小孩穿的绣花虎头鞋。”（实际

① 原作中多次出现关于“鬼”的表述，它们与包括住宅经验在内的现实生活体验密切相关。如四凤说：“我只听说到从前这屋子里常听见叹气的声音，有时哭，有时笑的，听说这屋子死过人，屈死鬼。”（第一幕）鲁贵说：“他同他的后娘就在这屋子里闹鬼呢。”（第一幕）周冲说：“妈，您不知道这房子闹鬼么？”（第一幕）鲁侍萍说：“怕得很，这屋子有鬼怪。”（第二幕）繁漪说：“这老房子永远是这样闷气，家具都发了霉，人们也都是鬼里鬼气的。”（第一幕）曹禺：《雷雨》，人民文学出版社，1997。

上那个抽屉里只有一些茶碗。）如同加斯东·巴什拉所说的那样，在她瞬间经历的白日梦中，“对旧日居所的回忆被重新体验，仿佛过去的居所在我们心中是永远无法忘却的梦想”①。在此，住宅经验的价值在白日梦中呈现出来，构成了“当前的自我”与“过去的自我”之间的对话。针对房子，周繁漪也曾有过白日梦般的表达：“这老房子很怪，我很喜欢它，我总觉得这房子有点灵气，它拉着我，不让我走。”人所居住的房屋不再仅仅呈现为闹鬼的或封冻了三十年时光的房子，它与它关联到的居住经验一起，化身为剧中一个无所不在的诗意角色，并将巴什拉津津乐道的“保护人的房屋”逆转为捕获和攫取人的房屋。②而鬼屋、“楼上的疯女人”和漫无边际的白日梦，本来即是半殖民地时代中国现代性的精神投射。这种氛围因电影剧情的删减而遭到驱除，它被缩减为鲁侍萍发现自己重新来到旧情人住宅中的惊异和退避心理。

（二）张艺谋改编版《雷雨》

电影《满城尽带黄金甲》的改编策略，可归入巴拉兹分类方式中的第三类。影片将《雷雨》的核心角色设定和一部分情节架构调换至宫廷背景，创作了一个无论是类型、格调、目标还是叙事走向均与原作大异其趣的影片。影片创制方式，系以原著情节作为框架的组成部分，对故事层面进行调用，对人物设定进行拟仿。《满城尽带黄金甲》将原著故事的背景推向遥远的古代，这是投资巨大的中国商业影片为了回避审查风险而采用的惯常策略。对于这部当代商业影片而言，原著的“可译性”集中于“复仇”和“血缘关系”的纠缠之上，这两个主题恰恰汇聚了中国观众十分熟悉的家庭伦理故事和宫廷题材故事的共同情节模式，最终指向电影实现文化消费价值并将商业资本利益最大化的目标。

《满城尽带黄金甲》的人物角色设计中兼容了一部分《雷雨》戏剧原作的人物设定，原著的人物关系成为影片对原著情节进行“半架空”式创作的材

① 加斯东·巴什拉：《空间的诗学》，上海译文出版社，2009，第5页。

② 巴什拉认为：“没有家宅，人就成了流离失所的存在。家宅在自然的风暴和人生的风暴中保卫着人。”加斯东·巴什拉：《空间的诗学》，上海译文出版社，2009，第5页。

料。“半架空”意味着每个源自《雷雨》的角色的叙事功能得到了一定程度的保留（甚至保留了“喝药”这种经典场景的部分情节），但原作的历史与社会矛盾完全被剥离、置换和再填充，以便配合商业影片所需的类型化影片设定。人物之间的矛盾和关系变化刻意诉诸过度华丽的动作与电影场景变换，削弱了人物内在的精神矛盾和剧情逻辑的严整性。

图 7–7 电影《满城尽带黄金甲》中，王后在菊花台服药场景

图 7–8 王表面上为后配药，实则进行威胁与控制

（图像来源：视频文件截屏）

从人物设定与原作的“对位”关系来看，周润发饰演的王对应着周朴园的角色，巩俐饰演的后对应周繁漪，大王子（刘烨饰演）对应周萍，三王子（秦俊杰饰演）对应周冲，蒋太医之女蒋婵（李曼饰演）对应四凤。原作中鲁侍萍和鲁贵的人物设定中的少量信息，被改编者融入了原配夫人（陈瑾饰演）和蒋太医（倪大红饰演）的角色当中。而原著中的鲁大海，在这部影片中并无对应的角色。王被塑造成暴虐和喜怒无常的君主形象，他威严的一面具有强烈的压迫性，也因此丧失了人格上的丰富性与微妙变化。这是商业类型影片中往往致力于体现的人物特征。二王子（周杰伦饰演）则是添加的角色，其性格特征局限在他对母亲的维护之上，而他组织的宫廷政变是这种情感选择的结果。他的武功，以及与王之间的对手戏，增加了电影的动作性和视觉效果出现的可能性。这同样是商业片模式驱动下的剧情及场景设计。三王子的人物设计虽在整体上对应着周冲的角色，但将原著中周萍富于幻想的梦想家形象祛除，保留了恭顺的一面，再在影片结尾的部分逆转一个稚嫩的野心家形象。移植原作的人物与关系，展开局部的功能性调整，个别角色进行颠覆性的再设计，这些编剧创作的手段是商业化类型电影中较为常见的。在人物关系的设计方

面，影片中王与后的婚姻是政治婚姻，至少需维持表面的和谐，这进一步构成皇室家族父慈子孝的假象。影片的悲剧性结局即是这种政治婚姻的灾难性结果的集中展现。情节设计方面，王后喝药的情节对应了原著中周繁漪喝药的戏剧场面。但电影情节的最后，把治病的药物调换为取人性命的毒药。同时，演员的表演风格具有浮夸的一面，这是商业电影中常见的特质，与影片制作过程中的明星形象设计及商业目的彼此应和。对于商业电影而言，这种表演风格并不是一个真正可指摘的方面。

在电影视听语言的叙事策略方面，布景道具和服饰的华丽，对应着摄影的精致性。在影片公映前几个月发行，已经形成流行效应的歌曲《菊花台》出现在影片片尾，为这部商业改编版的叙事作结。学者周仲谋对此评论道："《满城尽带黄金甲》架空了《雷雨》中的宗教忏悔意识和宿命观，代之以权力的争夺和大肆的杀戮。"① 从这部影片的改编方式来看，它抽空了原作的文化内涵，代之以资本全球化运作背景下的快餐式叙事。影片一方面执着于"走向世界"，却没有进行真正的民族化电影尝试；另一方面不愿，也无法承担以电影的方式实现"对原作的创新和发展"。这是一次以背离原作精神为手段的拆解式创作。

对照原作、孙道临版《雷雨》和《满城尽带黄金甲》三部作品的表意结构，可以得到以下三个表格（表 7–1 至表 7–3）。② 孙版在遵循原作的基础上进行了电影化的尝试，扩展了场景的内容和符合电影表达规律的心理表现手段，将原作中的基督教文化元素转换为对佛教观念的含蓄提示，又将人物对现状的不同形式的反抗及其受挫作为表现社会不合理性的手段。"半架空"式的改编版《满城尽带黄金甲》加强了"周朴园—周繁漪"之间的对抗性，又通过帝王权术、宫廷阴谋和兵变场景等方面的设计造成奇观性的效果。在视觉性的表达方面，影片侧重于性感化的宫廷生活场景与人物形象，空间上依然具有断裂和封闭性的特征。原著中人在不可知的宿命面前的无力、孙道临版对人

① 周仲谋：《消费语境下的中国电影改编》，中国社会科学出版社，2015，第 121 页。

② 与小说表意结构的分析不同，戏剧作品及其改编版的分析，以场景而非人物为分析的入手点。

物阶级属性的关注、张艺谋版对宫廷权力关系的奇观化表达，是三者在改编中形成的显著差异。

表 7–1　戏剧《雷雨》的表意结构

主场景	主要人物	行动—表意	代表形象	空间	制度与文化	意义结构
周家	周朴园、周繁漪、周萍、周冲、鲁贵、鲁侍萍、四凤、鲁大海	身体与精神控制及其反抗、阶级差异等	窗、药、客厅的陈设物、雷雨	周宅	被强化的父权制家庭秩序、因财富形成的社会等级制	被压抑和过度消耗的生命力 反抗（有意的乱伦、无意的乱伦、抗议等）及其徒劳性； 权威的崩溃
鲁家	鲁侍萍、四凤、鲁贵、鲁大海、周冲、周萍、周繁漪	雇佣劳动及其不满、阶级差异等	雷雨、窗	鲁宅	父权式微背景下的家庭秩序、誓言	因果循环、不同阶层角色对话的不可能性

表 7–2　电影《雷雨》的表意结构

主场景	人物	核心人物行动—表意	代表形象	空间	制度与文化	意义结构
周家	周朴园、周繁漪、周萍、周冲、鲁贵、鲁侍萍、四凤、鲁大海	身体与精神控制及其反抗、阶级差异等	住宅中的陈设物（佛像与自鸣钟等）、药、雷雨	周宅中的不同空间（客厅、书房、居室、庭院等）	被强化的父权制家庭秩序、因财富形成的社会等级制、资本家与旧政府的合谋	被压抑和过度消耗的生命力； 反抗（有意的乱伦、无意的乱伦、抗议等）及其徒劳性； 权威的崩溃
鲁家	鲁侍萍、四凤、鲁贵、鲁大海、周冲、周萍、周繁漪	雇佣劳动及其不满、阶级差异等	雷雨、白日梦景象	鲁宅、想象中的空间	父权式微背景下的家庭秩序、誓言	因果循环、不同阶层人物对话的不可能性

表 7-3 电影《满城尽带黄金甲》的表意结构

主场景	人物	核心人物的行动—表意	代表形象	空间	制度与文化	意义结构
宫廷	王、后、王子们	身体与精神控制及其反抗、身份差异等	表征人物身份的服饰、宫廷陈设物、药、菊花台	宫殿内景、宫殿外景	彼此联系并同时被强化的父权制与王权秩序、权力控制术	被权力所压抑的生命力；反抗的形式（有意的乱伦、无意的乱伦、宫廷政变等）及其徒劳性；权力的超稳定性

二、《日出》的电影改编版

曹禺的名作《日出》完成于 1936 年夏季。剧中主人公陈白露的遭遇和心路形成了戏剧《日出》故事层面接续与转换的中枢，散点式的戏剧结构以各种路径通向方达生、翠喜、小东西、潘月亭、李石清、黄省三、张乔治、胡四、顾八奶奶、王福生等形象各异的人物。《日出》的剧本隐含了经济状况的线索，是 20 世纪 30 年代西方资本主义社会经济危机背景下中国社会面貌的书写与呈现。它对现实经济秩序的揭示力度不亚于《春蚕》和《林家铺子》。从创作背景来看，文化界发生的两个事件推动了曹禺的创作：其一是 1935 年 3 月 8 日，电影明星阮玲玉因遭受小报记者诋毁而自杀；其二是另一位“新女性”的代表人物艾霞的自杀。它们共同成为曹禺创作剧本《日出》的材料。①

这部戏剧作品较早的电影改编版出现在 1938 年，由岳枫导演，袁美云主演。1953 年版的《日出》，由李晨风导演，张瑛、梅绮、吴楚帆主演。②1956

① 曹禺、田本相：《1982 年 5 月 26 日访谈录》，载田本相、刘一军：《曹禺访谈录》，百花文艺出版社，2010，第 136 页。

② 李晨风版《日出》的剧情大意：“交际花陈白露随银行家潘月亭在上流社会打滚，旧爱方达生欲带露脱离糜烂生活，露却犹豫不决。露、生巧遇少女小翠，合理助她脱离恶棍。亭在生意上为富豪金八爷所败，自杀身亡。露知难逃金迫害，于安排生与翠离城后，服毒自杀。”香港电影资料馆：《香港影片大全》第四卷（一九五三——一九五九），香港电影资料馆，2003，第 28 页。

年又出现了香港版影片《日出》，由胡小峰、苏诚寿导演，夏梦、傅奇、乐蒂主演。[①] 上海电影制片厂摄制的电影《日出》则完成于 1985 年，由曹禺、万方编剧，于本正导演，方舒、王诗槐主演。[②] 与孙道临版《雷雨》相比，曹禺及其女儿更为深入地参与了电影《日出》的创作，他的作者意图以更“忠实”和更富有电影性的方式呈现在了电影作品当中。曹禺对此进行过如下评价：

> 舞台，作为表现的工具，无论怎样运用，究竟有一定的限制，不如电影灵活，那样变化万千……电影的天地确是广袤无边的。话剧《日出》有四幕和两个场景紧紧地箍着，在这里面，我挤进许多事与人。如今，变成电影本子，就感到轻松多了。从前我在朦胧的意识中想到却没有地方写进去的，现在可以由我从容地展现出来。[③]

由于曹禺这部名作在结构上的精密紧凑，在改编成影片时需要进行稀释，于是影片在节奏和人物关系的展示方面拥有了更多余裕。曹禺的自我评价建立在深刻理解戏剧与电影之间形式差异性的基础上，因而此次改编比孙道临版《雷雨》的改编更侧重于电影化的方面。

（一）人物设定的改编

电影中的陈白露形象没有大的改动。文学剧本曾有一种新颖的设计：在影片片头和演职员表之后，紧随其后出现的是陈白露置身电影片场的场景。此场景揭示她既是一名交际花，也是一位电影明星。民国时期上海影坛女明星的“堕落女性”形象，在剧本的这个段落中有所涉及。但电影《日出》中并未采纳这种设计，直接从陈在墓地与诗人对话一场转到了夜总会募捐的内容。

---

① 胡小峰版《日出》的剧情大意为：“交际花陈白露无意中救出孤女小东西，受到西和刚从外地回来的青梅竹马男友感染，准备脱离糜烂的生活，奈何终抵不住黑道人物的迫害，自杀身亡。”香港电影资料馆：《香港影片大全》第四卷（一九五三——一九五九），香港电影资料馆，2003，第 152 页。

② 电影文学剧本《日出》的第二稿完成于 1984 年 2 月。曹禺、万方：《日出》，中国电影出版社，1986。

③ 曹禺：《〈日出〉后记》，载曹禺《曹禺全集》第五卷，花山文艺出版社，1996，第 126 页。

电影中的“堕落女性”和文艺作品中现实社会中的“堕落女性”具有不同的指向性。前者多指向审美意义上女性的多重魅力，是电影感官吸引力的集中代表；而后者首先是社会批判层面上的标志角色。同时，募捐的情境还提示了陈白露善良、富于同情心的一面，使这个人物更富有正面的人性光辉，从而反衬最后结局的悲剧性。

在原作中，方达生和陈白露都有在整体上串联剧情的作用。方达生同样延续了原有的对底层民众抱有同情的青年人形象。方的人道主义色彩是外在于剧情主线的观照性力量。方达生曾对陈白露表露出不愿意离开城市的意思："我在这里要多住些天，也许我在这里要做一点事情。……我也许要跟金八打打交道，也许要为着小东西跑跑，也许为小书记那一类人做点事，都难说。"虽然原著的最初意图是反讽式地表达方达生的无能为力，但这种对社会现实矛盾性的体认和关注，依然可能在表意上形成人道主义式的效果。[①] 在新中国成立后曹禺进行的戏剧情节调整中，方达生一度被改写为准备进行更激烈的现实斗争的地下工作者。这种改动在1985年的电影改编版中不被采纳。方的角色提供了一双观察与审视现代都市生活的眼睛，他是见证者和参与者。在叙事方面，他与陈白露的对话诠释了陈白露的现实心态和对往事的态度。他最后的离开，集中表达了对旧时代城市罪恶的厌弃。

潘月亭和张乔治等人的改编主要集中于外形和服饰的方面。原作中的潘月亭是中年银行经理（外形方面已不年轻，行动迟缓，谢顶），出场服装设定是古铜色皮袍和缎坎肩，挂着金表链，习惯抽雪茄。电影中的潘月亭设计成

① 曹禺自述方达生的人物设计思路时说："说老实话，《日出》末尾方达生说：'我们要做一点事，要同金八拼一拼！'原是个讽刺，这讽刺藏在里面（自然我也许根本没有把它弄明显，不过如果这个吉诃德真的依他所说的老实做下去，聪明的读者会料到他会碰着怎样大的钉子）。讽刺的对象是我自己，是与我有同样书呆子性格，空抱着一腔同情和理想，而实际无补于事的'好心人'。我倒也想过，把方达生夸张一下，写成一个比较可笑的人物，使这讽刺显明些。但我又不忍，因为一则方达生究竟与我有些休戚相关，再我也知道有许多勇敢有为的青年，他们确实也与方达生有同样的好心肠，不过他们早已不用叹气，空虚的同情来耗费自己的经历，早已和那帮高唱着夯歌的人们联系在一起，在《日出》那一堆'鬼'里就找不着他们。"曹禺：《〈日出〉跋》，载曹禺：《雷雨　日出》，人民文学出版社，2009，第387页。

西装造型，这更符合大众心目中民国时期银行经理的形象特征。原作中的张乔治是这部作品中少数带有西化意味的角色，西服是他的外在标志，且他常佩戴领花和白金眼镜。其语言和着装上的西化特征与行为上的粗鄙性相结合，构成了张乔治的人物规定性。电影中的张乔治在西化方面的独特性有所削弱：一方面，影片为了塑造民国时期都市的都市现代格调，使更多的角色身着西式服装，他的着装并不像原作那样与众不同；另一方面，影片选取的演员中，潘月亭和张乔治两个角色的扮演者在外形上较为接近，又均身着西式服装，这造成两人作为电影视觉形象之间的区分度不够。

电影中的李石清十分符合原著中的形象设定，他“穿一件褪了颜色的碎花黄缎袍。外面套上一件崭新的黑段子马甲”。另外还穿着漆皮鞋，用腿带绑腿。这些外观设定隐含着某种拼贴性，与人物的特殊地位相关。借助电影对空间表现的自由度，李出场的情境设定在大丰银行，电影以服装的前后变化刻画其心态。这一点在原著中并不十分明显，剧本中的外形设计变化仅限于马褂换成坎肩，前额的头发梳理齐整。电影为了强调视觉表达的方面，给李石清增添了一顶貂皮帽子。这顶帽子增加了人物服装在视觉上的突兀和不和谐，形成对这个人物内心膨胀状态的适当表达。

电影中黄省三的旧长衫造型延续了原著的设计，这是他经济状况的表征。他的表情时时透露着怯懦的性格，又带着生活中诸多不如意造成的惭愧和惶惑，但凄惨的生活让他无法不开口乞求别人，试图保留一丝尊严而不得。这是一个困顿至极且找不到出路的人，身患疾病、突然失业和妻子的出走加重了他的生活危机。他的绝望被影片以电影化的方式所强调，形成“潘月亭—李石清—黄省三”这几个角色之间的“社会等级结构”。但在金八无所不在的控制力之下，三人之间的经济差异又可能在一夜之间被抹除。

原作人物序列中，“潘—李—黄”三个男性角色和“陈白露—翠喜—小东西”三位女性之间存在着与如上主题密切关联的等级结构。陈是表面上光鲜亮丽的交际花，但她在都市中由商品交换秩序所规约的人际关系中处于不自主的地位，翠喜和小东西的社会地位更为卑微，也更缺乏人身自由。她们的角色一方面在叙事上凸显了《日出》中浓厚的“禁锢”氛围，另一方面又比潘、李、黄表现得更为内敛和隐忍，以酝酿和等待的姿态走向人生的悲剧结局。这两重关系整体上都遵循着原作的设置，影片添加了陈白露在街头见到小东西遗体的场面，使三位女性角色的命运相似性诉诸视觉化。张英进的论述可以看成对“潘—李—黄”和“陈白露—翠喜—小东西”两个等级结构之间相关性的解释，同样适用于《日出》的电影改编版：

> 投机与娼妓制度之间的紧密关系，较早的时候已经出现在茅盾《子夜》中，在《日出》中则表现得更具有戏剧性。潘月亭像吴荪甫一样，在公债市场上大量投资，随着金融投机的起伏，他体验到狂喜与沮丧。在很大程度上，他自愿屈服于凶险的市场，一路上既攫取着金钱，也攫取着女人，而金钱与女人的市场价值，都只有通过经常的交换才能实现。[①]

胡四的造型在原著中是一位会唱戏的青年男子，俊俏的外貌之下是不加掩饰的丑陋、粗鄙。他出场时的形象设定为黑衬衫，第三幕则是白衬衫，服装方面的反差与不同场景中的人性表现形成了对应关系。被小东西弄脏的衣服是这个场景中情节转换的要点之一。在电影中，他依旧被塑造成一个过于阴柔化的男性，以不时表演京剧舞台动作与唱腔刻画其独特性。他与小东西、王福升这三个角色都先后关联妓院和酒店场景，在原作和电影中发挥着重要的叙事功能。他与顾八奶奶、王福升、黑三等形象设置与原作相比没有太大的变化。

诗人是剧本和影片中不止一次被陈白露提及的角色。她在与方达生的叙述中透露出一些过往生活的印记。诗人曾经创作完成一部名为《日出》的作品，他一贯相信一切都有希望，经常说：“太阳出来了，黑暗就会过去的。”这可以理解为是对总的现实发展趋向的认知。但陈白露又征引这部被嵌套在电

① 张英进：《中国现代文学与电影中的城市：空间、时间与性别构形》，秦立彦译，江苏人民出版社，2007，第152页。

影中的文学作品里的另一句话表达对自身命运的体认："太阳升起来了，黑暗留在后面；但是太阳不是我们的，我们要睡了。"诗人及其作品的形象在影片叙事中维系着陈白露回忆往事的段落，也为陈白露的自我意识的表达提供了支持，在剧情中建构出具有象征性的层面。

（二）影片对原作情节的改编

原著开篇部分援引《道德经》《新约》《旧约》等著作，凸显了作品的宗教底蕴与诗意。电影对这种设定中诗意的部分进行了转换，而舍弃了宗教的意义。《日出》的开场部分设置了阳光下的坟场场景，陈白露与诗人在其中展开对话。诗人赠给陈一本书，封面上印着作品的名字——《日出》。此后，陈白露携带行李沿着铁轨走向城市，画外传来火车的汽笛声。随后以半殖民地状况下的现代中国城市为背景，展现影片片名《日出》。[①] 在影片的结尾处，陈白露自杀前再次翻阅《日出》。随着书本掉落在地下的情境，她的生命也消失在黎明之前。

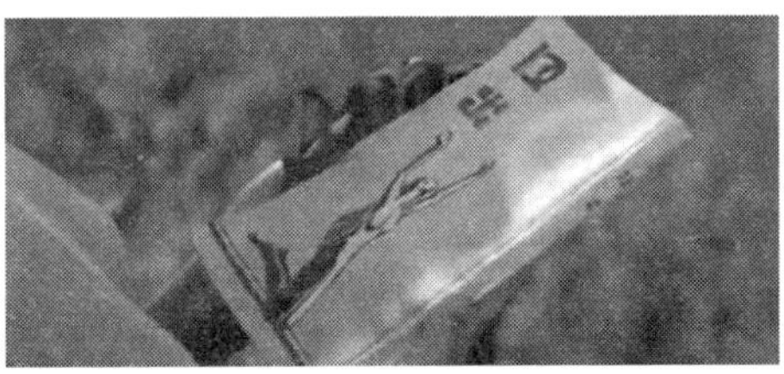

图 7-9　电影《日出》片头部分出现的诗集《日出》

图 7-10　电影临近结尾部分再次出现的诗集《日出》

（图像来源：哔哩哔哩）

人物与场景的多样性表达是电影改编的必然结果。陈白露与方达生的夜行场面、他们陪伴小东西游乐的场面、夜行吃馄饨的场面等，共同构成了城市生活的丰富性。在社会矛盾的呈现方面，潘月亭、李石清、黄省三的住宅内景展示了现代城市的贫富差异。电影以媒介的优势打破了戏剧原作在场景上的集中性。黄省三的住宅透露出底层生活的窘迫、李石清的平民住宅包含

① 这一片头情节中书籍形象的设计，也隐约对应了《日出》从诗意化的戏剧剧本转变为电影作品的过程——戏剧《日出》的原作者曹禺与其女万方一起完成了戏剧到电影剧本的改编。

了勉励维系最后一丝尊严的意味，但这两个住宅与奢华的银行和旅馆空间存在天差地别，这是作品中人物阶层差异的表征。戏剧原作的场景只有两个，一是旅馆房间，二是低等妓院。此外，旅馆房间的设计是以光线的明暗来配合象征意味的传达的，而下等妓院恰好相对，借助窗外的声音完成空间中社会矛盾的混音与交响。剧本里的场景说明，即从舞台设计的角度进一步为电影场景的设计敞开了可能性：

> 是 ×× 大旅馆一间华丽的休息室，正中门通甬道，右——左右以台上演员为准，与观众左右相反——通寝室，左通客厅，靠后偏右角划开一片长方形的圆线状窗户。为着窗外紧紧地压贴着一所所的大楼，所以虽在白昼，有着宽阔的窗，屋里也嫌过于阴暗。除了在早上斜射过来的朝日使这间屋有些光明之外，整天是见不着一线自然的光亮的。①

曹禺曾在访谈录中回忆，《日出》的故事大部分以天津为背景，旅馆的原型是民国时期天津的惠中饭店，妓院的原型则是民国时期南市“三不管”地带的下等妓院。② 这两个在戏剧中极为有限的场景的相对封闭性被电影剧本和影片文本破除，它们被纳入众多影片场景的序列，作为承载阶段性叙事功能的场景共同服务于影片的需要。

富于动作性的场面是电影和戏剧两种艺术形式共同的叙述侧重。而陈白露的肢体动作，在电影里比原作及文学剧本有所强化。原作和电影剧本的情节里，陈参加了最后一场聚会，并在精神濒临崩溃的状况下以言语羞辱了张乔治、胡四和顾八奶奶。

> 张乔治握住陈白露的手，把快要倒下去的陈白露拉了起来；他用手

① 曹禺：《日出》，载曹禺《雷雨 日出》，人民文学出版社，2009，第 187 页。

② 曹禺、田本相：《1985 年 5 月 28 日访谈录》，载田本相、刘一军：《曹禺访谈录》，百花文艺出版社，2010，第 149 页。

紧紧搂着她的腰，硬拽着她跳。

陈白露：放开我！

她看着张乔治，眼里射出厌恶而又愤怒的光。

陈白露：你这个洒了巴黎香水的洋狗。……

胡四忽然凑上去。

胡四：爱情皇后，我，该够格吧！

陈白露挥起手，像是要打胡四耳光；胡四灵巧地一闪。

陈白露：（指着他）你这个兔子，找你的母猫叫春去吧！[①]

这一幕在电影中改为陈白露开始在酒精的作用下与张乔治跳舞，但旋转造成的眩晕感引起她的不适，这种不适感与之前她遭遇的一系列罪恶事件的感受叠加起来，使她突然厌恶身边的一切。陈白露甩开张乔治，骂他是“洒了巴黎香水的洋狗”，影片随后切换为张乔治尴尬的表情，和另一个交际花轻蔑的神态。随后，陈又狠狠抽了赶来献殷勤的胡四一个耳光，胡四和顾八奶奶对此表示惊愕与愤怒。影片集中表达了身处奢华之中的陈白露在众人面前的孤独与幻灭之感。电影中“落到实处”的耳光，与戏剧中“并未实现”的耳光之间，也可表征两种艺术形式及其表演方式的差异所在。

陈的生命以自杀告终，为都市新生活的可能性预留出空位，这是文学作品意义的指向。在逻辑线索方面，原作中陈白露自杀的原因是债台高筑且缺乏帮她付账单的人，于是她在绝望中服药而死。电影中的自杀原因则是金八“接替”了潘月亭的位置，替她付清了旅馆的账单，而陈白露不接受自己继续变成被包养的女人，因此自杀身死。这种结局的改动使陈白露结束自己生命的核心动机从经济上的绝望转向“不愿重复”堕落的生活，这进一步提升了她不断处于矛盾中的人格。与她的死亡相比，小东西的自杀在原著中有两个版本。其一是利用拴绳子的行为、剪影效果和鞋子作为道具，直接表达她的自尽。其二是仅以拴绳子提示了自杀的趋向，然后设置了扑倒在地痛哭的动作，

① 曹禺、万方：《日出》，人民文学出版社，2009，第 82 页。

并没有直接展现自杀的场面。第三个方案降低了自杀行为的视觉刺激性，是一个带有折中性的方案。电影利用了镜头的切换和心理暗示，完成了这个段落的叙述。

影片结尾处还增加了为陈白露收尸的段落。两位殡仪馆工人骑着专门用来收尸的双人自行车经过街道，与准备离开城市的方达生擦肩而过。镜头中清晨时分显得寂寥的城市街景，是故事结局氛围的陪衬。两位都市生活中有缘重逢的年轻人以这种方式告别，展现出属于电影的悲剧性与诗意。

城市贫富差距的问题集中呈现在与黄省三相关的场景当中。原作中李石清恶毒地建议黄去自尽的段落，在电影中以一个仰拍的主观镜头加以揭示，展现黄省三的眩晕感受，把绝望和恐惧诉诸视觉化。原作临近结尾的部分，黄省三面对李石清讲述自己毒死孩子的犯罪经过，语言因精神错乱而显现出混乱和颠倒。黄的犯罪行为包含了极度绝望之下的自毁性，他以鸦片毒死自己的孩子之后，因“没钱再买鸦片”而期盼法官判处自己死刑，被释放后又深陷罪恶感和贫穷的双重绝境，最终造成精神失常。电影剧本改写为李石清、潘月亭、陈白露在银行门前共同遇到黄省三，并这样描述他最后的言行：

> 黄省三突然双膝跪下，抱住潘月亭的腿。
>
> 黄省三：法官，我自己买的鸦片烟，买的红糖掺上，叫孩子们喝的，我亲手把他们毒死的！我没钱再买鸦片了，法官！你们不能放我，我亲手毒死了人，毒死了我的孩子！您杀死我呀，杀死我！
>
> 李石清象惊醒一般，扑上去把他拉开。
>
> 黄省三：（忽然嘤嘤地象一个女人哭起来）我的孩子，我的可怜的孩子。（他抬起头，对李石清）潘经理，人不能这么待人啊，不能这么待人啊！①

这个写法相对戏剧剧本已经大为缩减。原作中这个段落出现之前，第

① 曹禺、万方：《日出》，人民文学出版社，2009，第79页。

三幕已经通过卖报纸的吆喝声提示了黄省三的人生结局。黄在最后一幕出场时如鬼似魅的状态，也集中表达了被压榨到极致的底层小人物的精神世界。

在电影中，这个段落进一步改写为黄省三先后缠住李石清和潘月亭，反复说："法官，法官，我亲手毒死了我的孩子，你杀了我吧！"其后又跪地向陈白露哀求："我没有疯。潘太太，你行行好，杀了我吧！"这种处理方法进行了新的调和，删去了黄省三语言中涉及毒杀孩子的细节，避免了电影对犯罪过程的过度描绘，削减了剧本中这一悲剧事件的惨烈性。电影对黄省三台词的简化是电影作为大众文化作品需要进行的艺术处理，但在缺乏字幕提示的情况下，这个段落中台词的表达效果不甚明确。但在段落本身的叙事功能上看，它引出陈白露对黄省三的特殊态度：她放弃了像往常那样施舍金钱的举动，因为黄意图求死，施舍只能加速他的死亡。这完全颠覆了施舍本身的基础——人的善意。旧时代充满罪恶和堕落的都市不但不能给人以真正的希望，还反过来泯灭了人仅存的善意。以这种手法，电影的悲剧意味得到了提升。

原作的最后一幕暗示了胡四和顾八奶奶人生计划的幻灭，因为顾所有的钱都存放在公债投机失败后面临灭顶之灾的大丰银行里，胡四的电影生涯则需要顾八奶奶的鼎力支持。而电影文学剧本与影片版当中，这个因果关系并未得到强调。原作第四幕张乔治的梦是集中凸显主题且深化象征意义的内容，电影对此进行了删除。[①] 这种处理方式一方面让影片的象征意义集中在"日出"的核心意象上，另一方面避免了依赖戏剧式的大段语言表述的出现。

（三）影片声音层面的设计

《日出》影片的声音在承接原作的基础上，进行了创造性的设计。陈白露在俱乐部大厅进行的歌舞表演，是电影中首次出现的城市场景，在影片开始

① 原作中张乔治自述其梦境说："我梦见这一楼满是鬼，乱跳乱蹦，楼梯，饭厅，床，沙发底下，桌子上面，一个个啃着活人的脑袋，活人的胳膊，活人的大腿，又笑又闹，拿着人的脑袋丢过来，扔过去，嘎嘎地乱叫。忽然轰地一声，地下起了一个雷，这个大楼塌了，你压在底下，我压在底下，许多许多人都压在底下。"引自曹禺：《日出》，载曹禺：《雷雨 日出》，人民文学出版社，2009，第363页。

部分就赋予女主人公光彩照人的形象，再以后续的叙事揭示她的内心苦闷和矛盾，借此呈现都市生活的堕落与颓败，此处影片设置了一首名为《人生如梦》的歌曲，是陈白露早年生活与人生结局的预示：

> 人生好似一场梦／你我相逢在梦中／今朝有酒今朝醉／谁知何日再相逢／人生好似一场梦／你我分手在梦中／待到梦残心碎时／人面桃花去无踪／人生如梦／人生如梦／你我相逢在梦中／人生如梦／人生如梦／到头来是一场空／到头来是一场空／一场空。①

后续的旅馆场景中，陈白露躺在床上轻声哼唱的歌曲是《教我如何不想她》。这是一首民国时期脍炙人口的流行歌曲，词作者是新诗作家刘半农。歌中唱道："天上飘着些微云，地上吹着些微风，微风吹动了我的头发，教我如何不想她。"音乐研究者认为，这首歌曲的歌词原本表达思念祖国的情感，后来曾被作为爱情歌曲传唱。② 剧本利用这首歌曲优美的曲调与歌词的不确定性进行了通俗化设计，诠释了陈白露的生活状态。从实际效果上看，方舒的表演更多地导向这首歌作为通俗爱情歌曲的意义，它是一位纸醉金迷的生活中的女性的消费对象，并不存在较为明确的所指。无论从功能或效果上来看，这个歌曲的加入，是改编过程中较有特色的一个内容。③

原作第三幕里丰富的环境声音构成了有限的戏剧时空中的补充因素。下等妓院房间周边的声音，包括小贩的叫卖声和流浪汉、妓女等各色人等的声音，然后引导出唱数来宝的乞丐的声音。原作中设置了唱曲的姑娘、沿门唱数来宝的乞丐、哼一两段二黄的漂泊汉、拉着丝弦逗人来唱的游民和艺人形

---

① 歌曲《人生如梦》由张鸿西作词，徐景新作曲，王海萍演唱。

② "诗歌用恋歌的形式，以浪漫主义拟人化的手法，抒发了一个海外赤子怀念祖国、故乡和亲人的真挚感情，以及憧憬美好未来的迫切愿望。诗篇以洋溢着的诗情画意来寄托诗人的缕缕情思，撩人遐想，扣人心弦。谐美的音节和韵律更增添了诗的感染力，这和诗人潜心研习语音学恐怕是不无关系的。"刘育辉：《刘半农与〈教我如何不想她〉》，《人民音乐》2009年第10期。

③ 郭怀玉：《成功的改编：〈日出〉从话剧到电影》，《文艺争鸣》2010年第22期。

象，以及租唱话匣子的、卖水果花生栗子的、抽签赌赢东西的、哑着声音嘶喊的卖报的、卖热茶鸡蛋的等一系列商贩形象。他们发出的声音形成了这个下等人聚集的空间中的“声景”面貌。其中，卖报纸的人吆喝的小报头条新闻是走投无路的职员跳河和一家人吞鸦片自杀的内容，预先揭示了黄省三及其一家的命运。这种设计符合戏剧艺术形式较为严格的时空规定性，但在影片《日出》的线性叙事结构中，它可能损害到前后情节的接续，因此进行了删减。街道上乞丐的几段唱词是较有特色的，它烘托出这个特殊的社会空间的底层文化特征。唱《秦琼发配》的乞丐，其唱词透露出底层生活的困顿。唱数来宝的乞丐的唱词，则实质上明示了翠喜的人生命运。妓院场景中还先后设置不具名的歌女和男子唱出的具有情色格调的音乐（《叫声小亲亲》），这与人物与场景的设定十分匹配。剧本对宝和下处[①] 声音环境的描述与原作相似，其中特别强调混乱的氛围：“在这条胡同里，充满着各种喧嚣。叫卖、女人诟骂、打情卖笑的声浪。”[②] 在电影中，这些声音内容有一部分作为妓院场景的背景进行了呈现，但影片并未刻意强调声音与影像之间的意义对应关系。细节方面，乞丐伪装盲眼的情节被直接改为讨烟头抽，这个变化使妓院场景中次要角色的表现力有所削弱，最富表现力的角色唯有翠喜一人。

陈白露居住的旅馆房间窗外的声音，扩展了舞台时空的层次感和戏剧性。原作中陈白露窗外的工人砸夯场景，是源于民国时期天津的街头场景。在戏剧中，窗外的声音丰富了旅馆场景这一空间的丰富性与源于都市的质感。在字面上，工人的歌谣中包含了诚实劳动的意义，以及基于这种劳动观念的朴素的生命力。在意蕴的层面上，它代表 20 世纪 30 年代的曹禺思想上对以工人为代表的劳动群众抱有特殊的感情。在戏剧功能的层面上，陈白露、李石清等角色的语言多次与工人的声音进行互动，这揭示了他们的内心活动与情感状况。文学剧本中保留了这个声音演出的层面，删去了王福升咒骂工人的

---

① “宝和下处”为《日出》中的妓院名。——作者注

② 曹禺、万方：《日出》，人民文学出版社，2009，第 59 页。

台词，只保留这种劳动者声音作为都市罪恶的对立面的功能。电影版删去了工人的声音，片尾的叙事段落更加重视陈白露对与梦中诗人相会的想象，以及诗人笔下的几句诗："太阳出来了，黑暗留在后面，但是太阳不是我们的，我们要睡了。"这几句在电影中被忠实地保留的台词，与陈白露的名字也形成了象征性的对应："蒹葭苍苍，白露为霜"，一位现代"佳人"的生命在日出之前默默消逝。

对比《日出》原作和1985年改编版影片两个文本可知，后者以电影化的手段实现了剧本设计场景的多样性与丰富性，对旧时代的现代都市进行了更为全面的呈现（表7–4至表7–5）。操控商业资本的黑势力和罪恶的卖淫制度、阶级差异及其暴力形式、被徒然消耗与残害的个体生命、人的价值实现与发展的不可能性，都得到较为妥当的揭示。妓院场景和旅馆场景中，视觉形象和声音背景的丰富性虽然有所削弱，但电影叙事的表现力并未受到影响。随着陈白露生命的消逝和太阳的升起，旧时代的城市价值得到了重新审视与评价。相比原作，电影剧本和影片文本中的陈白露之死是以抗争的面目出现，流露出剧情逻辑之下的决断力。翠喜的人生经历不再依赖小顺子的侧面介绍，而以个体独白内容的方式融入表演。这两个角色的改动策略是电影改编版新魅力的重要来源。

表7–4　戏剧《日出》的表意结构

主场景	人物	核心人物的行动—表意	代表形象	空间	制度与文化	意义结构
旅馆休息室	陈白露、方达生、潘月亭、李石清、小东西等	交际、投机—基于不同经济地位的阶级差异等	室内陈设、阳光	旅馆房间、街道空间	资本—商品所决定的商业秩序	被腐蚀和消耗的女性生命；资本的操控性；消极的反抗
妓院	翠喜、小东西、胡四、王福升等	买卖关系及其反抗—性别差异等	室内陈设	妓院房间、街道空间	卖淫制度下的人身控制	被摧残的女性生命

表 7–5　电影《日出》的表意结构

主场景	人物	核心人物的行动—表意	代表形象	空间	制度与文化	意义结构
墓地	陈白露、诗人	分离、走向城市—城乡差异	诗集、通向城市的铁路	阳光下的墓地	城市文化	死亡、家庭的瓦解、走入城市
俱乐部	陈白露、潘月亭、方达生	以慈善募捐为形式的交际活动—经济地位差异	“上流社会”的人群、交际花的歌声	歌舞场和宴席	现代消费文化	纸醉金迷的城市生活
旅馆	陈白露、方达生、潘月亭、李石清、小东西等	交际、买卖—基于不同经济地位的阶级差异等	室内陈设	旅馆房间	资本—商品所决定的商业秩序	被腐蚀和消耗的女性生命；资本的操控性；消极的反抗
银行	潘月亭、李石清、黄省三等	投机—资本增值的渴求及其代价	文件、金钱	办公室	商业管理制度、薪酬制	受操控的金融市场；信用危机
妓院	翠喜、小东西、胡四、王福升、黑三等	卖淫中的买卖关系及其反抗—妓女人生经历的自述和性别差异等	室内陈设	妓院房间	卖淫制度下的人身控制	被摧残和扭曲的女性生命
城市室外场景1	陈白露、方达生、小东西等	休闲、对话—坦率的交流	–	公园和街道	往事回忆中的乌托邦	对过去的留恋
城市室外场景2	陈白露、方达生、翠喜、李石清、黄省三等	对话和见证—事实的发现	–	街道	弱肉强食的旧时代城市秩序	人生困境的解决方案；被侮辱与被损害者的悲剧性死亡

三、《原野》的电影改编版

剧本《原野》创作于1936年，是一部有关民国初年农民复仇的悲剧。这部作品在电影史上有四个知名的改编版：第一部是1941年岳枫导演的《森林恩仇记》，由袁美云、王引主演。第二部是1955年王引编剧导演的《夜归人》，由刘琦、严俊、唐若青、吴家骧、洪波等主演，华明影业公司出品。[①] 这部影片改换了角色的名字，显现出“借用原著以孕育新剧”的意味。影片中严俊饰演的马狗子对应仇虎，冯世海对应焦阎王，小翠对应花金子，冯大妈对应焦母。第三部是1956年吴回导演的同名影片，吴楚帆、红线女、张瑛、黄曼梨等主演，昌兴影业公司出品[②]。第四部《原野》1981年出品，由中国新闻社与南海影业公司合作完成，凌子导演，刘晓庆、杨在葆主演。影片获得1981年威尼斯电影节推荐荣誉奖，但在国内直到1987年才公开上映。1988年，影片获得第十一届《大众电影》百花奖最佳故事片奖。[③] 本节的主要论述涉及第四个改编版。

原著的序幕部分中，仇虎在逃离火车之后遇到白傻子，两人的对话揭示出复仇的来龙去脉。凌版《原野》和吴版《原野》都执行了这种改编策略。这种延续原作的情节设计代表戏剧作品的可译性方面。有关仇虎一家经受的冤屈和苦难，较适合以影片的形式再现，但仇恨心理本身天然地包含了不可译的一面。剧本中利用台词和布景所传达的人物心理，在影片中被转换为表达个人面孔和肢体互动关系的影像、声音/音乐及电影蒙太奇所构成的整体。由于年代和技术水平的差异，凌版更好地发挥了电影蒙太奇手段对心理解释的作用。

原作中最具不可译的方面是建立在现实场景之上的象征意义层面。虽然

① 香港电影资料馆《香港影片大全》第四卷（一九五三——九五九），香港电影资料馆，2003，第115页。

② 香港电影资料馆《香港影片大全》第四卷（一九五三——九五九），香港电影资料馆，2003，第126页。

③《中国电影发行放映公司关于对非正常渠道影片放映的意见》，载《北京市电影发行放映工作文件汇编》，北京市电影发行放映公司，1992，第110页。

曹禺在《雷雨》《日出》《原野》三部作品都构建了象征的层面，但《原野》的象征性是更为特殊的。原野、古树、森林、古庙等舞台形象，人物语言构建的火车、黄金之地和地狱等想象空间，都是原作艺术魅力的核心部分。它并没有在这些形象的象征性的基础上，真正展开一个与现实相分离又彼此观照的象征世界。仇虎在丧失复仇对象的情况下选择继续复仇，复仇及其心理后果在象征层面结合了原野背景下不可捉摸的神秘性，使这部作品在象征性的开掘方面比《雷雨》和《日出》走得更远。剧本第三幕充满了原野中各种神秘的景象，如同外化了的仇虎的精神世界和移位转换的现实关系的表达。作为故事展开的特殊背景，曹禺在原作的开篇这样描述原野：

> 大地是沉郁的，生命藏在里面。泥土散着香，禾根在土地里暗暗滋长。巨树在黄昏里伸出乱发式的枝芽，秋蝉在上面有声无力地震动着翅翼。巨树有庞大的躯干，爬满年老而龟裂的木纹，矗立在莽莽的原野中，它象征着雅俗、险恶、反抗与忧郁，仿佛是那被禁锢的普饶米修士，羁绊在石岩上。……①

此类带有象征意味的表述，抗拒着将戏剧原作单纯解释为社会矛盾的激化与解决的阐释思路，敞开了文本中的象征层面。据曹禺本人回忆，《原野》的故事发生地点是以河北宣化地区为原型的，故事的一部分内容也源于曹禺早年在宣化的生活经历。② 平原、山地和草原混合的多种地貌，孕育出《原野》故事的场景和复杂性，对应着人性本身的多变与复杂。③

① 曹禺：《原野》，人民文学出版社，1997，第3页。

② “宣化你是必须走一趟，《原野》同这个地方大有关系，快乐的地方在那里，孤独的地方也在那里。”引自曹禺、田本相：《1982年3月29日访谈录》，载田本相、刘一军《曹禺访谈录》，百花文艺出版社，2010，第79页。

③ 研究者王爱学通过雪莱的《解放了的普罗米修斯》和曹禺《原野》的对比，认为“《原野》不是神秘主义的作品。其所谓神秘的细节，如黑森林、幻象、人形、鬼影，不过是模拟西方文化典故造成的假象。……总的来说，《原野》是一部模拟作品。所谓模拟不是英文里的 imitation（仿造），而是对模拟对象的内在精神既有继承又有翻新。”王爱学：《〈原野〉的象征意义辨》，《国外文学》1998年第2期。

从原作剧情来看，《原野》表意结构的表层包含以下的对立关系：复仇者—复仇对象；血缘关系—非血缘关系；不被认同的婚姻关系—非婚姻的亲密关系等。故事的深层结构的核心则是“生”与“死”之间的关系，正是这对关系（而非“复仇者—复仇对象”的关系）同时支撑着剧本的剧情演进和象征意义。仇虎是九死一生的复仇者，他的复仇观念与死亡本能彼此纠缠、扭结。他的杀戮是为了讨还伦理债务，而为了达到这个目的，他把原本的婚姻对象（焦花氏）和无辜者（焦大星和小黑子）纳入了复仇计划。他与焦花氏的性关系一方面是对“义母”“义兄”的背叛，另一方面隐含了“生”的欲求。他利用这种性关系进行复仇，但他的人性又敞开了带焦花氏逃走的可能性。正由于仇虎的人性的留存，他才有可能陷入复仇之后的自我矛盾之中。这个故事中的复仇本身具有一个明确的对象（焦阎王），如同讨还债务过程中的“债权人—债务人”的关系。复仇 / 讨还债务的目的既是为了死者，也是为了生者的真正生存。在这个故事预设的基于农耕文明和血缘伦理的观念系统中，只有复仇对象得到了惩戒和报复，生者才能真正地生存并在伦理上获得自洽。但复仇对象的死亡使复仇者的复仇欲望失去了可针对的对象，因而仇虎殃及无辜的行动就显现为一种传统观念中家族复仇的补偿方案（“父债子还”）。它在剧情中不可避免地走向越界和过度化。这种过度化从伦理的层面并不具有真正的合理性，它是通过杀戮残害法律意义上的无辜者以进行精神报复的策略。它是执着复仇过程的“间接性”和“可展示性”的行动。在行动过程中，复仇者的观念和行为之间的矛盾性被扩大了：一方面，仇虎给自己制造了杀害焦大星的借口（“他先动了手，那就怪不得我了”），随后又以这个带有自我欺骗性的前提展开杀戮；另一方面，他原本把小黑子也纳入了复仇计划并引导焦母，利用她对自己的憎恨而付诸实施，随后在杀死焦大星的自责中又否定了进一步的复仇计划，但他的慌乱又导致忘记了屋内床上面临危险的小黑子。于是，焦母错手杀死小黑子之后，源于人性的自责、悔恨和无措导致仇虎面临人性的拷问。这一系列行动对于仇虎造成的结果，是摧毁了他的复仇本身的合理性和正当性。剧本借助一个存有人性的复仇者的自我试炼经过，充分证明了尚存有人性的复仇者，是如何落入不合理的暴力导致的道德后果并因此迷失自我的。这些人性复杂性的方面，是致力于通俗化改编的影片形式难以承载的，只有复仇的语言、行动和表情具有充分的“可译性”。

按凌版《原野》片头字幕所示，原作者曹禺为这部电影题写了片名。影片以这种方式表明其改编方案得到了曹禺的认可，是依照原作的剧情架构呈现故事。在处理原著主干情节和矛盾的问题上，影片采用了以下转译方式：第一，在金子和仇虎发生关系的段落中，影片如原著一样强调仇虎是为了复仇目的去勾引金子，同时揭示了金子知晓仇虎的复仇目的并为此感到纠结和失望，这丰富了金子这个角色的心理内容。第二，影片削减了原著中仇虎杀害焦大星之前的犹豫不决。原著的犹豫可能源于仇虎内心对焦大星作为无辜者的认知，或者内心仍旧存留的人性之善，这种处理方式加快了叙事的节奏。第三，减少原作中小黑子的出镜率和发出哭声的内容，这一定程度上降低了焦母误杀小黑子的场景给观众的冲击力。对于一部20世纪80年代初制作的影片而言，这种设计有利于观众对影片的接受。第四，仇虎杀死焦大星后，抱着大星的尸身痛哭。从仇虎的心理发展脉络来看，这显得并不自然，也不易被电影观众所接受。毕竟，影片并没有适当铺垫仇虎和焦大星幼年的友谊，观众未必认可仇虎杀死焦大星一场戏中包含的“背叛”意味。第五，原作第三幕里各种超自然景象在电影或被删减，或只能以实景的形式出现。它们投射了仇虎内心的恐惧和惶惑，却无法像原作那样被表现为仇虎精神世界的一部分。

与凌版相比，另两个版本在矛盾的解决方案上有不同的设计。按照相关资料的记录，王版的剧情强调男主人公不忍心加害仇人的子女，最后在侦缉队的枪弹下丧生。吴版剧情中取消了小黑子的角色，影片悲剧性的转折设计成焦母误杀焦大星，结局则是仇虎和金子逃出森林，奔向新生活。这种改动既免除了小黑子遭遇不测的悲剧性情节，也回避了死亡时间的发生是出于仇虎的故意设计，在情节的逻辑性方面比原著逊色，但比凌版更适合作为通俗伦理剧展现给商业文化语境下的电影观众。

人物服饰的设计方面，仇虎服饰的设计是对应人物设定及人与环境的关系的。原作第一幕剧本这样描述仇虎的服装："仇虎改了打扮，黑缎袍，血红的里子，腰扎蓝线带，敞开领，扣子只系了几个，一手提着旧的绒帽，一手粘着一朵红花，一跛一跛地走出来了。"① 序幕中金子的服装则是："她穿着大红的裤袄，头上梳着肥圆圆的盘髻。"② 黑衣的仇虎在绿色、白色、黄色、红色等颜色混合呈现的原野中，显得非常醒目。黑色衣服之内的红色装饰，恰好与金子服装的红色调和白色调形成对位。这种服装设计上的对照还出现在仇虎和焦大星之间。仇虎的宽檐帽和大星的瓜皮帽构成了形式上的对照关系。而色调方面，大星与焦母的衣服均为通身黑色。颜色的标志性扩大了人物之间的区分度，将在视觉领域深化观众的观感和记忆。如果从颜色的形式性出发，红与黑配合了金子和仇虎的关系，红与黑的对立则与金子背离焦家形成对应。这些方面在影片中得到了吸收和具象化。

镜头的运用方面，影片在呈现场景时使用了一些构图色调俱佳的空镜头，这可以理解为试图转译原作故事背景的尝试，但原作中原野和森林的沉郁怪诞风格，难以单由镜头进行呈现。在景物与人物的关系方面，影片在片头呈现原野的景象与仇虎逃入丛林的情境时，选择了白桦树作为仇虎出场后最初的背景，白色的树皮与灰棕色的纹理与人物暗色的身影构成视觉上的对比。影片创作者显然在尝试以视觉图像提示仇虎性格上的粗犷和树林浓烈的生命力。李欧梵并不认可这种尝试，他认为片尾逃亡情节中出现的红叶场景"美则美矣，但美得没有意义"③。它并未与故事本身和仇虎的精神世界中的粗野形成关联。这在转译原著方面是一件憾事，但对影片的大众消费方面却可能产生积极的作用："也许，没有看过曹禺原著的观众，反而不会有此先入为主之见，倒反过来被这种美景所吸引……"④ 这种论述可在中近景镜头的运用中找到证据。影片以原野和森林为背景的场景中，中近景镜头的取景往往将摇曳

① 曹禺：《原野》，人民文学出版社，1997，第 32 页。

② 曹禺：《原野》，人民文学出版社，1997，第 14 页。

③ 李欧梵：《不必然的对等——文学改编电影》，人民文学出版社，2017，第 179 页。

④ 李欧梵：《不必然的对等——文学改编电影》，人民文学出版社，2017，第 179 页。

中的树枝或花卉设置在人物形象的前景。这种设计方案造成镜头和人物之间存有虚化的植物，围绕原野与人的关系营造出影片的诗意。在20世纪80年代初的电影文化语境中，以视觉化方式呈现的自然之美，打破了“文革”时期影片尤其是样板戏电影中舞台背景式的自然形象，形成了对自然之美的再发现。与人的存在相对的“自在的自然”并不具有与意识形态或社会关系的必然联系，反而可以被艺术作品的叙事与修辞过程赋予特定的内涵和意义。以影片《原野》而论，当作为人的精神世界对应物的森林被塑造成较单一的审美对象之时，其不受约束的造型、鲜亮明媚的色调和饱满且富于质感的光线，形成仇虎与金子之间越轨恋情的背景。“带有道德污点的恋情”与“自然之美”的结合，能够激发80年代电影观众的欣赏意愿。这是电影改编者审美观念的表达，也可作为80年代电影审美观念变迁的一个注脚。

图7–11　电影《原野》中金子与仇虎的会面

图7–12　影片回忆段落中金子与仇虎的少年时代

图7–13　仇虎回忆中与自己相恋的金子

图7–14　影片临近结尾处，走出森林后的金子。

（图像来源：哔哩哔哩）

以上画面在展示人物的同时，也凸显了自然的优美。

剪辑手法方面，影片多次以同一个蒙太奇段落表达仇虎的回忆，借此强调他内心的复仇欲望。这个反复出现的蒙太奇段落包含六个主要镜头，并在其前后与仇虎的面孔相接：第一，仇虎的父亲被残忍杀死的情景；第二，仇虎的妹妹被捆绑折辱的情景；第三，仇虎被囚禁殴打的情景；第四，焦阎王恶毒面孔的特写；第五，焦母阴郁面孔的特写；第六，疾驰而过的火车。第六个镜头被穿插在其他镜头之间，作为结构性的因素。火车疾速驶过的声音贯穿整个蒙太奇段落，以整体性的冲击力建立了“加害者—受害者”之间的历史联系，实现了有关“复仇之合理性”的表达。从引发感觉到引发感觉中的伦理议题，这个反复与仇虎的面部特写相连接的段落始于视觉性，止于伦理感，发挥了蒙太奇的叙述与生成认同的功能。爱森斯坦曾说：“蒙太奇是撞击，是通过两个给定物的撞击产生思想的那个点。”① 《原野》这个闪回段落中的“思想”是有关复仇的伦理观念的表达。这个段落每次出现，在叙事上都强化了他复仇的冲动，压制了内心的人性之善，形成后续复仇行动的内在推动力。影片中另有一个只出现一次的段落，同样承担了回忆的叙事功能，它指向仇虎与金子青梅竹马的少年生活情景。这个回忆段落和后续两人的逃亡段落都以森林为背景，从场景类型上共同融入了影片的整体性表达。

在演员的演绎方面，李欧梵论及凌版时说：“……此片只有盲眼的母亲造型最佳，但饰演强盗仇虎的杨在葆似嫌文雅，而刘晓庆演她的未婚妻金子，则极尽夸张之能事，比不上她在《芙蓉镇》中的感人演出。”② 书中对吴版未作评述。本节倾向于认同有关焦母演员的评价，凌版和吴版中的焦母代表了各自所处时代背景下演技的上佳状态。吴版演出了焦母的狠辣和阴郁，凌版则在此两点基础上透露出这位老年人软弱的一面。吴版中饰演仇虎的吴楚帆演出了目睹焦母误杀其子的快意，也演出了森林中陷入恐惧的状态，但中间似乎缺乏必要的情节过渡，也就显出表演的突兀。凌版中杨在葆饰演的仇虎以杀死焦大星之后的迷茫神态，为森林中的恐惧状态进行了铺垫。但形成这种差异的原因中也有剧情设置方式的因素。

① C.M. 爱森斯坦：《蒙太奇论》，富澜译，中国电影出版社，1998，第 486 页。

② 李欧梵：《不必然的对等——文学改编电影》，人民文学出版社，2017，第 178—179 页。

在电影声音的方面，凌版《原野》片头的画外音解说，并没有指向原作者的历史地位，而仅仅沿着20世纪80年代名著改编电影的常见模式，标明故事发生年代的遥远性。“这个故事发生在很久以前，那个时代已经一去不复返了。但是，人们出于各种各样的原因，还不时想起那个年代所发生的事。”显然，这是深受夏衍电影改编观念影响却又排除了政治话语成分的解说词设计。随着画外音的终了，电影影像切换为行进中的火车，和准备跳车逃走的仇虎。在仇虎实施复仇的过程中，凌版《原野》试图使用特殊音效烘托原著式的表现主义格调，这种尝试取得了一定的效果。仇虎为了刺激焦母，在焦家如鬼似魅地唱起一首歌谣：“初一十五庙门开，牛头马面两边排……”歌谣以回声效果加强了阴森恐怖之感，对应了焦母面带忧惧的中近景镜头。随后切换至仇虎走进门的画面，与此对应，歌唱的声音立刻恢复成仇虎原本的日常声音效果。这种切换兼顾了电影对气氛的营造和对人物对话场面的再现。仇虎复仇之后，焦母在破庙和树林里呼唤小黑子、诅咒仇虎的声音，采用了同样的富有回声的音效。这在剧情上推动仇虎走向精神崩溃，也以电影的手段直接把这种崩溃展示给观众，以此对应戏剧原作第三幕第四景中的地狱场景。配乐方面，片尾的音乐与音效是参与剧情最终叙述的决定性因素。仇虎和金子找到铁路的情节中，富于民间歌谣色彩的交响乐抒情段落对应着雨后天晴时色彩斑斓的树林风景，营造出逃出生天的解放之感。随后仇虎自尽的情节中，这个音乐段落的主旋律再次以缓慢的节奏出现，代表仇虎的生之希望的彻底丧失。随后音乐停止，影片以火车行进的音效匹配火车疾驰远去的镜头，表明金子已乘车离开。影片最后的一组镜头以影片开场出现过的池塘和青蛙的形象为先导，呈现白傻子在池塘边游逛，驱赶羊群行走在长满芦苇的原野上，与之配合的音乐由舒缓的弦乐旋律和人声无歌词吟唱构成。音乐的抒情性在影片结尾建立了一道美学的栅栏，使这个可怕的悲剧故事与受众的位置之间永远保持遥远的时空距离。正如开场的那句画外音解说：“那个时代已经一去不复返了。”

与凌版以西洋音乐表现民族风的策略相比，吴版中饰演金子的红线女是粤剧表演艺术家，电影中为此设计了金子为仇虎演唱粤曲小调的段落。影片借此在不同配乐与演唱段落里显现出广东民间音乐的风格。红线女饰演的金子演唱段落的唱词是：

> 好花枝呀 / 好花枝呀 / 鲜花原并蒂 / 朝夕两相依 / 一场暴风雨 / 好花遭毁折 / 一只插在监狱里 / 一枝种在地牢里 / 受尽专制 / 受尽难为 / 何日吐出冤屈气。
>
> 苦相思呀 / 苦相思呀 / 鸳鸯难逐对 / 空缺叹纷飞 / 毁巢又毁羽 / 暴风真可畏 / 心中有恨只自知 / 孤身困在樊笼里 / 日哀叫 / 夜长啼 / 何日至得高飞去。
>
> 好花枝呀 / 好花枝呀 / 花香无俗气 / 花瓣似胭脂 / 相怜或相弃 / 听哥主意 / 哥哥果是多情子 / 愿将花送赠 / 望你培植佢 / 若果你是个薄情儿 / 宁愿困死旧家里。

这段唱词的是金子与仇虎之间情感关系的表达。合乎欲望但有悖道德伦理的男女之情，与唱词中曲折呈现的仇虎的家仇编织在一起，是影片叙述过程中的诠释性段落。此外，影片中这一段落还承担了以声音和体态展示女影星的性吸引力的功能。影片最后，仇虎和金子两人成功逃离森林的段落中，影片配乐使用了圆舞曲音乐，导致音乐与场景之间并未形成较合理的匹配关系，这形成了片尾叙述段落的中西混搭格调。

在戏剧和电影的表意结构对比中（表 7–6 和表 7–7），1981 年版《原野》电影场景的设计没有超出戏剧的设定，但原野和森林的面貌发生了有利于 20 世纪 80 年代观众视觉审美的变化。原作中发挥象征价值的巨树，在电影中被北方落叶乔木组成的森林景观所替代。原作中巨树和森林作为精神象征的价值被削弱了，直接呈现为观赏的对象。火车的形象出现在影片开场与结尾，扩展了原作中的现代文化隐喻意味，而且在剧情演进中参与构成了仇虎追忆往事的蒙太奇段落。在整体的意义与风格方面，电影以伦理矛盾和道德情感替代了原作中的神秘主义成分，以注重抒情化表达的现实主义风格替代了原作风格中的现代主义元素。① 尤为重要的是，“文化秩序”作为曹禺代表作品中一以贯之的主题被影片舍弃了。《雷雨》序幕和尾声中重建已变乱的文化秩序的企图、《日出》结尾处对混乱颠倒的时代的舍弃、《原野》中被非正义的法律秩序所扭曲的人格的自我剖白、《北京人》中“情感共同体”的分崩离析后借助出走的新人所预留的希望，这些是曹禺代表作里“文化秩序”或“文化秩序重建”议题的一种外化表达。电影《原野》中的家族血泪史是直接诉诸回忆段落的暴力形象序列（由火车、被陷害的仇虎等形象构成），它将引起观众视觉领域的刺激和震惊，但悬置了对暴力及其后果的考量。这并非一部20世纪80年代初期完成的大众改编版影片必须承载的任务，却值得研究者予以深入思考。

表7-6　戏剧《原野》的表意结构

主场景	人物	核心人物的行动—表意	代表形象	空间	制度与文化	意义结构
原野	仇虎、白傻子、焦大星、金子、焦母	逃离、探听—复仇计划的酝酿	巨树、铁路	铁路旁的野外空间	旧时代的法律秩序、现代秩序	逃离法律秩序；情感秩序的变乱
焦宅	仇虎、金子、焦大星、焦母、常五等	复仇—寻求仇恨的现实解决方案	焦阎王肖像	住宅正屋	家庭伦理、血缘伦理	作为“秩序重建”的个体复仇；仇恨与现实之间的协商
“黑林子”	仇虎、金子等	逃离、寻找—谋求安居之地	巨树、鬼魂、黄金之地、镣铐	古庙、地狱	神秘的民间信仰	复仇的伦理后果及其精神显现；作为“秩序重建”的幻象

① 学者彭海军这样论述《原野》的电影改编版：“在构思和框架上，影片强化了一部现实主义的悲剧而淡化了原著的表现主义意蕴，深刻的人性问题在这里由于情节的转换最终被抽象为简单的阶级问题。”彭海军：《历史积淀与时代超越——中国现代文学名著影视改编透视》，《北京电影学院学报》2002年第1期。

表7–7　电影《原野》(1981)的表意结构

主场景	人物	核心人物的行动—表意	代表形象	空间	制度与文化	意义结构
原野	仇虎、白傻子、焦大星、金子、焦母	逃离、探听—复仇计划的酝酿	火车、铁路、往事闪回段落	铁路旁的野外空间	旧时代的法律秩序、现代秩序	逃离法律秩序； 情感秩序的混乱
焦宅	仇虎、金子、焦大星、焦母、常五等	复仇—寻求仇恨的现实解决方案	焦阎王肖像及往事闪回段落	住宅正屋、卧室、庭院、门前等	家庭伦理、血缘伦理	仇恨与现实之间的协商； 作为复仇内容之一的越轨恋情
森林	仇虎、金子等	逃离、寻找—谋求安居之地	神像、黄金之地、铁路、火车	古庙、夜晚的森林、白天的森林	民间信仰	复仇的精神后果与现实承当

四、《北京人》的电影改编版

与另一部剧本《蜕变》一样，《北京人》也完成于1940年。曹禺在剧中延续了一贯的诗意风格，展现了一个旧式家庭的瓦解，以戏剧为旧时代谱写了一曲挽歌。电影《北京人》由秦志钰导演，吕丽萍、程前等主演，1998年公映。影片显露出20世纪90年代商业追求与尊重原著之间的妥协性。在社会语境方面，90年代中后期是中国加速城市化的时期。旧城市空间的拆毁改造和新空间的规划建设，使原有的城市社群面临深刻而剧烈的变化。电影《北京人》中以民国时期四合院和胡同为主要面貌的故事场景，在90年代末的银幕上营造出旧时代城市挽歌的意味。

影片对曹禺原作中的人物设定并没有进行过多调整。影片中最明确的改动是删除了“北京人”这个角色。原著中的“北京人”是袁任敢学术查勘队里的汽车修理工，他为了帮助袁绘制北京古代猿人形貌而装扮成猿人的模样。他的角色与舞台上真实的北京人格格不入，戏剧正试图利用这种本质上的不协调铸炼文本中的象征性。“北京人”一方面是原始野性的象征，另一方面暗含对劳工阶层的指涉性。而且“北京人”与袁仁敢、袁园父女二人在姓名修辞意味上形成关联，支撑着曹禺这部剧作中已然远逊于《雷雨》《日出》《原野》的象征性。从电影的艺术形式和叙述结构的整体性来看，原著中的这个角色完全不适合这部带有商业诉求的家庭伦理影片。而从人物结构的对比来看，由于“北京人”角色的删减，电影中袁任敢父女的角色也显得比原著更单薄，降格为意义更单一的功能性角色。

在核心人物中，原本的几类民国时代北京人形象得到了保留。曾皓代表当时行将就木、完全丧失生命活力的上一代北京人。文清和文彩是失去自主性，且无力反抗的中年北京人。思懿和江泰则带有乖僻恣睢的人格特征，他们分别是文清和文彩既抵触而又不得不依赖的人。愫方、瑞贞和曾霆不同程度保存着对新生活的渴望，也就此不断萌生某种积极的反抗性，带有时代新人的色彩。影片中，核心角色的设定与丰富性，不同程度被缩减了。这种缩减主要侧重于人物的人格设定及叙事功能，并且伴随着相关情节的删减。

在旧式北京人的系列中，曾思懿是原作最有神采和丰富性的角色，影片改编的结果是在情节上淡化了她与杜家人围绕棺材的暗中协商。她仍如原著一样贪图曾皓的存款，但发现存款只有两百块钱时的失望仅仅转化为牢骚。这个角色在影片中依然较为细腻，但锋芒不及原著。影片中曾文清大部分的人物设定与原作相符，他转变成一个更为单薄的不肖子和软弱者。影片三次直接呈现文清吸鸦片的场景，表现吸鸦片这个原著中的必需情节，但它可能影响到影片的传播范围和效果。另外，他与鸽子的形象之间的象征性关联流于简单，不如原著紧密。

曾皓、文彩、江泰、曾霆的人物形象，在缩减之外并没有更多的改写，与原著相比仅有详略之别。原著中曾皓的性格及心态有以下特殊之处：第一，失望于儿子的无能，但仍保留着一丝希望；第二，畏惧曾思懿，却又要表面上维持一家之主的身份；第三，异乎寻常的自我怜悯；第四，对愫方的一种扭曲的依赖性。电影对第二点和第三点并没有明确的刻画，对第四点以医院场景中的几句对话一带而过。曾皓对愫方的依赖性，是原作的一个亮点。电影中医院病房的情境中，对这一点有所涉及，但由于缺乏剧情上的铺垫，它变成了孤立的电影情节。较为出彩的部分是棺木被杜家抬走的场景，曾皓追随杜家派出的杠夫，不断高声提醒他们应该怎样抬，需要注意哪些事情。段落中混合着荒诞和悲凉，如同一位遗老正在预演自身的葬礼。江泰的角色中，电影祛除了原著赋予的合理因素，把他塑造成带有扁平人物特征的人物。言过其实、暴躁易怒之外，率真和公平的因素在电影中隐而不显。

新人的系列中，愫方和瑞贞是最重要的代表。愫方人物设定中哀静隐忍的特征，在电影改编版中得到了很好的表达。这也是对原作忠诚性的体现。她的忍耐力和自我怜悯使他能够与曾皓共处，她的慷慨温厚也决定了她拿出自己的积蓄为曾皓结清住院费、为江泰偿还欠款的善良之举。瑞贞的年龄和性格，决定了她觉醒后的表达方式比愫方更明确和决绝。她在思懿面前的隐忍是一种不得不为之的策略，并不包含愫方那种“自我欺蒙”的意味。她的新式教育背景给她敞开一种新的人生可能性。电影中有关瑞贞与愫方之间的情感陪伴，描述比较细致。值得注意的是，瑞贞堕胎情节后展现的医院外景，取自北京协和医院旧址，这个为北京人所熟悉的标志性建筑群落关联到影片与城市记忆的关系。曾霆远没有上述两位女性的主见，但他的行动和想法中依然留存着个人发展的希望。以上三个角色都经历或将要经历人生的新选择，而袁任敢父女则始终代表着新人的特点，他们两人更像是发挥单一功能的扁平人物，以其睿智和生命活力预示着前三个角色的转变方向。

无论对戏剧还是影片而言，封建大家族的瓦解都是一个旧有的“总体性”崩溃的过程。这个旧时代社会的细胞，一贯以血缘关系作为家族经济、文化和观念上向心力的基础。因为家族对社会资源的占有和社会功能的实现，它维系着自身的经济运转和社会影响力；同时，它还借助文化观念的再生产（如家庭教育、家训等不同形式）使道德情感成为家庭成员之间的原有关系的精神纽带。正如社会文化研究者所说："因为家族首先是一个血缘单位，所以，常常被看作是一个天生的情感集团。"[①] 原作中人物之间形成的各种关系——夫妻异梦、姑嫂倾轧、父子怨恨、婆媳不和、母子失亲等内容，就是曾家作为情感集团彻底走向崩溃的征候。这些内容在改编中都得到了较为明确的展现。

情节上较明确且具有影响力的改编有以下几点：第一，电影统合了原作的不同事件，把故事的开场设置成三个情节的相加（原作第一幕讨要工钱的场面、作为原作背景事件的曾霆的婚礼、曾老太太的去世）；第二，江泰携款到南方开办肥皂厂，失败后逃回，影片以此补充了对他的个性刻画——这是文清之外又一个言过其实，既无法守业也无法创业的人生失败者；第三，原著中的文清经历了外出讨生活的过程，谋生的艰难凸显了他性格上的孱弱，加剧了他的逃避心态。同时，在戏剧结尾处他吞鸦片自尽后，曾文彩也可使用"哥哥仍在外地"的借口哄骗曾皓。电影在文清返家的情境中添加了愫方失手摔坏药锅的情节，这代表愫方在震惊之余已接近绝望，以此为她后续的出走提供决定性的动力。这三个改动有利于电影叙述的集中性，也比较符合商业语境下大众观赏的心理。

在影片接近结尾的段落中，影片用一个条理清晰的段落交织了情节中五个具有决定性的行动线索：线索一是曾皓目睹杜家抬走棺材的过程，其中混合着悲凉和些许滑稽；线索二是曾霆和瑞贞签署离婚字据的过程，他们勇敢的决定为影片中年轻一代的命运保留了更多的希望；线索三是江泰醉酒回家的场面，接续在线索一之后，以闹剧式的情境反衬出悲凉感；线索四是愫方试图向文清告别，但目睹后者再次吸食鸦片；线索五是文清发现愫方留下的字画，知道她已离开曾家，自暴自弃地吞食了过量鸦片，这个情节联结了他在清晨濒死之际放飞鸽子的场面。

---

① 张铭远：《黄色文明——中国文化的功能与模式》，上海文艺出版社，1990，第 83 页。

在场景的设置方面，原作三幕剧情都发生在曾家四合院的小花厅里。如上文所述，曾家这个封建大家庭拥有显赫的历史，四合院是这个大家族历史的表征，其颓败是家族瓦解与无希望的象征物。小花厅是对曾家四合院的空间提炼与浓缩，聚焦了各种矛盾及其戏剧化解决方案。曹禺在这个场景中融合了他熟悉的一个败落的北平大家庭的面貌："曾家的住宅，小花厅的格局，诸如装饰摆设，都和我认识的这一家有点关联，但是，又不全是这一家的。"[①]四合院是北京大家庭聚居的代表性建筑群落，在布局上特别强调家长的权威。这种文化象征价值是附着在这种建筑群落形式的历史发展当中的，电影改编版没有特意进行强调。影片只是借四合院的空间进行各种调配和部署，以便完成叙事。[②] 曾皓在四合院中的话语权和权威的削弱，也是大家庭与传统家庭秩序瓦解历程的一种表现。影片的空间以曾家四合院及其周边景象为绝对中心，同时兼顾古庙、医院、学校等不同场景，有效地扩展了原作的空间。

影片后半部分的象征意义更多地集中在棺木和鸽子等非人的形象之上。代表曾家彻底没落的核心意象就是曾皓的棺木。电影无法像原剧那样只以杠夫的声音对棺材进行间接表现，因此需要利用更符合电影媒介特征的手法进行修饰。电影讲述暴发户杜家讨要曾皓保存多年的楠木棺材时，并未直接暴露棺材的影像。影片中的那副棺木，或被笼罩在杜家杂物房的阴影里，或在杜家派人夜间挪移的场景中隐而不显。对于一部有明确的商业诉求且侧重于家庭伦理叙事的影片而言，这或许是为了规避直接呈现棺木可能造成的观影感受。

棺木的形象之外，镜头或谈话中呈现的鸽子、火车、风筝也都不像原著

---

① 田本相整理：《曹禺谈〈北京人〉》，载曹禺《北京人》，人民文学出版社，1994，第 184 页。

② "四合院是传统的宗法制度、封建礼制和儒家的家庭伦理观念的建筑形式，家庭成员居住在什么地方，在当时都有严格的规定，不能随意改变。长辈必须住在正房即北房，子孙辈住在东西厢房，仆人住在外院的南房或后罩房。在几个院落组成的深宅大院中，长辈居住在中间的院落，房屋更高大宽敞，子孙辈居住在左右两侧的院落，房屋要低矮一些，男仆居住在外院，女仆居住在后院。一大家子人世代合居于一个大院之内，往往有祖父母、父母、子、孙四辈人，形成了'四世同堂'的封建大家庭。"张仁忠：《北京史》，北京大学出版社，2009，第 147 页。

那样，能够通向文本表层之下的隐喻意义，而在大部分时间内显得单薄而贫瘠。名为“孤独”的鸽子，在原剧中有一个决定剧情走向的功能。它被困的时间太久，已经失去了飞翔的能力。愫方对这个事实的揭示直接刺激文清选择自杀，也映衬出愫方离开曾家出走的果敢决绝。这个对于戏剧而言最为关键的情节被电影舍弃了。作为剧情的补偿和扩展，文清在影片结尾处打开鸽笼放飞鸽子，所有鸽子从胡同中起飞，自由地翱翔在天空。一系列同时包含自由和希望的鸽子飞翔镜头，与倒地的文清和紧抱着他的思懿的镜头相连接（图 7–15）。这个结尾的设计在人物关系上重新强调文清和思懿之间夫妻关系的“正统性”，为理解并评价文清、思懿、愫方三者的关系清理出一条符合主流观念的路径。更为重要的是，结尾处思懿对文清的态度和原著中被人物的语言揭示出特殊意义的鸽子，在影片叙事中引导出一种从地面到天空，从家宅到外界的上升面貌，创造了空间的开放性。

图 7–15　电影《北京人》结局场景

图 7–16　与片尾演职员表字幕同时出现的旅途场景

（图像来源：优酷网）

此时影片以一首通俗格调的歌曲匹配了片尾的影像，歌词的内容：

鸽子飞了 / 鸽子飞了 / 飞到哪里 / 我不知道 / 鸽子飞了 / 鸽子飞了 / 清风的前面吹 / 白云在身后飘 / 带走了眼泪 / 洒下了羽毛 / 回过头来声声叫 / 似这般魂牵梦绕 / 鸽子飞了。

导演秦志钰亲自创作的歌词，是影片结尾处意义走向明确化的标志。对应歌曲声音的延续，电影场景由胡同转向北京城外山区，呈现西行的马车走在山路上的情境（图 7–16）。从剧情的逻辑来看，马车及其乘客形象标志着愫方和瑞贞离家后开始的旅行生涯。[①] 马车前行的景象与鸽群在空中自由飞翔的镜头相组接，无论在影像上还是情节上都结束了影片此前情节中无处不在的压抑气氛。在愫方和瑞贞出走的对照下，影片中北京人的代际更替呈现历史变迁中的必然性。如同曹禺作品最成功的电影改编版《日出》（1985）中的叙事手法那样，《北京人》结尾处飞翔的鸽子与远行的马车，标志着原本属于剧本和舞台的“可能世界”的一部分已被电影手段所突破、拆解和重组（表 7–8 和表 7–9）。在这个改动较为有限的改编版中，电影创作者以自己的理解力与创造力向原著者和经典作品致敬。

表 7–8　戏剧《北京人》的表意结构

主场景	主要人物	行动—表意	代表形象	空间	制度与文化	意义结构
曾宅小花厅	曾文清	沉溺、回避、外出—谋生能力丧失	鸽子、字画	住宅空间	封建家庭伦理文化	生命力的损耗
	曾思懿	排挤他人、维持局面—家族衰败的趋势	“耗子”		传统家政文化	女性对权力的掌控及其局限性
	愫方	忍耐、酝酿、出走—失望与寻求新希望	鸽子、字画		封建家庭伦理文化、新文化	从“忘我”到自我的觉醒
	曾皓	等待、示弱—衰老和死亡的临近、情感控制	棺木		封建家庭伦理文化	生命力的衰竭

① 曹禺在创作自述中说：“在这个戏里，瑞贞觉悟了，愫方也觉醒了，我清楚地懂得她们逃到什么地方去了，那就是延安。但是，我没有点明。她们由袁任敢带到了天津，这样写，不但要写到日本侵略军，当然把抗战也要连上了。这么一个写法，戏就走了‘神’，古老的感觉出不来，非抽掉不可。这个戏的时代背景是抗战时期，但不能那样写，一写出那些具体的东西，这个戏的味道就不同了。这点，我和有些人的主张是不大一样的。现实主义当然要写时代，但不一定把那个时代的事都写进去……”田本相整理《曹禺谈〈北京人〉》，载曹禺《北京人》，人民文学出版社，1994，第 186 页。

续表

主场景	主要人物	行动—表意	代表形象	空间	制度与文化	意义结构
曾宅小花厅	江泰—曾文彩	争吵、辱骂与劝说—情绪的宣泄与耽延	–	住宅空间	商业和休闲文化	创造力的丧失
	曾霆、瑞贞	忍耐、出走—失望与寻求新希望	书籍	–	封建家庭伦理文化、新文化	生命力的维持和求变
	袁任敢、"北京人"、袁园	研究与劳动—科学和野性	风筝	–	新文化	生命力的强盛

表 7–9 电影《北京人》的表意结构

主场景	主要人物	行动—表意	代表形象	空间	制度与文化	意义结构
曾宅	曾文清	沉溺、回避、外出—谋生能力丧失	鸽子、字画、烟具	住宅空间的不同场景、寺庙	封建家庭伦理文化	生命力的损耗
	曾思懿	排挤他人、维持局面—家族衰败的趋势	"耗子"	住宅空间的不同场景	传统家政文化	女性对权力的掌控及其局限性
	愫方	忍耐、酝酿、出走—失望与寻求新希望	鸽子、字画	住宅空间的不同场景、寺庙、城墙下	封建家庭伦理文化、新文化	从"忘我"到自我的觉醒
	曾皓	等待、示弱—衰老和死亡的临近、情感控制	棺木	住宅空间的不同场景、医院	封建家庭伦理文化	生命力的衰竭
	江泰、曾文彩	争吵、辱骂与劝说—情绪的宣泄与耽延	–	住宅空间的不同场景	商业和休闲文化	创造力的丧失

续表

主场景	主要人物	行动—表意	代表形象	空间	制度与文化	意义结构
曾宅	曾霆、瑞贞	忍耐、出走—失望与寻求新希望	书籍、鸽子、马车	住宅空间的不同场景、公园、医院、郊野	封建家庭伦理文化、新文化	生命力的维持和求变
	袁任敢、袁园	研究与休闲—科学和野性	风筝	住宅、公园	新文化	生命力的强盛

综合本章所分析的四部影片可知，它们以各自的方式为经典戏剧作品的电影化实践增加了案例（表 7–10）。由于戏剧本身在时空上的浓缩性，改编者需要解决的主要问题是如何使时间和空间充分地敞开，以匹配电影媒介的特征。曹禺作品的题材与风格决定了改编版影片的在画面、声音两个维度上更适于使用第三人称的叙事视角。孙道临版《雷雨》进行了原作电影化的有益尝试，但改编策略上过于遵循原作，造成了一些叙事和表意上的问题。《满城尽带黄金甲》的改编架空了原作大部分内容与设定，虽利用了《雷雨》的知名度和相关内容信息，但既无致敬原作之意，也并未以自身的电影形式丰富原作的精神或扩展原作影响力。以上两部作品中，很难寻到“完美转译”方面的内容。方令正版《日出》创造性地扩展了原作提供的空间结构，情节的起承转合匹配电影叙事的特征，镜头和音乐的运用符合大众化的要求。墓地和俱乐部场景的设计，更是对原作精神在电影媒介中的创新化发展。凌子版《原野》的场景设计没有超出原作，但以摄影方面的创造力扭转了原野和森林场景的风格，去除了原作的神秘主义倾向和象征性层面，保留了大众通俗叙事的架构。电影《北京人》在情节方面的改动不多，改编的创造力主要表现在局部隐喻性的电影化转换上，同时设计了与曾宅主场景相配合的系列空间形象，声音的丰富性上相比剧本也有增加。

表 7–10 五部影片文本透露的改编策略与改编版的代表内容

影片 / 文学原作	跨媒介直译	跨媒介意译	“完美转译”
《雷雨》/ 同名戏剧作品	沿用原作主场景、全部人物及主要故事脉络； 变隐含情节和被转述的情节为实景	原作主场景的细致化和有限扩展； 鲁贵讲故事的蒙太奇段落； 繁漪与周萍私会的系列镜头； 周冲与四凤的幻想段落	–
《满城尽带黄金甲》/ 戏剧作品《雷雨》	挪用原作主要人物与人物关系的设定； 对“喝药”情节主干部分的挪用	“家长权威”向“帝王权威”的转换	–
《日出》/ 同名戏剧作品	沿用原作主场景、情节主干、主要人物	原作场景与空间的创造性扩展（街道、银行等）； 增加翠喜戏份的语言与表现力； 黄省三语言的策略性调整； 李石清向潘月亭报信段落的长镜头设计； 删除工人劳动歌曲等	墓地场景与诗人角色的设计； 开场陈白露歌舞段落设计； 陈白露死因与后续场景的再设计
《原野》/ 同名戏剧作品	沿用原作主场景、主要人物及主要故事脉络	原作主要场景的视觉化和有限扩展； 开场画外音解说； 删减带有神秘性的内容； 有关仇虎家仇的闪回段落	原野自然风光的审美化呈现
《北京人》/ 同名戏剧作品	沿用原作主场景、主要人物及主要故事脉络	原作主要场景的视觉化和扩展（医院、寺院等）； 开场婚礼段落； 片尾旅行场景	鸽子形象与相关场景及情节的再设计； 片尾曲歌词的设计

结　　语

20 世纪 80 年代以来，文学经典作品的电影改编致力于实现的文化功能中，国民教育与休闲娱乐的结合是一个探索的方向。但娱乐性的权重随 90 年代以后商品经济发展和大众消费文化浪潮的迅速兴起而增强，形成了深刻影响改编实践的因素。与此同时，基于国家文化发展需要的文化传承和历史传承的需求也日益迫切。文学经典因此得到了特定电影工业和社会语境背景下有目的的重叙和再创造，有可能在国家、社会、商业、大众等不同维度上生成其意义。如以改编版的目的和意义指向进行区分，现代文学经典作品的当代电影改编曾出现以下主要类型，它们当中都可能出现电影艺术精品：

第一类，国民教育式改编。这种改编类型中，原作中现代知识分子式的情怀往往使作品具有思想的深度，改编版也致力于凸显作品对过往时代历史与社会的认知价值，较易产生图解原作的倾向。电影改编版所承载的特定时代的历史与其创作完成的时代彼此相隔，但历史主义式的逻辑贯穿了两者——前者或者为后者提供合法性论述，或者成为后者的镜鉴。影片《药》是这方面的代表，它较为直露地表达了现代文学经典与政治意识形态、阶级斗争语境下的历史话语之间的密切关系，是一部引导观众“从当代认识和把握过去”的电影。《阿 Q 正传》是更为折中与温和的国民教育式改编，它同样包含注解和诠释的意味。以鲁迅作品的电影改编而论，这一改编类型无法脱离原作的精髓部分——建立在民族寓言基础上的、独特的知识分子话语及其表述。爱德华·萨义德认为：“知识分子应该使用一个民族的语言，不只是为了方便、熟悉这些明显的理由，也是因为个体的知识分子希望赋予那种语言一种特殊的声音、特别的腔调、一己的看法。”① 这种话语在原作中的独特表达是电影改编的难点。作为广义的文化消费品，此类改编版推动受众消费的内容是基于历史发展的规律性或必然性的人与故事。

第二类，通俗普及化改编。前文提及的《子夜》《骆驼祥子》《雷雨》《日出》《边城》《春桃》等作品的电影改编版都可归入此类。影片在改编策略上表露出致敬原作和原作者之意，系以影片的形式承接和维系文学家及其作品的经典性，以审美价值的实现作为影片艺术诉求的侧重。在此类别中，按照原作的叙事性文学特征，还可以展开进一步的具体分析。如沈从文、郁达夫等作家的作品中的抒情化特征，老舍作品对地方民俗的关注等，都可对应不同的改编策略，以此实现符合大众趣味的通俗化改编。文学原作中的历史和文化经验在电影改编版呈现的过程中，文化消费与文化传承的目的之间往往维持着相对的平衡。动画片《阿长与〈山海经〉》是这一类别中走得更远的个案，它的普及目标还包括中国以外的观众。在跨文化传播的过程中，文学经典的电影改编不但要克服历史的距离和媒介的差异，还需要应对中外文化之间的差异。

第三类，大众化商业改编。此种类型的案例中，《烟雨长河》的情节和叙述上虽有缺陷，但在商业影片混合类型方面做出了尝试。跨地区电影合作的语境下，《丈夫》《鬼恋》的电影改编版都曾进行了有利于商业化运作与商业目标实现的尝试。跨国资本背景下，《满城尽带黄金甲》的重叙 / 解构式改编使类似的倾向被推向极致。这些商业语境下的改编版中，湘西、老上海和古代宫廷的形象都是怀旧式的。詹明信曾这样评价好莱坞怀旧影片：“怀旧影片的特点就在于他们对过去有一种欣赏口味方面的选择，而这种选择是非历史的，这种影片需要的是消费关于过去某一阶段的形象，而并不能告诉我们历史是怎样发展的，……在这样的‘怀旧’中，电影所带给人们的感觉就是我们已经失去了过去，我们只有些关于过去的形象，而不是过去本身。”在消费主义提供的无边舞台上，历史、地方和民族都可被视觉化的电影机制转变为可供消

① 爱德华·萨义德：《知识分子论》，单德兴译，生活·读书·新知三联书店，2002，第 29 页。

费的景观，这些景观的自身诉求也确定无疑地指向“让消费永无终结”。

第四类，艺术化改编。有别于通俗普及化改编中的艺术性，此类改编版包含更丰富的文化反思性和形式探索性。影片《湘女萧萧》在“完美改编”中创造了原作不具备的整体象征意义，《红玫瑰与白玫瑰》于商业片面目下隐藏了有关性别、族裔、文化身份等议题的艺术化探索，隐含了艺术作品对自身形式与内涵的创造性探索。前者超越了大众化通俗改编中的“普及”诉求，后者克服了跨地区商业影片因类型化造成的单一性。在与原作的深层关系上，两部影片利用原作文学文本提供的架构，在组合影片中不同艺术形象的基础上建立了具有自身特色的隐喻系统，拓宽了电影文本中的“可能世界”。

以今日的主流观点来看，文艺作品中的精品尤其应注意处理社会效益与商业价值之间的关系，这是当前思考文艺精品生产的过程中不容忽视的原则问题。如习近平总书记所说：“一部好的作品，应该是经得起人民评价、专家评价、市场检验的作品，应该是把社会效益放在首位，同时也应该是社会效益和经济效益相统一的作品。”① 以此标准和方式，文学史的财富将在当代得到更为合理的继承、转译和流传。鲁迅、茅盾、沈从文、老舍、曹禺、巴金、张爱玲等作家的经典作品是中国现代文学史的宝贵遗产，也将通过当代中国电影实践成为对文化建设的慷慨馈赠。

① 习近平：《在文艺工作座谈会上的讲话》，载中共中央宣传部《习近平总书记在文艺工作座谈会上的重要讲话学习读本》，第22页。

附录一

巴金小说《寒夜》的电影改编版分析

王梓帆

诠释巴金作品与电影之间关联的著名案例是小说《家》的电影改编。《家》是巴金的代表作，曾于1941年、1953年和1956年三次改编为电影。第一次改编由卜万苍、徐欣夫、周贻白创作。第二次由香港电影公司改编，吴回导演，张瑛、吴楚帆主演。第三次由上海电影制片厂改编，陈西禾、叶明导演，孙道临、王丹凤等主演。1964年，《憩园》由香港凤凰影业公司改编为《故园春梦》。20世纪80年代出现的巴金小说的电影改编版是《寒夜》。从艺术成就上看，“《寒夜》无论是人物性格的刻画，还是故事结构的完整性，以及环境氛围的描写都是精到细致而严谨绵密的。从艺术性来说，它应当列入巴金中、长篇创作中最成熟的作品之一。”[①] 本文主要探讨长篇小说《寒夜》的同名电影改编版，影片完成于1984年，由林洪桐编剧，阙文导演，许还山、潘虹主演。

一、原作的主题调整与情节整合

巴金在《再谈寒夜》一文中明申：“我要通过这些小人物的受苦来谴责旧社会、旧制度。”[②] 原著中唐柏青的潦倒与痛苦仿佛是对汪文宣命运的预示。

① 陈丹晨：《巴金评传》，河北人民出版社，1981，第229页。

② 巴金：《再谈〈寒夜〉》，载巴金《巴金选集》第10卷，四川人民出版社，1996，第229页。

两人同为知识分子和小职员，在生活中面临各种困境。唐柏青相比汪文宣而言没有“家庭矛盾”，这成了他更早面对“这个世界不是我们的”这一事实的契机。另一个与汪形成对位的人物是老好人钟老，他对汪的帮助和安慰一度替他缓解了生活中的苦恼。钟老在小说里不是非死不可的人，然而实际上只有他死亡才能完成“没有老好人能够活下来”的社会本相，这也发出了汪文宣生命力走向衰败的信号——“他一个人立在墓前不时左右观望，他好像不是在拜望一位朋友，他现在是来看他的简陋的新居。”[①] 曾树生与汪文宣的母亲，都是世俗生活中忍受痛苦的小人物群体中的一员。“八抬大轿”与“姘头”的矛盾，不过是时代重压下人们刻意用以互相伤害的武器。反过来，即使家人都爱着汪文宣，也不能丝毫减轻他的痛苦，这是《寒夜》小说情感世界中最深刻的本质。

电影明显地冲淡了小说这种小人物群像的性质，而以婆媳矛盾导致的夫妻双方的矛盾为主线，辅以时代苦难的背景，整体上表现了汪文宣这一个人的悲剧。98 分钟的电影以 17 分时曾树生提出“我们该分手了”、57 分时曾树生提出“我要和你离婚”和 80 分时曾树生的真正离开这三个事件，均匀地切分开整部影片的情节节奏。电影制作者还调整了汪文宣死后方太太搬进旧屋的情节，使曾树生能够在废墟中发现汪文宣的旧书，读到最后一封信，从而使两人的感情线索形成表面破碎然而形式上完整的回环。为了服务于感情主线，电影删除了唐柏青的独白和钟老的悲剧结局，使这两个对位人物只剩下功能性价值。即便曾树生的人物情感内涵也受到了削减：原著中，她因感到被汪文宣母子排挤而决定离开；而在电影中却萌生了“我应该得到幸福”的情感追求，考虑她与陈主任在一起的可能性。这种情节设计使她的离开仿佛从一个爱巢投向另一个爱巢。不得不说，这种设计既削弱了人物原有的情感厚度，也一定程度上损害了故事的丰富性。这种改写的效果是营造了汪、曾二人的“情感对手戏”，他们的情感博弈关系支撑着电影的剧情结构。影片中具有代表性的场景中也可以看到这种“对手戏”的意味：当汪文宣与唐柏青坐在

① 巴金:《寒夜》，人民文学出版社，1983，第 387 页。

酒馆中时，汪文宣位于前景，暗示出他具有重要的地位；汪文宣与母亲、钟老等人物的同框也有这一特点。然而汪文宣与曾树生的双人镜头中却多采用平衡对称构图，并根据两人当时关系的远近景别从小全到特写各有不同。采用这一改编策略的首要原因，是电影相比文学是更具大众化、集体化特征的媒介形式。此外，《寒夜》作为20世纪80年代名著改编电影之一，更鲜明地承担了文学普及和社会教化的责任，思想深度让位于大众性和教育意义，因此讲述一个发生在人们身边的爱情悲剧自然比宏观视角下的众生苦难更为合适。

在此基础上，电影尝试对情感故事主线进行提升，将具体的爱情故事与崇高的人文理想连接起来：在汪文宣为曾树生过生日的情节中，伴随着烛火的摇曳，插入了两个二人同居和订婚之初的闪回段落。这两段闪回的内在叙事依据是发生在汪与曾之间的一段对白：

> 曾："只要是爱，就够你赞美，值得你接受。"
> 汪："你知道，爱就是火，火总是光明的。"
> 曾："不管烧着的是庙堂里的栋梁。"
> 汪："或是柴堆中的荆棘。"
> 合："火焰里总跳得出同样的光辉。"

此处的"庙堂里的栋梁"无疑喻指封建伦理道德，"柴堆中的荆棘"可指代广义的艰难险阻，火焰也即爱情故事由此被赋予了打破封建制度、革命抗争的意义。但是在原著中，爱情与人文理想的美好回忆并不能改变现实，而显现出徒劳的悲观面貌。小说中男女主人公第一次在咖啡馆的谈话中，出现了汪文宣回忆过去的片段，以点到为止的面貌加以呈现。作为对回忆的反应，小说中的汪文宣只是"做梦似地微微一笑，但是马上又皱起眉头，接下去（说）……"① "马上"在《寒夜》迟缓的叙事中已经算是相当快速的时间词，

① 巴金：《寒夜》，人民文学出版社，1983，第45页。

它虽不能表现作者对时代的臧否，但表达了一种悲观态度。而在电影中，回忆的内容被衍生成两分钟色调明艳、音乐欢快的闪回段落。

在小说《寒夜》悲观的总体氛围里，作为意象的火光并没有发挥特别深刻的象征意义，它们只是投射或伴随着小说人物的精神状态。《寒夜》中涉及"光"的意象有灯光、烛光、手电光、阳光四种，其中灯光28处，烛光有9处。这些光的形象在小说叙事中并未改变寒夜的整体氛围，有时反而增强了清冷孤寂的气氛，如"电灯光孤寂地照着这个屋子。光线暗得很，比蜡烛光强不了多少。那种病态的黄色增加了屋子的凄凉。""她不时掉头朝街的两旁看，她担心那些摇颤的电石灯光会被寒风吹灭。"[①] 暗弱摇曳的光是人物内省感受的客观对应物。有研究者认为，《寒夜》中光线书写的叙事意义有三：其一，反衬了无光的家庭环境；其二，象征了人物的悲剧命运；其三，揭示了黑暗的生存环境。[②] 与这个主题相关，小说中更引人注目的段落是汪文宣在唐柏青死后所做的一个梦：

> 天黑了。他在黑暗中摸索。好累人的旅行啊！忽然他看见了亮光，忽然四周的树木燃烧起来。到处是火。火燃得很旺，火越逼越近。他的衣服烤焦了。他不能忍受，他嘶声大叫："救命！"[③]

《寒夜》对人文理想的理解可以从作者对知识分子这种精神状况的表现之间窥得一斑。与人文精神密切相关的启蒙之火、希望之火的形象，在《寒夜》中被逆转为孤寂与幻灭之火。巴金在原文中借汪母之口说："我只后悔当初不该读书，更不该让你也读书，我害了你一辈子，也害了我自己。"[④] 这诚然是怨愤之语，但汪文宣也没有加以反驳。他与唐柏青的命运确凿无疑地表

① 巴金：《寒夜》，人民文学出版社，1983，第148—419页。

② 黎保荣、梁德欣：《光背后的阴影——〈寒夜〉和〈金锁记〉中的"光"意象比较》，《天中学刊》2012年第5期。

③ 巴金：《寒夜》，人民文学出版社，1983，第145页。

④ 巴金：《寒夜》，人民文学出版社，1983，第197页。

现出，读书人的敏感、清高在这个时代反而成了拖累。同样的命运也将传递给花重金上贵族学校的小宣，后者“带着严肃表情的苍白脸”就是这种标记。在一个反讽性的段落中，陈主任也曾“带点慌张、也带点得意”地宣称自己“偷偷写过几首诗”，曾树生的反应是“差点笑出声来”。在悲观的氛围中，文学和知识已不再是救国救民的手段，却转而成为这些浅薄者讨好异性的一种“办法”。

尽管对故事主线的处理方式不同，小说与电影对悲剧性的归因却比较一致，用汪文宣的话来说：“我一生的幸福全部给战争，给生活，给那些冠冕堂皇的门面话，还有街上到处贴的告示拿走了。”① 在此基础上，小说与电影对于“抗战的胜利没能拯救汪文宣”这一情节的处理却有许多不同。我们可以肯定，小说是有意安排汪文宣死在抗战胜利之后。小说写作于 1944 年至 1946 年，巴金已亲眼见证抗战胜利短暂的狂喜后的混乱。他的失望和绝望从生活中落到了小说里，《谈〈寒夜〉》一文明确指出：“在我的小说里造成汪文宣家庭悲剧的主犯是蒋介石国民党，是这个反动政权的统治。”② 因而即使战争结束，只要旧政府的腐败统治没有变，那么胜利也只能率先使他们得利。从小说行文中我们也可以看到这个倾向，日本侵略者仿佛一个遥远的阴影，他们的进犯、罪恶与最终失败被置于小说主场景之外。他们并未直接造成汪文宣的死亡，反倒是书局琐碎的工作、虚伪的人际压迫和官僚化的体制使汪文宣患病呕血。电影承接了小说对悲剧发生原因的这种设计，并且利用视听媒介的特色使之真正成为与主线情节密切相关的背景。在汪文宣交周主任生日宴份子钱的段落中，汪弯腰签字，镜头对准他面前墙上贴着的“天下为公”四个大字，这起到了强烈的讽刺作用，与原著中汪文宣想要呼告但没能喊出口的“公平”二字的段落相对应。被压抑的“公平”到“天下为公”的反讽式表达，使电影透露出视觉化转喻中的颠覆性——“天下为公”源自《礼记》，因孙中山先生的题写和诠释而成为国民政府的标志性理念。墙上的“为公”与现实中

① 巴金：《寒夜》，人民文学出版社，1983，第 105 页。

② 巴金：《谈〈寒夜〉》，载巴金《寒夜》，人民文学出版社，1983，第 227 页。

的“为私”是对国民政府主导观念的消解。

在汪文宣之死的叙事处理方面，电影完全有办法表现国民政府对汪文宣之死的责任，然而它又恰恰删去了死亡的直接场景，只保留了原作中方太太一句“听老太太说，汪先生死得很惨，喉咙都哑了”。初闻胜利的消息，电影中的汪文宣摇动铃铛加入了烟花爆竹的欢庆中，他呢喃着“我们有希望了”——这与原著中痛苦到无法露出笑容的文宣形成鲜明对比。电影试图表达的仍然是战争胜利将给每个人带来希望，这一点与小说中更为彻底的悲观态度有所不同。创作者甚至直接将这行文字作为片头和片尾字幕：“这是光明的呼声，它会把白昼给我们唤醒。漫漫的长夜逼近它的终点了。”① 但这句话本身并不是源自小说《寒夜》的原文，而是巴金写作于 1948 年的《〈寒夜〉后记》中引用的另一篇散文中的文字，它并不符合小说的设定。巴金之所以安排汪文宣无法融入胜利的欢庆、无法被胜利所拯救的情节，是为了强调旧时代的小人物已经失去了呼喊的机会。巴金刺破了人们所谓抗战胜利一切就会好的想象，尖锐地指出：战争不止在经济上、环境上造成了严重的损害，对人心的损害也是无法挽回的。与原作相比，电影制作于 20 世纪 80 年代改革开放后，思想解放带来的蓬勃生机和社会教育的需要，决定了影片必然要设置光明的亮色。与此相应，影片中的曾树生虽然徘徊于寒夜中，却不同于影片开场部分在黑暗中走向防空洞的汪文宣——她渐渐地走向了光明。

二、小说叙事的延宕及其电影化呈现

电影被誉为时间的艺术，拥有丰富的综合性叙事手段来调整观众的时间感觉，闪切、跳切、慢镜、多角度特写等手段均可发挥营造特定时间感觉的作用。但在小说《寒夜》与其改拍电影的对比中，小说比电影更有感染力地塑造了一套缓慢的文本时间。

首先便是“慢”这个字直接地在书中出现了 123 次，仿佛一个时时闪现

① 巴金：《〈寒夜〉后记》，载巴金《巴金选集》第 6 卷，四川文艺出版社，2016，第 410 页。

的叙事幽灵，无形中塑造了人们的时间感觉。这个“慢”字大部分是用于描写汪文宣的动作——这样一个文雅、羸弱并且逐渐重病的人物，动作无疑是缓慢的；与此同时，负重行走的人也是行动缓慢的，这同样符合小说中的现实：汪文宣的病弱不是遽然的、自发的，而是源于外部环境的重压。苏珊·桑塔格认为：“结核病的发烧是身体内部燃烧的标志：结核病人是一个被热情‘消耗’的人，热情销蚀了他的身体。依据有关结核病的神话，大概存在着某种热情似火的情感，它引发了结核病的发作，又在结核病的发作中发泄自己。但这些激情必定是受挫的激情，这些希望必定是被毁的希望。”[①]“慢”同时又与快乐相对，这与全文的情感基调是一体的。除了用于描写动作以外，小说中的“慢”还用于表现主人公的心理感觉，如开头“他呆呆地把头抬了好一会儿，他并没有专心听什么，也没有专心看什么，他这样做，好像只是为了消磨时间。时间仿佛故意跟他作对，走得特别慢，不仅慢，他甚至觉得它已经停止进行了”[②]。整个文本时间的缓慢、细碎，更贴近人物情感和生存境况的煎熬。叙事手法属于作品的形式层，是凝成小说缓慢文本时间的一大重要层面。在这个层次上，巴金的叙事手法主要表现为不断的延宕，具体表现为情节的延宕、叙述的铺排和人物对话中的犹疑延迟等方面。

情节的延宕又分为人物犹豫导致的延宕和命运安排式的延宕。前者如开头汪文宣找曾树生和解，经历了一次放弃和一次约定，两人才得以深入交流。在结尾处，曾树生得知文宣的死讯后，还没有决定去向，小说带着这个永远悬而未决的延宕戛然而止。汪文宣之死的情节设计中，它既未发生在收到曾树生诀别信而悲痛欲绝之时，也没有戏剧性地安排在胜利当夜的狂喜之下，而是拖延到三天后无意义和无希望的情境之中发生，这种拖延明显地起到了冲淡感情与消解意义的作用。可以说，《寒夜》在叙事上不允许任何激烈的高潮存在，如同不允许汪文宣发出自己最后的呼喊，它不像一般的悲剧那样将有价值的东西“打碎”给人看，而是“磨碎”给人看，使读者无法从这样的毁

① 苏珊·桑塔格：《疾病的隐喻》，程巍译，上海译文出版社，2003，第32—33页。

② 巴金：《寒夜》，人民文学出版社，1983，第1页。

灭面貌中把握到任何壮美以便肯定人的本质力量。

叙述的铺排最多来自心理描写。如小说开头汪文宣在寻找妻子路上的一段心理活动：

> 这时他才埋下他的头。他痛苦地吐了一口气。他低声对自己说："我不能再这样做！""那么你要怎样呢？你有胆量么？你这个老好人！"马上就有一个声音在他耳边反问道。他吃了一惊，掉头往左右一看，他立刻就知道这是他自己在讲话。他气恼地再说："为什么没有胆量呢？难道我就永远是个老好人吗？"他不由自主地向四周看了看，并没有人在他的身边，不会有谁反驳他。①

这段心理活动明显地表现出对话的特征：他的自我分裂成多个，多个自我之间需要互相进行辨认、质问、说服甚至欺骗。自我对话的设计营造出的心理斗争，取代了激烈的情节，成为小说中主要矛盾的表达。换言之，《寒夜》并不具备一般的现实主义小说中外在的矛盾冲突设计的典型性，矛盾已经转向内在化。这造成了改编中心理表现力方面的难点。

其次，在主人公陷入激烈心理斗争时，狭窄场景中的细微事物也占据了很大篇幅，这些琐碎的情节及事物是现实状况碎裂化与片段化面貌的呈现。如：

> 隔壁传来一阵沙沙的语声。从街中又传来几声单调的汽车喇叭声。老鼠一会儿吱吱地叫，一会儿又在啃楼板。他们的活动似乎一直没有停过。这更搅乱了她的心。她觉得夜的寒气透过木板从四面八方袭来，她打了一个冷噤。她无目的地望着电灯泡。灯泡的颜色惨淡的红丝暖不了她的心。②

① 巴金：《寒夜》，人民文学出版社，1983，第 2 页。

② 巴金：《寒夜》，人民文学出版社，1983，第 419 页。

这些语句不是具体的心理活动，然而无疑又是角色的感官和精神世界所把握的景象，它们表现了曾树生的彷徨、厌倦甚至恐惧，甚至比直接的心理活动更能够带动读者的想象。但在电影改编中，这部分内容的转译难度偏大。

心理的表现历来是影视媒介的难点之一。电影《寒夜》的尾声部分充分运用了低饱和度、暗调摄影、大提琴版的主题曲、长镜头渲染哀伤的氛围，并以孤零零的脚步声、单一且朦胧的光源与大的景别镜头表现了人物的彷徨孤独。这是使人物内心状况诉诸观众视听的手段，音乐的表现力转换了小说设定的情感基调。场景设置的重复性，如汪文宣曾走过的街道的镜头（两次镜头动作相仿）暗示了她的对汪文宣的怀想。小说中的曾树生不只是一个青春靓丽的女主人公，她也是一个理想无从实现的知识分子。曾树生代表着与汪文宣的"让我死了吧"、唐柏青的"我已经死了"对位的"我要生"，她展现了一种脱离传统家国结构与责任的极端自由的可能性。原文结局男主人公的逝去，很大程度上可以理解为一个命运的悬置——当汪文宣已经被寒夜吞噬，曾树生会是下一个祭品吗？两人在命运面前是平等且各自独立的，然而由于电影中心理叙事手段的单一和模糊，这一角色的丰富内涵都无从表现了。

情节的延宕与叙述的延宕最终带来的是读者情绪的延宕。一方面，读者在无高潮、无悬念、重复、细密的阅读过程中经受的折磨、焦灼、无能为力，对应着小说中汪文宣乃至当时背景下每一个善良小人物人生的虚耗与拖延。另一方面，这种延宕又不是纯然无意义的拖延，而是以细腻的心理描写、细微的环境变化提醒读者在每一次苦难中都保持敏感与痛苦——如我们日常生活一样，痛苦并不会因其频繁发生而变得能够忍受，它仍然在不断地困扰我们的内心。总之，小说《寒夜》不仅具有非同一般的悲剧性结局，并且彻头彻尾延续着悲剧的过程，它的延宕本身就如肺病的拖延，不得不睁眼面对这一切迟缓又无法挽回的衰败，直到死亡才能休息，这正是巴金小说最接近后现代悲剧的方面。

电影用自己特有的手法在一定程度上还原了这种迟滞的节奏，如汪文宣给曾树生过生日的片段，不同于咖啡馆中两人对坐的半身镜头，采取了过肩镜头，表现更为亲密的关系，同时也更细腻、迟缓。主人公逐一点亮三十四根蜡烛，缓慢而重复的动作拉长了人们的感受。点完蜡烛后，针对主人公的正反打衔接和缓慢拉近的镜头中，两位主人公始终没有台词，沉默的状态赋予叙事段落以漫长之感。但是，在情节节奏上，电影又无疑进行了大刀阔斧的整体删减，如删去曾树生的几次犹豫而将告别提前到生日当夜，删去曾树生离开后汪文宣返回单位上班挣扎求生的过程，等等。从技法上看，影片的镜头长度和转换方式也基本符合当时观众的接受趋势。同上文所述，这是为了在20世纪80年代初期迎合电影通俗化和大众化的需要，在审美价值上表现出电影的特点。

三、电影叙事的创造性表达

与电影相比，文字叙述毕竟是线性的、逻辑的，不能取代电影以一整个场景与精心选择的色调、视角、景别及声音直接笼罩观众视听感官的整体感染力。比如小说中对寒夜的塑造是由场景到心理的浸润，一如曾树生与陈主任漫步街头所见："夜并不深，可是显得十分凄凉。街灯昏暗，店铺大半关了门。只有几家小食店还在营业，虽不冷静，却也没有往日那样热闹。寒风暗暗地吹着。路上的行人和车辆都带着怕冷的样子匆匆地逃走了。"[①] 这是街道上的寒夜，也是时代背景下重庆居民的寒夜。战争的阴影笼罩街巷，叙述者的视角又掺杂着是否离开的焦灼。又如汪文宣夜梦惊醒发现曾树生调职函一段，小说写道："他在方桌前立了一会儿。他忽然打了一个寒噤，他不自觉地把头一缩。屋子里依然很亮。老鼠又在啃地板。外面街上有一个人的脚步声，那个人走得慢，而且用一种衰老而凄凉的声音叫着：'炒米糖开水！'"[②] 这是

① 巴金：《寒夜》，人民文学出版社，1983，第174页。

② 巴金：《寒夜》，人民文学出版社，1983，第264页。

住宅之内的寒夜，也可以理解为汪文宣个人内心的寒夜，灯光和声音原本可以创造白昼的想象，但反而向内映照出他内心的无力与孤独。

电影中分别进行叙述的街巷的寒夜与室内的寒夜段落中，前者以汪文宣醉酒的片段为代表：画面有三分之二处于黑暗之中，两位主角都身穿黑衣，唯一的光照是一块红色的灯牌；镜头斜对街道，房屋愈靠近前景愈大，呈现出一种无形的压迫；两个角色从左方入镜，交谈后又向左方走出，全程占画面不到三分之一，渺小的人影仿佛被庞大的黑暗包围。这种影像整体中体现的场景氛围是对小说内容的创造性扩展。后者则可以以文宣抄书的片段为代表，前文提及的灰暗色调、单一光源不提，这个段落以小全景表现出这方书桌的狭小逼仄。背景不是一方又旧又皱的灰蓝色帘子，窗帘的质感和特别设置的白色蚊帐，构成画面背景的特点。整个场景中的“墙”和“窗”形象不多，取而代之的是布料呈现的一种柔缓然而难以摆脱的约束感，呈现出家境贫穷的同时给整个画面一种皱缩不适的感觉。曾树生从床上起身走到墙边时，汪曾二人虽然同处一个画面，却始终保持一前一后的位置，暗示着他们关系的疏远。汪文宣披着旧西装伏案，曾树生披着垫肩风衣直立，两人不同的形象就直观表现出了他们的性格。此外，电影场景中还有几个特别的意象：汪文宣桌上的学士照、糊灯的字纸暗示着他的身份；客厅中贴着“天生我材必有用，千金散尽还复来”的毛笔字，暗示着汪文宣性格中隐藏的豪放一面。

此外，电影剪辑手法也有特别值得关注之处。如圣诞节后汪文宣上班途中，影片首先运用了强环境音和由上到下的大全景镜头塑造真实的现场感，再以路人的议论提点了时局背景。随后用手摇镜头扫过领粥的人群，代表主人公的主观视角，强调身临其境的感觉，又剪切了几个喝粥贫民的大特写，以镜头的冲击力攫取人物形象。最后是一大群贫民团团围住汪文宣向他乞讨的镜头段落，俯拍的视角意味着这是一个更大的、远远超过镜头表现范围的时代灾难。在欢庆抗战胜利的段落中，小说原作只使用了三个短句。在电影里则是延续一分钟的蒙太奇段落，声音系统中使用义勇军进行曲、敲锣打鼓声营造震惊效果；视觉形象方面充满跃动的火焰、挥舞的手臂，又利用强烈的射灯取代了昏暗的烛火。一个大全景镜头从飘飞着胜利传单的大厦向下扫，以极高的视角表现了万众的欢腾。这个段落的最后以母亲的视角穿梭在跃动的人群中，化群体欢庆胜利的场面为大时代中个体的私人感受。由于摄影方式的特殊设计，画面中的人影完全是黑暗的，然而黑暗上方就是丛丛火焰与绚丽的灯光。以充分的视觉化方式，电影中狂欢的灯火照亮了黑夜，也推动电影观众以视听的综合方式去接近巴金小说原作中的时代与社会。

张爱玲小说《半生缘》的电影改编版分析

朱桐

张爱玲的第一部长篇小说《十八春》于1950年开始在上海《亦报》连载，1951年完稿。张爱玲从香港迁居美国后，把《十八春》改写为《半生缘》，于1967年由台湾皇冠出版社出版。《十八春》小说结局的设计是两位主人公在分离多年后重逢，互相倾诉离别之情，约定一起赶赴东北参与新中国的建设。这代表了20世纪50年代初的张爱玲对新中国成立后国家发展前景的态度。而在《半生缘》中，作者删除了《十八春》中涉及政治形势变迁和意识形态的相关内容，侧重书写男女主人公的聚散。相比连载小说《十八春》，《半生缘》在篇幅上由十八章缩减为十七章。女性在命运驱使下的个体心态与生命感觉是张爱玲文学书写的侧重。在小说《十八春》和《半生缘》中，张爱玲以其女性洞察力和敏锐性，既把握了爱情悲剧的整体性，也捕捉了基于个体心理感受的幽微性，使整部作品散发着生命感觉的独特魅力。内在于人的精神世界的悲凉味道与无可抗拒的宿命意味相结合，构建了历史剧变时期的个体情感世界。由这部小说改编的影片《半生缘》由许鞍华导演，1997年完成。影片由陈建忠改编，李屏宾摄影，黎明、吴倩莲、黄磊、葛优、梅艳芳、吴辰君、王志文等出演。从演职员的构成和影片摄制的机制来看，它属于当时海峡两岸及香港、澳门合作拍摄的作品。依照原著的设定，影片故事以20世纪30年代的上海为背景，讲述了顾曼贞和沈世均这对恋人因为生活中的偶然因素而无缘相聚的故事，延续了原著的爱情悲剧氛围。

一、从小说到电影——故事情节的改编

将一部小说改编成为电影，实际上完成了一种跨越艺术门类的转换。从本质上讲，改编就是一种新的艺术加工和“再创造”的过程。文学是语言文字的艺术，电影则是以银幕视像为中心而发展起来的综合艺术。同时，现代艺术电影的制作，需要集中作家、导演、演员以及其他电影专业人员的劳动与创造力，是具有综合性的艺术门类。在一部文学作品改编为电影的过程中，文学为电影的拍摄提供了一种基本的故事情节架构，文学作品成为电影改编的主要文本依据。但按照叙事学的理论，小说和电影来自两个“素材库”，也即“底本”。如赵毅衡在《广义叙事学》一书中指出的：“任何改编，不仅改编了述本，也改编了底本：不存在共用一个底本的改编。”[①] 所以在改编的过程中，文学作品不可能完全以原貌呈现在银幕上，而是要首先遵从电影这种艺术形式的特点，并动态地去适应从文学作品到电影作品两种媒介之间的跨越。如在《从小说到电影》一书中乔治·布鲁斯东所言：“电影既然不再以语言为唯一的和基本的元素，它就必然要抛弃掉那些只有语言才能描述的特殊内容：借喻、梦境、回忆、概念性的意识等，而代之以电影所能提供的无穷尽的空间变化、具体现实的摄影形象以及蒙太奇和剪辑的原理。”[②]

在具体拍摄的过程中，电影的时长，商业影片需要考虑的市场原则，甚至导演、演员、拍摄技术条件的限制以及其他的因素都会影响到一部作品改编之后的面貌。在《文学与电影改编》一书中，学者章颜指出：“改编是对作为源小说的文本的一系列复杂操作，如节选、扩充或删除……源文本是稠密的信息网络，改编电影文本则可以从一系列的语言线索中选择、放大、忽视、

① 赵毅衡：《广义叙事学》，四川大学出版社，2013，第 131 页。

② 乔治·布鲁斯东：《从小说到电影》，高骏千译，中国电影出版社，1982，第 2 页。

颠覆或变形。”[①] 这样，就导致从小说到电影，情节的变化是必然的、首当其冲的，也最直观的，通过必要情节的增删，才能使故事的呈现显得更为连贯和符合电影的逻辑。外国学者罗伯特·斯塔姆在《电影中的文学：现实主义、魔幻与改编艺术》中指出：“从小说到电影，人们首先感知到且瞩目之处是情节、人物的取舍，是环境或曰空间元素的强化，是场景与对白的风格化向情景化的转换。”[②] 按照俄国形式主义式的思路，情节的改变对于小说原作而言，也是一种“陌生化”，通过情节的变化，使得熟悉原作的接受者对于原本熟悉的作品产生了新奇的感受，拉长了接受者的感知时间，疏远了他们与故事的距离。

由于小说《半生缘》篇幅较长且情节丰富，普通商业电影的长度难以容纳。因此压缩了故事情节，删繁就简，是一个自然而然的选择。小说的开头部分，描写三位主人公一起散步、拍照，其中提到曼桢路过一家小店，想要买一把油纸伞，并且以为自己的手套丢在了那里，回头去找也没有找到。在电影中，这一情节则被删减，变成了曼桢打电话询问淑惠手套的事。小说的第三章出现了曼桢、世均和淑慧去给厂里的叶先生做寿的情节，小说用几页的篇幅描写了整个过程。这一部分在电影中被完全删减，变为了曼璐与王先生打牌的场景，而随着镜头的切换，保留了世均送曼桢回家并且得知她的姐姐要结婚的情节。在小说的中间部分，世均、淑慧和翠芝三个人在一起首先去看了一场电影，在影院，翠芝的高跟鞋坏了，世均帮她回家取鞋，看完电影，三个人才一起去划船。然而在电影中，看电影的部分则被抹去，将换鞋的部分移植到了大家一起划船的部分。影片的后半段接近结尾的时候，小说用了很多的篇幅描写曼桢在医院生孩子的过程，但电影利用独白匆匆带过。下一个镜头中，她就已经“逃离”了祝家。电影情节在这些段落中的演进，是通过影像空间上的跳跃性来实现的。

在小说里，曼桢在故事的结尾中和祝鸿才被迫结婚，并且依然受到了冷落：

① 章颜：《文学与电影改编研究》，社会科学文献出版社，2018，第 12 页。

② 罗伯特·斯塔姆：《电影中的文学：现实主义、魔幻与改编艺术》，北京大学出版社，2006，第 4 页。

> 鸿才对她非常失望。从前因为她总好像是可望而不可即的，想了她好两年了，就连到手以后，还觉得恍恍惚惚的，从来没有觉得他是占有了她。她一旦嫁了他，日子长了，当然也就没有什么稀罕了，甚至于觉得他是上了当，就像一碗素虾仁，看着是虾仁，其实是洋山芋做的，木木的一点滋味也没有。[①]

在电影里，这一情节则被改写和省略，祝鸿才最后被展示成了一个落魄并且充满悔意的对象。这个设计与原作中两起两落的祝鸿才相比，情节上简化了很多，也更符合当代大众消费者的观赏需要。最后，在影片的结尾，导演特意又重新加上了世均为曼帧寻找手套的情节，使整个故事的韵味显得意味深长。

如上文所述，电影相对小说《十八春》还有另一类应该引起注意的改动：对小说中政治问题的淡化。小说中故事发生的背景是在20世纪30年代，其中有提到例如“八·一三”淞沪会战，张豫锦可能被捕等情节。这些枝节内容在电影里统统被隐去，上海成为一个只是提供故事场景的地方，影片只是用一行字幕表达了故事发生在1930年的上海。这种改编策略与影片《红玫瑰与白玫瑰》较为相似。

二、小说原作对于电影改编策略的影响

由于文学作品是改编电影所遵照的基础和依据，所以在由一部小说改编成为电影的过程中，原著从内容到形式上的特点对于电影拍摄的影响也是不可忽视的。在《小说与电影中的叙事》一书中，雅各布·卢特指出：“……因为文学‘素材’的趣味和魅力多半要归之于文学的表现，文学文本的叙事方法和策略也影响到它的改编。”[②] 他同时写道：“不过，改编一个短篇小和改编一个

① 张爱玲：《半生缘》，北京十月文艺出版社，2019，第291页。

② 雅各布·卢特：《小说与电影中的叙事》，徐强译，北京大学出版社，2011，第89页。

长篇小说，其间的一个明显而重要的不同在于，当以短篇小说做底本时，改编可以更详细地再现文学文本的情节。”①

就《半生缘》来说，小说作为一部长篇连载作品，为了满足当时报纸读者的需要，在写作笔法上的表达更加细腻，包含大量的细节描写。但作为电影拍摄，尤其相对于短篇小说的改编而言，很难将大量的细节展示在银幕上。二十余万字的作品，被压缩在了两小时左右的电影里，必然要通过内容的拣选和镜头的剪辑手法，对许多细节进行适度取舍和删减。许鞍华谈道：“《半生缘》篇幅很大……那本书用很多笔墨描写老人家的心情，他们怎样控制年轻男女的命运，他们的心理、生活细节等，这些观众一定没兴趣看，所以可以删去小说内容三分之一。”② 关于类似精简的例子还可以举出一些，例如，在世均为曼帧捡手套的这一情节，小说中充满着他的动作细节和心理描写：

> 他老远就用手电筒照着，一照就照到了树下那一只红色的手套，心里先是一高兴，走到跟前去，一弯腰拾了起来，用手电照着，拿在手里看了看，却又踌躇起来了。明天拿去交给她，怎样说呢？不是显着奇怪么？……他真懊悔来到这里，但是既然来了，东西也找到了，东西也找到了，总不能够再把它丢在地下？③

而到了电影里，则变成了直接的镜头场景切换，通过演员的动作和表演直观地将这样的一个场景呈现出来，并且没有“拿在手里看了看，又踌躇起来”等动作。电影似乎强调的是“寻找”这个动作本身，而小说则更极致地呈现了整个过程。在另一个段落中，小说描写了翠芝一行人划船的场面，写得十分细腻：“淑慧又要学划船，坐到船头上去扳桨，一桨打下去，水花溅了翠芝一身，她那软缎旗袍因为光滑的缘故，倒是不吸水，水珠骨碌碌乱滚着落

① 雅各布·卢特：《小说与电影中的叙事》，徐强译，北京大学出版社，2011，第 89 页。

② 邝保威：《许鞍华说许鞍华》，复旦大学出版社，2010，第 75—76 页。

③ 张爱玲：《半生缘》，北京十月文艺出版社，2019，第 9 页。

了下去，翠芝拿手绢子随便擦了擦，淑慧十分不过意，她只是笑着，把脸上也擦了擦，又取出粉镜来，对着镜子把前刘海拨拨匀。”[①] 在电影中，这样的细节似乎没有呈现的空间和可能性，而是改为了翠芝和淑慧两个人的对视和对话。从小说到电影的这种变化，正代表了两种艺术形式的差异所在：“电影可以通过精简的方式表达很多事情，而小说则需要长篇大论。”[②]

其次，还有一个不能忽视的层面，就是张爱玲小说本身的语言特点。她的语言本身就具有某种“镜头感”，十分适合于在电影银幕中呈现。张爱玲的小说中充满了对于声、光、色的描绘以及类似镜头切换的叙事方式，这样的一种“电影特征”使她的小说在改编为电影时具有某种更为充分的可能性。作品中的很多描写就像电影一样充满画面感，使文字中的情境如在眼前。曼帧第一次到姐姐家的段落中，小说写道：“卧室里迎面一排丈来高的玻璃窗，紫水晶似的薄纱窗帘，人字式斜吊着，一层一层，十几幅交叠悬挂着。”[③] 小说写曼璐回家见到自己以前的房间：“那是她从前的卧房，不过家具全换过了，现在临时布置起来了，叠得整整齐齐的，放在他床上。枕边还有一本书。曼璐在灯光下呆呆地望着这一切。”[④] 小说里一些场景之间的转换形成了类似电影镜头组接的方式。如小说在曼帧即将遭遇强暴的那一刻戛然而止，紧接着转而另起一章，描写姐姐以前的未婚夫张豫锦的结婚场景，对整个残酷的场面避而不谈。

最后，尽管文学与电影分属于两种不同的媒介，但是在经典作品改编的过程当中，电影往往依然要从小说的规定性入手开展再创造，这样做才能在更大程度上获得观众的认可。既然故事发生的背景是 20 世纪 30 年代的上海，作为电影就需要尽量保留当时的生活原貌。小说《半生缘》无论从内容到形式都有其自身的独特性，改编中就需要采取合乎情况的策略。许鞍华这样概括

① 张爱玲：《半生缘》，北京十月文艺出版社，2019，第 66 页。

② 章颜：《文学与电影改编研究》，社会科学文献出版社，2018，第 30 页。

③ 张爱玲：《半生缘》，北京十月文艺出版社，2019，第 101 页。

④ 张爱玲：《半生缘》，北京十月文艺出版社，2019，第 133 页。

她的改编原则——“张爱玲小说你可以 adapt（改编），不可以借题发挥。”[①] 另外，《半生缘》作为商业电影，观众的需要以及偏好也就必然成为必须去考虑的因素，太过于偏离原著，就会背离作为一部商业电影的拍摄初衷。

张爱玲小说的独特语言魅力，是改编中最大的“不可译”因素。语言是从文学作品到电影作品跨越最大的一个部分，一部小说或文学作品完全由语言构成，电影的“语言”则呈现为演员的表演、台词以及镜头的移动所带来的各种场景和画面的转变。文学语言的修辞效果，其特殊之处在于作用于人的感受力与想象力，是难以用镜头的语言来传达的。比如小说两次写到一位卖豆腐干的老人，其形象之于小说的气氛具有特殊意义。第一次是在第六章：

> 天渐渐黑下来了。每到黄昏的时候，总有一个卖蘑菇豆腐干的，到这条弄堂里来叫卖。每天一定要来一趟的。现在又听见那苍老的呼声：“豆……干！五香蘑菇豆……干！”世均笑道，这人倒真风雨无阻。曼帧道：“唉，从来没有一天不来的。不过他的豆腐干并不怎样好吃。我们吃过一次。”他们在沉默中听见那苍老的呼声渐渐远去。这一天的光阴也跟着那呼声一同消逝了。[②]

第二次在第十二章：

> 卖蘑菇豆腐干的人远远吆喝着。那人又来了。每天差不多这时候，他总到这一带来叫卖，大街小巷都串遍，一个瘦长身材的老头子挽着个篮子，曼帧住的弄堂里，他每天一定要到的。世均一听见那声音，就想起他在曼帧家里消磨过的无数的黄昏。“豆……干！五香蘑菇豆……干！”沉着而苍凉的呼声，渐渐叫到这边了，叫得人心里发空。[③]

① 邝保威：《许鞍华说许鞍华》，复旦大学出版社，2010，第 87 页。

② 张爱玲：《半生缘》，北京十月文艺出版社，2019，第 97 页。

③ 张爱玲：《半生缘》，北京十月文艺出版社，2019，第 225 页。

老人及其声音在小说里成为一种隐喻。两次的叫卖声似乎没有变化，但故事里的主人公却已是物是人非。小说通过他暗示着世事的不可预测，也更增加了由时间所带来的苍凉之感。通过老人的每天“守时”，更加衬托出彼此突然失去对方之后的无奈和苍凉。张爱玲用语言达到了一种穿越时空的效果。究竟这位老人有着怎样的形象，他如何唤起了世均的回忆，世均当时的内心又想了什么，小说对此留下了很多的“空白”，给人以无穷的遐想空间。

三、叙述“语言”及策略的变化

在叙述语言的层面上，文学利用文字语言进行叙述和描写，电影则利用镜头的推拉摇移以及灯光的各种变化、演员的表演来“说话”（向观众传递信息），由镜头产生的一个个诉诸视觉的画面构成了电影叙述的基本单位。如美国学者西摩·查特曼在《故事与话语》一书中所说：“电影不能描写行动，也不能阻滞行动。它只能‘使人看见它’。”① 在《半生缘》当中，关于世均的内心世界，小说和电影的呈现方式就全然不同。小说这样描写世均去看父亲时的矛盾心情：

> 世均很不愿意到他父亲的小公馆里去。他母亲又何尝愿意他去，但她觉得他有一年的光景没回家来了，这一次回来，既然亲戚们都知道他回来了，如果不到父亲那里去一趟，无论如何是有点缺礼。世均知道，去总得去一趟，不过他总喜欢拖延到最后一刻。②

在这段描写当中，通过语言文字，读者能很清晰地理解世均内心深处的感受。在电影中，世均的内心世界，主要通过一个个的具体画面来呈现，例

① 西摩·查特曼：《故事与话语：小说和电影的叙事结构》，中国人民大学出版社，2012，第 91 页。

② 张爱玲：《半生缘》，北京十月文艺出版社，2019，第 71 页。

如他在看着曼帧进家门时的眼神，又或是他坐在火车上的若有所思，等等。此时我们无法完全还原主人公的内心活动，但电影提供了更多的“空白”，使得观众可以有更多的回味空间。另外，文学语言在描写过程的中，会或多或少运用到各种修辞的手法，使得作品表现出含蓄或者含混的特点。章颜指出：“小说的文字具有丰富的象征和隐喻意义，故读者在阅读的过程中必然会将文学修辞所带来的某种不确定性带入对文本的理解中。小说家对人物、场景、故事的描述会引导读者对它们的想象。”① 而电影给出的画面却是相对具体和固定的，同样一个画面所留给读者和观众的想象空间是不同的。小说《半生缘》这样写曼帧的姐姐曼璐的第一次出场：

> 她穿着一件苹果绿软绸缎长旗袍，倒有八成新，只是腰际有一个黑隐隐的手印，那是跳舞的时候人家手汗印上去的。衣裳上忽然出现这样一只淡黑色的手印，看上去却有一些恐怖的意味。头发乱蓬蓬地还没梳过，脸上却已经是全部舞台化妆，红的鲜红，黑的墨黑，眼圈上抹着蓝色的油膏，远看固然是美丽的，近看便觉得面目狰狞。②

电影里，姐姐的出场被定格在一个对着镜子戴耳环的镜头上，并配上女主人公的旁白：“我想，我们每个人总会有一些事情是不想让别人知道的”，在这样的一种表达当中，梅艳芳饰演的曼璐似乎也是浓妆艳抹，充满风情，但却缺少了语言描写所形成的张力，我们只通过镜头感觉不到她是否真的“远看美丽，近看狰狞”，或者说，镜头给我们留下的只能是一个相对整体的以及相对短暂的印象。这是电影本身的艺术特性所决定的，它通过画面将信息直观地呈现出来。观众对曼璐的印象，则必须通过演员的表演来获取，她的面容，她的动作，甚至她的妆容，都影响了观众的感观。如西摩·查特曼所说：“在文字叙事中，故事—空间与读者之间有着双重隔离，因为不存在银幕上由拍

① 章颜：《文学与电影改编研究》，社会科学文献出版社，2018，第 12 页。

② 张爱玲：《半生缘》，北京十月文艺出版社，2019，第 17 页。

摄形象所提供的肖像或相似物。”[①] 如小说里第一次提到祝鸿才：形容祝先生“笑起来像猫，不笑起来像老鼠”，究竟怎样的一张面孔是“笑起来像猫，不笑起来像老鼠”，每个读者有各自的想象性画面。但在电影中，这一结论似乎更为固定，它受限于葛优的面孔及电影表演。这样的一张脸通过镜头就已经定型，留给观众再去猜测或者想象的空间已较为有限。这一切，是由电影的视觉性特质与镜头运用方式所决定的。

从叙述者的角度来看，文学与电影拥有不同的“叙述者”，它们之间无法进行等价的“转译”或“兑换”。在《半生缘》这部小说中，采用的是第三人称叙述，叙述人是作者本人，而在电影中，叙述人则变为了曼帧和世均的画外音独白。电影史研究者赵卫防认为，许鞍华经常以画外音进行电影叙事的时空转换，《半生缘》是这方面的代表作。在这部影片中，“画外音出现16次之多，有的是男女主角的旁白或独白，有的是以信的形式出现，有的则是纯粹的旁白。特别是片尾一场戏利用画外音进行多重的时空交错剪接，有条不紊，简明流畅。”[②] 此外，镜头也承担了叙述者的功能。电影镜头和画外音在电影中共同充当了“叙述人”的角色，而且画外音成为推动情节发展以及帮助观众理解整个故事的关键因素。

对于一部文学作品而言，“作者”就是写作这部作品的人。而电影的情况却要相对复杂，电影通常被视为集体创作的产物。其中，导演产生的影响是决定性的，甚至可以看作一部电影的“作者”。卢特指出：“而导演之所以通常被看作电影‘作者’主要原因是他或她不仅在统筹和协调生产过程中诸行为方面负有总体责任，而且在银幕表演和影片主题表达方面发挥创造性作用。”[③] 导演在一部改编电影的拍摄中，需要综合考虑众多因素，例如，将一部文学作品拍摄成为电影作品的可能性，观众的需要，以及根据不同的影片类型来确定整个电影要表达的侧重点，等等。在电影《半生缘》中，可以说导演许鞍

① 西摩·查特曼：《故事与话语·小说和电影的叙事结构》，中国人民大学出版社，2012，第86页。

② 赵卫防：《香港电影史：1897—2006》，中国广播电视出版社，2007，第392页。

③ 雅各布·卢特：《小说与电影中的叙事》，徐强译，北京大学出版社，2011，第31页。

华决定了整部电影的“样貌”和风格，特别是拍摄过程中的取舍与表达等。按照许鞍华个人的意愿，她想在电影中强调故事本身的“时间性”的感觉。在提到《半生缘》的改编时，她表示：“我希望拍到两个主角的恋爱关系，荡气回肠，还有 overall 有个 theme，是时间的过去。观众感觉到这两点就 OK，这也是这个戏本身的要求，令观众能从完整的剧情 get 到这两点。”[①] 另外，作为一部商业电影，导演和编剧还要根据成本等因素，对原作进行调整。

总之，从文学到电影的改编，在叙事上是一种跨越媒介的转换。如章颜所说：“源小说被视为从一种媒介、一种历史语境、一种社会环境中产生的表达方式，改编电影则是它在不同的环境并通过不同的媒介所进行的相同展示。”[②] 经过这一过程，《十八春》小说原作中“类似电影”的叙事元素被整合进电影的形式当中，以真正的视觉性面貌呈献给观众。

① 邝保威：《许鞍华说许鞍华》，复旦大学出版社，2010，第 75—76 页。

② 章颜：《文学与电影改编研究》，社会科学文献出版社，2018，第 12 页。

附录三

主要影片目录

一、鲁迅作品改编电影

《阿 Q 正传》(1982) 陈白尘编剧，岑范导演，严顺开、王苏娅、李纬等主演，上海电影制片厂 1981 年出品，125 分钟。

《伤逝》，张磊、张瑶均编剧，水华导演，林盈、王心刚主演，北京电影制片厂 1981 年出品，97 分钟。

《药》，肖尹宪、吕绍连编剧，吕绍连导演，梁音、陈国军等主演，长春电影制片厂 1981 年出品，83 分钟。

《铸剑》，张杨、杨从洁编剧，张华勋导演，马精武、高发等主演，北京电影制片厂、香港电影工作室 1994 年联合出品，89 分钟。

《阿长与〈山海经〉》，王星晨导演，2015 年出品，14 分钟。

二、茅盾作品改编电影

《春蚕》，夏衍编剧，程步高导演，龚稼农、高倩苹、艾霞等主演，明星影片公司 1933 年出品，94 分钟。

《腐蚀》，柯灵编剧，黄佐临导演，石挥、丹尼等主演，文化影片公司

1950 年出品，146 分钟。

《林家铺子》，夏衍改编，水华导演，谢添、林彬等主演，北京电影制片厂 1959 年出品，82 分钟。

《子夜》，桑弧改编，桑弧、傅敬恭导演，李仁堂、乔奇、顾也鲁等主演，上海电影制片厂 1981 年出品，151 分钟。

三、沈从文作品改编电影

《翠翠》，李翰祥编剧，严俊导演，林黛、严俊、鲍方等主演，永华影业公司 1953 年出品，104 分钟。

《边城》，姚云、李隽培编剧，凌子风导演，冯汉元、戴呐等主演，北京电影制片厂 1984 年出品，95 分钟。

《湘女萧萧》，张弦编剧，谢飞、乌兰导演，娜仁花、邓晓光等主演，北京电影学院青年电影制片厂 1988 年出品，110 分钟。

《村妓》，黄蜀芹导演，周弘、赵君主演，美亚电影制作有限公司，1994 年出品，87 分钟。

《烟雨长河》(《河妓》)，儒仁、秦汉编剧，李劲松导演，罗刚、王兰等主演，潇湘电影制片厂 1995 年出品，90 分钟。

四、老舍作品改编电影

《我这一辈子》，杨柳青编剧，石挥导演，石挥、魏鹤龄、崔超明等主演，文华影片公司 1950 年出品，120 分钟。

《方珍珠》，徐昌霖、陶金编剧，徐昌霖导演，小王玉蓉、陶金等主演，大光明影业公司 1951 年出品，97 分钟。

《龙须沟》，焦隐菊、冼群编剧，冼群导演，于是之、叶仲寅等主演，中央电影局北京电影制片厂 1952 年出品，108 分钟。

《浪子双娃》，袁仰安编导，翁午、韩瑛、毛妹等主演，新新影业公司1962年出品，112分钟。

《骆驼祥子》，凌子风编剧，凌子风导演，张丰毅、斯琴高娃主演，北京电影制片厂1982年出品，125分钟。

《茶馆》，谢添编剧，谢添导演，于是之、郑榕主演，北京电影制片厂1982年出品，118分钟。

《月牙儿》，霍庄、王志安、张帆编剧，徐晓星、霍庄、邢丹导演，宋丹丹、斯琴高娃主演，北京电影制片厂、辽宁电影制片厂1986年联合出品，87分钟。

《鼓书艺人》田壮壮编剧，田壮壮导演，李雪健、朱旭、黄宗洛等主演，北京电影制片厂1987年出品，108分钟。

《离婚》，王好为、李晨声编剧，王好为导演，赵有亮、丁嘉丽、李丁等主演，北京电影制片厂1992年出品，101分钟。

五、张爱玲作品改编电影

《倾城之恋》，蓬草编剧，许鞍华导演，周润发、缪骞人主演，邵氏兄弟（香港）有限公司邵氏制片厂1984年出品，93分钟。

《怨女》，但汉章编剧，但汉章导演，夏文汐、高捷主演，台湾“中央电影公司”1988年出品，97分钟。

《红玫瑰白玫瑰》，林奕华编剧，关锦鹏导演，陈冲、叶玉卿、赵文瑄主演，第一机构有限公司、上海电影制片厂1994年联合出品，110分钟。

《半生缘》，陈建忠编剧，许鞍华导演，黎明、吴倩莲主演，天山电影制片厂、东方电影出品有限公司、上海安氏影视传播有限公司1997年联合出品，126分钟。

《色·戒》，王蕙玲、詹姆斯·夏慕斯编剧，李安导演，梁朝伟、汤唯主演，焦点电影公司2007年出品，145分钟。

六、曹禺作品改编电影

《雷雨》，方沛霖编剧，方沛霖导演，陈燕燕、谈瑛等主演，新华影业公司1938年出品，95分钟。

《雷雨》，吴回导演，白燕、卢敦、张瑛等主演，华侨影业公司1957年出品，124分钟。

《雷雨》，朱石麟编剧，朱石麟导演，鲍方、石慧等主演，凤凰影业公司1961年出品，98分钟。

《雷雨》，孙道临编剧，孙道临导演，孙道临、顾永菲主演，上海电影制片厂1984年出品，114分钟。

《日出》，沈西苓编剧，岳枫导演，袁美云、尚冠武主演，新华影业公司1938年出品，95分钟。

《日出》，李晨风编剧，李晨风导演，张瑛、梅绮、吴楚帆主演，星联影业公司1953年出品，120分钟。

《日出》，胡小峰、苏诚寿编剧，胡小峰、苏诚寿导演，夏梦、傅奇主演，长城电影制片有限公司1956年出品，104分钟。

《日出》，曹禺、万方编剧，于本正导演，方舒、王诗槐主演，上海电影制片厂1985年出品，150分钟。

《原野》，吴楚帆编剧，吴回导演，红线女、吴楚帆、张瑛等主演，昌兴影业公司1956年出品，107分钟。

《原野》，凌子、吉思编剧，凌子导演，杨在葆、刘晓庆主演，南海影业公司1981年出品，102分钟。

《北京人》，秦志钰编剧，秦志钰导演，程前、吕丽萍主演，北京金合欢文化发展有限公司、大连华丰企业集团、北京电影制片厂1998年联合出品，120分钟。

《满城尽带黄金甲》，张艺谋、吴楠、卞智洪编剧，张艺谋导演，周润发、巩俐主演，北京新画面影业公司2006年出品，114分钟。

七、巴金作品改编电影

《家》，陈西禾编剧，陈西禾、叶明导演，魏鹤龄、蒋锐等主演，上海电影制品厂 1956 年出品，121 分钟。

《寒夜》，李晨风编剧，李晨风导演，吴楚帆、白燕主演，华联电影企业公司 1955 年出品，136 分钟。

《寒夜》，阙文、林洪桐编剧，阙文导演，许还山、潘虹主演，北京电影制片厂 1984 年出品，99 分钟。

参考文献

一、文学原著与改编剧本

[1] 鲁迅：鲁迅全集第 1 卷：1898—1919 [M]．// 鲁迅全集：编年版．北京：人民文学出版社，2014．

[2] 鲁迅．鲁迅全集第 2 卷：1920—1924 [M]．// 鲁迅全集：编年版．北京：人民文学出版社，2014．

[3] 鲁迅．鲁迅全集第 3 卷：1925 [M]．// 鲁迅全集：编年版．北京：人民文学出版社，2014．

[4] 鲁迅．鲁迅全集第 4 卷：1926 [M]．// 鲁迅全集：编年版．北京：人民文学出版社，2014．

[5] 茅盾．子夜 [M]．// 茅盾全集：小说三集．合肥：黄山书社，2012．

[6] 老舍．骆驼祥子 [M]．北京：人民文学出版社，2001．

[7] 老舍．月牙儿 阳光 我这一辈子 [M]．北京：人民文学出版社，2009．

[8] 老舍．赵子曰 离婚 [M]．北京：人民文学出版社，2012．

[9] 老舍．鼓书艺人 [M]．马小弥，译．北京：人民文学出版社，2012．

[10] 沈从文．沈从文小说全集 [M]．武汉：长江文艺出版社，2014．

[11] 曹禺．雷雨 [M]．北京：人民文学出版社，1997．

[12] 曹禺．雷雨 日出 [M]．北京：人民文学出版社，2010．

[13] 曹禺．原野 [M]．北京：人民文学出版社，1994．

[14] 曹禺．北京人 [M]．北京：人民文学出版社，1994．

[15] 张爱玲．红玫瑰与白玫瑰 [M]．北京：北京十月文艺出版社，2012．

[16] 夏衍，陈白尘等．电影剧作集——根据鲁迅小说改编 [M]．北京：中国电影出版社，1981．

[17] 凌子风．《骆驼祥子》电影的设计、施工和完成图谱 [M]．上海：上海文艺出版社，1984．

[18] 曹禺，万方．日出 [M]．北京：中国电影出版社，1986．

[19] 宝元．骆驼祥子 [J]．电影创作，1979(2)：46–85．

[20] 谢铁骊．金秋桂花迟 [J]．电影创作，1995(3)：20–35．

二、改编研究论著

[1] 夏衍．电影论文集 [M]．北京：中国电影出版社，1963．

[2] 庞红梅．论文学与电影 [M]．北京：人民日报出版社，2016．

[3] 章颜．文学与电影改编研究 [M]．北京：社会科学文献出版社，2018．

[4] 马军英．媒介变化与叙事转换——以陈凯歌电影改编为例 [M]．上海：上海世界图书出版公司，2011．

[5] 乔治·布鲁斯东．从小说到电影 [M]．高骏千，译．北京：中国电影出版社，1981．

[6] 约翰·M．德斯蒙德，彼得·霍克斯．改编的艺术：从文学到电影 [M]．李升升，译．北京：世界图书出版公司北京公司，2016．

[7] 李欧梵．不必然的对等——文学改编电影 [M]．北京：人民文学出版社，2017．

[8] 周仲谋．消费文化语境下的中国电影改编 [M]．北京：中国社会科学出版社，2015．

[9] 陈伟华．中国现当代小说的电影改编与电影新类型的诞生 [M]．北京：中国社会科学出版社，2017．

[10] 汪坚强．从文学到影视——中国现代文学经典的影视改编研究 [M]．

成都：四川师范大学电子出版社，2010.

[11] 刘明银．改编：从文学到影像的审美转换 [M]．北京：中国电影出版社，2008.

[12] 阮青．“十七年”文学经典的影视改编研究 [M]．北京：中国社会科学出版社，2016.

[13] 岳凯华．百年中国影视文学改编研究书目引论 [M]．北京：知识产权出版社，2019.

[14] 龚金平．作为历史与实践的中国现代电影改编 [D/OL]．上海：复旦大学，2006 [2019–12–20]．https：//kns.cnki.net/KCMS/detail/detail.aspx?dbcode=CDFD&dbname=CDFD9908&filename=2007069085.nh&v=MTI0NzREZ1VyckJWMTI3R2JPK0Y5SEVxcEViUElSOGVYMUx1eFlTN0RoMVQzcVRyV00xRnJDVVI3cWZiK1J1Rnk=.

[15] 朱杰．选择与传播——中国现代文学的当代影视转换 [D/OL]．武汉：华中师范大学，2004 [2019–12–20]．https：// kns.cnki.net/KCMS/detail/detail.aspx?dbcode=CDFD&dbname=CDFD9908&filename=2004082764.nh&v=MTk2MTlKVjEyN0dyT3dITmJLcTVFYlBJUjhlWDFMdXhZUzdEaDFUM3FUcldNMUZyQ1VSN3FmYitSdUZ5RGdVN3I=.

三、电影及图像研究论著

[1] 齐格弗里德·克拉考尔．电影的本性：物质现实的复原 [M]．邵牧君，译．南京：江苏教育出版社，2006.

[2] 雅克·奥蒙，米歇尔·玛利，马克·维尔内，等．现代电影美学 [M]．崔君衍，译．北京：中国电影出版社，2010.

[3] 瓦努瓦．书面叙事·电影叙事 [M]．王文融，译．北京：北京大学出版社，2012.

[4] 玛蒂娜·乔娜．图像分析 [M]．怀宇，译．天津：天津人民出版社，2012.

[5] 扬·M. 彼得斯．图像符号和电影语言 [M]．一匡，译．北京：中国电影出版社，1990．

[6] 安德烈·戈德罗，弗朗索瓦·若斯特．什么是电影叙事学 [M]．刘云舟，译．北京：商务印书馆，2005．

[7] 克里斯蒂娃：《符号学：语义分析探索集》，史忠义等，译，复旦大学出版社，2015．

[8] 卡雷尔·赖兹，盖文·米勒．电影剪辑技巧 [M]．万国伟，郭建中，黄海，译．孙瑜，黄天民，校．北京：中国电影出版社，1985．

[9] 赵斌．电影语言修辞研究 [M]．北京：中国电影出版社，2009．

[10] 杨致远．视觉感知、影像文本与文化身份：叙事电影的观众认同机制研究 [M]．北京：中国社会科学出版社，2020．

[11] 钟大丰，舒晓鸥．中国电影史 [M]．北京：中国广播电视出版社，1995．

[12] 张英进．中国现代文学与电影中的城市：空间、时间与性别构形 [M]．秦立彦，译．南京：江苏人民出版社，2007．

[13] 汪流．电影编剧学（修订版）[M]．北京：中国传媒大学出版社，2009．

四、文学理论与文学史论著

[1] 卢卡奇．历史与阶级意识——关于马克思主义辩证法的研究 [M]．杜章智，任立，燕宏远，译．北京：商务印书馆，1992．

[2] 卢卡奇．小说理论 [M]．燕宏远，李怀涛，译．北京：商务印书馆，2012．

[3] 瓦尔特·本雅明．本雅明文选 [M]．陈永国，马海良，译．北京：中国社会科学出版社，2011．

[4] 詹明信．晚期资本主义的文化逻辑 [M]．张旭东，编．陈清侨等，译．北京：生活·读书·新知三联书店，1997．

[5] 王德威．写实主义小说的虚构：茅盾，老舍，沈从文 [M]．上海：复旦大学出版社，2011．

[6] 高旭东．中国现代文学史 [M]．北京：北京师范大学出版社，2017．

[7] 夏志清．中国现代小说史 [M]．杭州：浙江人民出版社，2016．

五、创作谈与改编评论

[1] 沈从文．沈从文全集：第 9 卷 [M]．太原：北岳文艺出版社，2002．

[2] 沈从文．沈从文全集：第 26 卷 [M]．太原：北岳文艺出版社，2002．

[3] 田本相，刘一军．曹禺访谈录 [M]．天津：百花文艺出版社，2010．

[4] 孙道临．谈《雷雨》的电影改编 [J]．电影艺术，1984(7)：44–52．

[5] 王星晨．鲁迅作品《阿长与〈山海经〉》动画化的演出方法 [J]．鲁迅研究月刊，2017(2)：55–68．

[6] 王志超．从几个次要人物的改动谈《子夜》的改编 [J]．电影艺术，1982(6)：37–39．

[7] 霍庄．关于凌子风晚年创作辉煌的形成 [J]．电影创作，2002(3)：68–74．

[8] 张旭东．作为现代语言和政治哲学的《骆驼祥子》 [J]．中国现代文学研究丛刊，2019(7)：1–29．

[9] 杉野元子．北京的骆驼祥子与香港的骆祥致——1962 年香港影片《浪子双娃》考 [J]．海南师范大学学报，2015(12)：1–6．

[10] 徐晓星、霍庄．凌子风拍《边城》 [J]．电影艺术，2004(1)：76–81．

[11] 谭文鑫．沈从文对《边城》改编的介入与不合作 [J]．文艺争鸣，2013(8)：76–79．

[12] 邹贤尧．曹禺剧作的影像叙事——论《雷雨》《日出》《原野》等电影改编兼论经典的再生产 [J]．海南师范大学学报，2009(1)：114–117．

后　记

这篇书稿的完成，首先要感谢我的父母和妻子。他们的支持和鼓励，使我能最终完成这本书的写作。

本书是张晶教授主持的中国传媒大学科研课题“文学经典与影视艺术精品的创造机制”（项目编号：CUC18JC03）的科研成果。张晶教授是中国传媒大学资深教授，国内知名的文艺理论和美学专家，也是我的前辈学者。我谨在此对张晶教授的信任和支持表示感谢。

本人并非毕业于影视专业，但一直以来十分关注中国电影的历史与现状，对电影作品的文本解读和文化研究保持着兴趣和热情。写书的最初意图是以感悟式的批评联合一般叙事分析的材料和论点，形成本书个案分析的主要路径，不在改编的本质问题上多做文章。在写作的过程中，我感到一些符号学理论和阐释框架具有很大潜能，能够帮助我掌握从原作至影片改编过程中情节的变化，也带来新的问题和启示。更为重要的是，此项研究课题推动我重新阅读鲁迅、老舍、沈从文、曹禺等文学大师的作品，催生了一些新的想法和观点，在文学和电影两个彼此相关的领域中取得了个人学术思路上的收获。

由于学养和时间的限制，本书在理论基础和阐释方法上存在一些不足，尤其是文学和电影两种叙述系统在个案分析中的理论统合方面。在内容方面，对郁达夫、李劼人、张天翼等作家代表作品的电影改编版未能进行细致分析，也没能进行《雷雨》《日出》等香港改编版影片与内地版的比较研究。这些是本书写作过程中令我感到遗憾的地方。我希望把这本书当成一个起点，并以此求教于大方之家。

感谢中国广播影视出版社的责任编辑和其他工作人员，你们的辛勤劳作与付出为这本书的出版提供了有力的支持。

课题研究的过程中，我还得到了几位研究生的帮助，尤其要感谢刘晶、王智宏、朱桐、王梓帆。王智宏撰写了第二章第三节小说《药》叙事分析内容的初稿，她富有创造力的观点为我研究鲁迅小说的电影改编提供了补充。王梓帆撰写了巴金小说《寒夜》电影改编版研究的内容，朱桐撰写了张爱玲小说《半生缘》电影改编版研究的内容。《寒夜》和《半生缘》两篇收入了本书附录。以上四位同学还协助我对本书第一稿进行了校对。

最后要感谢黄永灿先生，您的音乐作品陪我度过了撰写和修订书稿的那段时光。

是为记。

作者

2020 年 5 月于北京